नैना

संजीव पालीवाल

eka

eka

First published in Hindi in 2020 as *Naina* by Eka, an imprint of Westland Publications Private Limited

Published in Hindi in 2022 as *Naina* by Eka, an imprint of Westland Books, a division of Nasadiya Technologies Private Limited

No. 269/2B, First Floor, 'Irai Arul', Vimalraj Street, Nethaji Nagar, Allappakkam Main Road, Maduravoyal, Chennai 600095

Westland and the Westland logo are the trademarks of Nasadiya Technologies Private Limited, or its affiliates.

ISBN: 9789395073776

10 9 8 7 6 5 4 3 2 1

This is a work of fiction. Names, characters, organisations, places, events and incidents are either products of the author's imagination or used fictitiously.

Typeset in ChanakyaUni by Neo Software Consultants, Prayagraj (Allahabad)

Printed at Radha Press, Sahibabad

नैना

संजीव पालीवाल हिन्दी पत्रकारिता के अग्रणी पत्रकार हैं। आप इस क्षेत्र में तीस वर्षों से कार्यरत हैं। *दैनिक जागरण, अमर उजाला, आज, दूरदर्शन, बीआईटीवी, आईबीएन7/न्यूज़18* और *टीवी टुडे* जैसे प्रतिष्ठित समाचार-पत्रों और न्यूज़ चैनलों में काम कर चुके हैं। फिलहाल आप *आज तक* में सीनियर एग्ज़िक्यूटिव एडिटर के पद पर कार्यरत हैं। *नैना* आपका पहला उपन्यास है।

गिरते हैं शहसवार ही मैदान-ए-जंग में

वो तिफ़्ल क्या गिरेगा जो घुटनों के बल चले

वैस्टलैंड बुक्स का भाषा इम्प्रिंट, *एका* एक नई पारी खेलने को तैयार है। हम अपने पाठकों तक अंग्रेज़ी और अन्य भारतीय भाषाओं के बेहतरीन साहित्य को मौलिक रूप में तथा विभिन्न भाषाओं में अनुवाद के ज़रिये पहुंचाते रहे हैं। और अब *प्रतिलिपि*, जिसने 11 भारतीय भाषाओं में यूज़र-जेनरेटेड कहानियां छाप कर क़िस्सागोई का लोकतंत्रीकरण कर दिया है, उनके साथ मिलकर साहित्य को आप तक पहुंचाने के लिए हम कटिबद्ध हैं। *प्रतिलिपि* के साथ जुड़कर हम किताबों को प्रिंट, ई-बुक, ऑडियो के अलावा कई और दिलचस्प तथा अप्रत्याशित दिशाओं में ले जाएंगे।

हम तहेदिल से अपने सभी लेखकों, अनुवादकों, मित्रों, समीक्षकों, पुस्तक विक्रेताओं और सबसे बढ़कर हमारे पाठकों का शुक्रिया अदा करते हैं जो कठिन समय में मज़बूती से हमारे साथ खड़े रहे और हमारी हौसला अफ़ज़ाई करते रहे।

हमारे इस नए सफ़र में, प्रिय पाठको, आप फिर से हमारे सहयात्री बनें, रोचक साहित्य का मज़ा उठाएं और अपना प्यार तथा विश्वास यूं ही बनाए रखें।

सिया, शुचि, माँ और पापा को
जिन्होंने मुझे सपने देखने
और
उन्हें पूरा करने का हौसला दिया।
इन सबके बगैर ये यात्रा मुमकिन नहीं हो सकती थी।

सुबह के 5 बजे थे। अभी पौ फटने में कुछ देर थी। बसन्त आ चुका था। पार्क में ख़ूबसूरत फूल दिखने लगे थे। स्नोड्रॉप, लिली, क्रोकस, प्राइमरोज़, प्रोलेस्की, हाईसिंथ्स, डैफ़ोडिल, हेलेबोर, पुश्किन...और भी न जाने कितने तरह के फूल। इन फूलों के लिए उसमें दीवानगी की हद तक आकर्षण था। जब भी वह यहाँ आती, फूलों को निहारती, उनके रंगबिरंगे रंग-रूप, सौन्दर्य को आँखों में भरती और उछाह से उछल उठती।

यह मौसम उसे बेहद पसन्द था—जब सर्दियाँ वापस लौट जातीं, धुँध की चादर छँटती और आसमान थोड़ा और नीला हो उठता। धूप खिलने लगती और हवा में सरगोशी थोड़ी बढ़ जाती।

सर्दियों से तो शुरू से ही उसे नफरत रही। यह भी कोई मौसम हुआ? हर ओर एक सहमापन, सिकुड़न...यहाँ तक कि सूरज भी ठिठुर-सा जाता। कभी-कभार तो हफ़्तों आसमान में होते हुए भी उसके दर्शन ही न होते। उस पर भी यह दिल्ली का इलाका। धुँध छाती, तो दिन दुबक जाता और इंसान तो क्या, अरावली की पहाड़ियाँ तक ठिठुर जातीं। हाड़ कंपा देने वाली यह ठंड मानो हर जगह पीछा करती और मौका देखते ही दबोचने को होती। ऐसे मौसम से उसे ऊबचुब होती। हर समय एक तरह के डिप्रेशन का-सा अहसास होता।

ठंड से भरे ऐसे सर्द दिनों में कुछ कर ही नहीं सकते। हर समय कपड़े लादे घूमते रहो। कमरे में बन्द रहो। जबकि ज़िन्दगी कैद में रहने के लिए नहीं है। उसे तो आज़ाद छोड़ देना चाहिये। उड़ने देना चाहिये। जाड़े सब कुछ कैद करके रख देते हैं...इंसान को भी, और रोशनी को भी। दुनिया मानो एक जेल में तब्दील हो जाती है। घर में रहो या गाड़ी में या फिर दफ़्तर में। हीटर के सामने रहो तो न जाने कैसी शुष्क गर्म हवा आती है कि सांस लेने के लिए भी कई बार सोचना पड़ जाता है।

यही सोचते-सोचते उसने कान में इयरपीस को फिर से सेट किया। सिर पर पड़ी हुडी को ठीक किया और दौड़ना शुरू कर दिया।

सेहत को लेकर वह हमेशा ही सतर्क रही। दौड़ने का नियम उसने कम उम्र में ही अपना लिया था। सर्दियाँ ज़्यादा होतीं तो वह जिम में दौड़ती थी, पर जैसे ही मौसम बदलता वह पार्क में आ जाती। अभी दो दिन पहले ही वह कई महीने बाद पार्क में आयी थी। यहाँ आकर उसे हमेशा ही बहुत अच्छा लगता। हरे-भरे पेड़ों के बीच, प्रकृति के बीच, ताज़ा हवा के झोंकों के बीच वह खुद को भूल जाती।

अजीब-सी शय है यह भी! सारी दुनिया जब नींद में होती है या उठने की कोशिश में होती है, आप दौड़ रहे होते हैं। आपका शरीर गति में होता है। ताज़ी हवा और रात के अंधेरों से गुज़रते हुए आप एक नई दुनिया में चले जाते हैं। जहाँ हर चीज़ आपके साथ गतिमान होती है। संगीत गूँजता रहता है। आप बहुत ज़िन्दा महसूस करने लगते हैं। एक वक्त ऐसा भी आता है जब दौड़ने वाला गुम हो जाता है। ऐसा लगता है कि शरीर दौड़ नहीं बल्कि उड़ रहा है, एक रिद्म में, एक लय में, एक चाल में, पर यह सब आप जान-बूझकर नहीं करते। तन की गति के साथ कब मन का एका होता है कि सब कुछ ऑटोमेटिक होता चला जाता है। आप दौड़ते नहीं, उड़ने लगते हैं। शरीर, मन और आत्मा एक हो जाते हैं। उसे ध्यान का यह भाव बेहद पसन्द था, जब वह बस उड़ती रहती थी।

उस दिन भी पार्क में बड़े-बड़े पेड़ों के बीच बने दस फुट चौड़े ट्रैक पर वह उड़ी जा रही थी। ट्रैक के दोनों तरफ साथ-साथ चल रही क्यारियों में नये ताज़े फूलों की ख़ुशबू उसे और उत्साहित कर रही थी। उसने अपनी गति थोड़ी और बढ़ा दी।

उसे नहीं पता था कि आज पार्क में कोई उसका इन्तज़ार कर रहा है। नीम के बड़े से पेड़ के पीछे से टकटकी लगाये दो आँखें पिछले दस मिनट से उसे लगातार देख रही थीं, उस परफेक्ट पल के इन्तज़ार में जिसके लिए अलसुबह घने अंधेरे में ही वह वहाँ पहुँच गई थीं। उन आँखों को बेसब्री से इन्तज़ार था ठीक उसके आगे पहुँचने का। और इस बार जब वह उसके आगे पहुँची, उसने इन्तज़ार नहीं किया। उसके करीब पहुँचते ही उसने अपना हाथ उठाया और वार कर दिया। एक तो स्पीड, ऊपर से ज़बरदस्त वार, वह ट्रैक से दूर उड़ते हुए दाहिनी ओर लगे एक पेड़ से जा टकरायी। ...और इसके साथ ही देश की टेलीविजन न्यूज़ इंडस्ट्री का सबसे चर्चित चेहरा इस दुनिया को छोड़कर चला जाने वाला था।

***

दो दिन पहले...

नोएडा की फिल्म सिटी अब बस नाम की ही फिल्म सिटी है। इसका नाम दरअसल मीडिया सिटी होना चाहिये था। एक आध चैनल को छोड़ दें तो देश के तमाम हिन्दी और अंग्रेज़ी चैनलों के दफ़्तर यहीं हैं। सुबह 11 बजे से 7 बजे तक यहाँ पैर रखने की जगह नहीं मिलती। सड़क के दोनों ओर गाड़ियों की पार्किंग की एक अन्तहीन-सी कतार होती है। बस इतनी ही जगह बचती है कि लेन से कोई कार आसानी से निकल सके। फिर अब तो इस इलाके में कई टीवी इंस्टीट्यूट भी खुल चुके हैं। सड़क किनारे ऐसे इंस्टीट्यूट्स का प्रचार करते विज्ञापन वाले तमाम होर्डिंग्स लगे दिखाई देते हैं जिन पर देश के नामी-गिरामी एंकरों की तस्वीरों के साथ एडमिशन का बुलावा होता है। नई उम्र के लड़के-लड़कियों का झुंड पूरे दिन इलाके में इन्हीं होर्डिंग्स को निहारता चहल-कदमी करता रहता है। कुछ इंटर्न होते हैं, कुछ ट्रेनी, तो कुछ ऐसे ही मीडिया स्कूलों के बारे में पता करने आये होते हैं। पर इन सबके मन में एक बात जो कॉमन होती है, वह है इनका सपना—अपने आइडल जैसा बनने का...एंकर बनने का...कुछ बनने का...कुछ करने का...कुछ कर दिखाने का...अपनी पहचान बनाने का...कुछ पाने का...सपना!

आज सेक्टर 16-ए में घुसते ही उसे जाम लगा मिला। एपीजे स्कूल में कोई कार्यक्रम था जिसकी वजह से इस स्कूल में पढ़ने वाले बच्चों के माता-पिता उनके साथ आये थे। तमाम गाड़ियाँ बेतरतीब तरीके से लगी थीं। कोई और दिन होता तो वह कुछ झुँझलाती, शायद उखड़ भी जाती, पर आज न जाने क्यों वह एक अलग ही मूड में थी। अपने विचारों में ही खोयी-खोयी-सी। आज सुबह से ही वह कुछ ऐसे सवालों में उलझी थी जिनका उत्तर उसे ऑफिस में जाकर ही मिलना था। वैसे भी उसका ड्राइवर ऐसे हालातों का अभ्यस्त था। उसने पलकें मूँद लीं और कार के पुशबैक पर सिर टिका लिया। थोड़ी देर ज़रूर हुई पर जैसै-तैसे इधर-उधर से उसकी गाड़ी निकल ही गयी।

दोपहर के एक बज चुके थे जब उसकी गाड़ी मीडिया टॉवर में घुसी। उसकी चमचमाती ऑडी कार दूर से ही गार्ड को नज़र आ गई थी। उसने मुख्य द्वार का ऑटोमेटिक बैरियर उठा दिया। ड्राइवर ने सीधे पोर्च में गाड़ी रोकी। जब तक ड्राइवर उतर कर दरवाज़ा खोलता, उससे पहले ही सिक्योरिटी गार्ड ने आगे बढ़कर दरवाज़ा खोल दिया और ज़ोर से बोला, "नमस्ते मैडम!"

"नमस्ते राम सिंह! कैसे हो? अब ठीक है तुम्हारा बेटा?"

"जी मैडम! आपकी मेहरबानी से अब सब ठीक है।"

पोर्च से अन्दर आते ही सामने एक लम्बा चौड़ा गलियारा। गलियारे के दायीं तरफ बड़ा-सा ऐट्रियम, जिसके एक तरफ सात मंज़िल तक सिर्फ कांच की दीवार।

सामने से आती धूप से पूरा रिसेप्शन एरिया लकदक था। बायीं तरफ तीन लोग आगन्तुकों से बात करने और फोन रिसीव करने के लिए बैठे थे। उनके सामने रंग-बिरंगी कुर्सियाँ और गोल मेज़ आने-जाने वालों के बैठने के लिए थीं। सब कुछ किसी बड़े फाइव-स्टार होटल की तरह था। वर्दीधारी लोग चाय और पानी लेकर सेवा करने को हर समय तत्पर। सामान्य लोगों को यहाँ से आगे-जाने की इजाज़त नहीं थी।

गलियारे में घुसने से पहले एक एंट्री पॉइंट था, जहाँ कार्ड स्वाइप करके ही आगे बढ़ा जा सकता था। सिमकार्ड कहें या बारकोड वाला कार्ड दिखाने से क्रॉसबार खुल जाता और इसके साथ ही इधर बिल्डिंग में एंट्री होती और उधर कम्प्यूटराइज्ड सॉफ़्टवेयर में भी आने वाले की आमद दर्ज हो जाती।

इस दफ़्तर का नियम था कि कोई भी किसी के लिए दरवाज़ा नहीं खोलेगा। अगर कोई कर्मचारी अपना कार्ड भूल जाता, तो उसे भी बिल्डिंग में प्रवेश नहीं मिलता था। अगर वह किसी और के कार्ड से अन्दर जाने की कोशिश करता, तो यह नियम के खिलाफ होता। सिक्योरिटी वाला तो उसे रोकता ही, पर साथ ही कार्ड लेने और देनेवाले पर भी अनुशासन की तलवार लटक जाती। ऐसे में हाजिरी लगने का तो सवाल ही नहीं उठता। हाजिरी के लिए कर्मचारी की अपने कार्ड से एंट्री ज़रूरी थी। गार्ड के पास कार्ड होता, पर वह इमर्जेंसी के लिए ही था, वह उस कार्ड से किसी कर्मचारी की एंट्री नहीं करा सकता था।

नेशनल न्यूज़ देश का नम्बर वन चैनल था। उसका अपना एक रसूख था, अपनी पहुँच थी। जनता के बीच उसकी पैठ और सियासत पर उसके प्रभाव के साथ ही उसके स्टूडियो में आनेजाने वाले वीवीआईपी गेस्टों की लम्बी सूची थी। इन्हीं सबके चलते दुनिया भर के आतंकी संगठनों से उसे खतरा रहता था। यही नहीं देश में भी कई ऐसे संगठन थे जिनकी आँख में *नेशनल न्यूज़* चुभता था, इसीलिये इस चैनल की सुरक्षा के लिए 24X7 का ऐसा तगड़ा घेरा बनाया गया था कि कोई भी गलत शख़्स, अवैध रूप से प्रवेश न ले सके।

नेशनल न्यूज़ टीवी चैनल की इसी आलीशान बिल्डिंग के ग्राउंड फ़्लोर के लम्बे गलियारे में बायीं तरफ काफी बड़े टीवी स्क्रीन्स लगे हुए थे, जिन पर ग्रुप के अपने चैनल्स की खबरें चल रही थीं। इसी दीवार पर चैनल के चर्चित

चेहरों के बड़े-बड़े पोस्टर भी लगे थे, और खास बात यह कि इस दीवार पर जो सबसे बड़ा पोस्टर लगा था, वह था नैना वशिष्ठ का।

नैना वशिष्ठ टीवी स्टूडियो में खींची गई अपनी इस तस्वीर को देखकर रोज़ ही मुग्ध होती, मन्द-मन्द मुस्कुराती, उसे खुद पर अभिमान होता। कहाँ से कहाँ पहुँच गई थी वह! कई बार उसे लगता, यह तस्वीर उसकी शोहरत, उसके मुकाम का एक जीवन्त सर्टिफिकेट है। इस तस्वीर के ठीक सामने ऊपर की मंज़िलों पर जाने के लिए पाँच लिफ़्ट लगी थीं। तय था, इस बिल्डिंग में आने जाने वाला कोई भी शख़्स इस तस्वीर को देखे बिना गुज़र नहीं सकता था।

आज भी अपनी उसी तस्वीर को देखते हुए नैना लिफ़्ट में प्रवेश कर गयी। बीस मंज़िल के मीडिया टावर की पाँचवीं मंज़िल पर टीवी चैनल का न्यूज़रूम था। उसी मंज़िल पर पहुँच कर नैना ने फिर एक बार एंट्री पॉइंट पर कार्ड स्वाइप किया। स्वाइप करते ही क्रास बार झटके से साइड में हटा और वह आगे बढ़ कर न्यूज़रूम में प्रवेश कर गयी।

यह एक विशालकाय हॉल था, जिसे न्यूज़रूम कहा जाता है। चार सिनेमा हॉल मिलकर भी शायद उसकी बराबरी न कर पायें। इतने बड़े न्यूज़रूम में सिर्फ तीन केबिन थे, जो हॉल के बीचोबीच बने थे। इन केबिनों की तीन दीवारें शीशे की थीं। एक तरफ लकड़ी की दीवार थी, जो इन केबिनों को अलग करती थी। इस दीवार पर क़रीब बारह टीवी लगे थे, जिन पर हर समय न्यूज़ चैनल्स चलते रहते। इनमें से कुछ पर अपने चैनल्स चलते और कुछ पर कॉम्पिटिटर चैनल्स। मकसद साफ था, कौन-सा चैनल क्या दिखा रहा, किसकी ब्रेकिंग क्या है, स्पेशल रिपोर्ट्स किस पर हैं, सबका पता चलता रहे।

इस केबिन में बैठने वालों की नज़रें पूरे न्यूज़रूम पर रहती थीं। अपनी सीट पर बैठे-बैठे वे देख सकते थे कि कौन क्या कर रहा है। बाकी सब लोग खुले हॉल में थे। इसमें भी कुछ क्यूबिकल्स थे, जो बाकियों से अलग दिखते थे। इन क्यूबिकल्स में बड़े ओहदों पर बैठने वाले या बड़ा काम करनेवाले बैठते थे। बाकी सब जनता सर्विस थी। टीवी की दुनिया में इसे पारदर्शी सिस्टम कहा जाता है। जहाँ सब कुछ खुला होता है। कौन क्या कर रहा है, सबकी नज़रों के सामने है। कुछ भी छिपा हुआ नहीं है।

हॉल में नैना की सीट मैनेजिंग एडिटर गौरव वर्मा के ठीक सामने थी। गौरव वर्मा के दायीं तरफ आउटपुट एडिटर नवीन शर्मा और बायीं तरफ इन्पुट एडिटर निरुपम झा का केबिन था। मैनेजिंग एडिटर के ठीक सामने तीन वर्क स्टेशन थे, जो एंकर्स के लिए निर्धारित थे। पहला वर्क स्टेशन नैना वशिष्ठ का

था। उसके बाद अन्य एंकर्स बैठते थे। नैना का मूड आज सुबह से ही कुछ अनमना-सा था। सुबह जब वह जगी तो बेहद अच्छे मूड में थी, पर उसके बाद जो उखड़ी, तो अभी तक संभली नहीं थी।

हुआ यूँ कि पहले तो सुबह 9 बजे होने वाली कॉन कॉल पर उसका न्यूज़ आइडिया आमना चौधरी ने चुरा लिया, ऊपर से बॉस ने भी उसकी तरफदारी कर दी। वह इस बात से बेहद खफा थी कि मैनेजिंग एडिटर उसका आइडिया शाम 6 बजे के लिए कैसे अप्रूव कर सकते हैं। आमना वैसे भी काफी जूनियर थी और उसका स्लॉट तो सोशल खबरों पर चर्चा के लिए निर्धारित था। ऐसे में राष्ट्रवादी मुद्दे पर आमना के शो में चर्चा कराने का फैसला उसे अखर गया था।

आज की सबसे बड़ी खबर थी कि मुख्य विपक्षी पार्टी के एक नेता ने पिछले दिनों हुए पुलवामा अटैक पर पाकिस्तान का बचाव किया था। नैना वशिष्ठ इसी विषय पर शो करना चाहती थी। इसके लिए उसने तैयारियाँ भी कर ली थीं, लेकिन यही शो शाम 6 बजे आमना चौधरी के लिए मंजूर कर लिया गया। नैना के साथ पिछले कुछ एक सालों में ऐसा कभी नहीं हुआ था। जब वह इस इंडस्ट्री या इस चैनल में नई-नई आयी थी, तो बात और थी। अब तो नैना जो टॉपिक चुनती थी, वह सिर्फ उसी के लिए रिज़र्व होता था। बॉस भी उसी की बात मानते थे। लेकिन आज ऐसा नहीं हुआ; आज सेम टॉपिक पर शाम 6 बजे आमना चौधरी को भी शो करने को कह दिया गया था। बस यही बात उसे खाये जा रही थी। ऐसे में ट्रैफिक ने भी सड़क पर उसके पन्द्रह-बीस मिनट बर्बाद कर दिये थे।

इन सबसे झुंझलाते हुए जैसे ही वह अपनी सीट पर पहुँची, उसकी नज़र बॉस के केबिन में बैठी आमना चौधरी पर पड़ी। उसने अपनी कुर्सी खींची और कम्प्यूटर ऑन करने के लिए स्विच दबा दिया। बैग से पानी की बोतल निकाल कर साइड में रखी। हाथ में पकड़ी किताब को एक तरफ रख दिया, और सामने लगी माता की तस्वीर को हाथ जोड़ कर प्रणाम किया। बचपन से ही माता वैष्णो देवी में उसकी अगाध आस्था थी, न जाने कितनी बार उसने माँ के दरबार में माथा टेका था। अब तो उसे भी याद नहीं कि माता वैष्णो देवी की यह तस्वीर उसके पास कब से थी। अपने जीवन के हर सुख-दुख में वह माँ की प्रार्थना में सहारा ढूँढ़ती। माँ एक तरह से उसकी शक्तिपुंज थीं, उसका सम्बल, उसके सारे दुखों का निवारण; फिर आज तो उसका मन वैसे भी उदास था। उसका मन तो बॉस के केबिन में अटका था।

इसी सोच में उसने कम्प्यूटर में लॉग इन किया। मेल बॉक्स खोला; रोज़मर्रा की साइट्स खोल कर पढ़ना शुरू किया। तभी मोबाइल पर एक मैसेज आया। यह मैसेज आउटपुट एडिटर नवीन शर्मा का था।

'ऑल वेल?'

'हम्म...' उसने जवाब दिया।

'आप मुझे बता सकती हैं।'

'कुछ नहीं, बस मूड खराब है।'

'मेरे केबिन में आइये।'

आउटपुट एडिटर का केबिन मुश्किल से दस कदम दूर था। वह उठी और मैनेजिंग एडिटर के केबिन के सामने से होते हुए उनके बगल वाले केबिन में बैठे नवीन शर्मा के पास आ गयी। नवीन ने उसे बैठने को कहा।

"क्या हाल है मेरी बेबी का?"

"बस ठीक है।"

"ठीक तो नहीं है। कम से कम मुझसे ये झूठ तो मत बोलो। तुम्हारे चेहरे पर साफ-साफ लिखा है कि कोई बात है।"

"मुझे समझ नहीं आ रहा कि यहाँ क्या हो रहा है?"

"क्यों? क्या हुआ है? बताओ तो सही!"

"आपको तो पता है, मेरा ही टॉपिक आमना चौधरी भी कर रही है।"

"तो क्या हुआ, तुम भी तो कर रही हो," नवीन ने कहा।

"लेकिन जो शो मेरा है, टॉपिक मेरा है, जिसे पहले मैंने सजेस्ट किया उसे वह क्यों कर रही है? सुबह की कॉन कॉल में मैंने ही शो का टाइटल *राष्ट्र के काफिर* दिया था। गेस्ट भी मैंने ही सजेस्ट किया था और अब वही शो हूबहू आमना कर रही है, क्यों?"

"मुझे समझ नहीं आ रहा कि इसमें दिक्कत क्या है?" नवीन ने कहा। "देश में चुनाव का माहौल है। दो लोग अगर एक ही टॉपिक पर शो करते हैं तो चैनल के लिए बेहतर ही होगा। उसका शो *आज हमारा है* शाम को 6 बजे है। तुम्हारा शो *राष्ट्रवाद* तो रात को 9 बजे प्राइम टाइम में आता है। दोनों शो का आपस में कोई मुकाबला ही नहीं है।"

"यही तो," नैना ने गुस्से में कहा, "जब कोई मुकाबला ही नहीं है तो दोनों में मुकाबला कराया क्यों जा रहा है?"

"देखो यार, ज़्यादातर चैनल बैक टू बैक डिबेट शो करते हैं। हम ही नहीं कर रहे हैं। आज का ये बहुत गरम मुद्दा है। राष्ट्रवादी पार्टी और प्रधानमन्त्री ने विपक्षी नेता के बयान को हाथोहाथ लपक कर उस पर अपना बयान दे इसे एक बड़ा मुद्दा बना दिया है, ऐसे में इस पर ज़्यादा शो कराना चैनल के हक में है। इससे हमारी रेटिंग में फायदा होगा।"

"आप भी आमना की ही तरफदारी कर रहे हैं?" नैना ने थोड़ा तल्ख होते हुए कहा। "आपसे बात करने से कोई फायदा नहीं है," यह कहते हुए वह उठ खड़ी हुई।

"अरे रुको तो! सुनो, मैं आमना की नहीं चैनल की तरफदारी कर रहा हूँ।"

"नहीं, ये आमना की तरफदारी है। आपको तो हर वक्त दूसरे ही दिखायी देते हैं। जब आपको मेरी कोई बात माननी तो दूर, सुननी ही नहीं है तो रुक कर करना क्या है?"

"यार तुम गुस्से में बेहद ख़ूबसूरत लगती हो। बैठो, तुम्हारे लिये अदरक की चाय मंगवाता हूँ।" नवीन ने उसका मूड कुछ हल्का करने की कोशिश की।

"चाय आप अपनी फेवरेट के लिए मंगाना। मुझे नहीं पीनी आपकी अदरक वाली चाय।" कहकर नैना दनदनाती हुई केबिन से बाहर निकल गयी।

***

नैना के केबिन से जाने के बाद नवीन के चेहरे पर एक हल्की-सी मुस्कुराहट दौड़ गयी। उसका यह रूप वह सैंकड़ों बार देख चुका था। नैना को अपनी बात मनवाने की आदत-सी पड़ गई थी। दरअसल उसकी यह आदत भी नवीन की ही डाली हुई थी। पिछले पाँच साल से तो वही नैना की हर ख्वाहिश को पूरा करता आया था। उसे अब भी याद है वह दिन जब पहली बार वह नैना से मिला था। नवीन अपने चैनल के लिए एक तेज़तर्रार एंकर की तलाश में था।

एक दिन वह एक क्षेत्रीय चैनल देख रहा था कि उसकी नज़र नैना पर पड़ी। चेहरे पर एक खिली हुई मुस्कुराहट, सीधी तनी हुई गर्दन, दोनों हाथों को बाँधकर बैठने का उसका शालीन तरीका नवीन को भा गया। फिर वह शो में मौजूद अपने मेहमानों से बड़े ही सलीके के साथ समझदारी भरे सवाल कर

रही थी। नवीन ने फौरन ही अपने फोन से एक फोटो खींची और अपने मातहत काम करने वाले एक सहयोगी को भेज कर इस लड़की का नाम, पता मालूम करने को कहा। अगले पाँच मिनट में उसके फोन पर नैना का नाम और फोन नम्बर दोनों मौजूद थे।

उसने उसके शो के खत्म होने का इन्तज़ार किया। शाम के करीब 7:30 बजे थे, उसने पहली बार नैना के नम्बर पर फोन लगाया।

"हैलो, नैना?"

"जी, बोल रही हूँ।"

"मैं नवीन शर्मा बोल रहा हूँ, *नेशनल न्यूज़* चैनल से। क्या आपसे बात करने का यह मुनासिब वक्त है?"

"जी सर, मैं बात कर सकती हूँ," उसने सधे हुए अन्दाज़ में कहा था।

"मैं नवीन शर्मा हूँ।"

"जी, मैंने पहचान लिया सर। आपको मीडिया इंडस्ट्री में कौन नहीं जानता?"

नवीन ने हँसते हुए कहा, "फिर ठीक है। मैं सीधा मुद्दे की बात पर आता हूँ। क्या हम लोग मिल सकते हैं? आपके पास वक्त हो तो साथ में चाय पीते हैं।"

"जी ज़रूर। किस वक्त?" उसने पूछा।

"कल शाम को 4 बजे।"

"सर, मेरी शिफ़्ट दोपहर 3 बजे से रात 12 बजे की है। बेहतर होता अगर थोड़ा पहले मिल लेते।"

"फिर ऐसा करते हैं कि एक बजे मिल लेते हैं।" नवीन ने सहमति जताते हुए कहा।

नोएडा सेक्टर 18 के *कैफे कॉफी डे* में यह मुलाकात तय हुई।

ठीक एक बजे नैना *कैफे कॉफी डे* में दाखिल हुई। नवीन ने उसे दूर से ही आते हुए देख लिया था। उसे यह जानकर तसल्ली हुई कि नैना वक्त की पाबन्द थी। वरना मीडिया में ज़्यादातर लोगों की दुनिया उनके अपने वक्त के हिसाब से ही चलती थी। नवीन वक्त का पाबन्द था। पूरी इंडस्ट्री में उसकी इस टाइम पंक्चुएलिटी के चर्चे थे। सहकर्मी कभी-कभी मज़ाक में उससे पूछते भी कि कहीं पिछले जनम में वह टाइमकीपर तो नहीं था? नवीन को ऐसे लोग

बिल्कुल भी पसन्द नहीं आते थे जो वक्त का ख्याल नहीं रखते थे। वह अक्सर कहा करता था कि अगर तुम वक्त की इज़्ज़त नहीं कर सकते तो वक्त से ये उम्मीद मत करना कि वह तुम्हारी इज़्ज़त करेगा। एक और चीज़ भी थी जो उसे नैना में पसन्द आयी, वह थी उसकी लम्बाई। उसने अन्दाज़ा लगाया कि नैना की हाईट तकरीबन पाँच फुट छह इंच तो होगी ही। लम्बी छरहरी। गोरा रंग। लम्बे, काले घने बाल। उसे आज भी याद है कि वह दिसम्बर का महीना था और उस दिन नैना काले रंग की पैंट और पिंक कलर का कोट पहने हुए थी। वह पूरी तरह से प्रोफेशनल वूमन लग रही थी। पहली नज़र में ही नैना ने नवीन को प्रभावित कर लिया था।

कैफे में आते ही नैना ने चारों तरफ नज़रें घुमाईं। उससे नज़रें मिलते ही नवीन मुस्कुराया और खड़ा हो गया। नैना ने पास आकर अपना हाथ बढ़ा दिया। उसकी इस पहल में गर्मजोशी थी। हाथ मिलाते हुए उसने कहा, "हैलो सर, नैना।"

"कैसी हैं आप?"

"मैं बिल्कुल ठीक हूँ सर।"

"बैठिये। बताइये क्या लेंगी आप?" नवीन ने पूछा।

"ग्रीन टी सर।"

"और कुछ खाने के लिये?"

"नहीं सर, बस ग्रीन टी।"

"ठीक है।" काउंटर पर दो ग्रीन टी का ऑर्डर देकर नवीन अपनी सीट पर आकर बैठ गया। कुछ मामलों में वह बेहद शार्प था। बैठते हुए उसने नैना से पूछ लिया, "क्या कर रही हैं आजकल?"

"बस सर, अभी तो जॉब ही चल रहा है। इसी से टाइम नहीं मिलता है।" नैना ने भोलेपन से जवाब दिया।

"यहाँ कहाँ रहती हैं आप?"

"जी, दिल्ली में। पटपड़गंज में।"

"अरे वाह, वहाँ तो मैं भी रहता हूँ। किस सोसाइटी में?"

"जी, *बैकुंठ धाम* में।"

"गुड, यह तो और भी अच्छी बात है। मैं उसके ठीक सामने *सिल्वर अपार्टमेंट* में रहता हूँ।" इसके बाद नवीन ने उससे पूछा, "कौन-कौन हैं आपके घर में?"

"जी, मेरा बेटा है नौ साल का और पति हैं।"

"काफी जल्दी शादी कर ली आपने?" नवीन ने कहा।

"हाँ सर," उसने भी बेतकल्लुफ होते हुए जवाब दिया।

"इक्कीस साल की उम्र में मेरी शादी हो गई थी या यूँ कहें मैंने शादी कर ली थी।"

"सॉरी, पूछना तो नहीं चाहिये, पर आपकी उम्र क्या है इस वक्त?" नवीन ने शर्माते हुए पूछ लिया था।

"इसमें क्या छिपाना सर? इस वक्त तीस साल की हूँ।"

"बट यू डोंट लुक लाइक ए थर्टी ईयर ओल्ड।"

"थैंक यू सर।"

"क्या इरादा है आपका, नौकरी बदलनी है?"

"आप नौकरी दे रहे हैं?" नैना ने मुस्कुराते हुए काउंटर सवाल किया।

"हाँ, हो सकता है।" वह भी मुस्कुराया। दोनों के बीच एक खेल शुरू हो चुका था।

"तो बताइये, क्या ऑफर है?"

"ऑफर कहाँ है? अभी तो बात भी शुरू नहीं हुई।" वह मुस्कुराया।

"ओह..." इस बार नैना के स्वर में निराशा थी।

"आप क्या करती हैं, *एमपी न्यूज़* में?" नवीन ने थोड़ा सीरियस होते हुए सवाल किया।

"मेरा ज़्यादातर काम तो एंकरिंग का है, लेकिन अगर दिल्ली में मध्य प्रदेश का कोई बड़ा नेता आता है या कोई डेवलपमेंट होता है, तो रिपोर्टिंग भी कर लेती हूँ।"

"डेज़िग्नेशन क्या है?"

"अभी रिपोर्टर हूँ सर।"

"कितना वक्त हो गया है आपको *एमपी न्यूज़* में काम करते हुए?"

"चार साल हो गये हैं, अगले महीने पाँच पूरे हो जायेंगे।"

"इससे पहले भी कहीं काम किया है?"

"जी नहीं, यह मेरी पहली नौकरी है।"

"मतलब यह कि काफी देर से जॉब शुरू की!"

"हाँ सर, बेटे को बड़ा करने में व्यस्त हो गई थी।"

"आपके पति क्या करते हैं?"

"वह *टॉप न्यूज़* चैनल में एडिटर हैं।"

"क्या नाम है?"

"सर्वेश सिंह देव।"

"कितनी सेलरी है आपकी?"

"इस वक्त पैंतीस हज़ार रुपये मिलते हैं।"

"ग्रॉस सेलरी है यह, या कॉस्ट टु कम्पनी?"

"जी, यह मेरे पेपर पर लिखी है, सब मिलाकर इतनी ही है। हाथ में तो छब्बीस हजार रुपये के आसपास ही आते हैं।"

"ठीक है। यह बताओ कि तुम्हारे हिसाब से चुनाव में क्या होने वाला है?"

"देखिये सर, चाहे जो हो, एक बात तो साफ है कि यह मौजूदा सरकार अब नहीं रहेगी और देश को नया नेतृत्व मिलेगा।"

"क्यों? तुम इतने दावे से यह बात कैसे कह सकती हो? बड़े-बड़े सेफोलोजिस्ट भी इतना बड़ा दावा नहीं कर रहे!"

"वह तो नहीं पता सर, पर आज का युवा नये नेता के साथ है," उसने पूरी गंभीरता से कहा। "युवाओं को इस नये नेता में उम्मीद की एक किरण नज़र आ रही है। आज चारों ओर निराशा का जो वातावरण और भ्रष्टाचार की गंगोत्री बह रही है, उससे आज का युवा छुटकारा पाना चाहता है, सर! मेरी अपनी समझ कहती है कि इस बार के नतीजों से ये पॉलिसी पैरालिसिस खत्म होकर रहेगा।"

"तुम जानती हो ये पॉलिसी पैरालिसिस क्या होता है?"

"जी सर, जब सरकार पंगु हो जाये, कोई फैसला ना ले पाये। बस, सब कुछ स्थिर हो जाये, थम जाये।"

"तुम्हें ऐसा क्यों लगता है कि पॉलिसी पैरालिसिस हो गया है?" नवीन ने एक बार फिर अपने सवाल से नैना की सियासी समझ को थाहने की कोशिश की।

"आप ही बताइये ना सर कि पिछले कुछ सालों में क्या हुआ है? सरकार न तो कोई सुधार लागू कर पा रही है, ना ही कोई बड़े नीतिगत फैसले ले पा रही है। उस पर इस सरकार के तीन-चार मन्त्री पहले ही अलग-अलग आरोपों में इस्तीफा दे चुके हैं। एक-दो तो जेल की हवा भी खा रहे हैं। सरकार की साख बची ही नहीं है। जिस सरकार की साख ही खत्म हो जाये उसका वजूद क्या होगा? सर, सच तो यही है न कि राजा का राज उसके इकबाल से चलता है और इस सरकार और इसके प्रधानमन्त्री का इकबाल तो खत्म हो चुका है..."

वह बोलती जा रही थी और नवीन चुपचाप उसकी बात सुन रहा था। उसे इस लड़की में एक आग दिखायी दे रही थी। वह अन्दाज़ा लगा चुका था कि लड़की का यह तेवर उसे बहुत आगे ले जायेगा। लड़की ख़ूबसूरत है, गोरी है, आकर्षक है और दिमाग भी तेज़ है! यही नहीं उसमें अपने आगे बढ़ने को लेकर ललक भी है और वह दूरदृष्टि भी, जो उसे तरक्की की एक नई दुनिया में ले जा सकती है। अगर ऐसा न होता तो एक ही फोन कॉल पर इतनी जल्दी वह उससे मुलाकात करने न आती।

बीस साल से वह मीडिया इंडस्ट्री में है। लम्बे समय से इतने बड़े चैनल में आउटपुट हेड की भूमिका में है। इससे पहले भी बड़े पदों पर ही नौकरी करता रहा है। कम से कम उसे तो सियासी मसलों पर इतनी स्पष्ट समझ और इतना बेबाक बोलने वाली लड़की इंडस्ट्री में नहीं दिखी थी।

वह यही सब सोच रहा था कि नैना ने उससे उसी का सवाल दोहरा दिया और पूछा, "आपको क्या लगता है सर, क्या होगा इस बार के चुनाव में?"

वह हँसा और बोला, "मैं पुराने ज़माने का पत्रकार हूँ। ऐसे सियासी मसलों पर मेरा कोई अपना विचार नहीं होता। मैं बस जनता की नुमाइन्दगी करता हूँ, उनका जो टीवी के उस पार तकरीबन आठ-दस फीट दूर बैठे होते हैं। मैं उनके दिमाग में उठने वाले सवालों के जवाब माँगता हूँ।"

"लेकिन सर, यह तो कोई बात ही नहीं हुई। जब आपकी कोई विचारधारा ही नहीं है तो आप सही गलत का फैसला कैसे करेंगे? कैसे आप अपनी राय बनायेंगे और जनता को बतायेंगे कि सही और गलत क्या है? जब आप ही सही और गलत का फैसला नहीं करेंगे तो बाकी लोग कैसे जानेंगे कि उनकी या हमारे समाज और देश की भलाई किसमें है?"

“यह मेरा काम नहीं कि मैं लोगों को बताऊँ कि हमारे लिये क्या अच्छा है और क्या बुरा। मेरा काम सारी परिस्थितियों को जनता के सामने रख देना है। अब वे क्या राय बनाना चाहते हैं, ये मैं उनके ऊपर छोड़ देता हूँ। रही बात समाज और देश की भलाई की, तो पत्रकार का काम नहीं है इस बारे में सोचना। हम आईना हैं, जनता को उसके आसपास घटने वाली हर जानकारी को देने वाले, जिससे वह अपना अच्छा बुरा समझ सके।”

“मैं इससे इत्तेफाक नहीं रखती सर! पत्रकार का काम सिर्फ आईना बनना नहीं है। उसे तो उस मशाल की तरह होना चाहिये जिसकी रोशनी में जनता और देश निखर सके। जिससे देश और समाज रौशन हो सके। अगर हम ही सच छुपाने लगेंगे तो फिर देश की बात कौन करेगा?”

“देश को क्यों बीच में ला रही हो? देश के सवाल कौन पैदा कर रहा है?”

“यही तो दिक्कत है सर कि हम देश के बारे में नहीं सोचते इसीलिये तो आज हम संकट में हैं। जिस दिन हर किसी के लिए देश पहले होगा, उसी दिन से भ्रष्टाचार और सभी दिक्कतें खत्म होनी शुरू हो जायेंगी। आज हममें आत्मसम्मान की कमी है। हमें खुद पर भरोसा ही नहीं है। हमें वह भरोसा पैदा करना है जिससे हम गर्व से कह सकें कि *हाँ मैं भारत का रहने वाला हूँ*। पत्रकारिता में हर खबर दिखायी जाती है। हर बात पर चर्चा होती है, लेकिन क्या कभी आपने देश पर चर्चा सुनी है? जबकि मुझे हमेशा से लगता रहा है कि आज अगर हमें किसी चीज़ की सबसे ज़्यादा ज़रूरत है तो वह है राष्ट्र निर्माण की!”

“तुम संघ से जुड़ी हुई हो क्या?” अनायास नवीन के मुँह से निकल गया।

“नहीं सर, मेरा उनसे कोई वास्ता नहीं है, लेकिन मेरा यह मानना है कि आज की जनता देश की बात करना चाहती है। सुनना चाहती है। अगर हम ऐसा शो बनायेंगे तो हमें और रेटिंग मिलेगी। लोग हमारे साथ जुड़ेंगे। दरअसल हमें तो एक मुहिम शुरू करनी चाहिये, राष्ट्र निर्माण की। ऐसा करते हैं कि एक शो ही शुरू करते हैं जिसका नाम होगा *भारत की बात*। यह हमारे चैनल के नाम से भी मैच करता है।”

नवीन की हँसी छूट गयी। इस लड़की को अभी नौकरी मिली भी नहीं है और यह शो के सपने देखने लगी है। यह और बात है कि इस पहली मुलाकात में ही नैना उसे हर तरह से भा गयी थी। नैना का देश को लेकर नज़रिया, राजनीति और मीडिया को लेकर उसकी व्याख्या, उत्साह, सियासत

पर सामयिक अप्रोच, ये सब उसे भा गया। इधर-उधर की बातें करके उसने नैना से कहा कि जल्द ही एचआर डिपार्टमेंट उसे कॉल करके सारी औपचारिकताएँ पूरी कर लेगा। ...और हुआ भी ऐसा ही।

पन्द्रह दिन के बाद नैना की एंट्री *नेशनल न्यूज़* चैनल में हो गयी। जॉइन करने के बाद पहली बार जब नैना उससे मिलने केबिन में आयी तो नवीन ने हाथ मिलाते हुए कहा, "वेलकम टू जुरासिक पार्क।"

यह उसकी फेवरेट लाईन थी। नैना ने शर्माते हुए थैंक्यू कहा और बाहर निकल गयी। नवीन उसे जाते हुए देखता रहा। उसे तब यह नहीं मालूम था कि यह हायरिंग एक दिन उसकी ज़िन्दगी की सबसे बड़ी गलती साबित होने वाली थी।

***

यह मैनेजिंग एडिटर गौरव वर्मा का केबिन था। न्यूज़, चैनल्स, टीआरपी, स्पेशल रिपोर्ट्स, एंकर, टीकर, मीटिंग्स; इस कमरे में इन्हीं पर बात होती। नवीन ने दरवाज़ा खटखटाया और जवाब का इन्तज़ार किये बगैर ही अन्दर पहुँच गया।

नवीन को अचानक अपने केबिन में देख मैनेजिंग एडिटर गौरव वर्मा कुछ पूछता इससे पहले ही नवीन ने हँसते हुए सवाल दाग दिया, "यार तुमने यह क्या कर दिया?"

गौरव वर्मा के केबिन में नवीन का आना कोई घटना नहीं थी। दिन में कई बार ऐसा होता था, पर सुबह के इस वक्त वह कम ही आता था इसलिए गौरव थोड़ा चौंका तो ज़रूर, पर मुस्कुराते हुए उसने पूछा, "क्यों, कुछ हुआ है क्या, मैंने ऐसा क्या कर दिया?"

"अरे मैडम बड़ी खफा हैं। तुमने उनका आइडिया आमना को जो दे दिया," नवीन जो कहने आया था, उसने कह दिया।

"यही तो दिक्कत है इस लड़की के साथ, उसे सब कुछ केवल अपने लिये ही चाहिये। दिल बहुत छोटा है इसका।" गौरव बोला।

"अरे यार, तुम बात कर लेना। मैंने तो समझा दिया है।" यह कहकर नवीन केबिन से बाहर निकल गया।

गौरव और नवीन दोनों अच्छे दोस्त थे। यह दोस्ती तकरीबन बीस साल पुरानी थी और वो एक साथ कई जगह काम कर चुके थे। दोनों के बीच एक विश्वास था, तो लम्बे समय से साथ काम करने का भरोसा भी। गौरव वर्मा की गिनती देश के बड़े सम्पादकों में होती थी। उसकी राजनीतिक समझ के कायल बड़े-बड़े नेता थे। राजनीति का ऊँट कौन-सी करवट लेगा इसका अन्दाज़ा इतना सटीक था कि वह चाहता तो कोई भी राजनीतिक दल कभी भी जॉइन कर सकता था। मीडिया इंडस्ट्री में गौरव वर्मा की स्थिति एक ब्रांड नेम की थी, और उसे अपनी इस हैसियत का भान भी था। कहने को वह कायस्थ था पर अन्दाज़ ठाकुरों वाला था। किसी से भी भिड़ जाने में उसे कोई तकलीफ नहीं थी। मैनेजमेंट से भी अक्सर उसकी अदावत रहती, लेकिन अपने काम और जनता के बीच उसकी छवि को देखकर कोई ज़्यादा कुछ कहता नहीं था। नवीन अक्सर उससे कहता था, 'यार तुम क्यों नहीं सुन लेते। क्या ज़रूरत है हर बात में लट्ठ उठा लेने की।' जवाब में गौरव सालोसाल पुरानी अपनी वही बात दोहरा देता, 'तुम्हें तो पता है, मेरा मानना है कि जो जितना सुनता है या दबता है, लोग उसे उतना ही दबाते हैं, सुनाते हैं। किसी को इतना फैलने का मौका ही ना दो कि कोई आपको कोने में धकेल सके।'

पर यहाँ बात नैना की थी। नैना के साथ गौरव का क्या रिश्ता था, इसे सही तौर पर कोई भी नहीं जानता था। पर चैनल के दफ़्तर में दबे स्वर में लोग दोनों के बीच की नज़दीकियों को लेकर आपस में बात ज़रूर किया करते थे। यह अलग बात थी कि गौरव वर्मा का नाम चैनल में काम करने वाली तकरीबन हर ख़ूबसूरत एंकर के साथ जोड़ा जाता रहा है। गौरव को इसमें फख्र ही होता था। वह एक हैंडसम शख़्स था।

रोज़ सुबह 11 बजे वह ऑफिस आ जाता था। शायद ही कभी किसी ने उसे बगैर सूट और टाई के देखा हो। 6 फुट 01 इंच का गठा हुआ शरीर। एकदम फिल्मी हीरो की तरह वह न्यूज़रूम में घुसता था। सूट से कंट्रास्ट करती टाई, उस पर फबती शर्ट, मैच करते हुए जूते, करीने से कढ़े हुए बाल। एकदम फिल्मी हीरो जैसी शख़्सियत थी उसकी। काम में पंक्चुएलिटी के साथ-साथ हेल्थ उसके एजेंडा में शामिल थी। जिम में नियमित रूप से एक्सरसाइज करने की उसे लत थी। ड्रेस सेंस को लेकर भी उसकी अपनी एक थियरी थी। उसका मानना था कि आज के दौर में दुनिया आपको जानने से पहले आपके रंग-रूप और कपड़े देखती है। अगर आपका अपीयरेंस ठीक नहीं है तो कोई भी आपको सीरियसली नहीं लेगा। अंग्रेज़ी स्कूल में पढ़ाई करने की वजह से हिन्दी चैनलों में अंग्रेज़ी बोलने वाला वह अकेला सम्पादक था।

नवीन के जाने के बाद गौरव वर्मा अपनी सीट से उठकर अपने केबिन के दरवाज़े पर आया और नैना को आवाज़ दी। आवाज़ सुनकर नैना ने उसकी तरफ देखा, तो गौरव ने उसे आने का इशारा किया। नैना तुरन्त ही उठकर उसके केबिन में आ गयी। तब तक गौरव अपनी सीट पर बैठ चुका था। उसने नैना को सामने रखी कुर्सी पर बैठने को कहा। नैना चुपचाप उसके सामने सिर झुकाकर बैठ गयी।

गौरव नैना के मूड से अन्दाज़ा लगा चुका था कि उसने किसी बात को दिल पर ले लिया है। वह क्या बात थी, इसका इशारा तो नवीन से मिल ही चुका था, फिर भी उसने नैना के मुँह से ही वह बात सुननी चाही और पूछा, "क्या बात है? कुछ उखड़ी हुई दिख रही हो?"

नैना ने सिर नीचे झुका लिया। कुछ देर चुप रही फिर जवाब दिया, "कुछ नहीं।"

"कुछ तो है?"

नैना ने चुपचाप बगैर देखे ना में सिर हिला दिया।

"क्या मज़ाक है, मेरी तरफ देखो तो!"

"मज़ाक तो आप कर रहे हैं मेरे साथ," नैना फट-सी पड़ी।

"क्या मज़ाक किया है मैंने?" नैना की टोन ने गौरव को थोड़ा संजीदा कर दिया।

"आपको पता है।"

"अरे! सीधे-सीधे बोलो, पहेलियाँ मत बुझाओ।"

"इतने नादान मत बनिये। आपने मेरा शो क्यों दिया आमना को?"

"तुम्हारा शो? तुम्हारा शो कहाँ दिया उसे? वह अपने स्लॉट में अपना काम कर रही है। तुम अपना शो अपने तरीके से करो। इसमें दिक्कत क्या है?"

"जिस टॉपिक पर आज उसका शो है, उसे मैंने सजेस्ट किया था। मेरे सलेक्ट किये गये टॉपिक पर आपने आमना को शो करने की अनुमति क्यों दी?" ये बातें कहते हुए भी नैना ने अपना सिर ऊपर नहीं उठाया। झुके हुए सिर के साथ उसकी आँखें ज़मीन पर ही गड़ी हुई थीं। न जाने वह वहाँ क्या तलाश रही थी। गौरव ने पहले उसे इस कदर बेज़ार नहीं देखा था। उसकी समझ में नहीं आ रहा था कि नैना इस बात को इतनी गंभीरता से क्यों ले रही है।

"देखो, समझने की कोशिश करो, यह इलेक्शन सीज़न है। इस वक्त हर स्लॉट ज़्यादा से ज़्यादा पॉलिटिक्स पर ही फोकस्ड है। ऐसे में आमना के शो में भी अगर पॉलिटिक्स डिस्कस हो तो क्या दिक्कत है?" गौरव ने अपनी आवाज़ को संयमित करते हुए कहा। यह अलग बात है कि वह अन्दर ही अन्दर गुस्से से आग बबूला हो रहा था। वह कहना चाह रहा था कि यह अधिकार मैनेजिंग एडिटर का होता है कि कौन क्या करेगा! कोई एंकर नहीं तय कर सकता कि चैनल में क्या चलेगा।

नैना की ज़िद बेमानी थी। लेकिन नैना यह पहली बार कर रही थी, ऐसा भी नहीं था। नैना अक्सर ऐसी ही बातों को लेकर ज़िद करने लगती और अपनी बात मनवाकर ही रहती थी। गौरव को यह बात भी मालूम थी, लेकिन आज वह नैना की बात सुनने के मूड में नहीं था।

"बात सिर्फ पॉलिटिक्स की है या कुछ और है?" नैना के शब्दों ने उसे चौंका दिया।

"क्या मतलब? कुछ और क्या होता है...ज़रा साफ लफ़्ज़ों में बोलो?" यह कहते हुए गौरव का लहजा थोड़ा सख़्त हो उठा।

"कुछ नहीं," कह कर वह कुर्सी से उठ खड़ी हुई।

गौरव भी तमतमाते हुए अपनी सीट से उठा और बोला, "चुपचाप बैठ जाओ, जो कहना है साफ-साफ बोलो। घुमा-फिरा कर बात मत करो नैना वशिष्ठ।"

अपना नाम सुनते ही नैना ने चेहरा उठाया। कुछ क्षण उसने गौरव की आँखों में आँखें डालकर देखा, जैसे उसका मूड भाँपना चाहती हो।

गौरव वर्मा वैसे भी उसके लिए केवल बॉस भर कहाँ था? जब समूचा चैनल गौरव के कड़े तेवर से थर्रा उठता, तब भी नैना अपने लिए उसे कूल ही पाती। इसीलिए जब आज उसने गौरव के मुँह से अपना पूरा नाम सुना, तो जैसे उसके सुलगते गुस्से ने अचानक से लौ पकड़ ली। बिना अपना तेवर बदले व्यंग्य से वह बोल पड़ी, "कहिये, क्या जानना चाहते हैं आप? क्या आपको भी नहीं पता कि आपने आमना को मेरा टॉपिक क्यों दिया? क्या यह भी मुझे ही बताना पड़ेगा? आप जैसे सम्पादक किसी को क्यों काटते हैं, किसी को क्यों बढ़ावा देते हैं, कोई उन्हें क्यों भाने लगता है? और क्यों किसी को ज़मीन पर पटक दिया जाता है, क्या मैं इसे नहीं जानती?"

"क्या बकवास कर रही हो तुम?" अब तक गौरव का पारा सातवें आसमान पर चढ़ चुका था, पर उसने मौके की नज़ाकत को समझा और अपने शब्दों में आ चुकी तल्खी को दबाते हुए बोला, "तुम्हारा दिमाग खराब हो गया है नैना, ऐसा कुछ नहीं है। एक छोटी-सी बात को खामखां इतना बढ़ा रही हो?"

"हाँ, मेरा दिमाग खराब हो गया है। हाँ, मैं बात को बढ़ा रही हूँ क्योंकि जो मैं देख पा रही हूँ वह आप नहीं देख सकते। इसलिए नहीं कि आपको वह दिख नहीं रहा, बल्कि इसलिए क्योंकि उसे आप देखना ही नहीं चाहते, सोचना ही नहीं चाहते। वैसे भी इस बारे में आप सोचेंगे भी क्यों, गौरव वर्मा!" उसने बड़े ही सर्द लहजे में जवाब दिया। उसका गुस्सा अब भावुकता के उबाल से उफान मारने लगा था। इतना बोलने के बाद भी वह रुकी नहीं, बल्कि तमतमाते हुए आगे बोली, "दरअसल आपके लिए यह बड़ा ही नॉर्मल है। खबरों के साथ ही आप रोज़ लोगों की ज़िन्दगियों से जो खेलते हैं! किसी को उठाना तो किसी को गिराना आपके बायें हाथ का खेल है। आज इस पर मेहरबान हैं, तो कल किसी और पर। क्यों, सच है ना? आप ही कहते हो न कि आज आपके चाहे बगैर इस कम्पनी में कोई एक पल भी रह नहीं सकता। और यह भी कि आप ही खबरों की दुनिया के बादशाह हो। इस इंडस्ट्री में आपको सबसे बेहतर पता है कि कब क्या चलना है? कब लोग क्या देखेंगे?" नैना की आवाज़ तेज़ होती जा रही थी। गौरव कुछ बोल पाता कि नैना ने आगे कहा, "इतना ही नहीं आपको तो यह मुगालता भी है कि आपके ही चलते *नेशनल न्यूज़* ने आज यह मुकाम हासिल किया है। आप जो लीड लेते हो, जो तय करते हो उसे ही दूसरे चैनल भी फॉलो करते हैं। इस तरह केवल अपने ही चैनल की नहीं बल्कि देश-दुनिया की जनता न्यूज़ चैनलों पर क्या देखेगी, इसकी चाबी भी आपके हाथ में है? और तो और आप तो यह भी मानते हो कि आज दुनिया जिन एंकरों की दीवानी है, वह सब आपके ही हाथों तैयार किये गये शाहकार हैं! आप तो यह भी कहते हो कि आज मैं जो कुछ भी हूँ वह भी आपकी वजह से ही हूँ। अगर आपने मुझे मौका नहीं दिया होता, तो मुझे कोई जानता तक नहीं! इतना अहंकार लेकर कहाँ जाओगे मिस्टर गौरव वर्मा?"

नैना की बेखटके कही गई इन बातों को सुन गौरव वर्मा भी अब तक सकते में आ चुका था। उसे नैना के मूड स्विंग का पता तो था, लेकिन आज की बात यह रुख ले लेगी और यहाँ तक चली जायेगी, इसकी उसने कल्पना भी नहीं की थी। उसने धीरे से कहा, "यह क्या तरीका है बात करने का नैना? हम आराम से बैठकर भी तो बात कर सकते हैं।"

"नहीं, अब बात करने के लिए कुछ नहीं है। न तो मुझे कुछ कहना है, न ही मुझे कुछ समझना है! पर इतना मैं ज़रूर समझ चुकी हूँ कि अब आगे मुझे क्या करना है। मैं अब समझ चुकी हूँ कि इस जगह को मेरी ज़रूरत नहीं है। मैं भी ऐसी जगह नहीं रहना चाहती जहाँ मेरी ज़रूरत न हो।" यह कहकर उसने अचानक से केबिन का दरवाज़ा खोला और बाहर निकल गयी।

गौरव चाहकर भी उसे रोक न पाया। वह बस नैना को जाते हुए देखता रहा। नैना उसके लिए महज़ एक एंकर नहीं थी। नैना उसकी ज़िन्दगी का हिस्सा थी। पर क्या थी, कितना थी, इसे वह नहीं जानता था। क्या वह वाकई नैना से प्यार करने लगा है? इस सवाल का जवाब तो वह खुद भी काफी दिनों से खोज रहा था। नैना के आज के व्यवहार से, उसकी नाराज़गी से, उसके दिल में जो कसक-सी उठ रही थी, वह खुद भी उसका निदान चाहता था।

नैना के केबिन से जाने के बाद कई घंटे बीत चुके थे। इस बीच गौरव ने उसे कई मैसेज भेजे, लेकिन किसी का जवाब नहीं मिला। नैना ने पूरी तरह खामोशी ओढ़ रखी थी। उसने नैना का शो खत्म होने का इन्तज़ार किया, और शो के खत्म होते ही वह खुद स्टूडियो में चला गया।

नैना तब तक अपना लेपल माइक और ईयर पीस उतार रही थी। उसने नैना से कहा कि वह तुरन्त उसके केबिन में आये। यह कहकर वह वापस अपने केबिन में आ गया और कुछ ही देर में नैना भी वहाँ पहुँच गयी।

उसने नैना को बैठने का इशारा किया। कुछ देर तक गौरव उसे देखता रहा, जैसे अनुमान लगाने की कोशिश कर रहा हो कि नैना का मूड अभी कैसा है? नैना ने इस बीच कोई प्रतिक्रिया नहीं दी। "क्या बात है नैन्स? अब तक नाराज़ हो?" उसने प्यार जताते हुए पूछा।

जवाब में नैना ने सिर्फ एक बार पलकें उठाईं, उसे देखा और फिर सिर झुकाकर कहा, "किस बात की नाराज़गी? मैनेजिंग एडिटर से भला कोई कैसे नाराज़ हो सकता है?"

"अरे यार, अब भूल भी जाओ इस बात को। कितना गुस्सा करती हो तुम?" यह कहते हुए वह नैना के करीब आ गया और कुर्सी खींचकर उसके सामने बैठ गया। उसने नैना के दोनों हाथ अपने हाथ में ले लिये...नैना की नज़रें तुरन्त उसके चेहरे की ओर उठ गयीं। उसने नज़र उठाकर न्यूज़रूम की तरफ देखा कि कहीं कोई देख तो नहीं रहा। पर इस समय साढ़े दस बज चुके थे, चैनल का ज़्यादातर स्टाफ दस बजते-बजते घर जा चुका होता है। और जो

अब तक ऑफिस में थे भी उनमें से किसी का भी ध्यान बिग बॉस के केबिन की तरफ होने का सवाल ही नहीं था।

गौरव ने धीरे से उससे नज़रें मिलायीं और कहा, "तुम तो जानती हो कि तुम्हारे अलावा मेरा इतना अपना और कोई नहीं है।"

गौरव के इस मनुहार भरे बर्ताव से नैना एक बार फिर से भड़क-सी उठी, "और कितना झूठ बोलोगे गौरव?" नैना का लहजा फिर थोड़ा सख़्त हो उठा था। "तुम्हारे जैसे लोग क्या कभी किसी के होते हैं?"

गौरव इस सवाल के लिए कतई तैयार नहीं था। उसे लग रहा था कि हमेशा की तरह नैना कुछ देर रूठी रहेगी। वह उसे मनायेगा, फिर वह बाहर निकलेंगे, मिलेंगे, और सब ठीक हो जायेगा। पर इस बार शायद बात बहुत आगे बढ़ चुकी थी। नैना के इस व्यवहार से अभी वह उधेड़बुन में ही था कि वह फिर से बोल उठी, "तुम दरअसल किसके हो, यह तो तुम्हें भी पता नहीं होगा? तुम्हारे जैसे लोग तो शायद यह भी नहीं जानते कि कल वह किसके साथ रहेंगे?" यह कहते-कहते नैना का गला भर आया।

वह आगे बोली, "सच तो यह है कि तुम सिर्फ खुद से प्यार करते हो। बाकी लोग तुम्हारे लिये एक मोहरा हैं। उनके साथ तुम तब तक खेलते हो, जब तक तुम्हारा दिल नहीं भर जाता या जिनका होना तुम्हारे लिये फायदेमन्द नहीं होता। उसके बाद बात खत्म।"

"कैसी बातें कर रही हो? लगता है सचमुच तुम्हारा दिमाग पटरी से उतर गया है। कहाँ से मेरे खिलाफ इतना ज़हर भर लिया है तुमने?" यह कहते-कहते आगबबूला हुआ गौरव उठकर खड़ा हो गया। "मैं प्यार करना नहीं जानता! मुझे नहीं पता कि मैं किससे प्यार करता हूँ, तो फिर तुम्हारे साथ क्या कर रहा हूँ मैं? क्या ये प्यार नहीं है? तुम्हीं बताओ क्या है ये?" गुस्से में गौरव की आवाज़ काँप रही थी।

"खेल है यह..." नैना गुस्से में चीख पड़ी। "तुम्हारा रचा हुआ खेल, जिसमें आज कोई ऊपर है तो कल कोई और! कितना और खेलोगे गौरव? किस-किस से खेलोगे? और कब तक करोगे छल?"

"क्या बकवास है ये," कहते हुए गौरव की आँखें बाहर निकल आयीं। कुछ सैकंड तो उसको समझ ही नहीं आया कि वह क्या कहे। फिर थोड़ा संभलते हुए उसने कहा, "ईर्ष्या ने तुम्हें अंधा कर दिया है। लगता है कि सोचने-समझने की ताकत खो बैठी हो तुम। होश गंवा चुकी हो।"

"होश गंवाये नहीं हैं, सच कहूँ तो आज ही होश में आयी हूँ," यह कहते हुए वह फिर अचानक से उठ खड़ी हुई और दरवाज़ा खोल कर बाहर निकल गयी।

गौरव वर्मा को पहले कभी ऐसा देखने को नहीं मिला था कि कोई उसके केबिन में आया हो और बिना इजाज़त उठकर चला गया हो, वो भी तब, जब उसने खुद उसको अपने केबिन में बुलाया हो। फिर नैना ने तो एक ही दिन में दूसरी बार ऐसा किया था।

गौरव की इस बार हिम्मत नहीं हुई उसके पीछे जाने की। उसके दिमाग ने मानो काम करना ही बन्द कर दिया था। वह पलट कर धम्म से अपनी कुर्सी पर जाकर बैठ गया। काफी देर तक वह अपना सिर पकड़े बैठा रहा और सोचता रहा अपने बारे में, चैनल के बारे में, सुबह से अब तक घटी घटनाओं के बारे में, नैना के बारे में, नैना से अपने रिश्तों के बारे में...फिर उसने अपना मोबाइल उठाया और मैसेज लिखना शुरू किया।

'नहीं जानता कि मेरा कुसूर क्या है, लेकिन आज के तुम्हारे व्यवहार से मैं हैरान हूँ।'

'आज जो मेरे केबिन में था वह कौन था। वह तुम तो नहीं थीं नैन्स। वह तुम नहीं हो सकतीं।'

बैक टू बैक उसने ये दोनों मैसेज नैना को भेज दिये। कुछ देर जवाब का इन्तज़ार करने के बाद उसने फिर से लिखना शुरू किया।

'तुम्हें अपने अलावा कभी कोई और दिखायी नहीं दिया। तुम्हारी ज़िन्दगी में सिर्फ तुम ही तुम हो, कोई और नहीं। पहले भी मैं यह बात जानता था, पर आज देख भी लिया।'

'तुमसे रिश्ता बनना, और तुम्हें अपना समझना शायद मेरी ज़िन्दगी की सबसे बड़ी भूल थी।'

जवाब न मिलने पर उसने फिर से लिखना शुरू किया, 'मान जाओ यार, यह भी कोई बात हुई। हम इन मसलों पर मिलकर बात कर सकते हैं। किसी भी बात को बढ़ाना आसान है, पर खत्म करना बेहद मुश्किल।'

'हमें तो सारी ज़िन्दगी साथ रहना है। ऐसे कैसे रहेंगे?'

वह एक के बाद एक ताबड़तोड़ मैसेजिज़ भेजता जा रहा था कि उसके आखरी मैसेज के जवाब में नैना के जवाब आने लगे।

'हा हा हा...नाटक बेहद अच्छा करते हैं मिस्टर गौरव वर्मा! बन्द कीजिये अपनी यह नौटंकी। जिन्हें मोहब्बत होती है वह किसी का हक नहीं मारा करते।'

'आप मुझसे कहते तो मैं आपके लिए पूरा शो ही छोड़ देती, लेकिन आपने मुझसे कहे बगैर मेरा टॉपिक आमना को दे दिया।'

'मिस्टर गौरव वर्मा! लानत है ऐसी मोहब्बत पर...ऐसे दिखावे पर।'

'आप क्या किसी के साथ रहेंगे? खेल खेला है आपने मेरे साथ।'

'गुड बाय मिस्टर गौरव वर्मा! संभालिये अपनी आमना को और अपने चैनल को।'

'मुझे अब न तो कोई सफाई देनी है, न ही किसी से कोई सफाई लेनी है।'

'महीनों से देख रही हूँ आपकी हरकतें। आमना को कौन-कौन से असाइनमेंट दिये गये, सब पता है। ज़्यादा इनोसेंट मत बनिये।'

एक के बाद एक नैना के मैसेजिज़ लगातार आते चले गये। उसकी बातों से यह साफ था कि वह बेहद गुस्से में थी। गौरव समझ चुका था कि इस बार मामला उलझ गया है। इस बार नैना को मनाना आसान नहीं होगा।

आसान तो नैना के साथ उसका रिश्ता कभी नहीं रहा था। जबसे नैना इस चैनल में आयी थी तभी से यह सिलसिला चल रहा था। शुरुआत में ही उसे बतौर एंकर लिया गया था। नवीन ने ही उसकी सिफारिश की थी। वह कभी नैना से मिला भी नहीं था। नवीन ने ही इंटरव्यू किया था। उसने बस कुछ क्लिप देखी थीं। जिसके बाद उसने नैना को लेने की हामी भर दी थी।

यह हामी गौरव को बेहद भारी पड़ने वाली थी। एक तूफान था जिसके आने का इन्तज़ाम वह कर चुका था।

***

नैना ने घर में जैसे ही प्रवेश किया उसकी नज़र सोफे पर पसरे अपने पति सर्वेश पर पड़ी। सामने सेंटर टेबल पर ग्लेनफिडिच की बोतल के ठीक बगल में आइसबॉक्स के साथ ही भरा गिलास भी रखा था, साथ ही कई तरह के कबाब, रोस्टेड नमकीन काजू के साथ सलाद की प्लेट्स भी थीं। टेबल पर बिखरे काजू, सलाद के छोटे टुकड़ों व आइसबॉक्स के बाहर पानी को देख कर यह साफ पता चल रहा था कि वह पिछले कई घंटों से यहीं ड्रॉइंग रूम में बैठा हुआ है।

नैना के घर में घुसने के बावजूद उसने ध्यान नहीं दिया। उसकी नज़रें टीवी से चिपकी हुई थीं, जहाँ नेटफ़्लिक्स पर हाल ही में आयी कोई क्राइम सीरीज़ चल रही थी। यह कोई नया सीन नहीं था। रोज़ का यही आलम होता। जब भी नैना घर लौटती सर्वेश उसे इसी रूप में नज़र आता था, सोफे पर अधलेटा। पैर सेंटर टेबल के ठीक बगल में रखी एंड साइड टेबल पर। वहीं सोफे पर एक तरफ सिगरेट की डिब्बी, माचिस और ऐश-ट्रे, तो दूसरी तरफ टीवी और फायरस्टिक का रिमोट।

वह इतनी शिद्दत से टीवी देखता कि नैना के आने का उसे आभास तक नहीं होता। नैना को इस बात से कभी कोई फर्क भी नहीं पड़ा था, पर आज सुबह से उसके उखड़ने की जो शुरुआत हुई, वह ऑफिस से घर तक की पूरे दिन की यात्रा में भी नहीं थमी थी। आज उससे रहा नहीं गया और वह बोल पड़ी, "इतना ध्यान अगर बीवी की तरफ लगाया होता तो शायद आज हालात अलग होते। पर तुम्हें तो मुफ़्त की शराब से फुरसत मिले तब तो कुछ सोच पाओ, कुछ देख पाओ।"

नैना की आवाज़ ने अचानक उसे चौंका दिया। एक लम्बे अरसे बाद उसने नैना की ऐसी आवाज़ सुनी थी। उसने अपना चौथा पैग अभी खत्म ही किया था। वह अपने सीरियल की दुनिया में रम ही रहा था कि यह खलल! नैना का तंज उसे बेहद नागवार गुज़रा।

"स्टार हो, इतने चहेते हैं तुम्हारे! हमारे जैसे नाकाम पति का तुम्हारी ज़िन्दगी में क्या काम?" सर्वेश ने बमकते हुए जवाब दिया।

"अगर इतनी ही नफरत है तो यहाँ से चले क्यों नहीं जाते? यहाँ तुम हो ही क्यों? इतना बड़ा स्वाभिमान है तो मेरे घर में क्या कर रहे हो तुम?" नैना ने तमतमाते हुए कहा। इसके साथ ही वह सर्वेश के ठीक सामने आ चुकी थी।

"यह मेरा घर है। मुझे किसी की परमिशन की ज़रूरत नहीं है," सर्वेश ने कमज़ोर पड़ती आवाज़ के बीच नैना से नज़रें चुराते हुए कहा। अपनी हालत व नैना के तेवर देख उससे नज़रें मिलाने की उसकी हिम्मत नहीं हो रही थी।

नैना उसके सामने ही दूसरी तरफ सोफे पर आकर बैठ गयी। उसने अपने लिये भी एक पैग बनाया और सोफे पर रखी सिगरेट की डिब्बी उठाकर एक सिगरेट निकाली और जला ली।

नैना की ज़िन्दगी में शराब और सिगरेट भी सर्वेश की ही देन थी। उसी ने कह-कह कर उसे यह सब सिखाया था।

सिगरेट के दो-तीन गहरे कश लगाकर नैना ने सर्वेश से कहा, "तुम्हारा घर? कैसा तुम्हारा घर? कुछ याद है आखरी बार कब तनख्वाह लाये थे? मेरे लिए तो दूर, अपने बेटे लिये कब कुछ खरीदा था तुमने? और यह जो शराब की बोतल रोज़ खोल कर तुम बैठ जाते हो, कभी पता भी किया है कि कितने की आती है? सर्वेश, सच का सामना करना कब सीखोगे तुम?" धीरे-धीरे हर सवाल के साथ लगातार ऊँची होती नैना की आवाज़ अब तक फटने-सी लगी थी।

सर्वेश ने एक नज़र उसकी तरफ देखा। इसे बदले माहौल का असर कहें या नैना के सवालों की चुभन, उसके नशे का शुरुआती उन्माद अब शायद गंभीरता में बदलने लगा था।

वह बोला, "तुम सुनना चाहती हो तुम्हारा सच क्या है? क्या तुममें सच देख पाने की हिम्मत है? तुम क्या से क्या हो गई हो नैना? कभी अपनी ओर भी देखा है? यह ठीक है कि मैं अब परमानेंट जॉब नहीं करता। मेरी इतनी हैसियत भी नहीं है कि मैं अपने बेटे के लिए कोई साधारण-सा गिफ़्ट भी खरीद सकूँ। यह भी सही है कि यह शराब, यह सिंगल मॉल्ट पीने की मेरी औकात नहीं है। लेकिन इन सबके बावजूद यह भी एक सच है कि मैं खुद को नहीं बेचता! मेरा ज़मीर आज भी मेरा है। मैंने इसे कभी किसी भी कीमत पर नहीं बेचा। एकाध छोटी-मोटी घटनाओं को छोड़ दें तो मैं तो तुम्हारा ही रहा हरदम...कम से कम इतना तो तुम भी मानोगी।" इतना कहते-कहते रुआंसा हो चला था सर्वेश।

उसने अपने पैग से एक बड़ा-सा घूँट भरा और फिर नैना की दुखती रग पर हाथ रख दिया, "अच्छा नैना, अपने दिल पर हाथ रखकर एक बात बताना, क्या तुम दावे के साथ यह बात कह सकती हो कि तुम वही नैना हो जो एक छोटे से शहर से मेरे साथ आयी थी? एक साधारण-सी लड़की जिसके सपने, हँसी, खुशी, गम, संघर्ष सब मेरे थे। मेरे क्या हमारे थे, जिसे मेरे साथ रहना था। जिसकी ज़िन्दगी सिर्फ मेरे साथ थी? आज क्यों नहीं है ऐसा? क्या कभी सोचा है तुमने कि तुम कहाँ से चलकर कहाँ निकल गई हो?"

"कहाँ निकल गई हूँ मैं? मैं तो यहीं हूँ, सच तो यह है कि मेरी कामयाबी से तुम जलते हो। तुम्हें उम्मीद नहीं थी कि यह साधारण-सी लड़की जीवन में कुछ कर पायेगी। नाम कमा पायेगी। स्टार तो तुम्हें बनना था, एंकर तुम बनना चाहते थे। मैं तो हमेशा से घर ही संभालना चाहती थी, तुम्हीं ने मुझे इस राह पर धकेला। नतीजा देखो क्या हुआ! अब यह तुम्हारी कुंठा है। जलन है। ईर्ष्या है। अपनी ही पत्नी से हीनभावना से ग्रस्त हो तुम, तो इसका मैं क्या करूँ? एक

बात कहूँ, अपनी पत्नी की कामयाबी से, उसकी तरक्की से तुम्हीं क्या शायद ही कोई पुरुष खुश होता हो! तुम भी अपवाद नहीं हो, मेरे आगे बढ़ने से तुम भी खुश नहीं हो।" नैना का गुस्सा धीरे-धीरे आसमान पर चढ़ता जा रहा था। शराब शायद उस पर भी अपना असर दिखाना शुरू कर चुकी थी।

नैना ने चीखने की-सी आवाज़ में व्यंग्य और क्रोध के मिश्रित भाव से फिर से बोलना शुरू किया, "मिस्टर सर्वेश सिंह देव! तुम एक साधारण परिवार के, छोटे शहर के आदमी भर बन कर रह गये। चैनल में काम कर लेने से ही तुम आगे नहीं बढ़ गये। तुम्हारी सोच नहीं बदली। तुम और तुम्हारे जैसे लोग सिर्फ कुंठित जीवन ही गुज़ार सकते हैं। निकल जाओ मेरे घर से, अभी निकल जाओ।"

इसके बाद पता नहीं क्या हुआ नैना को? वह उठ कर खड़ी हुई, सर्वेश की बोतल उठायी और ज़मीन पर पटक दी। फिर लम्ब-लम्बे डग भरते हुए अपने बेडरूम की तरफ चली गयी।

वह इतने गुस्से में थी कि यह भी नहीं देख पायी कि बगल के कमरे के दरवाज़े पर उसका किशोरवय बेटा खड़ा था, जिसने अपने माँ-बाप के बीच की यह सारी बातें, सारा झगड़ा सुन लिया था।

उसने धड़ाम से अपने कमरे का दरवाज़ा बन्द किया और धप्प से बिस्तर पर गिर पड़ी। नैना का आज का दिन शायद उसकी ज़िन्दगी के चन्द खराब दिनों में से एक था। पहले ऑफिस में झगड़ा और अब सर्वेश के साथ कहा-सुनी। हालांकि यह पहली बार नहीं था कि वह ऑफिस में किसी बात पर गौरव से नाराज़ हुई हो, न ही यह पहली बार हुआ था कि घर में सर्वेश और उसके बीच झगड़ा हुआ हो, पर इतना फर्क ज़रूर था कि आज वह दोनों ही लोगों से न केवल एक ही दिन में उलझ गई थी, बल्कि उनके बीच बात भी ज़्यादा बढ़ गई थी। यही नहीं सारे विवादों के बीच ऐसा पहली बार हुआ था जब उसने सर्वेश को घर से निकल जाने के लिए कहा था।

***

सर्वेश और नैना ने लव मैरेज की थी। दोनों स्कूल और कॉलेज में साथ पढ़े थे। बहुत पुराना रिश्ता था उनका। अब तक की अपनी ज़िन्दगी तमाम थपेड़ों और उठापटक के बावजूद दोनों ने एक साथ ही गुजारी थी। सर्वेश कॉलेज में उससे एक साल सीनियर था। दोनों का एक-दूसरे के घर आना-जाना था, पर वे शादी

कर लेंगे, इसका अन्दाज़ा उनके घरवालों को नहीं था। नैना से पहले सर्वेश दिल्ली आया था। समाचारों की दुनिया को लेकर उसमें एक जुनून-सा था। उसे एंकर बनना था, और इसके लिए दिल्ली से बेहतर जगह कोई और नहीं थी।

सर्वेश पढ़ने में ठीकठाक था इसलिए पहले ही प्रयास में उसने आईआईएमसी का एंट्रेंस निकाल लिया। एडमिशन के लिए वह दिल्ली क्या आया कि यहीं का होकर रह गया। सर्वेश को पढ़ाई पूरी करने से पहले इंटर्नशिप के दौरान ही एक बड़े चैनल में नौकरी भी मिल गयी। जिस साल सर्वेश को जॉब मिली उसी साल नैना ने भी ग्रेजुएशन कम्प्लीट कर लिया। दोनों ने इसके तुरन्त बाद ही शादी का फैसला भी कर लिया। हालांकि उनके घरवाले इस शादी से खुश नहीं थे।

नैना के परिवार वालों को कोई खास समस्या नहीं थी, पर अभी वह इक्कीस साल की ही हुई थी। उनकी ख्वाहिश थी कि शादी से पहले नैना कोई काम करे, जबकि नैना थी कि उसकी कोई दिलचस्पी जॉब करने में थी ही नहीं। करियर बनाने का फिर सवाल ही कहाँ उठता था? वैसे भी वह पूरी तरह सर्वेश के इश्क में डूबी हुई थी। उसे तो बस सबकुछ सर्वेश के साथ जीना था, इसलिए वह हर हाल में जल्द से जल्द सर्वेश की हो जाना चाहती थी, उसके साथ रहना चाहती थी।

उधर सर्वेश के घर वालों का मानना था कि सर्वेश ने अभी-अभी पढ़ाई पूरी की है और नई-नई जॉब लगी है, इसलिए उसे अपना सारा ध्यान करियर बनाने पर लगाना चाहिये। यही नहीं वे यह जानते थे कि सर्वेश बहुत टैलेंटेड है, इसलिए चाहते थे कि उनका बेटा नौकरी के साथ-साथ आईएएस की तैयारी करे। वैसे भी वे सर्वेश के मीडिया में नौकरी करने के खिलाफ थे। उनके हिसाब से जर्नलिस्ट का कोई रुतबा नहीं होता।

इन सबके बीच जब दोनों ने अपने घरवालों को अपनी शादी का फैसला सुनाया तो वे निराश हो गये। उन्होंने नाराज़गी ज़ाहिर की, विरोध भी किया, पर बच्चों के आगे माँ-बाप की आखिर कब चली है, कहाँ चली है? आखिरकार दोनों के परिवारों ने हथियार डाल दिये।

शादी होने के चन्द महीने के भीतर ही नैना प्रेग्नेंट हो गयी। शादी के साल भर के भीतर ही उसने एक बेटे को जन्म दिया। उस वक्त उसकी उम्र महज बाईस साल थी। देखते ही देखते ज़िन्दगी के चार और साल निकल गये। उनकी ज़िन्दगी ठीक ढंग से चल रही थी। बेटे ने स्कूल जाना शुरू कर दिया। सर्वेश भी प्रमोट होकर चैनल में सीनियर प्रोड्यूसर और एंकर बन गया था। उसकी

तरक्की ने तनख्वाह के साथ-साथ उसका काम भी बढ़ाया और व्यस्तता भी। इधर बदले माहौल ने नैना को अपने ही घर में अकेला करना शुरू कर दिया। इन चार सालों में जब-जब वह उदास होती, अकेलेपन से घिरती, सर्वेश उससे कहता कि खुद को व्यस्त रखने के लिए क्यों नहीं वह कोई नौकरी जॉइन कर लेती। उसकी हर उदासी के साथ सर्वेश की यह सलाह ज़िद में बदलती गई कि नैना कुछ करती क्यों नहीं। नैना हर बार किसी न किसी बहाने सर्वेश की ज़िद को टालती रहती। ज़्यादातर बहाना बेटे के छोटा होने का ही होता था। वह कहती, "अंगद अभी छोटा है। उसे मेरी ज़रूरत है। तुम भी दिन भर ऑफिस में ही रहते हो। शायद ही ऐसा कोई दिन जाता होगा जब तुम 12 घंटे से कम ऑफिस को देते होगे, ऐसे में क्या मेरा उसके साथ रहना ज़रूरी नहीं?"

हालांकि सर्वेश के पास उसके इस सवाल का जवाब भी होता था। वह कहता, "नैना, अगर तुम भी नौकरी करने लगोगी तो एक मेड रख लेंगे फुल टाइम। तुम्हारी सेलरी से हाथ में एक्स्ट्रा पैसे भी आने लगेंगे, तो कोई दिक्कत भी नहीं होगी। इसके लिए थोड़ा बड़ा घर भी लेना पड़े तो ले लेंगे।"

इस पर नैना का एक सधा-सधाया जवाब होता, "नहीं मुझे अपने बच्चे को मेड के हाथों नहीं पलवाना। बच्चा मेरा है और मैं ही उसकी परवरिश करूँगी। घर बाद में भी बड़ा हो जायेगा। मैं अपने बच्चे के साथ इस छोटे से घर में ही खुश हूँ।"

"लेकिन कितने ही ऐसे कपल हैं जो जॉब करते हैं और उनके घर पर मेड होती है। मुझे समझ नहीं आ रहा इसमें दिक्कत क्या है? हम दोनों कौन-सा एक ही शिफ़्ट में काम करेंगे? दोनों की शिफ़्ट अलग-अलग होंगी। अंगद के साथ कोई न कोई तो घर में होगा। आखिर एक वक्त में एक ही तो घर से बाहर रहेगा?" सर्वेश उसे समझाता। लेकिन नैना कुछ नहीं सुनती। हर बार बहाने गढ़ती, नौकरी न करने का बहाना। इसके लिए उसके जवाब भी कमाल के होते थे।

कभी कहती कि मुझे लोगों से डर लगता है, कभी कहती कि हिम्मत नहीं है। कभी कहती उसे नौकरी देगा ही कौन, तो कभी कहती नौकरी मिल भी गई तो वह करेगी क्या, उसे तो कुछ आता ही नहीं है। कभी कहती कि उसे तो अंग्रेज़ी भी नहीं आती, आज के दौर में बगैर अंग्रेज़ी के वह कैसे दुनिया को फेस करेगी?

पर यह सब तभी तक चला जब तक अंगद ने स्कूल जाना शुरू नहीं किया था। अंगद के स्कूल जाना शुरू करने के कुछ दिन बाद ही सर्वेश उसे

ज़बरदस्ती *एमपी न्यूज़* चैनल में ले गया। वहाँ कुछ इंटरव्यू होने थे। नैना को इंटरव्यू में सेलेक्ट कर लिया गया और उसने बेमन से ही सही काम करना शुरू कर दिया। एक साल में ही नैना का प्रमोशन हो गया। उसे एंकर भी बना दिया गया। जो लड़की घर से बाहर निकलना तक नहीं चाहती थी अचानक उसे सारे प्रदेश ने देखना शुरू कर दिया था। उसके तर्क, प्रेज़ेंटेशन और अदायगी भरी न्यूज़ प्रस्तुतियों पर एक छोटे दायरे में ही सही पर एक बड़ा तबका फिदा होने लगा था। इस बीच सर्वेश को भी एक नये चैनल में आउटपुड हेड बनने का ऑफर आया। ज़्यादा पैसे और बड़े ओहदे के लिए वह एक नामी चैनल को छोड़कर नये चैनल में चला गया।

उधर नैना को नौकरी शुरू करने के पाँच साल के भीतर देश के सबसे बड़े चैनल *नेशनल न्यूज़* में नौकरी मिल गयी। यह 2013 के दिसम्बर महीने की बात है।

देश में सियासत के एक नये दौर में पहुँचने की आहट आने लगी थी। नैना के तेवर ने देखते ही देखते उसे देश के एक बड़े वर्ग में बेहद लोकप्रिय कर दिया था। वह देश में प्राइम टाइम का सबसे पॉपुलर फेस हो गई थी। हर तरफ उसके चर्चे होने लगे थे। वह इतनी तेजी से आगे बढ़ी थी कि उसकी कामयाबी मीडिया इंडस्ट्री में चर्चा के साथ ही नयों के लिए एक मिसाल थी।

साल 2019 तक आते-आते नैना *नेशनल न्यूज़* चैनल की नम्बर वन एंकर बन चुकी थी। एक ऐसी एंकर जिसके देश भर में फॉलोअर थे, एक ऐसी एंकर जो अपने चैनल का फेस थी। एक ऐसी एंकर, जिससे हर नेता घबराता था। उधर सर्वेश जिस नये चैनल में गया वह तीन साल के अन्दर ही बन्द हो गया। सर्वेश ने इसके बाद काम की तलाश की, पर वह जिस पद पर था और जो तनख्वाह उसे मिल रही थी, उतने का उसे कहीं कोई काम नहीं मिला। कुछ समय तो उसे समझ ही नहीं आया कि क्या करे, बाद में वह कम पैसे पर भी काम करने के लिए तैयार हो गया, पर बात नहीं बनी। उसे परेशान देखकर नैना ने ही उसे समझाया था। उसी ने सर्वेश को बोला था कि उन दोनों के शुरुआती दिनों की कमाई से कई गुना तनख्वाह अकेले नैना की ही हो चुकी थी। सालों साल वह भी तो घर में ही रही थी। जब पैसे की दिक्कत नहीं है तो वह क्यों परेशान है? कहीं सम्मानजनक कुछ मिलेगा तो ठीक, वरना वह घर में ही रहे। और इसीलिए पिछले दो सालों से वह घर पर ही रहकर बेटे की देखभाल कर रहा है। कभी-कभार किसी प्रोडक्शन हाउस में कुछ काम मिल जाता, तो बतौर कंसल्टेंट फ्रीलांसर के रूप में वह कुछ कर लेता था वरना तो उसका सारा वक्त घर पर ही कटता था। इस बीच नैना ने इस बात का ख्याल रखा था कि

घर में जो कुछ भी सर्वेश और अंगद के आराम का आ सकता था, आ जाये। शायद इसी कंफर्ट ने सर्वेश को आज वहाँ पहुँचा दिया जहाँ उसे अब नैना के घर में होने या न होने से फर्क ही नहीं पड़ता था।

पर क्या केवल इतनी ही बात थी या उन दोनों के बीच कुछ और भी घटा था, जिससे...?

नैना अपनी ज़िन्दगी से जुड़े अतीत के इन पन्नों को अपने ख्यालों में पलट ही रही थी कि टन की आवाज़ ने उसका ध्यान भंग किया। उसने मोबाइल की तरफ देखा तो एक मैसेज आया था। यह मैसेज गौरव का था। उसने फोन उठाकर मैसेज पढ़ा। मैसेज देखते ही उसके चेहरे पर मुस्कुराहट आ गयी। शायद आज पूरे दिन में पहली बार ऐसा हुआ था जब वह मुस्कुरायी थी। गौरव ने लिखा था, 'सॉरी! इट वॉज़ ए मिस्टेक। आई शुड हैव बीन मोर केयरफुल। आई एम सॉरी जान। गुड नाइट...'

नैना ने एक गहरी सांस ली। उसके चेहरे का तनाव थोड़ा दूर हुआ। क्या जवाब देना चाहिये, उसे अब यह सोचना था। काफी सोचने के बाद उसने टाइप करना शुरू किया, 'तुमने मुझे बहुत सताया है गौरव, आई एम वेरी हर्ट।'

तुरन्त गौरव का जवाब आया, 'आईएम सॉरी जान, मैं बहुत शर्मिन्दा हूँ। आगे से ऐसा नहीं होगा।'

'पर तुमने ऐसा क्यों किया। क्या तुम्हें अहसास भी है कि तुमने क्या किया है?'

'हाँ, मुझे अहसास हो गया है। अरे मैंने सोचा ही नहीं। अगर सोचा होता तो शायद यह किया ही नहीं होता। बस अब माफ कर दो और भूल जाओ।'

'नहीं *जी,* मैं शायद ये बात कभी ना भूल पाऊँ।'

'जान, ऐसा नहीं कहते। इस बात को खत्म करते हैं।'

'खत्म कैसे होगी। अब तो यह सिलसिला रोज़ ही होगा। चुनाव हैं सिर पर तो आमना रोज़ ही चुनाव पर एक शो करेगी। रोज़ पॉलिटिकल डिस्कशन वहाँ भी होगा। ये तो खत्म करना नहीं हुआ ना।'

'अरे जान...कैसी बात करती हो? आमना क्यों करेगी रोज़ाना पॉलिटिकल शो?'

'तुमने ही तो कहा था कि चुनाव हैं इसलिए ज़्यादातर शोज़ में राजनीति ही डिस्कस करनी है। लोग राजनीति ही देख रहे हैं।'

'नहीं-नहीं, कल से आमना को राजनीतिक टॉपिक नहीं देंगे। उसका शो सोशल इश्यूज़ पर ही रखेंगे। डोंट वरी।'

'प्रॉमिस?'

'प्रॉमिस, जान!'

नैना का चेहरा अचानक से खिल गया था।

गौरव ने फिर पूछा, 'इतनी देर तक जग कर क्या कर रही थीं जान? अभी तक सोई क्यों नहीं?'

'सर्वेश से झगड़ा हो गया था।'

'अरे यार, मेरा गुस्सा उस बेचारे पर निकाल दिया।'

'हाँ, कुछ ऐसा ही समझ लो। चलो अब बन्द करती हूँ, काफी देर हो गई है। बाकी बातें कल करेंगे, जब भी वक्त मिलेगा।'

'गुड नाइट, लव यू जान!'

'लव यू *जी*, गुड नाइट!'

उसने फोन बन्द करने से पहले अपने व्हाट्सएप के दूसरे मैसेजिज़ पर नज़र डाली तो देखा कि नवीन के मैसेजिज़ की भी लम्बी चेन थी। वह उसका हाल पूछ रहा था। पूरे ऑफिस में वही एक ऐसा इंसान था जिससे वह खुल कर अपने दिल की बात कर सकती थी। नवीन ने लिखा था–

'कैसा है मेरा बच्चा...'

'ठीक है? इतनी चिन्ता नहीं करते।'

'सब ठीक हो जायेगा। आमना के बारे में इतना नहीं सोचा करते।'

'मैं गौरव से बात कर लूँगा, तुम चिन्ता मत करो।'

'दिन भर कोई बात नहीं हुई इसलिए इतने मैसेज लिख दिये।'

'डोंट वरी। मैं हूँ ना। परेशान होने की कोई ज़रूरत नहीं है।'

'जब भी फ्री हो तो कॉल करना।'

नैना ने एक-एक कर सभी मैसेज पढ़े। काफी सोच विचार के बाद सिर्फ दो शब्द लिखे, 'गुड नाइट।'

तुरन्त उधर से नवीन का जवाब आया।

'अररे...अभी तक मेरा बच्चा सोया नहीं। रात के एक बज रहे हैं।'

'आपको गुड नाइट कहे बगैर आपका बच्चा कभी सोया है?'

'गुड नाइट।'

उधर से जवाब आया और इधर नैना अपना फोन बन्द कर बिस्तर से उठ खड़ी हुई। चन्द मिनटों में वह कपड़े बदलकर सो गयी। सर्वेश तब तक दूसरे बेडरूम में सो चुका था। दोनों के बेडरूम कई साल पहले अलग हो चुके थे।

***

अपने तय समय से नैना की आँख खुल गयी। रात को कितने ही बजे सोये लेकिन ठीक 5 बजे वह उठ ही जाती थी। उसके शरीर में जैसे इस समय का कोई अलार्म लगा हुआ था। किस उम्र से, अब तो उसे यह भी याद नहीं। फटाफट तैयार होकर वह निकल गई पार्क की ओर। एक घंटे तक दौड़ना उसकी आदत में शुमार था। ज़्यादा सर्दी में वह सोसाइटी का जिम ही इस्तेमाल कर लेती थी, लेकिन अब जब मौसम सुहाना हो गया तो वह बगल के पार्क तक जायेगी। उसे इस पार्क में दौड़ना बहुत भाता था। हालांकि इस मौसम में पार्क में जाकर दौड़ने का उसका यह पहला ही हफ़्ता था। नज़दीक होने के चलते उसने पार्क में जाने के लिए कार नहीं निकाली। हालांकि जब से वह टीवी का चर्चित चेहरा बनी थी, वह सड़क पर अपनी पहचान के चलते मिलने वालों से बचने के लिए हर कहीं, नज़दीकी जगह पर भी कार से ही जाती। चार-पाँच सालों से यही चल रहा था। ड्राइवर होता तो उसके साथ, नहीं तो वह खुद कार चलाती। पर एक तो यह पार्क बहुत नज़दीक था, दूसरे वह इतनी सुबह उठकर जाती थी कि पार्क तो दूर सड़क पर भी लोग नहीं होते थे। वह पूरे एक घंटे दौड़ लगाकर 6:30 बजे से पहले लौट आती। बड़े शहरों में तो यह अधिकांश लोगों के जागने का समय होता था।

आज भी यही हुआ। वह वापस लौटी तो देखा कि अंगद स्कूल जाने के लिए तैयार हो रहा है।

अंगद भी नैना पर ही गया है। नर्सरी में था तब भी उसे कभी जगाना नहीं पड़ता था। उस छोटी-सी उम्र में भी वह बिना किसी के जगाये अपने आप ही उठ जाता था। खुद ही तैयार भी हो जाता था। कोई नखरे भी नहीं दिखाता था। अब तो वह चौदह साल का होने वाला था, पर अब भी माँ का एकदम परम भक्त। वह जो भी कहे बिना सवाल किये मान लेता। माँ को किसी भी तरह से तंग नहीं करना है, यह वह न जाने बचपन में ही समझ चुका था।

आज भी माँ को देखते ही वह एकदम से आ कर उससे लिपट गया। नैना ने पूछा, "कैसा है मेरा टाइगर?"

जवाब में अंगद ने नैना पर अपनी पकड़ थोड़ी और बढ़ा दी। नैना ने उसके हाथों की ताकत को नहीं बल्कि गरमाहट को अपने दिल के भीतर महसूस किया। वह अंगद के इस अचानक उमड़े प्यार की वजह पूछती कि अंगद की आवाज़ सुनायी दी, "मम्मा, आप अब भी गुस्सा हो?"

नैना ने हैरानी से अंगद को देखा। वह समझ नहीं पायी कि अंगद को यह कैसे पता कि वह गुस्सा थी। उसने हैरानी के बीच ही लाड़ भरी आवाज़ में पूछा, "अरे बेटा, मम्मा कहाँ गुस्सा हुई? मम्मा ने तो आपसे कुछ कहा ही नहीं। फिर आप यह क्यों पूछ रहे हो कि मम्मा गुस्सा हो क्या?"

"आप रात को पापा से गुस्सा थीं ना इसलिए मैंने पूछा, फिर आप मेरे पास गुड नाइट कहने भी नहीं आयीं।"

"ओह, सॉरी बेटा। थोड़ा अपसेट थी इसलिए भूल गयी। मानती हूँ मुझसे गलती हो गयी। आई एम सॉरी।"

"अब तो गुस्सा नहीं करोगी?"

"नहीं।"

"पापा से भी नहीं?"

"नहीं, कभी नहीं।" यह कहते हुए उसने अंगद को अपने गले लगा लिया।

माँ-बेटे के बीच काफी मधुर रिश्ता था। हालांकि अंगद किशोरवय हो चुका था, लेकिन उसने कभी भी, अपने बचपन में भी नैना से न तो कोई शिकायत की, न ही ज़िद। वह बेहद अच्छा और सेंसेटिव बच्चा था। आजकल के दूसरे बच्चों की तरह डिमांडिंग तो वह बिल्कुल भी नहीं था। इसीलिए आज के उसके सवाल ने नैना को जैसे झकझोर दिया था। वह अचकचा गई थी। उसने मन ही मन तय किया कि चाहे जो हो वह कोशिश करेगी कि अंगद के जीवन पर उसके और सर्वेश के तनाव का असर न पड़े। वैसे भी वह प्री-बोर्ड के एग्ज़ाम से गुज़रने वाला था। नैना मॉर्डन ज़रूर हो चुकी थी, पर उसका माँ वाला मन अब भी अंगद के लिए वैसे ही था, जिसके लिए उसने अपनी शादीशुदा ज़िन्दगी के शुरुआती चार-पाँच साल घर की चारदीवारी में गुज़ारे थे। वह जल्द ही संभल चुकी थी।

"चलो अब जल्दी से तैयार हो जाओ।" उसने तुरन्त आवाज़ दी, "रीना..."

"जी दीदी।"

"अंगद बाबा का टिफिन पैक हो गया?"

"जी दीदी, बस हो रहा है।"

"ठीक है।" उसने फटाफट अंगद का बैग उठाया और लिफ़्ट से नीचे आ गयी। बस के आने तक वह और अंगद यों ही बातें करते रहे। सारा डिस्कशन इस बात पर था कि अगले संडे को अंगद को स्वीमिंग करने जाना है। उसके बाद वह क्लब में ब्रेकफास्ट करेगा। फिर वे पिक्चर देखने जायेंगे, और लंच भी बाहर करेंगे। जब तक यह सारा कार्यक्रम तय हुआ तब तक बस आ गयी। उसने अंगद को बस में चढ़ाया और 'बाय-बाय' करके विदा कर दिया।

अंगद को घर से लेकर आना और स्कूल बस में बैठाना उसका हमेशा से ही सबसे फेवरेट समय रहा था। नौ-दस सालों से यही एक समय ऐसा था, जब नैना सिर्फ माँ ही होती। माँ-बेटे के बीच यहाँ और कोई नहीं होता। फिर अंगद जैसे-जैसे बड़ा होता गया, उसकी नई-नई बातों को सुनना उसके लिए एक अलौकिक अनुभव की तरह होता गया। उसकी बेहद व्यस्त और तड़क-भड़क वाली ज़िन्दगी में यह पल उसके बेहद अपने पल होते। पूरे दिन वह अगले दिन की सुबह फिर से इसी लम्हे का इन्तज़ार करती!

ऊपर आकर उसने अपना फोन चेक किया। दो मैसेजिज़ थे जिनका उसे जवाब देना था। दोनों ही मैसेजिज़ देखकर उसके चेहरे पर मुस्कुराहट आयी। एक मैसेज में लिखा था, 'गुड मॉर्निंग मेरा बच्चा।' यह मैसेज नवीन का था।

और दूसरे में लिखा था, 'गुड मॉर्निंग जान।' बताने की ज़रूरत नहीं कि यह गौरव का मैसेज था।

दोनों ही मैसेज का एक जैसा जवाब उसने दिया। सीधा सपाट। 'गुड मॉर्निंग' बस साथ में एक हैप्पी फेस इमोजी लगा दी। मैसेज भेज कर उसने थोड़ी देर योगा किया और फिर पेपर पढ़ने बैठ गयी। इस बीच रीना ने नाश्ता भी लगा दिया।

9:30 बजे कॉन कॉल होती थी। उसके लिए तैयारी करनी होती थी। इसी कॉल पर सारे दिन का एजेंडा तय होता था। उसने विपक्षी दल के नेता का बयान देखा, जिसमें उन्होंने इस बात पर सवाल उठाया था कि हिन्दुओं में सहिष्णुता खत्म होती जा रही है। पर यह अचानक नहीं है, उनके मुताबिक

आदि काल से ही हिन्दू समाज कभी जंग से घबराया नहीं है। उनका कहना था कि यह मानना बेमानी है कि हिन्दू कभी शान्तिप्रिय था। नैना ने अपने कार्यक्रम *राष्ट्रवाद* में इसी विषय पर बहस करने का फैसला किया। चुनाव के वक्त में ऐसे सवाल पर बहस करने से ज़्यादा रेटिंग भी आयेगी, और चर्चा भी होगी।

ठीक 9:30 बजे ऑपरेटर ने फोन लगा दिया, तब तक तकरीबन सभी लोग कॉल पर आ गये थे। मैनेजिंग एडिटर गौरव वर्मा, आउटपुट एडिटर नवीन शर्मा, इन्पुट एडिटर शकील अहमद, असाइनमेंट हेड रेखा सारंगी, आमना चौधरी समेत कई अन्य एंकर और प्रोड्यूसर।

एक-एक करके सभी लोगों ने अपना प्लान बताना शुरू किया। सबसे पहले असाइनमेंट हेड रेखा सारंगी ने आज की सभी बड़ी खबरों की जानकारी दी। इन खबरों पर क्या-क्या जानकारी, वीडियो और अन्य सामग्री उपलब्ध है। आज की, अब तक की सभी खबरों पर डिस्कशन हुआ। रोज़ ही यही होता है, पर सारे डिस्कशन के बीच मैनेजिंग एडिटर का फैसला ही अन्तिम होता है। वही तमाम खबरों का एंगल तय करते हैं। उनके साथ ही आउटपुट एडिटर बताते हैं कि कितने बजे क्या करना चाहिये। न्यूज़ चैनल्स के लिए शाम को 5 बजे से रात 10 बजे तक का वक्त सबसे अहम होता है। टीवी की दुनिया मानती है कि इस वक्त सबसे ज़्यादा दर्शक होते हैं। हर चैनल यह चाहता है कि शाम 5 बजे से 10 बजे तक सबसे ज़्यादा दर्शक उसे ही देखें।

"तो 5 बजे क्या करेंगे?" मैनेजिंग एडिटर गौरव वर्मा ने पूछा।

"सर, 5 बजे शुरू करते हैं प्रधानमन्त्री के आज के नये बयान से। प्रधान-मन्त्री ने कहा है कि भारत ने पाकिस्तान की धमकियों से डरने की नीति को बन्द कर दिया है। हर दिन वह (पाकिस्तान) परमाणु हथियार होने के बारे में दावा करता है। यहाँ तक कि उनका मीडिया भी यही दावा करता है और पाकिस्तान के पास परमाणु हथियार होने की रिपोर्ट प्रचारित करता रहता है। तो हमारे पास क्या है? क्या हमने अपने परमाणु हथियार दीवाली के लिए बचा कर रखे हैं?" 5 बजे के शो के एंकर संजीव देवगन ने अपनी बात खत्म की।

"ठीक है, कैसे करोगे? क्या प्लान है?"

"सर, सेना के कुछ जनरलों की बाइट आ गई हैं। नेताओं के रियेक्शन तो आ ही रहे हैं।"

"क्या कह रहे हैं? नेताओं के कोई खास बयान?"

"जी सर, ज़्यादातर बयान इस लाइन पर हैं कि प्रधानमन्त्री का यह बयान एक गैर ज़िम्मेदाराना बयान है। चुनावी सभाओं में भाषण के दौरान परमाणु बम के इस्तेमाल का जिक्र प्रधानमन्त्री की हताशा दिखाता है।"

"इसमें हताशा की क्या बात है? यह तो प्रधानमन्त्री का हौसला है!" यह आवाज़ नैना की थी। उसने कहा, "यह नया हिन्दुस्तान है।"

"अरे, लेकिन प्रधानमन्त्री ने यह भी सोचा है कि उनके इस बयान को अन्तर्राष्ट्रीय जगत में कैसे लिया जायेगा?" नवीन ने पूछ लिया।

"क्या होगा? भारत अब वह देश नहीं है जो किसी से डरता है। कोई कुछ नहीं कर सकता!" नैना ने फिर से अपनी बात कही।

"लेकिन हम हमेशा से शान्ति की वकालत करते आये हैं। परमाणु बम का इस्तेमाल पहले हम नहीं करेंगे, यह हम देश में और देश के बाहर भी अन्तर्राष्ट्रीय मंचों पर लगातार कहते रहे हैं। ऐसे में ऐन चुनाव के वक्त राजनीतिक रैली में इसे घसीट लाना भी ठीक नहीं है।" यह बात गौरव ने कही। "दुनिया हमें हमारे इन विचारों के चलते भी मानती है।"

"लेकिन सर, यह परम्परागत सोच है। बीते कल की बातें। प्रधानमन्त्री ने इसी सोच को बदला है। दुनिया के डर से हमारा देश अपनी पॉलिसी नहीं बदलेगा। यह मेरी सोच है।"

"ठीक है, ठीक है।" यह गौरव की आवाज़ थी, जो नैना के लिए चुप रहने का इशारा भी था। उसने कहा, "चलो संजीव तुम यह शो कर लो। पर ध्यान रहे इसमें दोनों तरफ की बात हो।"

"डन सर, नीचे इलेक्शन की बाकी स्टोरीज़ ले लूँगा।"

"आगे, आमना क्या प्लान है 6 बजे का?" गौरव ने पूछा।

"सर, नेता विपक्ष ने हिन्दू धर्म को एक हिंसक धर्म बताया है। इस पर शो प्लान किया है।"

"मैंने तुम्हारा प्लान देखा। जो मैसेज सुबह तुमने भेजा था। नैना ने भी वही शो सजेस्ट किया है।"

"नहीं सर, मेरा शो थोड़ा अलग है। मैं सभी धर्मगुरुओं को लेकर शो करना चाहती हूँ, और नैना मैम तो राजनीतिक शो करना चाहती हैं।"

नैना अभी तक आमना की बातें चुपचाप सुन रही थी। उसने चुप रहना ही बेहतर समझा।

"मुझे बोलने तो दो आमना! हालांकि तुम्हारे शो का आइडिया अच्छा है, लेकिन एक ही टॉपिक पर दो शो करना ठीक नहीं होगा।" गौरव ने कहा।

"क्यों सर? हम तो दिन भर पॉलिटिक्स ही कर रहे हैं, तो इस टॉपिक में भी कोई दिक्कत नहीं होनी चाहिए। और वैसे भी दोनों शो के बीच तीन घंटे का फर्क है।"

"हाँ, लेकिन एक ही टॉपिक पर यह कुछ ज़्यादा हो जायेगा।"

"सर, कल भी तो हमने मिलता-जुलता शो किया था? दोनों ही शो बेहतर हुए थे। फिर यह टॉपिक ऐसा है जिसे सब देखेंगे। अस्सी फीसदी हिन्दू समाज वाले हैं, और देश में हिन्दू खतरे में है, इससे बेहतर टॉपिक और क्या हो सकता है?"

"मेरी ही लाइन मुझे सुना रही हो आमना?" गौरव ने हँसते हुए कहा। "नैना, तुम्हारा क्या ख्याल है?" उसने नैना से पूछा।

"नहीं, दो मिलते-जुलते शो नहीं करने चाहिये। इससे दर्शक कन्फ़्यूज़ होता है। चैनल के अन्दर ही कम्पीटीशन क्यों पैदा करना? वैसे भी यह टॉपिक पहले मैंने सजेस्ट किया था," नैना ने तपाक से जवाब दिया।

"लेकिन मैम मेरा आइडिया तो अलग है। मैं तो सिर्फ बाबाओं के साथ बातचीत करूँगी। और..."

"आमना बीच में मत टोको," नैना ने बड़े ही सर्द लहजे में कहा। सकपका कर आमना चुप हो गयी।

"मैंने भी यही प्लान किया है कि नेताओं के साथ-साथ बाबा भी रहेंगे। फर्स्ट हाफ में राजनीति और दूसरे में बाबाओं के साथ बहस होगी। हिन्दुओं पर जिसे देखो वही बोलने लगता है। कौन से हिन्दू राजा ने किसी देश पर आक्रमण किया। जब भी हथियार उठाये सिर्फ अपनी रक्षा के लिये, आततायियों का संहार करने के लिये। जब भी युद्ध किया अन्याय को खत्म करने के लिए किया..." वह बोलती जा रही थी। "आमना के शो का फ़्लेवर सॉफ़्ट है, वहाँ ऐसे शोज़ नहीं होने चाहिये, वहाँ तो सिर्फ सामाजिक मुद्दों पर बहस होनी चाहिये।"

"लेकिन मैम, ये तो सॉफ़्ट ही होगा," आमना ने बोलने की कोशिश की। पर गौरव ने उसे बीच में ही रोक दिया। उसने नवीन से पूछा, "तुम्हारा क्या ख्याल है, क्या करना चाहिये नवीन?"

"यह शो तो नैना को ही करना चाहिये। रही बात आमना की तो वहाँ हम ओडिशा के तूफान पर शो कर सकते हैं। उसमें सोशल मसला भी है, आपदा भी और राजनीति भी। करीब पन्द्रह लाख लोगों को चौबीस घंटे में एक जगह से हटाया गया। ओडिशा सरकार ने बेहतरीन काम किया है। उस पर बात हो सकती है, और वहीं दूसरी तरफ इसी को लेकर केन्द्र और बंगाल सरकार में ठन गई है, इसलिए यह राजनीतिक मसला भी है। आमना को ऐसे ही शो प्लान करने चाहिये।"

"गुड आइडिया नवीन। चलो फैसला हो गया। यू आर ग्रेट नवीन। अब रह गया 8 बजे, तो क्या प्लान है स्पोर्ट्स टीम?"

"सर, अब तो आईपीएल खत्म हो रहा है तो यहाँ से वर्ल्ड कप का रास्ता किस ओर जाता है, इस पर चर्चा करेंगे। कोहली एंड कम्पनी को आईपीएल के स्टेटस के बेसिस पर जज करेंगे।"

"गुड, 10 बजे का स्पेशल प्लान क्या है?"

"सर, परमाणु बम ही फोकस में रहेगा। कब-कब परमाणु बम का इस्तेमाल हुआ है? कितना नुकसान हुआ है? भारत और पाकिस्तान की परमाणु ताकत कितनी है? और अगर इसका प्रयोग हुआ, तो ग्राफिक्स से दिखायेंगे कितना नुकसान दोनों देशों को होगा। क्योंकि कभी भी दो पड़ोसियों ने एक दूसरे पर परमाणु बम नहीं चलाये हैं, तो बम-बम खेलने की यह राजनीति कितनी खतरनाक है। इस पर भी फोकस करेंगे।"

"गुड, लेकिन थोड़ा भाषा का ध्यान रखना। मेरे पास रात को ऊपर से फोन नहीं आना चाहिये।" यह कहकर गौरव हँसने लगा।

"ओके, डन। लेट्स मूव, बाय," कहकर गौरव ने कॉन कॉल खत्म कर दी।

नैना ने भी अपना फोन बन्द कर दिया। तुरन्त ही उसके फोन की घंटी बजी। दूसरी तरफ गौरव था। उसने फोन उठा कर कहा, "जी, सर।"

"अरे बधाई हो, तुम्हें प्रधानमन्त्री ने फॉलो किया है ट्विटर पर, केवल फॉलो ही नहीं किया है मैसेज भी लिखा है, देखो।"

"क्या बात कर रहे हैं आप? मुझे फॉलो किया है? आप मज़ाक तो नहीं कर रहे?"

"नहीं जान, देखो तो।"

"ठीक है-ठीक है देखती हूँ, पर देखूँगी कैसे, आप फोन रखिये तो।" उसने जल्दी से अपना ट्विटर अकाउंट खोला और नोटिफिकेशन में देखा तो वहाँ सबसे ऊपर दो नोटिफिकेशन थे, और दोनों ही पीएमओ के थे। पहला नोटिफिकेशन कह रहा था, 'पीएमओ फॉलोड यू' और दूसरे में कहा गया था, 'मुझे बड़ी प्रसन्नता होगी अगर @नैनावशिष्ठ अपनी ऊर्जा और वक्त आगामी चुनाव में वोटिंग को बढ़ाने में लगायें। लोगों को चुनाव के लिए प्रेरित करने से बड़ा पुण्य-कर्म कोई नहीं है।'

नैना की खुशी का ठिकाना नहीं रहा। वह इसी सोच में डूबी थी कि उसके फोन की घंटी फिर से बज उठी। इस बार लाइन पर नवीन था।

"अरे बधाई हो मैडम, आप तो छा गयीं। अब तो डरना पड़ेगा आपसे।"

"बस-बस, बन्द कीजिये फोन। आपसे थोड़ी देर में बात करती हूँ। पहले जवाब तो देने दीजिये। रखिये, रखिये।"

"ओके-ओके," कहते हुए नवीन ने फोन काट दिया। अब उसने लिखना शुरू किया, 'डियर @पीएमओ सर, मुझ फॉलो करने के लिए शुक्रिया। आपने वोटिंग को बढ़ाने की जो ज़िम्मेदारी मुझे दी है उसे मैं सहर्ष पूरा करूँगी।'

यह मैसेज उसने ट्विटर पर पोस्ट कर दिया। इस बीच उसका फोन फिर बजने लगा। इस बार उसने फोन नहीं उठाया। ट्विटर पर उसके बीस लाख से ज़्यादा फॉलोअर थे, लेकिन आज उसे प्रधानमन्त्री ने फॉलो किया था। यह उसके लिए वाकई बेहद बड़ा दिन था। वह जिस दुनिया का हिस्सा है, वहाँ ऐसी खबरें बिना पंख के भी रॉकेट की तरह उड़ान भरती हैं। सारे देश को अब तक पता चल चुका था कि आज प्रधानमन्त्री ने उसे फॉलो कर लिया है। इसी बात की बधाई देने के लिए लोग उसे फोन कर रहे थे। पर अब वह किसी का फोन उठाना नहीं चाहती थी।

वह अपनी कुर्सी से उठी और उसने धीरे से सर्वेश के कमरे का दरवाज़ा खोल कर अन्दर झाँका। सर्वेश बिस्तर पर बेसुध पड़ा हुआ था। वह कुछ पल दरवाज़े पर खड़ी सोचती रही। फिर चुपचाप बाहर निकल आयी।

अपने बेडरूम की तरफ जाते हुए उसके मन में तरह-तरह के सवाल उठ रहे थे। इन पाँच-छह सालों में ज़िन्दगी उस पर काफी मेहरबान रही थी।

आज देश का प्रधानमन्त्री उसकी तरफ देखता है। उसे फॉलो करता है। यह सोचते-सोचते वह अपने बेड पर आकर पीठ के बल लेट गयी।

अभी उसने चैन की दो लम्बी सांसें भी न ली थीं कि फोन की घंटी बज उठी। यह *न्यूज़फॉरटीवी* वेबसाइट के गिरीश मेहरोत्रा का फोन था।

"हैलो नैना जी, मैं गिरीश बोल रहा हूँ।"

"हाँ गिरीश, कैसे हो? क्या हालचाल है? कैसे याद किया?"

"बस नैना जी, ठीक हूँ। आज पीएम ने आपको फॉलो किया, सोचा इस बहाने कुछ बातचीत कर लूँ।"

"अरे, इसमें क्या बड़ी बात है। वह तो सभी एंकर्स को फॉलो करते हैं।" उसने झेंपते हुए कहा।

"नहीं नैना जी, आप पहली फीमेल एंकर हैं, जिसे उन्होंने फॉलो किया है। अभी तक तो ज़्यादातर मेल एंकर्स को ही उन्होंने फॉलो किया था।"

"अच्छा! यह तो मेरे लिए न्यूज़ है।"

"क्या आप कुछ सवालों के जवाब देना चाहेंगी? एक छोटा-सा इंटरव्यू कर सकता हूँ आपका?"

"कब करना चाहोगे?"

"अभी कर लेते हैं, फोन पर ही। अगर आपको कोई दिक्कत न हो तो। कुछ ही देर में अपलोड कर दूँगा।"

नैना ने एक पल के लिए सोचा कि क्या करे? उसे निकलना भी था, पर गिरीश से पीछा छुड़ाना आसान न था। वैसे भी इस इंडस्ट्री में उसके शुरुआती दिनों से अब तक स्थापित होने में गिरीश जैसों की दुआओं का बहुत बड़ा हाथ था। अगर वह टालती तो गिरीश को बुरा भी लग सकता था, जबकि आज वह इतनी खुश थी कि किसी को नाराज़ नहीं करना चाहती थी। इसलिए उसने कह दिया, "ठीक है, चलो शुरू करते हैं। पूछो, क्या पूछना चाहते हो।"

"आपको कब पता चला कि पीएम ने आपको फॉलो किया है? उस वक्त क्या कर रही थीं आप?"

"मैं तो सुबह की एडिट कॉन कॉल पर थी। जैसे ही कॉल खत्म हुई, पता चला कि पीएम ने फॉलो किया है। काफी अच्छा लगा। मैंने सबसे पहले अपने पति से यह बात शेयर की, सच कहूँ तो अभी तक मुझे पूरी तरह से इस खबर का अहसास भी नहीं है।"

"पीएम अब आपको ट्विटर पर फॉलो करते हैं। आपके लिए इसके क्या मायने हैं?"

"देखो गिरीश, जब मैंने जर्नलिज़्म में प्रवेश किया था तो सोचा नहीं था कि एक दिन ऐसा भी होगा। मैं प्रधानमन्त्री की शुक्रगुज़ार हूँ कि उन्होंने मुझे न केवल फॉलो किया बल्कि देशहित में एक बड़े अभियान के लिए भी चुना... खैर, अब जब यह हो ही गया है, तो बस आगे बढ़ना है। काम पर लग जाना है। यही सच्चाई है।"

"आपको क्या लगता है, टीवी की दुनिया में बड़े पदों पर महिलाएँ इतनी कम क्यों हैं?"

"मुझे नहीं लगता कि महिलाएँ यहाँ कम हैं, या उनको न्यूज़रूम से दूर रखने की कोई साज़िश चल रही है। महिलाएँ यहाँ स्थापित हो चुकी हैं। निचले स्तर पर न्यूज़रूम महिलाओं से भरा हुआ है। कई महिलाएँ बड़े पदों पर भी पहुँच चुकी हैं या पहुँचने की कोशिश में हैं। परेशानी बस इतनी है कि लम्बे समय तक महिलाओं का इस इंडस्ट्री में टिकना मुश्किल होता है। उनके जीवन में एक ऐसा वक्त आता है जब उन्हें न्यूज़रूम के पागलपन और परिवार के बीच किसी एक को चुनना पड़ता है। ज़ाहिर है, अधिकांश लड़कियों के लिए अक्सर दोनों को एक साथ साध पाना असंभव हो जाता है। उन्हें मजबूर कर दिया जाता है फालतू के फैसले लेने के लिये। शायद इसीलिए न्यूज़ इंडस्ट्री में अभी भी पर्याप्त संख्या में इतनी महिलाएँ नहीं हैं कि मैं कह सकूँ कि गिरीश आप यहाँ पूरी तरह गलत हैं।"

"मीडिया में महिलाओं को समान अधिकार कैसे मिल सकते हैं?"

"महिला और पुरुष बुनियादी तौर पर अलग हैं। आप महिलाओं को गैरज़रूरी फैसले लेने पर मजबूर करके उनके होने का जश्न नहीं मना सकते। न ही उन्हें पुरुष के बराबर ला सकते हैं। हमें महिलाओं को मौके और बुनियादी सुविधाएँ देनी होंगी। उन्हें सामाजिक ज़िम्मेदारियों के बोझ से अलग करना होगा।"

"पुरुषों के दबदबे वाली इंडस्ट्री में एक महिला होने का क्या अर्थ है? क्या आपको महिला होने के चलते कभी भेदभाव का शिकार होना पड़ा?"

"मुझे लगता है कि एक महिला होने के नाते मेरी कुछ ख़ूबियाँ हैं और कुछ कमज़ोरियाँ भी। लेकिन यह पुरुषों के साथ भी होता है। न्यूज़रूम में जो काम पुरुष कर सकते हैं, वह काम हम महिलाएँ भी उतनी ही ख़ूबी से कर सकती हैं। वह दिन गये जब महिलाओं को राजनीति में कच्चा समझा जाता था। आज महिलाएँ भी राजनीति समझती हैं। न केवल समझती हैं, बल्कि उसे बेहतर तरीके से बता भी पाती हैं। व्यक्तिगत तौर पर मैंने न्यूज़रूम में देश के

सबसे बेहतरीन जर्नलिस्ट्स के साथ काम किया है और मुझे यह कहने में कोई हिचकिचाहट नहीं है कि मुझे कभी भेदभाव का सामना नहीं करना पड़ा। पर इसके साथ ही मुझे इस बात का भी अहसास है कि एक महिला होने के नाते मुझे न्यूज़रूम में पुरुषों से कहीं ज़्यादा मेहनत करनी पड़ती है। आज मेरा फोकस सिर्फ इस बात पर है कि मुझे क्या हासिल करना है, न कि इस बात पर कि मैं क्या नहीं कर पा रही हूँ। वह भी इसलिए कि मैं एक औरत हूँ और एक ऐसी जगह हूँ जिसमें पुरुषों का वर्चस्व है।"

"बहुत-बहुत शुक्रिया, नैना जी।"

"ओके, ठीक है गिरीश। थैंक्यू।"

नैना ने घड़ी की तरफ नज़र दौड़ायी तो चौंक गयी। 12 बज रहे थे और अभी तक ऑफिस जाने के लिए वह तैयार भी नहीं हुई थी। उसने फौरन अपने कपड़े निकाले और बाथरूम में घुस गयी।

***

कार में बैठकर नैना ने अपना ट्विटर अकाउंट खोला तो चौंक गयी। प्रधानमन्त्री के फॉलो करने और वोटिंग बढ़ाने की हिदायत के बाद उसको गालियाँ देने का अन्तहीन सिलसिला शुरू हो चुका था। पिछले दो घंटों में हज़ारों लोगों ने उसे हर तरह के नाम से नवाज़ दिया था। हर आने वाले मिनट के साथ होर, वेश्या, रंडी, छिनाल, रखैल, चम्ची, बेशर्म, और भी न जाने कैसे-कैसे, कितनी तरह के विशेषण...नैना ने लोगों के ऐसे रिएक्शन के बारे में तो सोचा भी नहीं था। वह जानती थी कि यह बात यहीं पर थमने वाली नहीं, पर नैना को यह एक बात कभी समझ नहीं आयी कि जिन लोगों को वह जानती तक नहीं, जिनका उसने कुछ बिगाड़ा नहीं, वे अनजान लोग भी उसके बारे में ऐसी अनाप-शनाप बातें कैसे लिख लेते हैं।

वैसे नैना वशिष्ठ के साथ यह पहली बार नहीं हुआ था, पर आज तो हद ही हो गई थी। हज़ारों की तादाद में इनबॉक्स में भी मैसेजिज़ आ रहे थे। मैसेंजर पर भी। ज़्यादातर मैसेज एकतरफा ही थे। नफरत से भर हुए। ट्विटर और फेसबुक पर कुछ लोग उसके बचाव में भी उतर चुके थे, जो उसकी तरफदारी कर रहे थे। पर ऐसे लोगों की संख्या अभी कम थी जो उसको लेकर शिष्टाचार से भरे थे...ज़्यादातर अश्लील कमेंट ही थे। माँ, बहन की गालियों से भरे हुए। बिस्तर पर ले जाने की तमन्ना रखने वाले। अपने प्राइवेट पार्ट्स का जिक्र करते

हुए। 'औरतों को बिस्तर से आगे शायद ये लोग देखना ही नहीं चाहते,' उसने मन ही मन सोचा।

किसी ने ट्विटर पर उसका मोबाइल नम्बर भी शेयर कर दिया था। इस हिदायत के साथ कि नैना को नफरत भरे सन्देश सीधे इस नम्बर पर भेजे जायें। उसे सबक सिखाने के लिए यह ज़रूरी है। उसने तुरन्त अपना व्हॉट्सएप चेक किया, वह भी अनजान नम्बर और भद्दी तस्वीरों से भरा पड़ा था। कई नम्बरों से पुरुषों ने अपने प्राइवेट पार्ट्स की तस्वीरें खींच कर भेज रखी थीं। माँ-बहन के बारे में तो क्या कहें? एक ने तो बलात्कार करने की धमकी दे रखी थी, तो कोई दूसरा उसके बेटे का अपहरण करने की बात कह रहा था।

नैना का दिमाग गुस्से से फट पड़ा। उसने तुरन्त एसपी नोएडा का नम्बर लगाया। उन्हें सारी जानकारी दी और उनके कहने पर तस्वीरों और सन्देशों की प्रिंटस्क्रीन लेकर उनके नम्बर पर भेंज दीं। एसपी नोएडा ने भी उत्तर में उसे जल्द कार्रवाई का भरोसा दिया और आश्वस्त किया कि ऐसा करने वालों के खिलाफ न केवल कड़ी कार्रवाई होगी, बल्कि उन्हें वह मुनासिब सबक भी सिखायेंगे। पर नैना को इससे सन्तोष नहीं हुआ। उसे गुस्सा भी आ रहा था और मन भी खराब हो गया था।

कैसा देश है यह? कैसे लोग हैं? किधर जा रहे हैं? सोशल मीडिया उन्हें क्या बना रहा है? जिस काम की तारीफ मिलनी चाहिए उस पर गालियाँ मिल रही हैं। प्रधानमन्त्री के एक साधारण से काम से लोग नैना से इस हद तक नफरत करने लगेंगे, यह बात उसे हज़म नहीं हो रही थी।

पहले भी लोग उसे गालियाँ और ऊटपटांग बातें लिखते थे, लेकिन आज तो हद ही पार हो गयी।

उसने दफ़्तर पहुँचकर अपनी शिकायत को एक औपचारिक रूप देने की सोची। समय न गंवाते हुए सीधे अपनी सीट पर पहुँची, कम्प्यूटर ऑन किया। एसपी नोएडा के नाम एक शिकायती पत्र लिखकर मेल कर दिया, इस अनुरोध के साथ कि वह तुरन्त कार्रवाई शुरू करें।

इसके बाद उसने गहरी सांस ली। आँखें बन्द कीं और सिर पीछे चेयर पर टिका लिया। वह कुछ देर वैसे ही रहना चाहती थी, पर आज पहले ही वह लेट हो गई थी इसलिए जल्द ही आँखें खोलीं, बोतल से पानी पिया और फिर आज के शो का इंट्रो लिखना शुरू किया। अभी उसने मुश्किल से एक ही लाइन लिखी थी कि सीनियर प्रोड्यूसर राजशेखर झा कहीं से मंडराते हुए आये और कुर्सी खींच कर बैठ गये। वह बोले, "कुछ सुना आपने?"

नैना ने चौंकते हुए पूछा, "क्या?" नैना ने सोचा झा जी शायद ट्विटर पर पीएम द्वारा उसे फॉलो करने की खबर से इतने उत्साहित हैं, पर राजशेखर झा से उसका कोई ऐसा करीबी रिश्ता भी नहीं था कि ऐसे बात करते, इसीलिये उसने हैरान होते हुए पूछ ही लिया, "झा जी क्या सुनना है?"

झा ने पहले नैना को भाँपा कि कहीं वह झूठ तो नहीं बोल रही, फिर बोले, "आप सच बोल रही हैं? नहीं जानतीं? एकदम धाँसू खबर है। ब्रेकिंग न्यूज़।"

"अरे बोलिये भी झा जी।" राजशेखर झा *नेशनल न्यूज़* चैनल में मोहल्ले की उस बुढ़िया के समान थे जो हर घर की खबर रखती थी। कौन कितने बजे जग रहा है? कब सो रहा है? क्या खा रहा है? कहाँ जा रहा है? किसका, किसके साथ चक्कर चल रहा है आदि, आदि। कहने को वह सीनियर प्रोड्यूसर थे, लेकिन दिन भर ऑफिस की गॉसिप में मशगूल रहते थे। ऑफिस के हर चक्कर, ब्रेकअप, यूनियन, रीयूनियन की उनको खबर रहती थी। यह अलग बात है कि कई बार तो वह अपनी तरफ से ही किसी को किसी के साथ जोड़ देते थे। अगर कोई खबर पूरे ऑफिस में फैलानी हो, तो उन्हें बता भर दो, वह मिर्च मसाला लगा कर अच्छे से फैला देते थे।

झा जी नैना के थोड़ा-सा करीब आये और बोले, "ये जो आपके बॉस हैं ना..."

"कौन? नवीन जी?"

"अरे नहीं, वो वाले नहीं दूसरे वाले, जो आपके दायें बैठे हैं।"

"गौरव? गौरव बोलिये ना! क्यों क्या हुआ?" नैना के दिल की धड़कन तब तक बढ़ चुकी थी। कहीं झा जी उसके बारे में ही कुछ ना बोल दें।

पर झा ने ऐसा कुछ नहीं कहा, और बहुत सहजता से जो बात कही, वह शायद उसके लिए उसके अपने बारे में कही जाने वाली गॉसिप से भी बड़ी बात थी। झा ने कहा, "अरे उनका तगड़ा चक्कर चल रहा है।" नैना का दिल धक से बैठ गया। उसे लगा कि झा जी उसकी ही कहानी सुना रहे हैं। नैना उलझन में ही थी कि उन्होंने अपना मोबाइल फोन आगे कर दिया। कहने लगे, "ये देखिये व्हॉट्सएप ग्रुप में आज क्या गुल खिला है। आज तो धमाल हो गया। हालांकि अब तो भाई लोगों ने डिलीट कर दिया है, लेकिन हमने देखते ही सेव कर लिया था। आमना और गौरव बाबू के बीच झामपटाखा हो गया है।"

नैना हैरानी से झा का चेहरा देखती रह गयी। उसे विश्वास ही नहीं हुआ झा की बात का।

"क्या? इम्पॉसिबल!" उसके मुँह से बेसाख़्ता निकल गया। वह बोली, "मज़ाक कर रहे हैं न आप?"

"अरे कमाल करती हैं आप? चलिये हम आपको फारवर्ड किये देते हैं। ये लीजिये, भेज दिया आपको। आराम से पढ़िये। झामपटाखा आइटम है। हम चले कहीं और..." यह कह कर वह चले गये।

राजशेखर के जाने के बाद नैना जैसे शून्य में चली गयी। उसने बड़ी हिम्मत करके राजशेखर झा के व्हॉट्सएप मैसेज को खोला। गौरव और आमना के बीच हो रहे संवाद के स्क्रीन शॉट थे। ऐसा लगता था कि दोनों ये भूल गये थे कि वो किसी ग्रुप पर बात कर रहे हैं। दरअसल ज़्यादातर बातचीत गौरव ही कर रहा था। ऐसा लग रहा था कि सारे मैसेज मॉर्निंग कॉन कॉल के बाद के ही हैं।

'हाय डॉल।'

'डोंट ट्राई टु फूल मी, यू डोंट थिंक अबाउट मी, आज भी मुझे शो नहीं करने दिया।'

'डॉल, इतनी जल्दी भी क्या है? हो जायेगा। नैना से बात कर लूँगा मैं। शी इज़ नॉट इन हर सेंसेज़, थोड़ा अनरीज़नेबल हो रही है।'

'मैम से इस बात का क्या लेना देना? आप मैनेजिंग एडिटर हैं। आपको कॉल लेनी चाहिये।'

'थोड़ा ट्रिकी मामला है। नैना इज़ वेरी इनसिक्योर। उसको लगता है कि तुम उसकी जगह ले लोगी।'

'व्हॉट रबिश, मैं क्यों उनकी जगह लेने लगी? नैना मैम जैसा बनने में तो मुझे उम्र लग जायेगी। प्लीज़ सर, एक चाँस दीजिये। मैं राजनीति डिस्कस कर सकती हूँ।'

'डोंट वरी डॉल जल्दी करेंगे। ओके।'

'ओके सर।'

'बाय डॉल, लव यू।'

'बाय सर।'

नैना के दिमाग में जैसे सांय-सांय-सा कुछ करने लगा। वह ऑफिस में अपनी सीट पर थी, वर्ना चक्कर खाकर गिर जाती। उसे यकीन ही नहीं हो रहा था कि जो कुछ अभी उसने पढ़ा और देखा वह सच है। यकीन करे भी तो कैसे करे, ना करने की हज़ार वजहें थीं, जबकि यकीन करने के लिए बस यही झा की कुछ मिनट पहले की सूचना। झा का अपना चरित्र कौन-सा भरोसेमन्द था, जो वह मान ले?

उसे गौरव पर कहीं अधिक भरोसा था। वो वादे, जो उसने सुने थे। वो कसमें, जिन्हें निभाने का यकीन उसे दिलाया गया था। वह साथ, जो उसे इतना बाँधे था। उसे इस चैनल में यहाँ तक, इतनी ऊँचाई तक ले आया था। गौरव वर्मा के केबिन की तरफ उसने नज़र घुमाई तो उसे अपने लैपटॉप पर काम करता हुआ पाया। उसने दूसरी तरफ देखा तो पाया कि नवीन की नज़रें उसी पर हैं। दोनों की नज़रें मिलीं तो वह अपनी सीट से उठ खड़ी हुई। उसने अपना कम्प्यूटर लॉक किया और नवीन के केबिन में आ गयी।

कुर्सी पर बैठते ही उसने नवीन से पूछा, "क्या यह सच है?" उसने अपना मोबाइल नवीन के सामने करते हुए कहा। नवीन ने एक नज़र फोन को देखा। "आमना और गौरव के बीच कुछ चल रहा है?" नैना के इस सवाल से नवीन चौंक गया। नैना के लिए गौरव और आमना के बीच के मैसेजिज़ क्या वाकई इतनी बड़ी बात थी कि उसने उसे 'हैलो' तक नहीं कहा। नवीन ने गौर से नैना के चेहरे की तरफ देखा और पूछ ही लिया, "बाबू क्या बात है, इतना अपसेट हो कि न हैलो, न हाय, बस सीधा सवाल? वैसे भी वो दोनों क्या करते हैं, इससे हमें क्या लेना देना? तुम्हें क्या फर्क पड़ता है?"

"बोलिये ना, क्या आप जानते हैं इस बारे में?" नैना ने मनुहार-सा किया।

"हाँ, आज ही सुबह ये देखा है सबने। पूरे ग्रुप पर सबके सामने ये हुआ। शायद वो दोनों यह भूल गये थे कि वो ग्रुप में ये बातें कर रहे हैं, जिसे हर कोई देख सकता है। लगता है कि तुम उस वक्त कहीं और बिज़ी थीं। बाद में दोनों ने अपने मैसेज डिलीट कर दिये।" फिर उसे अचानक कुछ याद आया, "पर तुम्हें ये किसने दिया?"

"क्या फर्क पड़ता है कि किसने दिया," नैना ने गुस्से से कहा। जिस बात का शक उसे हो रहा था वह इतनी जल्दी उसके सामने था, इस ख्याल से नैना का चेहरा फक्क हो गया। वह गुमसुम-सी नवीन को देखती रह गयी। उसकी आँखें उबलने को हुईं। नवीन ने पूछा, "क्या हुआ नैना? तुम ठीक तो हो?"

उसने पाया कि नैना इस वक्त अपने गुस्से और आँसुओं को रोकने की भरसक कोशिश कर रही है। नैना के चेहरे पर एक कंपकंपी-सी थी। लेकिन फिर अचानक ही उसके चेहरे की सफेदी जाने कितनी तेजी से सुर्ख रंगत में बदलने लगी। कुछ ही पलों में उसका चेहरा सख़्त होता चला गया। नवीन ने नैना के चेहरे पर तेजी से बदलते भावों को पढ़ने की कोशिश की। उसने अन्दाज़ा लगाना चाहा कि वह क्या सोच रही है, क्यों इतनी व्यग्र है। पर जब कुछ समझ न पाया तो कुछ देर के लिए खामोश हो गया। उसने तय किया कि नैना को गुमसुम रहने दिया जाये। कुछ देर बाद जब नैना संयत हुई तब नवीन ने उससे पूछा कि बात क्या है? लेकिन नैना ने जवाब में जो कहा, उससे तो नवीन के होश ही उड़ गये। नैना ने कहा, "गौरव मुझे धोखा दे रहा है। गौरव कहता था कि वह मुझसे शादी करना चाहता है।" नैना ने यह भी खुलासा किया कि गौरव ने तो उसे बताया था कि वह अपनी पत्नी से तलाक के लिए अदालत में अर्ज़ी तक डाल चुका है। ऐसे में वह नैना के साथ-साथ आमना से भी इश्क लड़ा रहा है, यह बात उसकी समझ से परे है।

"तुम गौरव से प्यार करती हो?" नवीन ने सवाल किया।

नैना ने नवीन को गौर से देखा, लेकिन कहा कुछ नहीं मानो उसके सामने अपनी ज़ुबान से इस सच को कुबूलने में उसे झिझक हो रही हो।

"लेकिन तुम तो मुझसे भी प्यार करती हो," झिझकते हुए नवीन ने पूछा।

"हाँ भी और नहीं भी," कहते हुए नैना ने सहमति से सिर हिला दिया।

"और मुझसे प्यार करते हुए भी तुम और गौरव शादी करने का प्लान बना रहे हो?"

"क्यों बच्चों जैसे सवाल कर रहे हैं आप?"

"लेकिन यह कैसे संभव है कि कोई इंसान एक ही वक्त में एक साथ दो लोगों से प्यार करे? तुम ऐसा कैसे कर सकती हो?"

"प्यार करने पर कौन-सी पाबन्दी है? कोई भी जितने चाहे उतने लोगों से प्यार कर सकता है..." नैना अपने वाक्य को पूरा करती कि तीर की तरह नवीन ने तंज कसा, "...और शादी किसी तीसरे या चौथे या पाँचवें से कर सकता है। है ना?"

"हाँ, हम हर प्यार करने वाले से शादी नहीं कर सकते। ना ही हर शादी करने वाले से प्यार कर सकते हैं।"

"तो क्या गौरव से प्यार करती हो इसलिए शादी कर रही हो या शादी इसलिए करना चाहती हो, जिससे प्यार ना करना पड़े?"

"ये कैसा सवाल है? गौरव मुझसे शादी करना चाहता है। वैसे आपने तो कभी ये नहीं कहा कि आप मुझसे शादी करना चाहते हैं। हम दोनों को एक-दूसरे के साथ काम करना पसन्द है। एक-दूसरे से बात करना पसन्द है। मैं आपसे जो बातें कर सकती हूँ, वो शायद ही किसी से कभी कर पाऊँ। आपका और मेरा रिश्ता विश्वास का रिश्ता है। एक संगी का रिश्ता है। एक भरोसेमन्द साथ का रिश्ता है। इस रिश्ते में कोई बंधन नहीं है।"

"तो मैं यह मानूँ कि मैं तुम्हारा दोस्त हूँ?"

"ज़रूरी नहीं कि हर रिश्ते का कोई नाम हो।"

"पर तुम तो मुझसे कह चुकी हो कि तुम मुझसे प्यार करती हो, और मेरी समझ से प्यार का अंजाम ही तो शादी होता है।"

"क्या बचपना है नवीन सर! क्या फर्क पड़ता है दोस्ती है कि प्यार है, या कुछ और। वैसे भी हर प्यार का अंजाम शादी नहीं होता, ये कैसे समझेंगे आप? वैसे भी इस वक्त मेरी समस्या आपका और मेरा रिश्ता नहीं है। इस वक्त मुझे यह जानने की बेताबी है कि गौरव ने मुझे धोखा क्यों दिया? मुझसे झूठ क्यों बोला? मैं गुस्से से पागल हो रही हूँ।"

"मेरा भी यही हाल है। मैं भी यही जानना चाहता हूँ कि तुमने मुझे धोखा क्यों दिया? मैं तो समझता था कि तुम मुझसे प्यार करती हो। मैं तो इसलिए चुप रहा ताकि तुम्हारे घर को तोड़ने का इल्ज़ाम मुझ पर ना आये। मैं केवल तुम्हारा इन्तज़ार कर रहा था। तुम कहतीं तो हम एक साथ रहने की पहल भी कर सकते थे।"

"आप जैसे लोग सिर्फ इन्तज़ार ही कर सकते हैं। तो करते रहिये इन्तज़ार। मैं कहाँ भागी जा रही हूँ। वैसे भी आपके लिए तो मेरा स्टेटस सेम ही रहेगा। सिर्फ पति का नाम बदल जायेगा। आपको क्या फर्क पड़ता है कि मैं सर्वेश की बीवी हूँ या गौरव वर्मा की? गौरव से शादी कर भी लूँगी तो आपका और मेरा रिश्ता थोड़ी बदल जायेगा..." बदहवासी की-सी हालत में नैना न जाने क्या-क्या बोले जा रही थी, और नवीन बस हक्का-बक्का हो उसका चेहरा देख रहा था।

नवीन को इस बात का यकीन ही नहीं हो रहा था कि वह उसी नैना से बात कर रहा है जो हर काम के लिए उस पर इस कदर डिपेंड थी कि बिना

उससे पूछे कुछ करती ही नहीं थी। पिछले पाँच सालों में कौन-सा शो करना है, खाना किस रेस्त्रां में खाना है, पिक्चर कौन-सी देखनी है, कैसे कपड़े पहनने हैं, कहाँ घूमने जाना है, सारे काम तो वह नवीन से पूछकर ही करती थी। यही नहीं जब तक उसके सर्वेश से ठीक रिश्ते थे, पति-पत्नी के बीच रात को सेक्स कैसे हुआ, यह तक वह नवीन को बता दिया करती थी। नवीन को कभी यह समझ नहीं आया कि नैना उसे ऐसी जानकारी क्यों देती है। यहाँ तक कि परिवार के साथ कभी कहीं जाना भी होता, तो नैना उसे फोन करने का बहाना निकाल ही लेती थी।

नवीन को पूरे दिन की कहानी बताना जैसे नैना का एक धर्म था। वह इन बातों से खुश हो जाता था कि नैना की ज़िन्दगी में उसका एक अहम रोल है और वही है जिसे नैना अपने लिये एक ऐसे शख़्स के तौर पर देखती है, जो ज़िन्दगी भर उसका साथ दे सकता है।

नवीन की नज़रें नैना के चेहरे पर टिकी थीं। दिमाग में तूफान चल रहा था। उसे इस वक्त नैना से भयंकर नफरत हो रही थी। वह ज़ोर से चिल्लाना चाहता था। उससे कहना चाहता था कि तुमसे चरित्रहीन औरत मैंने अपनी ज़िन्दगी में नहीं देखी, लेकिन यह कहने की हिम्मत उसमें नहीं थी।

इसी बीच उसे नैना की आवाज़ सुनायी दी, "मैं गौरव को छोड़ूँगी नहीं। मैं इतनी आसानी से यह नहीं होने दूँगी।"

नैना से इतनी नाराज़गी के बावजूद नवीन ने उससे कहा, "नैना, कोई भी काम जल्दबाज़ी में नहीं करना। थोड़ा इन्तज़ार करो।"

"मुझे इन्तज़ार करना नहीं आता। इस वक्त मेरा दिमाग बेहद खराब है। मुझे आज यह फैसला करना ही होगा कि गौरव की ज़िन्दगी में मेरी क्या जगह है? है भी या नहीं? अगर गौरव ने ज़रा भी आनाकानी की तो इस आदमी को इसकी सही जगह दिखा दूँगी। इस आदमी को शायद पता नहीं है कि मेरे जैसी औरत के जज़्बात से खेलने का नतीजा क्या होता है? झूठ क्या होता है? दगाबाज़ी क्या होती है?"

"ऐसा लगता नहीं कि तुम गौरव से प्यार करती हो!" नवीन ने तंज कसा।

"आप ही कहिये कि ये क्या है? जो गौरव ने किया वह क्या है?"

"मैं कैसे बता सकता हूँ? मैं तो खुद तुम्हें समझने की कोशिश कर रहा हूँ। मुझे तो लग रहा है पाँच-छह सालों में भी मैं तुम्हें ठीक से जान नहीं पाया।"

"कोई किसी को कभी मुकम्मल तौर पर नहीं जान सकता है नवीन सर। आपके लिए इस वक्त सिर्फ इतना जानना ज़रूरी है कि पिछले पाँच साल का हर फैसला मैंने आपसे पूछ कर किया है। जो रोल आपका मेरी ज़िन्दगी में रहा है, वह किसी का नहीं है।"

"...पर गौरव से प्यार तो नहीं किया मुझसे पूछ कर? न ही गौरव से शादी का फैसला, जिसका दावा तुम कर रही हो?" नवीन की आवाज़ में फिर तल्खी उतर आयी।

"आप मेरे प्यार पर अटके हो? अच्छा है, अटके रहो। पर एक बात बताओ, क्या मैंने कहा कि मैं गौरव से प्यार करती हूँ? क्या मैंने कहा कि मैं गौरव से शादी करना चाहती हूँ? अगर एक बार को मान भी लें कि मैं गौरव से प्यार करती हूँ और शादी करना चाहती हूँ, तो क्या आप मेरा यह फैसला स्वीकार कर पाते? आप नहीं कर पाते ये मैं जानती हूँ, इसीलिये नहीं बताया। आप आज यह साबित भी कर रहे हैं," नैना ने कहा।

"कितनी झूठी हो तुम? कितने रूप हैं तुम्हारे?" वह गुस्से से भर उठा। "कौन-सा रूप सच्चा है तुम्हारा?"

"आप भी एक मर्द की सोच से ऊपर उठकर नहीं सोच पा रहे हैं। वैसे तो बड़ी सिद्धान्तों वाली दार्शनिक बातें करते हैं, पर असली चेहरा यही है। दरअसल मर्द को कभी प्यार करना आया ही नहीं! मर्द सिर्फ हक जताना जानता है। बाँध कर रखना चाहता है। *जो मेरा है, वो बस मेरा है* जैसी बातें बहुत पुरानी हो चुकी हैं। आपके साथ अपने रिश्ते को तो आज भी नकार नहीं रही हूँ। आपके साथ तो मैं आज भी हूँ और कल भी रहूँगी। मैं आप पर भरोसा करती हूँ, लेकिन इससे ज़्यादा और कुछ नहीं कर सकती।"

"लेकिन ये क्या बात है? यह कैसी और कितनी अजीब बात है?" नैना के हर वाक्य के साथ नवीन अन्दर ही अन्दर क्रोध, दुख और पीड़ा में घिरता जा रहा था। रिजेक्ट होने का यह भाव कितना पीड़ादायक हो सकता है इसका अब से पहले उसे अनुभव तक न था। वह कुछ कहता कि नैना की आवाज़ ने उसका ध्यान फिर खींचा। वह बोली, "दिमाग पर ज़ोर न दीजिये, आज आप मेरी बात नहीं समझेंगे! इसे छोड़िये और यह बताइये कि क्या आप सौ फीसदी कन्फर्म करते हैं कि ये मैसेज गौरव और आमना के हैं?"

"हाँ," कहते हुए नवीन ने सिर हिलाया।

"मैं आपको कॉन्फिडेंस में लेते हुए यह कह रही हूँ कि मैं गौरव वर्मा की करतूतों का भांडा फोड़ने वाली हूँ। मैं वह करूँगी, जो उसने कभी सपने में सोचा भी नहीं होगा।" यह कहते हुए नैना उठी और नवीन के केबिन से बाहर निकल गयी।

नवीन उसे हैरानी से जाते हुए देखता रह गया। नैना ने जो कहा था उसे सुनकर यकीन ही नहीं हो रहा था। वह नैना और अपने बीच हुई बातचीत से हैरान था। पिछले आधे घंटे में जो हुआ वह यकीन से परे था। नवीन नैना से प्यार करता है। गौरव भी नैना से प्यार करता है। वह तो नैना से शादी भी करना चाहता है। नैना खुद शादीशुदा है, लेकिन वह नवीन के लिए भी प्यार होने से इनकार नहीं करती। पर वह गौरव से प्यार को स्वीकार न करने के बावजूद उसके धोखे से बेतरह खफा है! ज़िन्दगी का यह कौन-सा फलसफा है जो नैना के दिमाग में है, पर उसकी समझ से परे? यह कैसे संभव है कि आप एक ही वक्त में कई लोगों से प्यार कर सकते हैं!

नवीन को गौरव पर भी यकीन नहीं हो रहा था कि वह नैना से प्यार करता है। उसके लिए सबसे हैरानी की बात यह थी कि गौरव और नैना शादी के सपने देख रहे थे। उसकी नज़र में गौरव और उसकी बीवी राशि का रिश्ता काफी मज़बूत था। वह दोनों के घर पिछले कई सालों से लगातार जाता रहा है। उसे यह कभी नहीं लगा कि उसके दाम्पत्य जीवन में कोई कड़वाहट है। राशि से गौरव इतना दूर है कि नैना के साथ घर बसाने की सोच रहा है, यह बात उसके गले उतर ही नहीं रही थी।

रिश्तों की पेचीदगी भी कमाल की है। किसके मन में क्या है आप कभी जान ही नहीं सकते। वह सोचने लगा, क्या वाकई गौरव ने नैना का इस्तेमाल किया है? क्या नैना सचमुच गौरव से बदला लेगी? उसकी धमकियों से तो लग रहा है कि वह गौरव के खिलाफ यौन शोषण का आरोप लगाने से चूकेगी नहीं। नैना को वह जानता था। उसका दिमाग पल-पल बदलता है, लेकिन एक बार जब वह कुछ ठान लेती है, फिर तो उसे रोकना मुश्किल हो जाता है। उसे मनाना आसान नहीं।

नवीन को हालांकि गौरव की परवाह नहीं थी। इस वक्त वह इस बात से परेशान था कि वह खुद नैना के लिए कुछ भी नहीं है। क्या गौरव ने जिस तरह नैना का इस्तेमाल किया, कहीं उसी तरह नैना ने उसका इस्तेमाल तो नहीं किया? क्या वह नैना के लिए आगे बढ़ने की एक सीढ़ी भर रहा? वह अगर उससे प्यार करती थी तो फिर गौरव से भी प्यार करने का वक्त कब निकाल

लिया? फिर यह बात अब तक उससे छिपी कैसे रही? नैना दिन में दस बार उसे कॉल करती थी। वह कहीं भी होता, किसी हाल में, किसी मूड में, वह नैना की हर बात में मदद करता। सच तो यही है कि नैना के लिए उसने क्या कुछ नहीं किया, वही नैना एक दिन उसके साथ ऐसा करेगी, यह उसने सपने में भी नहीं सोचा था।

आज उसे नैना से नफरत हो रही थी।

नवीन को अपने ऊपर भी गुस्सा आ रहा था कि वह इन दोनों के रिश्ते से बेखबर कैसे रहा? क्यों उसे ज़रा भी अन्दाज़ा नहीं हुआ। गौरव शातिर है, यह वह जानता था लेकिन नैना भी ऐसी होगी यह उसकी कल्पना से परे था। वह यह तो जानता था कि नैना को गौरव लगातार फोन करता रहता था। ऐसा नैना ने ही उसे बताया था। पर नैना ने हमेशा यही कहा कि गौरव सर ने आज ये मैसेज भेजा; आज शो की ऐसे तारीफ की। कई बार उसने यह भी कहा था कि गौरव सर उससे फ़्लर्ट करने की कोशिश करते हैं पर, नैना के मुताबिक, उसने इस बात को हमेशा टाल दिया। नवीन ने उसकी ये सारी बातें आँख मूँद कर मान ली थीं। वह नैना पर भरोसा करता रहा। कितना बड़ा बेवकूफ था वह!

***

बाहर निकलकर नैना सीधे मैनेजिंग एडिटर गौरव वर्मा के केबिन में घुस गयी। गौरव उस वक्त किसी से फोन पर बात कर रहा था, पर नैना ने इस पर ध्यान दिये बिना ही चिल्लाना शुरू कर दिया, “मिस्टर गौरव वर्मा, मैंने तुम जैसा घटिया आदमी नहीं देखा। पिछले चार साल से तुम मेरा इस्तेमाल कर रहे हो! यू यूज़्ड मी, एब्यूज़्ड मी।”

फोन पर बात कर रहा गौरव अचानक नैना की ऊँची आवाज़ में कही गई इस बात का मतलब नहीं समझ पाया, पर उसकी टोन से वह यह समझ गया था कि कुछ बड़ी बात हुई है। उसने फोन साइड में करते हुए कहा, “क्या बात है नैना? बैठो और आराम से बात करो।” पर नैना उस वक्त तक अपने होशोहवास खो चुकी थी। उसका गुस्सा चरम पर था, वह आराम से बात करना तो दूर, बस चलता तो तुरन्त ही गौरव को सबक सिखाने के मूड में थी। वह फिर चिल्लायी, “तुम्हें समझ नहीं आया कि मैं तुम्हारा भांडा फोड़ने वाली हूँ? तुम्हारी सारी करतूतें अब सबके सामने आयेंगी!”

यह सुनकर गौरव चौंका। उसने फोन रख दिया। फिर सीट से उठा और नैना के ठीक सामने जाकर खड़ा हो गया। वह कुछ पूछता उससे पहले ही नैना ज़ोर से चिल्लायी, "तुम जैसा मक्कार आदमी मैंने नहीं देखा।"

"क्या बात है नैना? क्या हो गया है तुम्हें? तुम अचानक इतने गुस्से में क्यों हो? अब मैंने क्या किया?" उसने बाहर की तरफ देखा तो न्यूज़रूम का हर शख़्स उसके केबिन की तरफ ही देख रहा था। उसने नैना से कहा कि वह बैठ जाये और जो भी मसला है उस पर आराम से बात करे। लेकिन नैना का मूड इतना खराब था कि वह गौरव से कुछ भी अलग से सुनने की बजाय सिर्फ अपने सवालों के उत्तर जानना चाहती थी। उसने वहीं खड़े-खड़े अपना फोन आगे करते हुए गौरव से सवाल किया, "क्या ये मैसेजिज़ तुम्हारे हैं?"

इस सवाल पर गौरव चौंक गया। उसने पाया कि नैना गुस्से से उसकी तरफ ही देख रही थी। गौरव उसकी नज़रों की ताब नहीं ले पाया। वह घूम कर अपनी सीट पर आकर बैठ गया। नैना उसके सामने जाकर खड़ी हो गयी। उसकी कुर्सी के दोनों हत्थों पर उसने हाथ रखे और अपना चेहरा गौरव के करीब लाकर बोली, "गौरव वर्मा तुम्हारी उल्टी गिनती शुरू होती है, अब!"

गौरव को अहसास हो रहा था कि सब लोग इधर ही देख रहे हैं। उसने नैना को समझाने की कोशिश की और बेहद धीमी आवाज़ में बोला, "हम बैठ कर भी बात कर सकते हैं।"

"नहीं। पहले बोलो कि सच क्या है? क्या तुमने सच में ये मैसेजिज़ भेजे हैं?"

गौरव इस सवाल के जवाब में खामोश रहा। वह नैना को घूर रहा था। उसका चेहरा एकदम सपाट था। उसे इस वक्त समझ नहीं आ रहा था कि उसकी अपनी ही गलती से अचानक उपजे इस हालात को वह कैसे हैंडल करे? नैना के इस तेवर से अचानक से ही ऑफिस में उसकी रेप्यूटेशन के साथ सबकुछ दाँव पर लग गया था।

"सच बोलो, सच! सच क्या है? क्या मैंने जो देखा है, सुना है वह सही है?" नैना ने उससे फिर अपनी बात दोहरा दी। नैना के सुर्ख चेहरे को गौरव ने देखा और नज़र फेर ली। नैना की नज़रें तीर की तरह उसी पर, उसकी आँखों पर ही धंसी हुई थीं। वह कहने लगी, "जानती हूँ कि ऐसे हालात में हर इंसान पहली कोशिश करता है झूठ बोलने की या फिर जवाब को टाल देने की! तुम भी वही करने की कोशिश में लगे हो, लेकिन तुम्हारी यह कोशिश कामयाब नहीं होगी, क्योंकि तुम्हारे सामने कोई अबला नहीं बल्कि नैना है। वही नैना

जिसके सामने बैठकर बड़े से बड़ा घाघ भी सब उगलने लगता है। फिर तुमने तो स्टूडियो और उसके बाहर भी मुझे देखा समझा है। तुम्हें यह समझ जाना चाहिए कि मैं आज तुम्हें छोड़ने वाली नहीं हूँ। मुझे सच सुनना है, सच बोलो गौरव।"

"हाँ, ये मैसेज मैंने ही आमना को भेजे थे नैना," कोई और रास्ता न देख गौरव ने सच्चाई स्वीकार कर ली।

गौरव के मुँह से इस बात को सुनते ही नैना का चेहरा फिर से फक्क पड़ गया। गुस्से का उबाल शायद एक बेचैनी में, एक करुणा में बदल गया। उसने कुर्सी से अपना हाथ हटाया और वह दो कदम पीछे हट गयी। उसके चेहरे पर बेचैनी थी या बेबसी, समझ पाना मुश्किल था, पर जो भी था वह गौरव के लिए अच्छा नहीं था। नैना कुछ कहना चाह रही थी लेकिन शायद उसे शब्द नहीं मिल रहे थे। "तुमने अच्छा नहीं किया गौरव।" वह बस इतना ही कह पायी।

गौरव के इकरार ने उसे एकबारगी भौचक्का कर दिया था। उसके अपने ख्याल और सपने थे, जो हर सांस के साथ एक अलग रूप लेने लगे थे। गुस्से से भरी नैना की यह चुप्पी क्या रूप लेगी गौरव इसे समझने में लगा था कि नैना बोल पड़ी, "तो गौरव तुमने एक बार भी मेरे बारे में नहीं सोचा? हमारे बीच में जो था वह क्या था गौरव? क्या वह झूठ था? क्या वह तुम नहीं थे? क्या वे सारी बातें, वे सारे करार, वे संगसाथ की बातें जो तुमने की थीं, वह बस ऐसे ही थीं? क्या जो वक्त तुमने मेरे साथ गुज़ारा वह केवल टाइम पास था?"

गौरव चुपचाप बिना किसी प्रतिवाद के नैना की बातें सुनता रहा। उसकी हिम्मत नहीं हो रही थी कि अपनी ओर से कुछ कहे। वह केवल इतना ही कह पाया, "मैं शर्मिन्दा हूँ नैना, लेकिन हालात ऐसे बन गये कि यह सब होता चला गया। तुमसे बेईमानी करने का मेरा कोई इरादा नहीं था। मैं आज भी तुमसे प्यार करता हूँ।"

यह आखरी लाइन नैना का गुस्सा फिर से बढ़ाने के लिए काफी थी। वह ज़ोर से चिल्लायी, "बकवास बन्द करो अपनी। न तो तुम्हें मुझसे कभी प्यार था, न तुमने कभी प्यार किया। शरीर चाहिये था, जिसके लिए तुमने यह नाटक रचा। कम से कम अब तो यह झूठ बोलना बन्द करो गौरव वर्मा। पर यह जान लो कि इस झूठ की बहुत बड़ी कीमत तुम्हें चुकानी पड़ेगी। तुम्हारे जैसे इंसान को पहचानने में भूल हुई मुझसे। लेकिन अब और नहीं। आज के बाद तुम्हारे चेहरे पर पड़ा इंटेलेक्चुअल होने का नकाब हमेशा के लिए उतर जायेगा। गौरव वर्मा नाम का देश का सबसे बड़ा सम्पादक अन्दर से कितना घिनौना है, एक

औरत का वजूद उसके लिए क्या है, यह बात आज यह ऑफिस ही नहीं सारी दुनिया जानेगी। मैं सरेआम लोगों को तुम्हारी हकीकत बताऊँगी। तुम्हारी बीवी को भी बताऊँगी कि तुमने मुझसे क्या-क्या वादे किये।"

नैना के हर शब्द के साथ गौरव के चेहरे पर हवाइयाँ उड़ती जा रही थीं। उसने कल्पना भी नहीं की थी कि जीवन में उसे कभी इस तरह के सवालों का सामना करना पड़ेगा, वह भी नैना के सामने।

नैना अब भी चुप नहीं हुई थी। वह ज़ोर-ज़ोर से बोले जा रही थी, "अभी तो एक ही कम्प्लेन हुई थी ना तुम्हारी? अब देखना मैं जो कम्प्लेन करूँगी तुम्हारी, उसके बाद तुम न तो यहाँ नौकरी कर पाओगे, न ही कहीं भी नौकरी करने लायक रहोगे। मैं तुम्हें इस प्रोफेशन में ही रहने नहीं दूँगी। याद भी है तुम्हें कि तुमने मुझे क्या-क्या भेजा है? क्या-क्या लिखा था? हमारे सम्बन्धों की कैसी-कैसी अन्तरंग बातें? मेरे व्हॉट्सएप पर कैसे-कैसे रंगीन सन्देशे भेजे हैं तुमने? कैसी तस्वीरें भेजी हैं? सब कुछ संभाल कर रखा है मैंने गौरव वर्मा! गुड बाय, अब अपनी उल्टी गिनती शुरू कर दो। अब तुम्हारा इंसाफ होगा," यह कह कर हाँफती-सी वह गौरव के केबिन से बाहर निकल गयी।

***

गौरव को काटो तो ख़ून नहीं। नैना के जाने के बाद वह चुपचाप अपनी कुर्सी पर बैठा रह गया। ज़िन्दगी का यह मोड़ उसे समझ नहीं आ रहा था। चन्द मिनट पहले तक सब कुछ बेहद ख़ूबसूरत था, लेकिन इस वक्त स्याह और बदरंग।

नैना के साथ उसका रिश्ता क्या है? इसे वह कैसे डिफाइन करे, यह बात उसे आजतक समझ में नहीं आयी थी। उसी नैना के साथ उसका रिश्ता इस मोड़ पर आ जायेगा, यह तो वह ख्वाब में भी नहीं सोच सकता था। हालांकि इतने समय में वह यह बख़ूबी समझ चुका था कि नैना अपनी ज़िन्दगी में कुछ भी बाँट नहीं सकती। नैना को अपने लिये सब कुछ चाहिये होता था। अगर उसकी मर्ज़ी का नहीं होता था, तो वह आसमान सिर पर उठा लेती थी।

गौरव उसमें एक लीडर देखता था। उसे लगता था कि काम के प्रति जैसा लगाव और जुनून नैना में है वैसा दूसरों में भी होना चाहिये। वह यह भी मानता था कि अपने काम के लिए पैशन रखने में कोई प्रोफेशनल सेल्फिशनेस नहीं होती। उसे लगता था कि लड़कियों को उनका यह हक समाज नहीं देता है। ऐसे में अगर कोई लड़की अपने हक के लिए लड़ती है, तो इसमें बुराई नहीं

है। इसीलिये नैना की हर ज़िद के आगे वह झुकता चला गया। उसकी सारी बातों को मानता चला गया, चाहे वह कितनी ही अनरीज़नेबल बात ही क्यों ना हो। यही वजह थी कि नैना दिन-ब-दिन अपना अधिकार उस पर बढ़ाती चली गई और वह भी नैना का होता चला गया। इस रिश्ते में कब गौरव ने अपने अधिकार खो दिये, उसे पता भी नहीं चला।

गौरव वर्मा देश का सबसे ताकतवर मैनेजिंग एडिटर, वह एडिटर जिसकी एक सोच, एक स्टेप समूची न्यूज़ इंडस्ट्री की दिशा बदल देता था, आज खुद को असहाय समझ रहा था। नैना की कही हुई बातों पर यकीन करे, तो कुछ ही घंटों में उसकी इज़्ज़त सरेआम तार-तार होने वाली थी। वह एक ऐसे इंसान के रूप में सामने आने वाला था, जिसका कोई कैरेक्टर ही नहीं था। एक दिलफेंक आशिक। यह सोचते ही वह काँप गया।

उसे याद आ गया 'मी टू आन्दोलन'। उसके चैनल ने भी बढ़-चढ़कर इस आन्दोलन की खबरें दिखाई थीं। अब उसी आन्दोलन में उसका भी एक नाम जुड़ने वाला था। पिछले कुछ महीनों में अमेरिका से होता हुआ यह आन्दोलन भारत में तेज़ी से फैला था। तमाम दफ़्तरों में लड़कियों ने अपने सहकर्मियों पर आरोप लगाये थे। ट्विटर पर तमाम लोगों की लानत मलानत की थी। इस आन्दोलन की चपेट में आने से एक केन्द्रीय मन्त्री समेत कई सीईओ और न जाने कितने लोगों को इस्तीफा देना पड़ा था। कई नामी-गिरामी फिल्म डायरेक्टर और अभिनेता भी इसकी ज़द में आये थे।

हर कोई डरा हुआ था कि न जाने कोई, उसकी बचपन तक की महबूबा, दोस्त, परिचित या फिर एक-दो बार ही मिली कोई लड़की कहीं से बाहर निकल आये और उस पर सही-गलत तो दूर मिर्च-मसाले से लिपटा कोई आरोप ना लगा दे। फिर देते रहिये आप सफाई। आपकी इमेज पर अगर दाग लग गया तो फिर तो आप गये। वैसे गौरव के अन्दर एक ग्लानि का भाव तो था। वह जानता था कि इस बार वह गुनाहगार है। नैना का गुनाहगार है। राशि का गुनाहगार है। उसका ईमान उसे यह मानने पर मजबूर कर रहा था, पर यह कुछ देर की ही बात थी। उसके अहम् ने उसे ऐसा सोचने से रोक दिया। आखिर था तो वह भी एक मर्द ही।

वैसे भी गौरव वर्मा तो पहले भी ऐसे मामले में फँस चुका था। उस पर पहले भी एक लड़की ने आरोप लगाया था। वह भी दस साल पुराने एक मामले में। आरोप यह लगा था कि गौरव जब रिपोर्टर हुआ करता था, तब उसने अपनी एक सहकर्मी से ज़बरदस्ती की थी। चूँकि मामला दस साल पुराना था और

गौरव उस ज़माने में किसी और मीडिया संस्थान में काम करता था इसलिए *नेशनल न्यूज़* चैनल प्रबंधन ने इस पर कोई कार्रवाई नहीं करने का फैसला किया।

स्पष्ट था गौरव को अपने चैनल में मज़बूत स्थिति का लाभ मिला और पद के साथ-साथ उसकी इज़्ज़त पर कोई आंच नहीं आयी। लेकिन यह बात भी वह जानता था कि अगर नैना ने उस पर आरोप लगाया, तो उसका किसी भी तरह बच पाना नामुमकिन हो जायेगा।

नैना और उसके बीच में ऐसा बहुत कुछ रहा है, जो पब्लिक और परिवार, समाज और संस्थान के सामने किसी भी हालत में नहीं आना चाहिये। वैसे भी उसका मानना है कि दो लोगों के रिश्तों में बहुत कुछ ऐसा होता है जो किसी को नहीं बताना चाहिये। आज के हालात में कोई उसकी बात सुनने वाला है भी नहीं। वैसे भी आज का ज़माना लड़कियों का है।

आज के माहौल में लड़की की ज़बान का खुलना ही सबसे बड़ा प्रूफ है। कानून भी लड़की के पक्ष में ज़्यादा झुकता है। फिर यहाँ तो लड़की नैना वशिष्ठ जैसी थी। अगर वह ट्विटर पर कुछ लिखती है तो दो मिलियन फॉलोअर उसकी बात घर-घर तक फैला देंगे। गौरव लाख सफाई देता रहेगा, उसकी सुनने वाला कोई नहीं होगा। इस मामले में उसे यकीन हो चुका था कि अगर नैना ने बात बढ़ायी तो उसकी नौकरी तो जायेगी ही, इज़्ज़त भी चली जायेगी। वह जानता था कि मैनेजमेंट अपनी और कम्पनी की इमेज बचाने के लिए अपने हाई प्रोफाइल एंकर की बातों की अनदेखी नहीं करेगा और तत्काल प्रभाव से उसे निकाल देगा।

गौरव यह भी जानता था कि अगर नैना ट्विटर पर न जाये और सिर्फ उसकी शिकायत मैनेजमेंट से ही कर दे तब भी उसे अपनी नौकरी बचाना मुश्किल होगा। आज मैनेजमेंट के लिए नैना एक ऐसा चेहरा है, जिसे लाखों-करोड़ों लोग रोज़ाना देखते हैं। नैना और उसके शो के लिए एडवर्टाइज़र आँख मूँदकर पैसा देने के लिए तैयार होते हैं। नैना कम्पनी के लिए एक बड़ा एसेट बन चुकी थी। उसकी तुलना में गौरव वर्मा कुछ भी नहीं। गौरव नहीं रहेगा तो नवीन उसकी जगह ले सकता है, यह बात वह भी अच्छी तरह जानता था और मैनेजमेंट भी।

गौरव के लिए सब तरह से मुश्किल थी। ट्विटर पर अगर नैना सारे राज़फाश कर देती है, तो उसका सामाजिक मान-सम्मान चला जायेगा। उसकी पत्नी भी इस रिश्ते को जान जायेगी। अपनी नन्हीं मासूम-सी बेटी से वह क्या

कहेगा? कैसे बतायेगा कि उसके पापा ने दफ़्तर में क्या गुल खिलाया था कि उनकी जॉब चली गयी? अगर उसे कुछ पता न भी चले तब भी उसके पास उसके इस सवाल का उत्तर नहीं होगा कि वह ऑफिस क्यों नहीं जा रहा है? वह जितना सोचता, उतना ही अपने कल को लेकर भयभीत होता। ऐसी स्थिति में वह क्या करे? अपनी इस मुसीबत से कैसे बाहर निकले? नैना को कैसे समझाये कि वह अपना मुँह बन्द रखे। इंडस्ट्री में ऐसी बातें छुपती नहीं हैं। इस हाल में भी उसे पत्नी और बेटी के सवालों का सामना करना पड़ सकता है। नहीं! उसे कुछ करना ही होगा। नैना को हर हाल में मनाना ही होगा।

उसने बाहर झाँक कर देखा तो नैना अपनी सीट पर नहीं थी। उसका बैग भी नहीं था। उसने नैना के शो प्रोड्यूसर से पूछा तो उसने बताया कि मैम की तबीयत ठीक नहीं थी इसलिए चली गयीं। किसी और से शो कराने को कह गई हैं। गौरव के लिए यह खतरे की घंटी थी। शायद ही कभी नैना ने अपना शो छोड़ा हो। अपने शो को लेकर नैना बेहद पज़ेसिव और सेंसेटिव रही थी। फिर जिस शो को लेकर उसने कल ही इतना धमाल मचाया था, उसे ही छोड़कर जाना...

गौरव ने तय किया कि नैना से बात करने और उसे समझाने का कोई न कोई रास्ता निकालना ही होगा। वह यह भी जानता था कि इस वक्त नैना को फोन करने या मैसेज करने का कोई फायदा नहीं है। जिस मूड में नैना इस वक्त है बेहतर यही है कि उससे बात न की जाये। लेकिन नैना को कैसे समझायेगा वह? कैसे रोकेगा उसे? यह सवाल उसे खाये जा रहा था।

***

गौरव के केबिन से निकल कर नैना सीधे वॉशरूम की तरफ गयी। उसका मन ज़ोर-ज़ोर से रोने का कर रहा था। वह चिल्लाना चाहती थी, चीखना चाहती थी। अपने दिल का दर्द वह किसी से बाँटना चाहती थी। इस वक्त उसकी ज़िन्दगी में ऐसा कोई नहीं था जिससे वह कुछ कह सके। दोनों ही लोग जो पिछले पाँच साल से उसका सहारा थे, उनसे वह झगड़ा कर चुकी थी।

अपने ख्यालों में डूबी हुई वह वॉशरूम में घुसी ही थी कि सामने आमना चौधरी को खड़ा पाया।

आमना उसे देखते ही चहकते हुए बोली, "हैलो मैम!"

नैना ने कुछ जवाब नहीं दिया सिर्फ सिर हिला दिया।

आमना ने फिर कहा, "मैम मुझे आपसे कुछ बात करनी है। आपसे कब मिल सकती हूँ?"

नैना ने उसे अनसुना और अनदेखा कर दिया। वह इस वक्त किसी से बात नहीं करना चाहती थी। उसने नल से पानी लेकर अपने चेहरे पर डाला। वह चाहती थी कि इस वक्त आमना वहाँ से किसी तरह चली जाये, लेकिन आमना ने शायद इस संकेत को नहीं समझा। वह फिर बोली, "मैम गौरव सर ने कहा था कि आपसे बात कर लूँ।"

अपने भीगे हुए चेहरे को पेपर नैपकिन से पोंछते हुए नैना चिल्ला पड़ी, "यू बिच, तुम्हें समझ नहीं आया कि मैं तुमसे बात करने में इंटरेस्टेड नहीं हूँ। गेट लॉस्ट।"

आमना का चेहरा अचानक से फक्क हो गया। उसे नैना से इस तरह के जवाब की उम्मीद नहीं थी। घबराहट में उसकी जबान से सिर्फ 'मैम' ही निकल पाया। पर नैना का गुस्सा तब तक सातवें आसमान पर आ चुका था। वह बोलती चली गयी। "तुम कहना क्या चाहती हो, गौरव जो बोलेगा मैं वही करूँगी?"

आमना जब तक कुछ समझती तब तक नैना ने एक अजीब-सा सवाल दाग दिया, "तो तुम मेरी जगह लेना चाहती हो? इसलिए कि गौरव की नई माशूका हो तुम?"

"मैम...ये क्या कह रही हैं आप?"

"यही कि भगवान ने मुझे भी दो आँखें दी हैं।"

"लेकिन मैम आप उन आँखों का इस्तेमाल नहीं कर रही हैं," अब तक संभल चुकी आमना ने तमतमाते हुए जवाब दिया।

नैना को आमना से इस जवाब की उम्मीद नहीं थी। वह और भी तैश में आ गई और बोली, "उन्हीं आँखों का इस्तेमाल करके ही देख पा रही हूँ कि आजकल तुम्हारी तरफदारी क्यों हो रही है। लेकिन केवल बिस्तर पर लेटने से न तो काबिलियत आती है, न ही अक्ल। समझीं! अब दफा हो जाओ यहाँ से। जाओ तुम्हारा बॉयफ्रेंड तुम्हारा इन्तज़ार कर रहा होगा।"

आमना के सब्र का बाँध अब तक टूट चुका था, पर वह क्या करती। नैना वशिष्ठ उससे इतनी सीनियर थी कि वह केवल 'यू आर इम्पॉसिबिल' ही बोल सकी और वॉशरूम से बाहर निकल गयी।

आमना के जाने के बाद नैना थोड़ी देर वहीं खड़ी रही। फिर संयत होकर बाहर निकल गयी। अब उसका काम करने का मन नहीं हो रहा था।

उसने ड्राइवर को फोन लगाया और गाड़ी लेकर आने को कहा। कुछ ही देर में वह ऑफिस से बाहर आ गयी। जब ड्राइवर ने पूछा कि कहाँ जाना है तो उसके पास तुरन्त कोई जवाब नहीं था। इस मूड में और इस वक्त अपने घर वह जाना नहीं चाहती थी। वहाँ सर्वेश का सामना करने का उसका कोई इरादा नहीं था। इस वक्त वो दरअसल किसी से बात ही नहीं करना चाहती थी। वह चुपचाप कहीं बैठना चाहती थी।

उसने ड्राइवर से सेवा आश्रम चलने को कहा। ग्रेटर नोएडा में बसा यह वृद्धाश्रम उसे बेहद पसन्द था। वैसे भी वह पिछले कई साल से इस आश्रम की हर तरह से मदद कर रही थी। जब एक टीवी चैनल के कार्यक्रम में उसने सेवा आश्रम पर एक स्टोरी देखी थी, तभी से नैना वहाँ जा रही थी। तकरीबन आधे घंटे बाद वह सेवा आश्रम पहुँच गयी। वहाँ उसकी मंज़िल पद्मा देवी नाम की एक महिला थी, जिनकी सेवा करना उसे बेहद पसन्द था। पता नहीं क्यों पद्मा देवी को देखते ही उसकी आँखों से आँसू बहने लगते थे। यहाँ के लोगों के दु:ख, दर्द व अनुभव से पके चेहरों की जीने की ललक शायद उसमें एक उम्मीद भरती थी। शायद आज वह रोना ही चाहती थी इसलिए भी यहाँ आयी थी।

पद्मा देवी की उम्र करीब 60 साल थी। उनका भरा पूरा परिवार, अरबपति खानदान था पर अभी वह बिल्कुल अकेली थीं। जब नैना उनके पास पहुँची तब पद्मा देवी अन्य महिलाओं के साथ हॉल में बैठी शून्य में ताक रही थीं। दरअसल अल्ज़ाइमर नाम की बीमारी ने उनकी याददाश्त छीन ली थी। नैना चुपचाप उनके पास जाकर बैठ गयी। पिछले चार सालों से नैना लगातार यहाँ आ रही थी। लेकिन पद्मा देवी के लिए अभी भी अनजान ही थी। जबकि बाकी की अन्य महिलाओं के लिए वह एक जानी-मानी टीवी पर्सनैल्टी थी। उन लोगों ने नैना का खुशी से स्वागत किया। कारण, यह लोग नैना के सेवा भाव के अलावा उसका टीवी शो भी रोज़ाना देखते थे, सिवाय पद्मा देवी के।

पद्मा देवी अपने बेड पर बैठी थीं। पैरों को मोड़ कर उन्होंने दोनों हाथों में जकड़ रखा था। अपनी ठोड़ी को घुटनों पर टिकाकर वह सामने देख रही थीं। नैना उनके बेड के किनारे जाकर खड़ी हो गयी। उसने आहिस्ता से पद्मा देवी के सिर पर हाथ रख कर सहलाना शुरू कर दिया। पद्मा देवी ने अपना सिर उठाया, एक नज़र नैना को देखा और फिर उसी अवस्था में चली गयीं।

नैना उनके सिर पर हाथ फेरती रही और उसके आँसू बहते रहे। काफी देर तक यह सिलसिला चलता रहा। न तो पद्‌मा देवी ने कुछ कहा, न ही नैना ने। नैना कुछ देर तक उनके पास बैठी रही और फिर उठकर पीछे बने बगीचे में बरगद के पेड़ के नीचे लगी बेंच पर जाकर बैठ गयी। नैना अब तक की अपनी ज़िन्दगी का हिसाब-किताब करना चाहती थी। आज उसके सामने उसकी पूरी ज़िन्दगी बड़े ही अजीब अन्दाज़ में घूम रही थी, जिसका अन्देशा उसे बीते कल तक भी न था। आज का यह दिन जो बड़ी ही उम्मीदों के साथ शुरू हुआ था, अचानक से एक निराशाजनक खालीपन से भर गया। शायद यह निराशा और खालीपन हमेशा से ही उसके जीवन में था, बस वही उसे देख नहीं पायी। इसी खालीपन को भरने के लिए तो वह अपनी ज़ाती ज़िन्दगी में भटक रही है।

गौरव कैसे उसकी उम्मीद बन गया, इस बात का उत्तर उसे गौरव से इतना बड़ा धोखा खाने के बाद भी नहीं सूझ रहा था। वह सोचने लगी, उसने तो गौरव से कभी कुछ नहीं माँगा था। बच्ची नहीं थी वह जब उसकी ज़िन्दगी में गौरव आया। क्या था गौरव में जो उसने बिना कुछ सोचे खुद को इस कदर गौरव के हवाले कर दिया। वह अपने को कोसने लगी कि क्यों वह गौरव के सामने इतना कमज़ोर हो गयी? क्यों उसने गौरव को कुबूल किया?

जवाब के लिए दिमाग पर ज़ोर डालना शुरू किया तो यादों के भंवर में डूबती चली गयी। क्या इसलिए कि गौरव उसका मैनेजिंग एडिटर था। उसका साथ उसे वह सब कुछ दिला सकता था, जिसकी ख्वाहिश किसी भी एंकर को होती है। मैनेजिंग एडिटर अगर आपको चाहता है तो आपको अच्छे असाइनमेंट मिलते हैं। बड़े शो करने का मौका मिलता है। आप बड़े लोगों के इंटरव्यूज़ कर सकते हैं। टीवी पर आपका चेहरा चमकने के साथ ही आपका करियर चमकता रहता है, साथ ही हर महीने तनख्वाह के नाम पर बैंक में पहुँचने वाली रकम भी बढ़ती जाती है। सब कुछ एक ही आदमी के हाथ में होता है...तो क्या गौरव को उसने इसलिए प्यार किया?

इन तमाम सवालों का सामना आज उसे करना ही होगा और जवाब भी खुद ही खोजने होंगे। इन हालातों में फिलहाल उसके जीवन में कोई ऐसा नहीं, जो उसे जवाब दे पाये। गौरव! नहीं, अभी तो कतई नहीं। गौरव उसका आदर्श था। एक दबंग एडिटर जो किसी के सामने झुकता नहीं। एक बार किसी मन्त्री को एक रिपोर्ट पर आपत्ति थी, उसने फोन करके शिकायत की तो गौरव ने अपने प्रोड्यूसर से कहा कि दो बार और वही रिपोर्ट चला दे ताकि मन्त्री को पता चल जाये कि सिफारिश काम नहीं आती। नैना उसकी जिस पहली ख़ूबी पर फिदा थी, वह थी कड़े फैसले लेने की हिम्मत। दूसरा था, गौरव का

व्यक्तित्व—छह फुट से ऊँचा कद, अमिताभ बच्चन जैसी भारी आवाज़, हर समय सूट और टाई में रहना। वेल ड्रेस्ड लोग हमेशा से ही नैना को पसन्द थे। लोग गौरव को सिद्धार्थ मल्होत्रा जैसा कहते थे। हैंडसम, स्मार्ट, इंटेलिजेंट... उसे अहसास हुआ कि वह मुस्कुरा रही थी। उसने गौरव को लेकर अपने इस भावुकता भरे आकर्षण के लिए खुद को लताड़ा, और फिर से ख्यालों में गुम हो गई।

क्या उसने अपनी ज़िन्दगी गौरव के साथ गुज़ारने का सपना वाकई देखा था? क्या गौरव ने कभी उससे कहा था कि वे दोनों शादी करेंगे और साथ रहेंगे? यह ख्वाहिश नैना ने पहली बार कब की? यह सही है कि वह एक आदर्श घर का सपना देखती रही है, ऐसा घर, जहाँ सब कुछ फिल्मी कहिये या पुरातन भारतीय संस्कृति, परम्परा में रचा-बसा होता है। जहाँ पति काम करता है और औरत घर पर रहकर उसका घर संसार संभालती है। दोनों की हर शाम साथ गुज़रती है। बच्चों के साथ पति-पत्नी छुट्टियों में कभी हिल स्टेशन तो, कभी समन्दर किनारे, तो कभी विदेश घूमने जाते हैं। पर उसके सोचने से हुआ क्या? पहले सर्वेश ने उसका यह सपना चकनाचूर किया, और अब इस गौरव ने। गौरव एक दिलफेंक इंसान है, यह बात वह पहले से जानती थी। गौरव की कोशिश हर लड़की से सम्बन्ध बनाने की होती है, यह बात चैनल में हर लड़की को पता थी। यह और बात है कि किसी को हमबिस्तर करने के लिए गौरव कभी ज़बरदस्ती नहीं करता था। जो लड़की खुशी से उसकी हो जाये, उसकी ज़िन्दगी वह बदल देता था। जो उसे नकार दे उसे उसकी किस्मत चाहे जहाँ ले जाये। मतलब चाहे जो भी हो गौरव के प्रभाव में आये बगैर गुजारा नहीं था। उसने अपने मन को समझाया, न तो हालात, न ही वह खुद, बल्कि उसकी आज की हालत के लिए अकेले गौरव ही ज़िम्मेदार है...तो क्या अब उसे गौरव से बदला लेना चाहिये? क्या गौरव की ज़िन्दगी बर्बाद करनी चाहिये? क्या उसे गौरव के साथ अपने रिश्ते को जगज़ाहिर कर देना चाहिये? क्या ऐसा करके वह टीवी की दुनिया में टिकी रह पायेगी? जिस प्रोफेशन की अधिकांश बड़ी पोस्ट मर्दों के पास हैं, वहाँ अपने इस कदम से क्या वह सभी मर्दों को अपना दुश्मन नहीं बना लेगी? क्या यह पुरुष प्रधान समाज उसे अपने साथ काम करने देगा? यह सोचते-सोचते वह इस नतीजे पर पहुँची कि गौरव के खिलाफ कोई भी कदम उठाने से पहले उसे इन तमाम सवालों के जवाब खोजने होंगे।

इसी बीच उसके दिमाग में उसकी ज़िन्दगी का दूसरा महत्त्वपूर्ण शख़्स नवीन शर्मा आ गया। नवीन शर्मा, जो गौरव से एकदम उलट है। मझोला कद। आम भारतीय पुरुष की सूरत। नवीन से उसने अपने जीवन का, गौरव

वर्मा एपिसोड छोड़ दें, तो सबकुछ शेयर किया। क्या नवीन का उससे उम्मीद लगाना गलत है? क्या उसने नवीन की तरफ हाथ नहीं बढ़ाया? क्या वह गाहे-ब-गाहे नवीन को मैसेजिज़ नहीं भेजा करती थी। हर बात उससे पूछती। वक्त-बेवक्त सवाल करती, किसी भी उलझन में होती तो सलाह लेती। जो बातें उसे सर्वेश से करनी चाहिये थीं वो बातें उसने नवीन से कीं। अगर नवीन उससे उम्मीदें लगाये बैठा था, तो उसकी क्या गलती है?

वह सोचने लगी कि अगर गौरव से उसका रिश्ता लस्ट और सेल्फ के लिए था, तो क्या नवीन से उसका रिश्ता एक डर की वजह से बना? वह कामयाब होना चाहती थी और नवीन ही उसे बड़े टीवी चैनल में लेकर आया था। आज वह जहाँ भी है उसमें नवीन की एक बड़ी भूमिका है। नवीन हमेशा शान्त रहा करता था। पहली मुलाकात में ही वह नवीन का भरोसा कर चुकी थी। वह उसे एक ऐसा दोस्त लगा, जिससे वह कुछ भी कह सकती थी। कभी भी कॉल कर सकती थी, बगैर यह सोचे कि वह क्या सोचेगा। अंग्रेज़ी में जिसे थ्री ए.एम. फ्रेंड कहा जाता है, नवीन से उसका वही रिश्ता था। तो क्या उसने नवीन से प्यार नहीं किया? शायद हाँ, शायद नहीं। पर उसके साथ जो था वह औरों के साथ नहीं था, तो फिर वह नवीन की क्यों नहीं हुई? दोनों का रिश्ता सिर्फ बातों तक ही सीमित क्यों रहा? वह सोचने लगी, क्या नवीन से बिछड़ने का उसे दु:ख होगा? क्या नवीन से उसका रिश्ता अब कभी सामान्य हो सकेगा? जब नवीन से उसे रिश्ता बनाना ही नहीं था, तो किस हक से उस पर इतना हक जताती रही है? नवीन उसे हमेशा इतना अपना-सा क्यों लगा, जिससे तन तो नहीं पर मन तो हमेशा बाँटा! जीवन के रंग भी कितने अबूझ होते हैं।

अब वह क्या करे? कैसे इन सवालों के जवाब ढूँढ़े? किससे पूछे कि वह वाकई चाहती क्या है? इन हालातों में उसे करना क्या चाहिये? क्या वह अपना जवाब ढूँढ़ने के लिए अपना करियर छोड़ने को तैयार है? क्या उसे गौरव वर्मा को माफ कर देना चाहिये? या उसे गौरव को सबक सिखाना चाहिये? यह सब सोचते-सोचते उसे ध्यान आया कि उसकी ज़िन्दगी में सर्वेश भी तो है, जिसके साथ उसका रिश्ता सिर्फ नाम का रह गया है। वह एक छत के नीचे रहते तो ज़रूर हैं, लेकिन अब उनके बीच दोस्ती भी नहीं बची है। पति-पत्नी तो वे किसी भी हाल में नहीं हैं। बस उनका बेटा वह वजह है जिसके चलते वे एक घर में हैं। हालांकि कई बार नैना ने वह कदम उठाने के बारे में सोचा, जहाँ से वह इस रिश्ते से मुक्त हो जाये, पर...।

नैना सोचती जा रही थी। क्या उसमें प्यार को पहचानने की ताकत नहीं है, या फिर उसे प्यार करना नहीं आया? ज़िन्दगी में नाकाम प्यार ही अगर उसकी

किस्मत है, तो यही सही, पर सबसे बड़ा सवाल तो नैना के सामने यही था कि वह खुद क्या चाहती है? क्या वाकई वह गौरव से प्यार करती है? क्या वह गौरव से शादी करना चाहती है? इंसान की तमाम समस्याएँ वहाँ आकर खत्म हो जाती हैं, जहाँ वह यह पहचान ले कि उसकी समस्या क्या है। समस्या को सुलझाने की पहली सीढ़ी है उसे स्वीकार करना, फिर आता है उसका सामना करना। आज वह स्वीकार भी कर रही थी और उसका सामना भी कर रही थी।

बेढब ज़िन्दगी के साथ वह नहीं जी पायेगी। जो भी हो, अब वह रुकेगी नहीं। फैसला करेगी, ज़रूर करेगी। पर क्या? क्या वह गौरव को माफ कर सकती है? क्या गौरव को उसके जज़्बात से खेलने का हक है? गौरव ने तो खुद ही उससे कहा था कि वह नैना के साथ ज़िन्दगी गुज़ारना चाहता है। क्या नैना खुद इस रिश्ते को स्वीकार करने या अपनाने के लिए तैयार थी? गौरव वर्मा ने उसके साथ छल किया है। नवीन और सर्वेश के साथ उसके रिश्ते तो हालात से पनपे हैं, लेकिन गौरव के साथ बनाया गया रिश्ता सोच-समझकर किया हुआ फैसला था। यह फैसला गलत नहीं हो सकता। इस फैसले के गलत होने का मतलब है उसके वजूद का खत्म हो जाना। गौरव उसे छल नहीं सकता। यह फैसला करने का हक गौरव को नहीं है। यह फैसला करने का हक सिर्फ और सिर्फ उसको है। उसकी ज़िन्दगी के फैसले कोई दूसरा शख़्स नहीं कर सकता। गौरव वर्मा तो हरगिज़ नहीं।

अपने मन में यह तय करते ही वह उठ कर खड़ी हुई। नैना के लिए अब अपनी सोच को अमल में लाने का समय आ चुका था।

***

आमना चौधरी वॉशरूम से निकल कर सीधा न्यूज़रूम से गुज़रते हुए मैनेजिंग एडिटर गौरव वर्मा के केबिन में पहुँच गयी। आमना के अन्दर गुस्सा भरा हुआ था। आमना ने पूरा किस्सा गौरव वर्मा को सुना दिया। उसका कहना था कि वह इस पूरे मामले की ऑफिशियल रिपोर्ट करना चाहती है। उसने गौरव से सवाल किया कि उसे क्या करना चाहिये? मैम ने मेरे चरित्र पर लाँछन लगाया है। आपके साथ मेरा नाम जोड़ा है, जो कि मेरी डिग्निटी के खिलाफ है। मैं इस पूरे मामले को मैनेजमेंट के सामने रखना चाहती हूँ।

गौरव, जो नैना के तेवर से पहले से ही परेशान था, आमना के इस अन्दाज़ को देख थोड़ा घबरा गया। उसने आमना को समझाया कि इस मामले में ऐसा कुछ नहीं है जिसे रिपोर्ट किया जाये। नैना कुछ गुस्से में रही होगी, इस

वजह से ऐसा बोल दिया होगा। उसका कोई और इरादा नहीं रहा होगा। वे तीनों कल मिलकर बात करके इसे खत्म कर लेंगे।

"नहीं, ये सारा सिलसिला आपकी वजह से हुआ है। इसमें आपकी गलती है। आपने ही ये मुसीबत शुरू की है। आपको ही खत्म करनी है।" आमना ने कहा।

"मैंने क्या किया है? और जो तुम मुझे मैसेजिज़ भेजा करती थीं, उसका क्या?" गौरव ने भड़कते हुए पूछा, "सुबह, दोपहर, शाम हर वक्त किसी ना किसी बहाने तुम्हारे मैसेजिज़ आते थे। मुझे घड़ी-घड़ी तस्वीरें भेजा करती थीं। मैं इस ड्रेस में कैसी लग रही हूँ? ये ड्रेस कैसी है? सब है मेरे पास। याद है तुमने मुझे एक दिन मेकअप रूम में बुलाकर अपनी ड्रेस तक दिखायी थी। मेरी राय ली थी अपनी ड्रेस पर। कौन करता है यह सब? अब मुझे दोष देने से कुछ नहीं होगा!"

गौरव की इन बातों ने आमना को सकते में डाल दिया। अभी वह कुछ बोलती कि गौरव ने आमना को धमकाते हुए कहा, "जो हुआ है उसके लिए हम दोनों ज़िम्मेदार हैं, हम दोनों! ये याद रखना।"

"तो आप अब यहाँ तक आ गये। मेरा कैरेक्टर डिफाइन कर रहे हैं? मैंने आपसे गाइडेंस लेने के लिए वो सब किया, तो आप मुझे धमकाने लगे?" आमना ने भी दहकते हुए कहा।

"तुम्हारी ज़बान में फ़्लर्ट करने को गाइडेंस कहते हैं? ये मैसेज क्या है... अभी पिछले हफ़्ते तुम मुम्बई गई थीं ना शूट पर? क्या लिखा है ये देखो..." कहते हुए गौरव ने अपना फोन निकाला और आमना का मैसेज निकाल कर सामने रख दिया, 'बोर्डिंग डन...सी यू सून, मिस मी।'

आमना के चेहरे का रंग उड़ चुका था फिर भी उसने हिम्मत दिखाते हुए कहा, "लेकिन आज के हालात के लिए आप ही दोषी हैं। लव और डॉल आपने लिखा। आप ही हमेशा लाइन क्रॉस करते रहे हैं, मिस्टर गौरव वर्मा।" उसने तल्खी से कहा, "मैं दिखाऊँ आपके मैसेजिज़? क्या नहीं लिखा है आपने, मेरी तारीफ में कैसे-कैसे कसीदे पढ़े हैं। चौबीस घंटे मेरे बारे में सोचा है आपने। मैंने एक बार मिस मी लिख दिया तो आप मुझे धमकाने लगे। बात निकलेगी तो फिर दूर तक जायेगी, ये याद रखियेगा।"

गौरव अपने लिये एक और नई मुसीबत खड़ी नहीं करना चाहता था। अगर आमना भी अपनी शिकायत लेकर एचआर डिपार्टमेंट के पास चली

गयी, तो एक नया दरवाज़ा खुल जायेगा। नैना के बाद आमना, दोनों में एक ही एंगल—पर्सनल रिलेशन, और दोनों में कॉमन चेहरा—गौरव वर्मा; न जाने इसके बाद एचआर के सामने क्या-क्या खुलेगा। वह मामला शान्त होने तक कोई और पंगा नहीं लेना चाहता था।

उसने बातचीत को हल्का करने के बारे में सोचा। अपनी आवाज़ को संभाला और आमना से कहा कि वो बस कल तक रुक जाये। एक बार नैना के साथ वे दोनों आमने-सामने बैठकर बात कर लेंगे, और सारा मामला हल हो जायेगा। वह अभी आमना को समझा ही रहा था कि उसके एक सवाल ने गौरव के होश उड़ा दिये।

"सर, आपका और मैम का वैसे क्या रिश्ता है?" आमना ने बिना किसी लागलपेट के यह सवाल दाग दिया।

"हमारा कोई रिश्ता नहीं है।"

"तो फिर नैना मैम ने मेरा नाम आपके साथ क्यों जोड़ा? मुझे ऐसा लगा कि वह मुझ पर शक कर रही हैं। मेरे आपसे बात करने से उन्हें तकलीफ क्यों है?" गौरव ने इस बात का कोई जवाब नहीं दिया।

"एक औरत जब किसी दूसरी औरत पर शक करती है, तो उसकी कोई और वजह नहीं होती सर! इसका एक ही मतलब होता है कि उनका आपके साथ रिश्ता है। वह रिश्ता बॉस और कुलीग का तो हो ही नहीं सकता।"

"अरे, कमाल की बात कर रही हो आमना। क्या मैंने तुम्हारे साथ कोई ज़्यादती की है?"

"नहीं, लेकिन नैना मैम ने की है। इसकी एक ही वजह हो सकती है कि उनका आप पर अधिकार है और उन्हें भरोसा है कि वह कुछ भी कर सकती हैं, कोई उनका बाल भी बाँका नहीं कर सकता। यह हरकत और यह हिम्मत किसी साधारण कर्मचारी की नहीं हो सकती। ऐसी बातें वही कर सकता है जिसके साथ आपके रिश्ते हों, जिसके सिर पर आपका हाथ हो।"

"आमना, अब तुम हद से बाहर जा रही हो।"

"नहीं सर। मैं आपको हकीकत बता रही हूँ। नैना मैम का जो रूप मैंने यहाँ जॉइन करने के बाद पिछले छह महीने में देखा है, उससे यही साबित होता है कि आप पर उनका अधिकार है। आप वही करते हैं जो नैना मैम चाहती हैं। उनकी मर्ज़ी के बगैर आप कोई फैसला नहीं करते। यह सबको दिखायी देता है। कोई कुछ कहता इसलिए नहीं क्योंकि आप चैनल के मैनेजिंग एडिटर

हैं। आप चाहें तो कोई भी इस चैनल में एक दिन तो क्या दो-चार घंटे भी नहीं टिक सकता।"

"यह सरासर गलत है। मैं आपके साथ बहस नहीं करना चाहता, न ही आपको इस बात की इजाज़त दूँगा कि आप मेरे सामने मेरे ही केबिन में मेरी बेइज़्ज़ती करें। प्लीज़ लीव।"

"मैं तो चली जाती हूँ सर, लेकिन आप कब तक नैना मैम के इशारों पर नाचते रहेंगे। आपको एक न एक दिन तो फैसला करना ही होगा। मैं नैना मैम की इस हरकत को माफ करने के लिए तैयार नहीं हूँ। आपके कहने पर सिर्फ एक दिन का वक्त दे रही हूँ। अगर कल तक आपने उनसे मेरी बात नहीं करायी तो यह पूरा किस्सा लिखित में मैनेजमेंट को भेज दूँगी। मैं किसी और की गन्दगी झेलने को किसी भी हालत में तैयार नहीं हूँ। आप भी अपने बारे में फैसला कर लीजिये।" कहकर वह गौरव के केबिन से बाहर निकल आयी। पर इससे भी आमना को चैन नहीं आया। उसके अन्दर उथल-पुथल मची हुई थी। वह एक फौजी की बेटी है। उसके पिता मेजर जनरल हैं। आज तक उससे किसी ने ऐसे बात नहीं की थी। ऐसा पहली बार हुआ था जब वह बेवजह किसी का निशाना बनी थी।

वह तो अपने शो को लेकर नैना से डिस्कस करना चाहती थी। नैना उसकी सीनियर ही नहीं आइडल भी थी। नैना से सीखना, नैना जैसा बनना उसकी चाहत थी। वह नैना की बहुत इज़्ज़त करती थी, लेकिन आज नैना ने उसके साथ जैसा बर्ताव किया उससे वह बेहद निराश हो गयी। वह यह समझ चुकी थी कि नैना के रहते इस चैनल में किसी औरत का आगे बढ़ना नामुमकिन है। उसे ऐसा भी लगने लगा था कि नैना को महिलाओं से जैसे नफरत है। पुरुष एंकर के खिलाफ कभी उसको बोलते किसी ने नहीं सुना। न ही उनके शो के टॉपिक में नैना की दिलचस्पी होती थी, लेकिन आमना के हर शो में वह दखल देती रही है। गेस्ट हों या टॉपिक, नैना की हर राय बेहद ज़रूरी है गौरव और नवीन दोनों के लिये। आमना का शो तभी क्लियर होता था जब नैना को आपत्ति नहीं होती थी। उसकी आपत्ति का मतलब था कि आमना को अपने लिये दूसरा टॉपिक खोजना होगा। पर आज नैना ने अपनी सारी हदें पार कर दीं। शो की खातिर ही उसने अब तक गौरव के फ़्लर्ट को नज़रअन्दाज़ किया था, लेकिन अब वो इस तरह की किसी भी नॉनसेंस को बर्दाश्त नहीं करेगी। उसने अपना फोन उठाकर नैना का नम्बर डायल किया। कई बार घंटी बजने के बाद भी जब फोन नहीं उठा तो उसने एक मैसेज टाइप करना शुरू किया, 'आपको अपने किये पर माफी माँगनी चाहिये। मुझे आपसे इस गिरी हुई हरकत की उम्मीद नहीं

थी। अगर कल तक आपने माफी नहीं माँगी तो अपने किये के लिए आप खुद ही ज़िम्मेदार होंगी।' आमना ने एक बार फिर से मैसेज को पढ़ा। कुछ सैकंड सोचा और भेज दिया। इस बार जंग आर-पार की होगी।

***

आमना के जाने पर गौरव ने गहरी सांस ली ही थी कि केबिन के दरवाज़े पर हुई ठक-ठक ने उसका ध्यान फिर भंग कर दिया। इस बार दरवाज़े पर नवीन था। गौरव ने उसे अन्दर आने का इशारा किया।

अन्दर आते ही नवीन ने बेहद तीखी आवाज़ में उससे पूछा, "यह क्या तमाशा है? क्या किया है तुमने नैना के साथ?" नवीन थोड़ा उत्तेजित था। गौरव ने अनजान बनते हुए पूछा, "किस बारे में पूछ रहे हो?"

"नैना के बारे में और किसके बारे में? तुम और नैना एक साथ...तुम प्यार करते हो नैना से?" उसने पूछा।

"प्यार करता हूँ? नैना से! यह तुमसे किसने कहा?" उसने उल्टा सवाल किया।

"अब पहेलियाँ मत बुझाओ। नैना ने ही बताया, वह आयी थी मेरे पास तुम्हारे मैसेजिज़ का सच जानने के लिये।"

गौरव चुपचाप नवीन की शक्ल देखता रहा। उसके चेहरे का रंग उड़ चुका था। वह यह तो जानता था कि नैना और नवीन एक दूसरे के करीब हैं, लेकिन नैना सारी बातें नवीन को बता देगी, ऐसी उम्मीद नहीं थी उसे। उसके लिए यह बात परेशान करने वाली थी कि नवीन को इस रिश्ते के बारे में पता चल चुका था।

"क्या बात है गौरव, तुमने जवाब नहीं दिया? क्या सच में तुम नैना से प्यार करते हो? क्या तुमने एक बार भी राशि के बारे में नहीं सोचा?"

"नहीं यार, तुम भी किसकी बातों में आ गये? तुमको पता है कि मेरा नाम तो खामखां किसी के भी साथ जोड़ दिया जाता है।" गौरव ने झूठ बोलते हुए कहा।

"हाहाहाहा...खामखां। सुबह जब लव और डॉल करके लाड़ बिखेर रहे थे, नैना को इनसिक्योर बता रहे थे, वो क्या था? यार मुझसे तो झूठ ना बोलो। पर ये बताओ कि नैना ने यह क्यों कहा कि तुम उससे प्यार करते हो। उसने तो

यहाँ तक कहा कि तुमने उससे साथ रहने का वादा किया था और इसके लिए तुम अपनी पत्नी को तलाक भी देने वाले थे?"

"अरे कुछ भी नहीं है यार। तुम तो जानते हो कि लड़कियाँ हर बात को कितना सीरियसली ले लेती हैं। मैंने कभी कुछ और कहा होगा, और उसने अपने हिसाब से उस बात को पकड़ लिया होगा।"

"इसका मतलब यह हुआ कि तुमने यह तो मान लिया कि तुम्हारा रिश्ता नैना से है?"

"हाँ है, लेकिन वैसा नहीं जैसा तुम सोच रहे हो।"

"तो फिर नैना को तुम्हारे आमना के साथ फ़्लर्ट करने से इतनी तकलीफ क्यों है?"

"अब इसमें मैं क्या कर सकता हूँ। मेरा कोई इरादा उसके साथ घर बसाने का नहीं है। मैं क्यों राशि को तलाक दूँगा, अपनी खुशहाल गृहस्थी को आग लगाऊँगा, वह भी इस नैना के लिये...मैं उसकी कोरी भावुकता भरी सपनों की दुनिया में नहीं जी सकता यार। यह कितनी बेवकूफाना भरी बात है। ऐसे तो मुझे हर लड़की के साथ शादी कर लेनी पड़ेगी।"

नवीन हैरानी से गौरव का चेहरा देखता रह गया। वह गौरव को पन्द्रह साल से जानता था। दोनों की गहरी दोस्ती थी। लेकिन आज वाला गौरव कोई और ही था या उसको लेकर नवीन की अपनी नज़र बदल गई थी। वह नज़र जो गौरव में नैना के आशिक को देख रही थी। यह नवीन की ईर्ष्या थी, गौरव की अय्याशी पर उसकी चिढ़ थी, या नैना को लेकर उसके मन में जो कोमल भाव थे, उसकी धज्जियाँ उड़ जाने की चुभन, नवीन इसे समझ नहीं पा रहा था। नवीन का मन कर रहा था कि गौरव को खरी-खोटी सुना दे।

गौरव कह रहा था, "मैं नहीं गया था नैना के पास, बल्कि नैना ने ही पहल की थी। नैना हर वक्त यही दावा करती थी कि वह एकदम अकेली है। इस दुनिया में उसका कोई दोस्त नहीं है। उसको यही शिकायत रहती थी। उसे अपनी ज़िन्दगी में एक सहारे की ज़रूरत थी। हर समय ऐसे ही मैसेज करती रहती थी। हर बात की रिपोर्टिंग करती थी। इसका क्या मतलब है? मैंने ज़रा-सा ढील दी तो खुद-ब-खुद चली आयी। तुम तो जानते हो नवीन कि मैं किसी के साथ कभी ज़बरदस्ती नहीं करता। फिर मुझे क्यों दोष दिया जा रहा है?" ज़ाहिर था गौरव शुरुआती झटके से संभल चुका था और अब इन बातों से धीरे-धीरे अपना पक्ष मज़बूत करने की कोशिश कर रहा था।

"दोष तो तुम्हीं को दिया जायेगा गौरव वर्मा! एक तो वह लड़की है। दूसरे, तुम उसके बॉस हो। अगर उसने कम्प्लेन कर दी तो यह मामला तुम्हारे खिलाफ जा सकता है। वह बेहद नाराज़ है।" नवीन की आवाज़ में कड़वाहट बढ़ती जा रही थी। उसके अन्दर का आशिक जलन से मरा जा रहा था। वह अब भी अपने मन में कहीं उम्मीद की आस लिये बैठा था और इस बात को जानना चाहता था कि नैना और गौरव के रिलेशनशिप में कितनी गहरायी थी।

"जानता हूँ, मुझे भी धमकी देकर गई है। तुम्हें क्या लगता है कि वह मेरी कम्प्लेन करेगी?"

"कर भी सकती है। लड़कियों का कोई भरोसा नहीं होता। लेकिन तुम उसके साथ कब से रिलेशनशिप में हो?" नवीन फिर से वहीं लौट कर आ गया। वह इस मामले की तह में जाना चाहता था।

"यही कोई दो साल से।"

"और ये रिश्ता जिस्मानी भी है? मतलब तुम दोनों ने आपस में सेक्स भी किया है?" आखिरकार उसने वह सवाल पूछ ही लिया जिसका उत्तर जानने के लिए वह इतनी देर से परेशान था। नैना क्या वाकई गौरव के साथ हमबिस्तर हो चुकी है, यह जानना उसके लिए बेहद ज़रूरी था।

"हाँ, तो इसमें कौन-सी बड़ी बात है? रिलेशनशिप में थे तो सेक्स तो करेंगे ही।" गौरव ने तो बेहद सहजता से कहा, पर जवाब सुनते ही नवीन का दिल बैठ गया। उसके अन्दर बैठा आशिक यह मानने को तैयार नहीं हो रहा था कि नैना ने खुद को गौरव के हवाले कर दिया है। वह ख़ुद को यह तसल्ली देता चला आ रहा था कि चाहे जो कुछ भी हुआ होगा लेकिन नैना ने गौरव के साथ सेक्स नहीं किया होगा। नैना यह काम नहीं कर सकती।

नवीन की नज़रों में नैना एक संस्कारी लड़की थी। नैना के अपने पति के साथ रिश्ते से उसे कोई दिक्कत नहीं थी। वह नैना से प्यार करता था। उसका दिल इस मामले में बड़ा था, पर इतना भी बड़ा नहीं था कि जब वह नैना के साथ प्यार कर रहा था, तब नैना ने किसी और को अपना जिस्म सौंप दिया था। नवीन अचंभित-सा गौरव को देखता रह गया।

"आई कांट बिलीव यू! तुम इतना कैजुअल कैसे हो सकते हो?" नवीन के अन्दर छिपे आशिक का ख़ून खौल गया। वह यह तय नहीं कर पा रहा था कि इस समय उसे गौरव से ज़्यादा नफरत हो रही थी या नैना से।

"तुम को क्या हुआ है? अरे मैं तो ऐसा ही हूँ। मैंने कब छिपाया किसी से? पर मैं तुम्हें इतनी सफाई क्यों दे रहा हूँ? वैसे तुम क्यों इतना परेशान हो नैना के लिये? वह मेरी समस्या है मैं संभाल लूँगा। कहीं तुम भी तो नैना के आशिक नहीं हो जो जलन हो रही है?" गौरव ने पूछा।

"मुझे जलन नहीं हो रही है।" तड़पते हुए नवीन ने कहा। "मैं बस नैना के लिए परेशान हूँ।"

"ना...ना, तुम नैना के लिए परेशान नहीं हो। तुम खुद के लिए बेचैन हो। तुम्हें नैना नहीं मिली, इसलिए बेचैन हो?" गौरव मज़े लेते हुए नवीन को देख रहा था।

नवीन एक तो पहले से ही जला-भुना बैठा था, उस पर से गौरव के इस भद्दे मज़ाक से, जो एक कड़वा सच भी था, वह तिलमिला उठा और बोला, "गौरव तुम इस बार आग से खेल रहे हो। मैं क्या हूँ...क्यों परेशान हूँ यह तुम नहीं समझ पाओगे। ना ही इस बवंडर को तुम संभाल पाओगो। तुमने अभी नैना को पहचाना नहीं है। यह कहानी यहाँ खत्म नहीं होगी।" उसकी आवाज़ में गौरव के लिए हिकारत थी।

आज वह एक ऐसा आशिक था, जो अपने दोस्त और अपनी माशूका दोनों से एक साथ ठगा गया था। नवीन जिन दो लोगों को अपनी ज़िन्दगी की सबसे बड़ी उपलब्धि समझता था, आज उसे उन दोनों से ही नफरत-सी होने लगी थी।

नवीन की सोच से बेखबर गौरव ने कहा, "डोंट वरी, मैं नैना से बात कर लूँगा। तुम्हें परेशान होने की ज़रूरत नहीं है यार। जस्ट चिल।"

"हाहाहाहा..." एक ज़ोरदार ठहाके के साथ नवीन ने कहा, "जस्ट चिल..." फिर वह कुर्सी से उठ खड़ा हुआ। गौरव खामोश नज़रों से उसे देखता रहा। नवीन दरवाज़े पर पहुँचा ही था कि उसे गौरव की आवाज़ सुनायी दी। उसने कहा कि आज नैना का शो आमना कर लेगी। आमना को बता देना। नैना आज घर चली गई है। नवीन बगैर कुछ बोले गौरव के केबिन से बाहर निकल चुका था।

***

नवीन शर्मा के तनबदन में आग लगी हुई थी। उसे कभी अहसास भी नहीं हुआ कि ऐसा भी हो सकता है। नैना और गौरव दोनों से उसकी गहरी दोस्ती थी।

गौरव उससे कभी कोई बात नहीं छुपाता, दफ़्तर के ज़्यादातर काम गौरव उसी की मार्फत करता, और अपना हर सुख-दुख उसके साथ बाँटता पर यह बात उसने छुपा ली।

इसी तरह नैना, वह तो उसे हर रोज़ यही अहसास कराती थी कि आज वह जो कुछ भी है, वह नवीन की वजह से है। नवीन इस समय इतने गुस्से में था कि आज वह खुद को बहुत छोटा पा रहा था। दोस्ती और प्यार, दोनों ने उसे छला था। एकदम रिजेक्टेड। वह नैना के लिए सब कुछ था, लेकिन वह गौरव नहीं था, जिसके साथ वह सेक्स कर रही थी। इधर गौरव था कि नैना का कुछ न होकर भी नैना को हासिल कर चुका था। उससे यह बर्दाश्त ही नहीं हो रहा था। वह समझ नहीं पा रहा था कि क्या करे? किसका सिर तोड़े? अपना, गौरव का या नैना का?

क्या कहा था नैना ने कि आपको क्या फर्क पड़ता है कि मैं सर्वेश की बीवी हूँ या गौरव वर्मा की? आपका और मेरा रिश्ता थोड़ी बदल जायेगा। अपने केबिन में बैठे-बैठे उसने ठहाका लगाया। मतलब मैं बस 'हूँ'। मैं हमेशा रहूँगा भी। मेरा स्टेटस कभी नहीं बदलेगा। मुझसे बड़ा उल्लू का पट्ठा कोई नहीं है। मैं इतना अंधा था कि दोनों के रिश्ते को कभी समझ नहीं पाया। क्यों कभी दफ़्तर में चल रही गॉसिप पर विश्वास नहीं किया? हमेशा इन्हें अफवाह कह कर ही टाल दिया।

नवीन ने फिर खुद से ही सवाल किया, 'लेकिन मैं हूँ क्या? मेरा वजूद क्या है? क्या है मेरा रिश्ता नैना के साथ? मेरे लिए यह जानना बेहद ज़रूरी है।' उसने खुद से पूछा, 'क्या नैना नहीं जानती कि मेरी उसे लेकर क्या भावनाएँ हैं। क्या मैंने कभी नैना से नहीं कहा कि मैं उससे प्यार करता हूँ? हर बार, हर रोज़ बस यही तो जताया है कि मैं उससे प्यार करता हूँ। फिर भी वह कहती है कि मुझे क्या फर्क पड़ता है कि वह किससे शादी करती है। उसकी ज़िन्दगी में मेरी जगह यथावत है। लेकिन मेरी जगह है क्या? कौन-सा रिश्ता है मेरा? क्या मिला है मुझे इस रिश्ते से? नैना ने क्या दिया है? क्या नहीं किया मैंने उसकी ख़ुशी के लिए। उसको खुश करने की खातिर किस-किस का हक नहीं मारा मैंने। कितने लोगों के साथ ज़्यादती की, सिर्फ इसलिए कि नैना को हासिल कर सकूँ, लेकिन नैना को इस बात का अहसास ही नहीं हुआ। या इस अहसास को वह समझना नहीं चाहती थी। अगर उसे अहसास होता तो शायद वह गौरव के साथ यह रिश्ता बनाती ही नहीं।'

उसका दिमाग बस दौड़े जा रहा था। तरह-तरह के विचार मन में आते जा रहे थे। 'यह कैसी नैना है? क्या मैं इस नैना को जानता हूँ? क्या इसी नैना से मैंने प्यार किया? नहीं...नहीं...इस नैना को नहीं जानता मैं! वह लड़की कोई और है। यह वह नैना नहीं हो सकती, जिसे मैं जानता था।'

वाकई हम जीवन में जिसके सबसे ज़्यादा करीब होते हैं उसे भी कितना कम जानते हैं। नवीन का दिमाग फट रहा था। आज नवीन वो नवीन नहीं था जो हमेशा शान्त रहने के लिए पूरी इंडस्ट्री में जाना जाता था। नवीन आज अपने आपे में नहीं था। उसे गौरव की परवाह नहीं थी। गौरव के जाने का फायदा उसे ही होता। चैनल में वही नम्बर टू था और मैनेजिंग एडिटर बनने का चाँस भी उसी को मिलता। लेकिन ये बातें इस वक्त बेमानी हैं। उसके लिए अभी भी सबसे अहम सवाल यही है कि नैना की ज़िन्दगी में उसकी क्या अहमियत है? नैना की ज़िन्दगी में लोग आते-जाते रहेंगे और वह बस देखता रहेगा।

उसने खुद से कहा कि नहीं, यह कारवां वह नहीं देखेगा। कवि नीरज नहीं बनेगा जो *कारवाँ गुज़र गया* की आखरी लाइन में कह गये कि *पालकी लिए हुए कहार देखते रहे। कारवाँ गुज़र गया, गुबार देखते रहे*। नहीं अब वह कहार नहीं बनेगा। आज उसे यह मंजूर नहीं है। उसे नैना से सुनना है कि पिछले पाँच साल से हर कदम, हर घड़ी नैना के लिए खड़े रहने वाले नवीन की नैना की ज़िन्दगी में क्या अहमियत है? अब उसे अंधेरे और भ्रम की यह ज़िन्दगी नहीं जीनी। आज उसे सब कुछ साफ-साफ सुनना है।

उसने नैना को फोन लगाया लेकिन नैना के फोन की घंटी बजती रही। उधर से कोई रेसपॉन्स नहीं था। उसने फिर फोन लगाया। फिर वही जवाब, यानी कि जवाब नहीं। घंटी बजती जा रही थी कोई उठाने वाला था ही नहीं। पागलों की तरह कम से कम दस बार नवीन ने नैना को फोन लगाया। लेकिन नैना को फोन नहीं उठाना था तो उसने फोन नहीं उठाया। नवीन का गुस्सा और बढ़ गया। उसने नैना के लिए मैसेजिज़ लिखने शुरू किये।

'तुम मेरा फोन क्यों नहीं उठा रहीं? फोन उठाओ।'

'गौरव का कहना है कि तुम दोनों के सेक्स रिलेशन हैं। मुझे सच जानना है।'

'मेरा दिमाग फट रहा है। कह दो कि ये सच नहीं है।'

'नहीं बच्चा, तुम ऐसा नहीं कर सकतीं। ये नहीं हो सकता। मुझे जवाब चाहिये।'

'मुझे तुम्हारे मुँह से सुनना है इस रिश्ते का सच।'

'नैना, तुम बोलती क्यों नहीं। मैं मर जाऊँगा। मुझे यकीन नहीं होता कि तुम गौरव के साथ सेक्स कर सकती हो।'

'तुम ऐसी नहीं हो बाबू। ये भी कोई बात है। तुमसे ऐसी उम्मीद नहीं है।'

'नैना, फोन उठाओ। मुझे जवाब दो। देखो बहुत बुरा हो जायेगा।'

'मुझे तुमसे मिलना है। कहाँ हो तुम इस वक्त? बताओ, मैं अभी आता हूँ।'

'नैना। बोलती क्यों नहीं?'

'ये ठीक नहीं है नैना। तुम जवाब क्यों नहीं दे रहीं?'

वह ताबड़तोड़ मैसेज भेजता चला गया। बगैर यह सोचे-समझे कि नैना उसका क्या जवाब देगी या नैना पर इसका क्या इंप्रेशन पड़ेगा। आज वह अपने आपे में नहीं था। उसे नैना से हिसाब करना था। जवाब चाहिये था।

वह नैना को फोन लगाता रहा। नैना के फोन की घंटी बजती रही। उधर से न तो जवाब आना था, न जवाब आया। नवीन का गुस्सा लगातार बढ़ता जा रहा था। एक सवाल और था जिसको ज़ेहन में लाने से वह रोक रहा था। यह वह सवाल था जिसे वह खुद से पूछना नहीं चाहता था। वह जानता था ज़्यादा देर तक वह रुक नहीं पायेगा क्योंकि अलग-अलग तरीकों से ये सवाल उसके सामने आये जा रहा था। आज वह जिस हाल में है, उसे खुद से ये सवाल तो पूछना ही था। उसने हथियार डाल दिये और सवाल खुद-ब-खुद सामने आ गए। 'क्या नैना ने तुम्हें धोखा दिया है? क्या तुम्हारे जज़्बातों के साथ खेला है? क्या नैना ने तुम्हारा इस्तेमाल किया है?'

इन सबका एक ही जवाब था, 'हाँ...हाँ...हाँ।'

नवीन ने मारे शर्म के अपनी आँखें बन्द कर लीं। उसके दिल और दिमाग ने काम करना बन्द कर दिया। सिर्फ एक नाम ही उसके दिमाग में गूँज रहा था। नैना...नैना...नैना...

***

गौरव ने नैना को कई बार फोन किया लेकिन जवाब नहीं मिला। अपने कमरे में गौरव की बेचैनी बढ़ती जा रही थी। उसे हर हाल में नैना से बात करनी होगी। उसे डर था नैना जिस गुस्से में ऑफिस से निकली है अगर उसने ट्वीट कर दिये

तो सब कुछ खत्म हो जायेगा। वह नहीं चाहता था कि नैना का नाम ऑफिस में यौन शोषण का शिकार होने वाली लड़कियों और उसका नाम शिकारियों में शुमार हो। इससे उसकी नौकरी तो जायेगी ही शर्मनाक सुर्खियाँ भी बनेंगी। उसने समझ लिया था कि नैना को हर हाल में मनाना ही होगा। अगर वह नहीं मानी तो जॉब के साथ-साथ उसकी इज़्ज़त तो जायेगी ही, घर भी टूट जायेगा।

क्या करे? किससे बात करे? नैना को कई मैसेज भी किये पर उसका कोई जवाब नहीं आया। सच तो यह था कि नैना ने अभी तक उसके मैसेज देखे भी नहीं थे। इस बात से वह और भी घबराया हुआ था। नैना के हाथ से फोन छूटता नहीं था। वह हर वक्त फोन पर होती थी। कभी फेसबुक और ट्विटर तो कभी मेल और मैसेजिज़। पर पिछले कुछ घंटों से उसका फोन शान्त था।

'नैना कहाँ हो तुम?' वह बड़बड़ाया। 'सब ठीक तो है ना?'

नैना के साथ सब कुछ बेहतरीन चल रहा था। उनका रिश्ता एकदम परफेक्ट था। इस रिश्ते की किसी को कानोंकान खबर नहीं थी। वह जब भी मिलते थे कहीं बाहर मिलते थे। नैना उसके केबिन में शायद ही कभी आती हो। पूरा-पूरा हफ़्ता बीत जाता था उसको आये हुए। फोन पर ही उनकी बातें होती थीं। कभी उन्हें किसी ने साथ देखा भी नहीं था।

गौरव को इस समस्या का हल निकालना ही था। किसी को कॉन्फिडेंस में लेना था। नवीन के साथ बात करने से कोई फायदा नहीं था। नवीन और नैना की दोस्ती को वह जानता था। आज वो ये भी समझ गया था कि नवीन इस वक्त जलन के मारे मरा जा रहा है। इस बार नवीन उसकी कोई मदद नहीं करने वाला था। उसे अपना मददगार खुद ही खोजना होगा। काफी सोच-विचार के बाद उसने चैनल की एचआर हेड को फोन लगाकर मिलने की गुज़ारिश की। कुछ ही देर में एचआर हेड मोनिका भार्गव उसके केबिन में आ गयीं। गौरव ने मोनिका भार्गव को सिलसिलेवार तरीके से आज की घटना की पूरी जानकारी दे दी।

पूरा मामला सुनकर मोनिका भार्गव काफी गंभीर हो गयीं। कुछ देर तक वह गौरव को देखती रहीं। फिर बोलीं, "तुम पागल तो नहीं हो गये हो गौरव? आर यू सीरियस!"

गौरव ने चुपचाप सिर हिला दिया।

"मुझे नहीं पता कि मैं कैसे तुम्हारी हेल्प करूँगी। अगर जो कुछ तुमने अभी बताया है वह सच है तो तुम्हें कोई नहीं बचा सकता।"

"जानता हूँ इसीलिये तो आपसे बात कर रहा हूँ। मुझे क्या करना चाहिये?" गौरव ने पूछा।

"तुम्हारे पास बेहद कम ऑप्शन हैं। लेकिन उससे बड़ा सवाल मेरे लिए यह है कि तुम जैसा इंसान इतनी बड़ी बेवकूफी कैसे कर सकता है? तुमको तो पता है विशाखा गाइडलाइंस के बारे में। हर छह महीने पर हर एचओडी के साथ मीटिंग होती है जिसमें बताया जाता है कि आप अपनी महिला सहकर्मी के साथ कैसा बर्ताव करेंगे। क्या-क्या कर सकते हैं, क्या नहीं कर सकते। तुम तो चैनल की इन्टर्नल कम्प्लेन्ट्स कमेटी के भी सदस्य हो। गाइडलाइंस में एकदम साफ लिखा है कि आप अपने अंडर में काम करने वाली किसी भी महिला के साथ रिलेशनशिप में नहीं रह सकते। फिर नैना और आमना तो सीधे तुम्हें रिपोर्ट करती हैं। गौरव तुम तो जानते हो कि इन गाइडलाइंस के तहत हर कम्पनी में एक इन्टर्नल कम्प्लेन्ट्स कमेटी बनती है। इसकी अध्यक्ष महिला ही होती है। चैनल में यह ज़िम्मेदारी मेरे पास है। इस कमेटी की ज़्यादातर सदस्य भी महिलायें ही होती हैं। नैना खुद भी एडिटोरियल डिपार्टमेंट की नुमाइन्दगी करते हुए इस कमेटी की सदस्य है। मैं नहीं जानती कि तुम्हारा क्या होगा?"

मोनिका बोलती जा रही थीं। वह गुस्से में उत्तेजित भी हो चुकी थीं क्योंकि गौरव ने ऐसी बात के लिए उन्हें बुलाया था जो उनकी सोच से भी परे की थी। इन लोगों की नज़र में गौरव बहुत हाईमॉरेलिटी वाला एडिटर था।

गौरव के चेहरे का रंग धीरे-धीरे बदरंग होता जा रहा था। मोनिका भार्गव से मदद मिलना तो दूर वह तो उसका केस और खराब ही कर रही थी।

मोनिका ने साफ-साफ कह दिया, "अगर नैना ने हमें शिकायत भेजी, तो हम उसे दबा नहीं पायेंगे। हमें उसे तुम्हारे अंडर से हटाना पड़ेगा ताकि तुम उस पर कोई दबाव नहीं डाल पाओ। अगर ज़रूरी लगा तो जाँच होने तक तुम्हें शायद सस्पेंड भी कर दिया जाये। पर मैं इतना भरोसा दे सकती हूँ कि यह तभी होगा जब वह तुम्हारी शिकायत करेगी। और इस बात की क्या गारंटी कि आमना तुम्हारी शिकायत नहीं करेगी? तुम तो उसके साथ भी फ़्लर्ट कर रहे हो। ये फ़्लर्ट ही है या कोई सीरियस मसला?"

गौरव का दिल डूबने लगा। उसने कहा, "आमना के साथ मेरा कोई चक्कर नहीं है।"

"कोई किसी को यूँ ही डॉल नहीं लिखता गौरव," मोनिका ने कहा। "अपने अंडर काम करने वाली किसी यंग लड़की को तो बिल्कुल भी नहीं। इस बात की क्या गारंटी है कि आमना कुछ नहीं कहेगी?"

गौरव को मोनिका भार्गव से बात करने का अब पछतावा होने लगा था। उसे अब भी यह उम्मीद थी कि शायद नैना कुछ न करे। शायद वह उसे माफ कर दे। शायद उसने सिर्फ एक धमकी ही दी हो। अभी वह यह सब सोच ही रहा था कि मोनिका फिर बोल पड़ीं, "हमें तुम्हें तत्काल प्रभाव से सैक यानी बर्खास्त भी करना पड़ सकता है गौरव, अगर नैना ने सब कुछ ट्विटर पर डाल दिया तो। तब हमें यह साबित करना होगा कि हम महिलाओं के अधिकारों के प्रति कितने सजग हैं। फिर ये परिस्थितियाँ तुम्हारे लिये ज़्यादा नुकसानदेह साबित होंगी।"

"मतलब मेरे लिए कोई रास्ता नहीं है?" गौरव ने पूछा।

"जी।" कह कर वह चुप हो गयीं।

कुछ देर तक दोनों एक-दूसरे को देखते रहे। किसी के पास कहने को कुछ नहीं था। आखिरकार मोनिका ने चुप्पी तोड़ी। उसने कहा, "चैनल और कम्पनी कभी नहीं चाहेंगे कि किसी भी एम्प्लॉयी की वजह से उनके ब्रांड को कोई नुकसान हो। यह चैनल आपसे और मुझसे बहुत बड़ा है। तुम लोग कहते हो न 'यू आर ऐज़ गुड ऐज़ यॉर लास्ट स्टोरी'।"

"क्या मुझे पहले ही इस्तीफा दे देना चाहिये?" गौरव ने झिझकते हुए सवाल किया।

"क्या इससे नैना का गुस्सा शान्त हो जायेगा?" मोनिका ने सवाल किया। "क्या नैना मान जायेगी? मेरी समझ से वह तो तुमसे नाराज़ है। उसका मकसद अगर सिर्फ तुमसे बदला लेना होगा, तो क्या फर्क पड़ता है कि तुम यहाँ काम करते हो या नहीं? वह तुम्हें नौकरी से निकलवाने के लिए तो यह सब नहीं कर रही है, वह ऐसा इसलिए कर रही है क्योंकि तुमने उसे हर्ट किया है। यह मैं सिर्फ इस आधार पर कह रही हूँ, जो तुमने मुझे बताया है। ऐसे में तुम्हारे नौकरी छोड़ने से नैना का गुस्सा, उसकी तकलीफ खत्म हो जायेगी यह ज़रूरी नहीं। हाँ चैनल को तुम एक बड़ी शर्मिन्दगी से ज़रूर बचा लोगे।"

गौरव हैरान था कि यह महिला कितनी साफगोई से सारी बातें कह रही थी। वह सोच में पड़ गया। क्या वाकई उसने नैना को तकलीफ पहुँचायी है? उसे हर्ट किया है? वह यह मानने को तैयार नहीं था। उसे लगता था कि इस रिश्ते में वह पहले दिन से क्लीयर था। शायद नैना ने ज़्यादा उम्मीदें लगा ली थीं। लेकिन यह वक्त इतना सोचने का नहीं था। नैना की मानें तो वह किसी भी वक्त ट्वीट कर सकती थी। फेसबुक पोस्ट लिख सकती थी। मैनेजमेंट से कम्प्लेन कर सकती थी। कुछ भी संभव था। गनीमत थी कि अभी तक ऐसा

कुछ भी नहीं हुआ था। पर अभी क्या कर रही थी नैना? कहाँ थी नैना? गौरव ने सोचा। "मोनिका, अब मैं करूँ तो क्या करूँ? मुझे कुछ समझ नहीं आ रहा। मुझे कोई रास्ता बताइये?" गौरव एकदम रिरिया रहा था।

"एक ही रास्ता है गौरव, वह रास्ता भी केवल नैना से होकर ही गुज़रता है। नैना के गुस्से से तुम्हें नैना ही बचा सकती है। हो सके तो रोक लो उसको कम्प्लेन करने से, या किसी ट्विटर, फेसबुक पोस्ट शेयर करने से। अगर उसे नहीं रोक पाये तो तुम्हारे प्रोफेशनल करियर का 'दि एंड' निश्चित है। मैं सिर्फ प्रोफेशनल करियर की ही बात करूँगी क्योंकि मैं पर्सनल के बारे में कुछ नहीं जानती हूँ। लेकिन इस तूफान की ज़द में तुम्हारी पर्सनल लाइफ भी आ सकती है। मैं यही दुआ करूँगी कि ऐसा कुछ ना हो। लेकिन तुम्हारा भविष्य केवल नैना पर टिका है। सच तो यह है कि इस समय तुम्हें मेरी नहीं, सिर्फ नैना की मदद की ज़रूरत है।" यह कह कर वह उठ खड़ी हुईं। "बाय गौरव, टेक केयर।" कहकर मोनिका भार्गव गौरव के केबिन से बाहर चली गयीं।

मोनिका के जाने के बाद गौरव गुमसुम-सा बैठ गया। उसके जिस्म की जान ही निकल गयी। उसके अन्दर खड़े होने की भी ताकत नहीं बची थी। हिम्मत करके उसने अपना मोबाइल उठाया और फिर से नैना को फोन मिलाया पर घंटी बजती रही। फोन नहीं उठा तो उसने नैना को मैसेजिज़ लिखने शुरू किये।

'प्लीज़ मेरा फोन उठा लो नैना।'

'आई वॉन्ट टु टॉक टु यू।'

'तुम ऐसे बिहेव क्यों कर रही हो?'

'दिस इज़ नॉट यू, वी कैन डिसकस एव्रीथिंग।'

'लेट्स सिट ऑर चैट।'

'आई वॉन्ट टु एक्सप्लेन एव्रीथिंग।'

'नीड जस्ट वन चांस। यू आर माई बेबी।'

'नैना प्लीज़ गिव मी वन चांस। विल सॉर्टआउट एव्रीथिंग।'

'मुझे अपनी बात रखने का मौका तो दो। सुबह तुम इतनी अचानक आयीं कि मैं कुछ कह ही नहीं पाया। मुझे समझ में नहीं आया कि क्या कहूँ।'

'कम बैक बेबी। माई जान।'

पर यह सारा संवाद एकतरफा ही चलता रहा। नैना ने कोई जवाब नहीं दिया। यह सब करते-करते शाम खत्म हो गई और रात बढ़ने लगी थी। साथ ही गौरव का कॉन्फिडेंस भी खत्म होता चला जा रहा था।

उसने फिर मैसेज लिखा—

'यू कैन नॉट फिनिश एव्रीथिंग। आई वोंट लेट यू डू इट।'

'नॉट इन दिस लाइफ।'

'दिस इज़ माई लाइफ।'

'यू कैननॉट डेस्ट्रॉय इट।'

'नो नो नो...'

यह वह आखरी मैसेज था जिसे लिखने के बाद गौरव की हिम्मत टूट गयी। वह केबिन में कितनी देर आँखें बन्द कर बैठा रहा, पता नहीं।

***

नैना ने रात को घर में कदम रखा तो सर्वेश को उसी मुद्रा में सोफे पर बैठे शराब पीते हुए पाया। सामने टीवी चल रहा था। नैना आज उसके पीछे से नहीं निकली, बल्कि घूम कर सीधे सर्वेश और टीवी के सामने आ गयी। इसके बाद उसने सेंटर टेबल से रिमोट उठाया और टीवी बन्द कर दिया। सर्वेश जब तक कुछ समझता और बोलता, वह वहीं उसके बगल में बैठ गयी। अब से पहले पिछले काफी सालों से ऐसा कभी नहीं हुआ था।

सर्वेश ने हैरानी से नैना की ओर देखा। नैना की इस हरकत पर वह थोड़ा झुँझलाया पर काफी हैरान भी हुआ। वह जब तक कुछ पूछने की स्थिति में आता, नैना ने उससे कहा, "मुझे तुमसे कुछ अर्जेंट बात करनी है सर्वेश।" नैना के अब तक के बर्ताव से सर्वेश समझ चुका था कि आज कोई न कोई बात तो ज़रूर है। नैना का इस तरह अचानक टीवी बन्द करना, उसके पास बैठना और बात करने की बात कहना, उसके लिए सामान्य बात नहीं थी। आज से पहले नैना ने इस तरह के शब्दों का इस्तेमाल कभी नहीं किया था। बात शुरू करने से पहले उसने सर्वेश से पूछा कि अंगद सो गया है या नहीं।

सर्वेश ने 'हाँ' में सिर हिलाया तो वह उठकर अंगद के कमरे तक गयी। उसने दरवाज़ा खोलकर देखा और जब इत्मीनान हो गया कि अंगद वाकई सो

रहा है तो उसने धीरे से दरवाज़ा बन्द कर दिया। उसने रीना को आवाज़ दी और उसे जा कर सोने को कह दिया।

इतना सब करने के बाद वह फिर सर्वेश के बगल में सोफे पर आकर बैठ गयी। सर्वेश ने बगैर कुछ बोले पैकेट से सिगरेट निकाल कर सुलगाई और नैना की ओर बढ़ा दी। नैना ने इनकार कर दिया और गोली-सी दाग दी, "सर्वेश, हमें अब फैसला कर लेना चाहिये!"

"किस बात का फैसला?" सर्वेश की आवाज़ में हैरानी थी।

"यही कि हम अब साथ नहीं रह सकते।"

"क्या मैं जान सकता हूँ कि अभी अचानक ऐसा क्या हो गया जो हम साथ नहीं रह सकते?"

"अभी ऐसा क्या है जो हमें साथ रहना चाहिये?" नैना ने काउंटर सवाल ठोक दिया। वैसे भी उसे अब काउंटर सवालों की इतनी आदत पड़ गई थी कि उसके शो में चाहे कोई कितना भी बड़ा बातूनी हो, उससे पार नहीं पाता था। अपने चुने हुए टॉपिक पर उसकी पकड़ ज़बरदस्त होती थी। फिर यहाँ तो वह सर्वेश से काफी सोच-विचार के बाद बात करने आयी थी। नैना के सवाल से ढेर सर्वेश के पास कहने के लिए कुछ नहीं था। वह खामोशी से नैना को एकटक देखता रह गया।

"मेरा केवल एक सवाल है, यह फैसला आज अचानक करने की कोई वजह जान सकता हूँ?"

"किसी न किसी दिन यह बात तो करनी ही थी, इसलिए आज ही सही। फिर जो बातें हम दोनों जानते हैं उन्हें रिपीट करने से कोई फायदा नहीं है..." नैना ने आगे कहा, "आज कोई भी खास वजह नहीं है, बस यह जान लो कि बहुत हो गया, अब मैं तुम्हारे साथ और नहीं रहना चाहती।"

नैना के इस तेवर से पहले ही पस्त हो चुके सर्वेश ने पूछा, "क्या तुम किसी और को चाहती हो? क्या तुम्हारी ज़िन्दगी में कोई और है?"

"इस बात से क्या फर्क पड़ता है सर्वेश कि मेरी ज़िन्दगी में कोई है या नहीं है? असल बात तो यह है कि हमारे बीच में ऐसा क्या बचा है जो एक पति-पत्नी के रिश्ते में होता है?"

"क्या है वह जो हमारे बीच नहीं है? पति-पत्नी के बीच में क्या होना चाहिये?"

'हाहाहाहा...' सर्वेश की इस बात पर नैना ने ज़ोरदार ठहाका लगाया। फिर बोली, "तो तुम्हें मुझसे जानना है कि हमारे बीच क्या नहीं है जो हर पति-पत्नी के रिश्ते में होता है? अगर सुनना ही चाहते हो तो सुनो, इस रिश्ते में सिर्फ तुम ही तुम हो, मैं कहीं नहीं हूँ। मैं जब घर आती हूँ तो तुम अपने में मगन होते हो। इसी टीवी, शराब, सिगरेट या फिर मोबाइल ऐप में...सुबह जब जाती हूँ तो तुम सो रहे होते हो। मुझसे कहने के लिए तुम्हारे पास कुछ नहीं होता। मैं कितना ही तुम्हारे पास बैठने की कोशिश करूँ पर तुम तो फोन में ही बिजी रहते हो। मेरे लिए तुम कहीं हो ही नहीं सर्वेश। अब अगर बेटे की बात करूँ, तो ऐसा कौन-सा काम है उससे जुड़ा जो तुम करते हो? उसकी पीटीएम तक में जाने में तुम्हें दिक्कत होती है। बाकी बात तो भूल ही जाओ।"

"यह क्या बात हुई? यह तो हर घर की बात है। कौन से पति-पत्नी ऐसे हैं जो हर समय एक-दूसरे से चिपके रहते हैं। ये क्या वाहियात से सवाल हैं? क्या यह वजह है तुम्हारे अलग होने की?"

"हाँ, यही वजह है। याद है जब कुछ साल पहले मेरी माँ इस दुनिया से गई थीं, तब तुम कहाँ थे? तुम मेरे साथ मेरे मायके तक नहीं गये थे, जबकि उस दिन मुझे तुम्हारी सबसे ज़्यादा ज़रूरत थी।"

"उस वक्त मैं चैनल के अपने काम में बिज़ी था। मैंने तुमसे पूछा था साथ चलने को पर तुमने ही कहा था तुम संभाल लोगी।"

"हाँ, और क्या करती? क्या कहती? तुम्हें नहीं लगा कि मेरी माँ 52 साल की छोटी-सी उम्र में चली गयीं। मेरी खुद की उम्र 28 साल ही थी। मेरा क्या हाल हुआ था। सर्वेश एक तुम ही तो थे मेरी ज़िन्दगी में। जिस दिन मुझे तुम्हारी सबसे ज़्यादा ज़रूरत थी, उस दिन तुम मुझसे पूछ रहे थे कि क्या तुम्हारा जाना ज़रूरी है? भगवान न करे लेकिन अगर मेरी जगह तुम्हारी माँ होतीं तो मैं अपना सब कुछ छोड़ कर तुम्हारे साथ जाती और जब तक सारा काम खत्म नहीं हो जाता, मैं वहीं बैठी रहती तुम्हारे साथ। ये होता है रिश्ता। लेकिन मैंने तुमसे एक शब्द नहीं कहा। टूट गई थी मैं। माँ के जाने से जितना टूटी थी, उससे ज़्यादा तुम्हारे ना आने ने तोड़ा था मुझे।"

"तो यह बात आज तक अपने अन्दर क्यों रखी तुमने? मुझसे क्यों नहीं कहा तुमने।"

"क्या कहती? उस दिन मेरे अन्दर कुछ मर गया था। तुमसे शिकायत करने का मन नहीं किया। जब तकलीफ हद से बढ़ जाये तो शिकवे भी खत्म हो जाते हैं।"

"इसलिए पासबुक में दर्ज कर लिया? तुम्हारी यही प्राब्लम है कि भूलती कुछ नहीं हो, सब शिकायतें पासबुक में दर्ज हो जाती हैं। कुछ भी कहो तो पासबुक खोल लोगी और गिना दोगी। फलाने दिन ये हुआ और ढिमाके दिन ये..." उसने चिढ़ते हुए जवाब दिया। "आज इतने साल के बाद उस बात के लिए तुम मुझे छोड़ना चाहती हो? अरे यार साफ बोलो कि कौन है तुम्हारी ज़िन्दगी में जिसके लिए मुझसे अलग होना चाहती हो?"

सर्वेश ने नैना का मूड हल्का करने के लिए एक और गिलास निकाल लिया, एक और ड्रिंक बनाया और नैना की ओर बढ़ाया, पर नैना ने इनकार कर दिया। सर्वेश ने उसे फिर से हैरानी से देखा और पूछा कि आज कुछ विशेष हुआ है, आखिर क्या बात है?

"कुछ नहीं, बस मन नहीं है।" नैना बोली और फिर सिगरेट और शराब के गिलास की ओर इशारा करते हुए बोली, "भूल गये या याद है कि मेरी ज़िन्दगी में ये सब भी तो तुम्हारी ही देन है, क्योंकि अब तक ज़िन्दगी में जो कुछ भी मैंने सीखा है, सब तुमसे ही सीखा है। सब कुछ तुम से ही पूछ कर किया है। आज भी मेरा बैंक अकाउंट, इन्वेस्टमेंट, रिटर्न सब कुछ तुम्हीं संभालते हो। शायद इसीलिये तुम्हें लगता है कि मैं तुम्हें तब छोड़ूँगी जब मेरी ज़िन्दगी में कोई और मर्द होगा। अपने दम पर तो मैं तुमसे अलग हो ही नहीं सकती। क्यों? यही सच है ना?"

"मैं यह नहीं कह रहा, लेकिन ऐसा हो नहीं सकता कि कोई और न हो तुम्हारी ज़िन्दगी में...वैसे भी तुम शायद भूल गईं कि मैं भी इसी इंडस्ट्री का हिस्सा हूँ। खबरें मुझ तक भी आती रहती हैं।"

"अच्छा, खबरें आती रहती हैं! तो आजतक तो तुमने कुछ कहा नहीं। क्यों, तुम भी पासबुक के पन्ने भर रह थे?"

"नहीं, मुझे तुम पर विश्वास है। मैं इंडस्ट्री की गॉसिप को अच्छी तरह समझता हूँ। ज़रूरी नहीं कि हर बात सच ही हो। लेकिन मैं तुम्हें अच्छी तरह से पहचानता हूँ। अगर तुमने अलग होने का फैसला किया है तो ज़रूर उसके पीछे कोई और है। यह फैसला तुम खामखां नहीं कर सकतीं। तुम्हें कोई भड़का रहा है।"

सर्वेश की इस बात ने नैना को और भी भड़का दिया। वह सोचने लगी, चाहे जो भी हो उसे आज फैसला करना ही होगा। आज सुबह गौरव वर्मा प्रकरण ने उसे पहला सबक यही दिया था कि चाहे जो हो उसे अब दूसरों के सहारे, उनकी बैसाखियों के भरोसे नहीं बल्कि अपने दम पर खड़ा होना होगा।

सेवा आश्रम से लौटने के बाद से ही उसने फैसला ले लिया था कि अपनी ज़िन्दगी का हर फैसला वह खुद से करेगी। आज तक उसके सारे फैसले दूसरों ने लिये थे, अब ऐसा नहीं होगा। पर वह गुस्से में चिल्लाकर किसी भी तरह अंगद की नींद में खलल नहीं डालना चाहती थी, न ही यह चाहती थी कि किसी फैसले से पहले उसका बेटा उसकी पारिवारिक ज़िन्दगी की उलझनों में फँसे और उसकी पढ़ाई डिस्टर्ब हो। उसने बेहद ठहरी आवाज़ में सर्वेश से कहा, "मुझे कोई भड़का रहा है, यह ख्याल अपने दिमाग से निकाल दो सर्वेश। मैं पुरानी नैना नहीं हूँ जो अकेले घर से बाहर निकलने में भी डरती थी। जिस नैना को तुम ज़बरदस्ती इंटरव्यू के लिए ले गये थे। जिसे नौकरी करने पर तुमने मजबूर किया था। जिसने तुम्हारे सपने को पूरा करने के लिए अपनी ज़िन्दगी को बदल लिया..." वह कुछ और बोलती कि सर्वेश बोल पड़ा, "इस हिसाब से तो आज तुम जो कुछ हो वह मेरी वजह से हो। यह शोहरत, ये दौलत, ये फॉलोअर्स, यह पद, ये गाड़ी, बड़ा घर, रुतबा...सब कुछ मेरी वजह से है।"

"एक तरह से देखूँ तो तुम ठीक ही कह रहे हो। मैंने कभी ख्वाहिश नहीं की थी इन सबकी। बड़ा घर, तुम्हें चाहिये था। शोहरत, तुम्हें चाहिये थी। गाड़ी, तुम्हें चाहिये थी," नैना की आवाज़ ऊँची होती जा रही थी। "मैंने तो सिर्फ तुम्हें पाने की तमन्ना की थी। मैं तो तुम्हारे साथ उस छोटे से घर में भी खुश थी। आज जो कुछ भी हो रहा है, उसके ज़िम्मेदार तुम हो। सिर्फ और सिर्फ तुम..." नैना का पारा जैसे फिर सातवें आसमान पर जा चढ़ा। वह आपे से बाहर होने लगी थी। उसने कहा, "लेकिन अब और नहीं। आज के बाद अपनी ज़िन्दगी के सारे फैसले मैं खुद करूँगी। आज की रात इस घर में तुम्हारी आखरी रात है मिस्टर सर्वेश सिंह देव।"

"यह कैसे संभव है? मैं कहाँ जाऊँगा? क्या जवाब दूँगा घर वालों को?" सर्वेश ने पूछा।

"जब बेरोज़गार रहने पर कुछ कहने में शर्म नहीं आयी तो बेघर होने पर शर्म कैसी? कल सुबह इस घर से अपना सामान लेकर निकल जाना। रही बात अंगद की, तो जब भी उससे मिलने का दिल करे, फोन करके बता दिया करना। मैं उससे मिलने से तुम्हें रोकूँगी नहीं।"

"नैना तुम ऐसा नहीं कर सकतीं!"

"मैं ये कर चुकी हूँ, तुम्हारे पास इस छत के नीचे बस कल सुबह तक का समय है। यह घर मेरा है, मेरी अपनी कमाई से खरीदा हुआ। मैं इसकी किस्त देती हूँ इसलिए जाना तुम्हें ही होगा।"

"मैं कहाँ जाऊँगा नैना?"

"कहीं भी, जहाँ जा सको। मुझसे अब तुम्हारी देखभाल नहीं होगी। तुम्हारा बोझ मैं अब और नहीं उठा सकती।"

यह कहते हुए नैना जिस तरह अचानक आकर बैठी थी, उसी तरह वहाँ से उठी और अपने कमरे की तरफ जाने लगी।

"गौरव वर्मा के लिए मुझे छोड़ रही हो नैना? बहुत पछताओगी।" उसे पीछे से सर्वेश की आवाज़ सुनायी दी।

नैना ने एक बार मुड़कर सर्वेश की ओर देखा फिर पलटकर बगैर कोई जवाब दिये अपने कमरे में चली गयी।

सर्वेश वहीं बैठा रह गया। पिछले एक घंटे में उसकी ज़िन्दगी ने जो गोता लगाया, उससे वह थर्राया हुआ था। तभी उसके फोन पर एक नोटिफिकेशन आया, जिसमें लिखा हुआ था 'देश के नामी चैनल की नामी एंकर का न्यूज़रूम में हंगामा...मैनेजिंग एडिटर को मिली नई प्रेमिका तो पुरानी ने किया हंगामा!' यह नोटिफिकेशन *मीडिया4गॉसिप.कॉम* की तरफ से आया था। यह एक ऐसी वेबसाइट थी जो देश की मीडिया और उसमें काम करने वालों के बारे में मसालेदार चटपटी खबरें छापती है। सर्वेश ने तुरन्त उस लिंक को क्लिक किया। पूरी खबर उसके सामने थी। खबर कुछ यूँ थी—

'आज देश के एक नामी चैनल में ज़बरदस्त और अजीबोगरीब हंगामा होने की खबर है। देश की नामी-गिरामी और चैनल की मशहूर एंकर आज बेहद गुस्से में आ गईं और उन्होंने ख़ूब हंगामा काटा। इस दौरान उन्होंने चैनल के मैनेजिंग एडिटर को खुलेआम खरी खोटी सुनायी। उन्होंने चैनल के मैनेजिंग एडिटर पर यौन शोषण का भी आरोप लगाया।

'हमारे सूत्रों के मुताबिक आज सुबह न्यूज़रूम सीनियर्स के व्हॉट्सएप ग्रुप पर मैनेजिंग एडिटर एक युवा एंकर से अन्तरंग बातचीत कर बैठे। जब तक दोनों को अहसास होता तब तक इस बातचीत और उनके सम्बन्ध का पता सबको लग चुका था। लेकिन इस बात से चैनल की बहुचर्चित और तेज़तर्रार एंकर, जिन्हें देश की जानी मानी हस्तियाँ ट्विटर पर फॉलो भी करती हैं, इससे बहुत ही गुस्से में आ गयीं। उन्होंने मैनेजिंग एडिटर को आड़े हाथों लिया।

'सूत्रों की मानें तो इस नामी एंकर ने मैनेजिंग एडिटर से यह भी कहा कि वह उन पर सेक्सुअल हैरेस्मेंट का आरोप लगायेगी। इस बात की पुष्टि तो नहीं हुई है, पर खबर यह भी है कि उन्होंने चैनल प्रबंधन के पास मैनेजिंग एडिटर

पर यौन शोषण का आरोप लगा दिया है। नामी एंकर की शिकायत के मुताबिक मैनेजिंग एडिटर ने शादी के नाम पर उन्हें धोखा दिया। उनसे शादी का वादा किया और दूसरी महिलाओं से भी सम्बन्ध बनाये रखे।

'एंकर ने मैनेजिंग एडिटर के खिलाफ सारे सुबूतों को ट्विटर पर डालने की धमकी भी दी है। लेकिन समाचार लिखे जाने तक एंकर की तरफ से कोई ट्वीट नहीं किया गया है। हम आपको यह भी बता दें कि आज सुबह से इस नामी एंकर ने कोई ट्वीट नहीं किया है, न ही उनका कहीं पता है। यह एक हैरान कर देने वाली बात है क्योंकि वह राजनीतिक और सामाजिक मामलों पर बेहद मुखर एंकर हैं और दिन भर ट्विटर पर उनकी सक्रियता, पोस्ट या प्रतिक्रिया के रूप में मिलती ही रहती है। लेकिन आज उनका ट्विटर हैंडिल खामोश है।

'खबर यह भी है कि न्यूज़रूम में इस नामी एंकर ने एक दूसरी युवा एंकर को भी भला-बुरा कहा। युवा एंकर को चैनल में आये हुए अभी कुछ ही वक्त हुआ है, पर माना जा रहा है कि उसकी मैनेजिंग एडिटर से नज़दीकियाँ बढ़ रही हैं, यह बात भी नामी एंकर को नागवार गुज़र रही है।

'इस घटना के बारे में जब हमने चैनल, उसके प्रबंधन और उसके मैनेजिंग एडिटर का पक्ष जानने की कोशिश की तो उन्होंने कुछ भी कहने से इनकार कर दिया। एंकर की ओर से भी कोई जवाब नहीं मिला। जैसे ही हमें उनकी प्रतिक्रिया मिलेगी इस खबर को अपडेट कर दिया जायेगा।'

सर्वेश की नज़रें अपने फोन से चिपक गयीं। कुछ देर के लिए वह शून्य में चला गया। उसके दिमाग ने सोचना ही छोड़ दिया। उसे समझ में नहीं आ रहा था कि वह क्या करे। यह खबर उसकी पत्नी के बारे में ही है, *नेशनल न्यूज़* चैनल के बारे में है, गौरव वर्मा के बारे में है, यह तो वह समझ गया था। लेकिन यह खबर और नैना का रवैया इस तरह से उसके सामने आयेगा, उसने सोचा भी नहीं था।

गौरव वर्मा और नैना के रिश्तों के बारे में इंडस्ट्री में खबरें उड़ती रहती थीं। ऐसी खबरें उस तक भी आती थीं, लेकिन नैना के चरित्र पर उसे कभी शक नहीं था। गौरव वर्मा के बारे में वह पहले से जानता था। लड़कियों के मामले में उसका ट्रैक रिकॉर्ड सबको पता था। इंडस्ट्री में यह सब जानते थे कि वह कितना दिलफेंक आदमी है। लेकिन सर्वेश के सामने अभी समस्या गौरव वर्मा नहीं था। उसकी अपनी ज़िन्दगी, उसका परिवार, इज़्ज़त और पत्नी थी। वह क्या करे? क्या इस वक्त फिर से वह नैना से बात करे या कल सुबह

होने का इन्तज़ार करे? रात के 12 बज रहे थे, उसके दिमाग में एक बार फिर अपनी चिन्ता के साथ ही सवाल घुमड़ने लगे कि क्या नैना वाकई गौरव वर्मा पर यौन शोषण का आरोप लगाने वाली है? क्या वाकई वह गौरव के खिलाफ सेक्सुअल हैरेस्मेंट का केस करेगी और सब कुछ ट्विटर पर डालेगी? उसने तुरन्त ही अपना ट्विटर हैंडिल खोल कर देखा और नैना के फीड को सर्च किया। यह देख कर उसकी सांस में सांस आयी कि अब तक नैना ने कुछ भी ट्वीट नहीं किया था।

उसने नैना के कमरे की ओर देखा। दरवाज़ा बन्द था। उसने सोचा कहीं नैना इस वक्त तो ट्वीट नहीं कर रही होगी? नैना ने अगर ट्वीट कर दिया तो भारी तूफान आ जायेगा जिसकी ज़द में कई लोग आयेंगे। वह खुद भी बच नहीं पायेगा। यह तूफान न जाने कितनों की ज़िन्दगी बर्बाद करेगा। नैना भी उससे बच नहीं पायेगी। उसे नैना को हर हाल में रोकना ही होगा।

वह धीरे से उठा और नैना के कमरे की तरफ बढ़ा। नैना के कमरे का दरवाज़ा बन्द था। उसने धीरे से दरवाज़े के हैंडिल को घुमा कर दरवाज़े पर ज़ोर डाला, तो वह खुल गया। उसने अन्दर झाँका तो पाया कि नैना सो चुकी थी। सर्वेश के मन में इस वक्त तरह-तरह के ख्याल आ रहे थे। गुस्से से उसका दिमाग फटा जा रहा था। नैना, जो उसकी बीवी थी, अपने बॉस के इश्क में गिरफ़्तार थी और आज धोखा खाकर आयी थी। जिस सर्वेश ने उसे सब कुछ दिया आज वह उसी को घर से निकला देना चाहती थी। सर्वेश का मन कर रहा था कि इसी वक्त वह नैना का कत्ल कर दे; सुबह होने से पहले ही हिसाब किताब बराबर कर दे। पर उसने फिलहाल अपने को रोका, दरवाज़ा वापस बन्द कर दिया। बाहर निकलकर सिगरेट सुलगायी और टहलने लगा। इस घर से वह नहीं जायेगा। नैना रहे या ना रहे।

***

अपने घर में कदम रखते हुए गौरव के पाँव काँप रहे थे। आज का दिन बेहद खराब गुज़रा था। उसने आज अपना शो भी बड़ी मुश्किल से किया। उसके सामने कई सवाल खड़े थे। क्या उसे अपनी पत्नी को बता देना चाहिये या अभी इन्तज़ार करना चाहिये। लेकिन अगर नैना अपनी धमकी पर अमल कर गई और राशि को पहले पता चल गया, तो उसके बचाव का आखरी रास्ता भी खत्म हो जायेगा।

नैना कुछ भी करे लेकिन राशि को हर हाल में उसके साथ रहना होगा। रात के 10:15 बज रहे थे। उसने सुबह अपनी पत्नी से बात करने का फैसला किया। रात खराब करने का कोई मतलब नहीं था। एक बार इस बारे में बात शुरू होगी तो फिर लम्बी चलेगी। फिर कई हफ़्ते इस मामले को ठीक करने में लगेंगे। इसलिए एक रात और खराब करने से क्या होगा। अभी वह यह सोच ही रहा था कि उसे एक अनजान नम्बर से मैसेज आया।

'सर, हम *मीडिया4गॉसिप.कॉम* से हैं। सुना है कि आज आपके और नैना वशिष्ठ के बीच गरमागरम बहस हुई है। नैना ने आपके खिलाफ यौन शोषण का आरोप लगाने की बात कही है। इस बारे में आपका रिएक्शन लेना है। कई बार आपको फोन किया पर आपने उठाया नहीं। अगले एक घंटे में अगर आपकी प्रतिक्रिया नहीं मिली तो हम इस खबर को अपलोड कर देंगे।'

कुछ ही देर में एक और मैसेज आया।

'हमने नैना वशिष्ठ को भी मैसेज किया है कि वह इस पूरे मामले पर क्या कहना चाहती हैं। अच्छा होगा कि अगर आप भी अपना पक्ष हमें दे दें। हम पूरी खबर को बैलेंस करके चलाना चाहते हैं। किसी के चरित्र पर लाँछन लगाना हमारा मकसद नहीं है। हम एक ज़िम्मेदार न्यूज़ पोर्टल हैं। आपके जवाब का इन्तज़ार रहेगा।'

इन दोनों मैसेजों के साथ ही गौरव को यह समझ आ गया कि उसे अपनी पत्नी से आज ही बात करनी होगी। सुबह तक बहुत देर हो जायेगी। यह खबर अब रुकेगी नहीं। कोई ना कोई उसकी पत्नी को लिंक भेज ही देगा। और फिर बहन को भी तो बताना पड़ेगा, यह तो हो ही नहीं सकता कि उसकी बहन को कुछ पता न चले। चाहे जो हो बहन पर वह इस बात का खराब इम्पैक्ट नहीं चाहता। वह जानता था कि बेटी अब तक सो चुकी होगी। बाहर आकर देखा तो लाउंज में उसकी पत्नी राशि और बहन बेला नेटफ़्लिक्स पर कोई सीरीज़ देख रहे थे। उसने भी एक बीन बैग उठाया और उनके करीब आकर बैठ गया। दोनों ने सवालिया नज़रों से उसे देखा। पत्नी उसका चेहरा देख कर भाँप गयी। उसने रिमोट उठाकर वीडियो को पॉज़ कर दिया। "क्या हुआ? इतना सीरियस क्यों हो?" राशि ने सवाल किया।

"मैं तुम दोनों के साथ कुछ बात शेयर करना चाहता हूँ। मैं नहीं चाहता कि जो मैं बताने जा रहा हूँ वह तुम किसी और के मुँह से सुनो।" इतना कहने के बाद उसने बिना लागलपेट के अपनी बात कह दी। "आज मेरा और नैना का झगड़ा हुआ है। उसने मुझ पर शारीरिक शोषण का आरोप लगाया है। उसने

मुझे यह भी धमकी दी है कि वह मेरे बारे में सबकुछ सोशल मीडिया में लिखेगी ताकि मी टू मूवमेंट के तहत मुझे बदनाम कर सके।"

"ऐसा कैसे कर सकती है वह? और क्यों करेगी? तुमने उसके साथ क्या किया है?"

"मैंने उसके साथ कुछ नहीं किया है। बस वही पागल हो गई है।"

"आखिर कोई तो वजह होगी? बेवजह वह तुम्हारे साथ ही, या कोई भी किसी के साथ क्यों करेगा ऐसा? गौरव सच-सच बताओ क्या बात है? क्यों कह रही है वह ऐसा?"

"मुझे नहीं पता। नैना को लगता है कि मैं हमारे चैनल की दूसरी एंकर आमना चौधरी को प्रमोट कर रहा हूँ। बस इसी बात से वह इस कदर खफा है। वह इसे बर्दाश्त नहीं कर पा रही है कि कोई और भी अच्छा काम कर सकता है..."

इसके बाद कुछ देर उसने राशि का चेहरा ताका, पर उसे समझ नहीं आया कि उसकी बातों का उस पर क्या असर हुआ है। उसने अपनी पहले कही गई बात पर वजन देने के लिए कहा, "जो कामयाबी पिछले पाँच सालों में उसे मिली है ना, उससे उसका दिमाग खराब हो गया है। वह चाहती है कि मैं आमना को राजनीतिक शो ना करने दूँ। बस इसी बात से खफा है।"

"लेकिन तुम पर वह यौन शोषण का आरोप कैसे लगा सकती है? क्या तुम्हारा उसके साथ कोई चक्कर रहा है? हैव यू स्लेप्ट विद हर?" राशि अब तक भड़क चुकी थी और उसकी गरजती हुई आवाज़ सवाल की शक्ल में गूँजी। गौरव ने एक नज़र अपनी बहन बेला पर डाली। उसके सामने वह ज़्यादा कुछ कहना नहीं चाहता था।

राशि ने बेला को वहाँ से जाने के लिए कहा, पर गौरव ने उसे रोका और कहा, "देखो बेला, हो सकता है मेरे बारे में कोई वेबसाइट कुछ लिख दे, तो आँख बन्द करके उस पर भरोसा मत करना। इतना यकीन करना कि तुम्हारा भाई कुछ भी गलत नहीं करेगा। मेरा विश्वास करना।"

"जी भैया," यह कह कर बेला अपने कमरे में चली गयी।

"नाऊ टेल मी एव्रीथिंग। हैव यू बीन स्लीपिंग विद हर?" राशि ने कहा। वह काफी गुस्से में थी।

गौरव कुछ पल रुका और फिर बोला, "येस, लेकिन मैंने पहल नहीं की थी। वह नैना ही थी जो मेरे पास आयी थी।"

"यू बास्टर्ड, हाऊ डेयर यू? तुम्हें पता है कि तुम क्या कह रहे हो? हाऊ कैन यू डू इट गौरव?"

"लेकिन मैंने कुछ नहीं किया। उसी ने मुझे अपने कमरे में बुलाया था। वही हर बार ज़िद करती थी। मेरे पास कोई रास्ता नहीं था। वह मुझे ब्लैकमेल कर रही थी। मुझे हर शो उसे ही देना पड़ता था। हर फैसला उसके मन मुताबिक करना पड़ता था। आज मैंने उसकी बात मानने से इनकार कर दिया।" गौरव सरासर झूठ बोल रहा था, वह भी धड़ल्ले से। वह जानता था कि यहाँ सच बोलने का विकल्प ही नहीं था। अपने घर को बचाने के लिए उसके पास अब बस झूठ का ही एक सहारा बचा था।

"आई डोंट बिलीव यू। तुम झूठ बोल रहे हो।"

"सच कह रहा हूँ, तुम्हारी कसम। आज मैंने कह दिया कि मैं अपनी पत्नी को नहीं छोड़ सकता हूँ। तुमने मुझे ताकत दी है राशि कि मैं सही फैसला कर सकूँ। आज मैंने हमेशा के लिए अपने ऊपर लटकी हुई तलवार को गिरा दिया है। नैना को कह दिया कि अब मेरा और उसका कोई रिश्ता नहीं है। बस यही वह बर्दाश्त नहीं कर पा रही है।" गौरव अब अपनी पूरी धूर्तता पर उतर आया था।

"यह क्या बकवास है? क्यों मुझे फिल्मी कहानी सुना रहे हो?" राशि गुस्से में बोली।

यह सुनकर गौरव ने रोने का नाटक करना शुरू कर दिया। उसका गला भर्राने लगा। वह कहता जा रहा था, "यह बकवास नहीं है। मैं तुम्हें और अपनी बेटी को नहीं छोड़ सकता। मैं किसी भी हाल में नैना का नहीं हो सकता। मुझसे नहीं होगा। मैं आत्महत्या कर लूँगा। राशि, मुझसे अब और बर्दाश्त नहीं होता।" यह कहकर वह राशि से आकर लिपट गया। वह जानता था कि सिर्फ उसका नाटक ही उसे बचायेगा।

"मुझे बचा लो राशि, मैं ऐसा आदमी नहीं हूँ। मेरी एक गलती की इतनी बड़ी सज़ा मुझे नहीं मिलनी चाहिये। मैं किसी को मुँह दिखाने के काबिल नहीं रहूँगा। बेला को क्या जवाब दूँगा? माँ-पिताजी क्या कहेंगे? किस-किस को सफाई दूँगा?"

"इतना ड्रामा करने की ज़रूरत नहीं है गौरव। आई नो यू। यू हैव क्रियेटेड दिस मेस। मुझे इससे दूर रखना। तुम्हारी प्रोफेशनल ज़िन्दगी से मैंने खुद को दूर रखा है। अगर नैना की वजह से मेरे इस संसार में आग लगी तो इसके

ज़िम्मेदार सिर्फ़ और सिर्फ़ तुम होगे। नैना से मुझे कोई सरोकार नहीं है। मेरे पति तुम हो। तुमसे मुझे उम्मीदें हैं, नैना से नहीं। खबरदार जो मेरे इस घर को तबाह किया।" राशि के धैर्य का बाँध टूट गया। वह ज़ोर-ज़ोर से चिल्ला रही थी। उसकी आँखों से आँसू बह रहे थे। गौरव उसका गर्व था। वह अचानक उठ कर खड़ी हो गयी। उसने कहा, "मुझे इस वक्त तुमसे कोई और बात नहीं करनी है। मैं जानती हूँ कि तुम झूठ बोल रहे हो। नाटक कर रहे हो। दफा हो जाओ यहाँ से। अपनी शक्ल मत दिखाना मुझे, पर ये बात याद रखना कि इस घर को बचाने के लिए जो कुछ भी बन पड़ा, मैं करूँगी ज़रूर। कोई नैना, कोई आमना या कोई और मेरा चमन उजाड़ नहीं सकती।" यह कहकर राशि उठ कर अपने कमरे में चली गयी।

राशि के जाने के बाद गौरव कुछ देर वहीं बैठा रहा। उसका दिमाग बन्द था। शुरुआती तूफान का सामना वह कर चुका था। इस बात से वह आश्वस्त था। देर-सवेर उसका नाटक काम आ ही जायेगा, राशि उसे स्वीकार कर ही लेगी।

***

राशि के जाने के बाद गौरव बाहर ही बैठ गया। अभी उसे बेला से बात करनी थी। वह उसकी बहन थी। कॉलेज जाती थी। भाई पर लगे यौन शोषण के आरोपों के छींटे उस पर भी पड़ने थे। बेला को हमेशा उसने अपनी बेटी की तरह ही प्यार दिया। गौरव की माँ का रवैया बेला के प्रति हमेशा से ही रूखा रहा। दरअसल बेला का जन्म गौरव के जन्म के दस साल बाद हुआ था, उसके जन्म के दिन ही गौरव के मामा की एक सड़क दुर्घटना में मौत हो गई थी। इकलौते भाई की मौत से सदमे में पहुँच चुकी माँ का हमेशा से ये मानना रहा कि बेला अपशकुनी है। वैसे भी गौरव के बाद उन्हें दूसरा बच्चा नहीं चाहिये था। जब उन्हें पता चला कि वह दूसरी बार प्रेग्नेंट हैं तो उन्होंने तूफान खड़ा कर दिया था। कितने मानमनौव्वल के बाद बेमन से वह अपने पति की ज़िद के आगे झुकी थीं। पर बेला के होते ही भाई की मौत ने उन्हें उससे बहुत दूर कर दिया था। कमाल की बात यह थी कि माँ से उपेक्षित बेला की परवरिश उसी मामी ने की जिनके पति की मौत के लिए उस नन्हीं जान को ज़िम्मेदार ठहराया गया था। इसके बावजूद गौरव की माँ उसे कभी अपना नहीं पाईं। पिता ने वैसे भी कभी दोनों बच्चों पर ध्यान नहीं दिया था। माँ की ज़िन्दगी का सारा फोकस गौरव ही था। गौरव ने ही बेला की सारी ज़िम्मेदारियाँ उठाईं। वह

जानता था कि माँ का दिल कभी बेला को स्वीकार नहीं करेगा इसलिए बचपन से वही बेला की माँ और पिता दोनों था। नौकरी संभालते ही उसने बेला को अपने पास बुला लिया।

पिछले दस साल से बेला उसी के पास रहकर अपनी पढ़ाई कर रही थी। बेला उसे भगवान मानती थी। भाई से बढ़कर उसका इस दुनिया में कोई नहीं था। गौरव जानता था कि बेला के लिए इस मामले को नज़रअन्दाज़ करना बेहद मुश्किल होगा। बेला कुछ भी कर सकती है। उसे याद था कि एक बार जब माँ ने गौरव को डाँट दिया था, गौरव शायद अपने दोस्तों के साथ बिना किसी को बताये फिल्म देखने चला गया था। उस जमाने में मोबाइल फोन तो था नहीं। सो देर से आने पर माँ ने बुरी तरह से उसकी पिटायी की थी, बेला तब सात-आठ साल की रही होगी, गौरव की पिटायी से खफा छोटी-सी बेला किचन में जाकर गैस को खोलकर बैठ गई थी। वह तो अच्छा हुआ कि गौरव को गैस की बदबू आ गई और उसने अनहोनी घटने से पहले उसे बन्द कर दिया। वरना उस दिन ना जाने क्या घटा होता? तब से घर के किसी भी सदस्य ने बेला के सामने गौरव को कुछ भी कहना बन्द कर दिया।

गौरव नहीं समझ पा रहा था कि वह अपनी बहन को कैसे समझा सकता है, वह इतना जानता था कि बाकी लोगों पर उसका चार्म, उसकी धूर्तता काम कर सकती है, लेकिन बेला को समझाना काफी मुश्किल है। यहाँ उसे अपनी पूरी ताकत लगानी होगी। वह उठ कर बहन के कमरे की तरफ गया। दरवाज़ा बन्द था। उसने दरवाज़ा खटखटाया तो अन्दर से आवाज़ आयी, "दरवाज़ा खुला है।" वह अन्दर आया तो देखा कि वह बेड पर लेट कर कोई किताब पढ़ रही थी।

गौरव उसके बेड के किनारे बैठ गया। उसने बहन का हाथ पकड़ा और बोला, "आई एम सॉरी बेला।" गौरव की आँखों से आँसू बह निकले। अपनी बहन से वह बेहद प्यार करता था। लेकिन आज वह जितना परेशान था, उससे कहीं ज़्यादा बड़ा नाटक उसको करना था। उसे जताना था कि बेला उसके लिए कितनी अहम है। उसके दुख की फिक्र है गौरव को। इसी नाटक के चक्कर में गौरव की आँखों से आँसू बह निकले। भाई की आँखों से निकले आँसुओं ने बेला को बेहाल कर दिया। वह फफक-फफक कर रोने लगी। "ओह नो भैया। डोंट वरी। सब ठीक हो जायेगा। डोंट क्राय।"

"मुझे तुम्हारी फिक्र है बेला। आई नो कि तुम मुझसे बेहद प्यार करती हो। इतना याद रखना कि तुम्हारे भाई ने कुछ गलत नहीं किया। मैं बुरा इंसान

नहीं हूँ। बस कुछ गलतियाँ हो गई हैं। हो सकता है कि मुझे कल पुलिस पकड़ कर ले जाये। बस तुम अपने भाई पर यकीन रखना।" गौरव लरजती आवाज़ में बोल उठा। वह झूठ ज़रूर बोल रहा था पर उसके ये आँसू सच्चे थे। बहन के प्यार ने उसे कमज़ोर कर दिया था। वह जानता था कि भाई पर आयी किसी भी आंच को बेला स्वीकार नहीं कर पायेगी।

"आप दुनिया के सबसे अच्छे भाई हो। आपको कुछ नहीं होगा, मुझे विश्वास है। भैया आप बस हिम्मत रखो। आपने कुछ गलत नहीं किया। आप कुछ गलत कर भी नहीं सकते।"

गौरव ने अपने आँसू पोंछे। बेला के सिर पर हाथ रखा और फिर बड़े ही ड्रमैटिक अन्दाज़ में उसने कहा, "अगर मुझे कुछ हो जाये तो अपनी भाभी और बच्चों का ख्याल रखना। तुम्हारी भाभी का मुझ पर से विश्वास अभी उठ चुका है, पर मैं उसे प्यार करता हूँ। वह मेरे न रहने पर बहुत अकेली हो जायेगी।" ये डायलॉग उसने बेला को यह अहसास कराने के लिए बोला था ताकि उसे विश्वास हो जाये कि उसका भाई समझदार है और ज़िम्मेदार भी और उस पर भरोसा रखे। अपनी मक्कारी पर गौरव को फख्र तो हो रहा था, पर शर्म भी आ रही थी। कैसा समय आ गया था कि वह बहन जो उस पर सारी दुनिया से ज़्यादा विश्वास करती थी, उसके सामने उसे ऐसा नाटक रचना पड़ रहा था। पर गौरव के सामने और कोई रास्ता था भी नहीं। इस वक्त मक्कारी ही उसे बचा सकती थी।

बेला उसकी बातों पर क्या सोच रही थी, उसे यह तो पता नहीं चला पर उसका यह भरोसा उसके लिए काफी था कि 'आप चिन्ता मत करो भैया सब ठीक होगा। भगवान सब ठीक करेंगे।'

गौरव अपनी बहन की तरफ से थोड़ा ही सही निश्चिन्त हो चुका था। उसे पता था कि उसका प्यार अपने भैया के लिए गलत नहीं सोचने देगा। सुबह से लेकर अब तक चली उठा-पटक के बीच यह पहला क्षण था, जिसने उसे सुकून दिया था। वह बेला के बेड से उठा, उसे चादर ओढ़ाई और बत्ती बन्द कर बाहर निकल गया।

बाहर आकर उसने एक गहरी सांस ली। इतना तो उसने कर लिया, लेकिन इससे समस्या का अन्त नहीं होता। उसे नैना की समस्या का परमानेंट इलाज करना है। उसने अपना फोन उठाया और ट्विटर फीड चेक किया। नैना की तरफ से अब भी खामोशी ही थी। लेकिन यह खामोशी कब तक रहेगी?

यह खामोशी टूटे इससे पहले ही उसे कुछ करना होगा। इस ख्याल के साथ वह गहरी सोच में डूब गया।

***

गौरव की बातों से बुरी तरह आहत राशि ने अपने बेडरूम का दरवाज़ा अन्दर से बन्द कर लिया। गौरव से जो कुछ सुना था, वह उसकी कल्पना से परे था। नैना से उसके अच्छे सम्बन्ध थे। लेकिन गौरव और नैना के सम्बन्ध इस हद तक थे, इसे वह मान नहीं पा रही थी। गौरव के प्रति लड़कियाँ आकर्षित होती हैं, इस बात को वह जानती थी। वह खुद भी तो गौरव से प्रभावित हुई थी और गौरव ने खुद ही उसे ना जाने कितनी ऐसी कहानियाँ सुनायी भी थीं। आज राशि को उन कहानियों पर यकीन हो रहा था। आज गौरव का कैरेक्टर शक के दायरे में था। शक तो उसे नैना पर भी हो रहा था, लेकिन नैना उसका घर बर्बाद कर सकती है, राशि इसे हज़म नहीं कर पा रही थी।

नैना कितनी मीठी बात करती थी। हमेशा उसे राशि दी कहकर बुलाती थी। कहीं भी जाती थी तो कुछ ना कुछ राशि के लिए ज़रूर लेकर आती थी। उन दोनों के बीच एक दोस्त का-सा रिश्ता बन गया था। नैना भी उसे गौरव के गुस्से की कहानी सुनाती रहती। कैसे वह टीम को डाँटता है; कैसे वह नेताओं की क्लास लेता है; कब मैनेजमेंट से झगड़ा किया; कब-कब लोगों की मदद की—दरअसल नैना ही उसकी इनफॉर्मर थी। गौरव के सारे किस्से उसे नैना से ही मिलते थे। पर नैना का यह रूप कौन-सा था? वह यही सोच रही थी। क्या यह एक ओट थी? या ज़रिया था राशि के करीब होने का ताकि राशि को कभी नैना पर शक ना हो? नैना इतना बड़ा फरेब रच सकती है, राशि के लिए यह सब कल्पना से परे था। आज वह अपने को दोतरफा ठगा महसूस कर रही थी।

राशि सोचने लगी, क्या वह गौरव से बात करे? क्या कोई और सच जानने की कोशिश करे? वह जानती थी गौरव झूठ बोल रहा है। आज डर के मारे उसने सब कुछ बताया है, लेकिन यह एकतरफा सच है। गौरव को राशि से बेहतर कोई नहीं जानता था। आज गौरव जो कुछ भी है उसमें बहुत बड़ा योगदान राशि का भी है। दोनों के पारिवारिक बैकग्राउंड में ज़मीन आसमान का फर्क है। राशि सम्पन्न परिवार से आती है जबकि गौरव एक साधारण मिडिल क्लास परिवार से। हाँ, उसकी पढ़ाई ज़रूर अच्छे स्कूल में हुई, जिससे वह अंग्रेज़ी बोलना सीख गया था। लेकिन ऊँची सोसाइटी में उठना-बैठना और नेटवर्किंग उसे राशि ने सिखाया था। आज गौरव की तरक्की में सबसे बड़ा

योगदान राशि की ट्रेनिंग का ही है। राशि ने गौरव का हर हाल में साथ दिया। जब उसने अपनी बहन को यहाँ लाकर पढ़ाने की बात कही तब भी राशि ने विरोध नहीं किया। वह जानती थी कि गौरव अपनी बहन को बेहद प्यार करता है। भाई-बहन के प्यार के बीच में राशि कभी नहीं आयी। उसने ना सिर्फ बेला को अपने घर में रखा बल्कि उसकी सारी ज़िम्मेदारी अपने ऊपर ले ली। बेला की भावनाओं का भी उसने भरपूर ख्याल रखा। बेला में आये कॉन्फिडेंस का श्रेय अगर किसी को दें तो वह सिर्फ राशि ही होगी। जब बेला आयी थी तो किसी से भी बात करने से डरती थी, वह अकेली चुपचाप रहा करती थी। आज वह अपने कॉलेज में केवल ज़बरदस्त डिबेटिंग ही नहीं करती, बल्कि स्पोर्ट्स टीम की सदस्य भी है। बेला अपनी भाभी राशि को भी उतना ही मानती है जितना अपने भाई गौरव को।

राशि को एक तरफ गौरव पर गुस्सा आ रहा था तो दूसरी तरफ नैना उसकी आँखों के सामने घूम रही थी। उसने काफी सोच-विचार के बाद फोन उठाया और नैना का नम्बर डायल कर दिया, पर कोई जवाब नहीं मिला। घंटी बजती रही। थक हार कर राशि ने नैना को मैसेज लिखना शुरू कर दिया।

'आई नीड टु स्पीक टु यू।'

'नीड टु नो द ट्रुथ।'

'कॉल मी बैक ऑर आई हैव टु टेक मैटर इन माई ओन हैंड्स।'

ये मैसेज भेजकर उसने अपना फोन एक तरफ रख दिया। उसने घड़ी देखी तो अहसास हुआ कि अब तक तो उसे सो जाना चाहिये था, लेकिन आज की रात नींद तो उससे कोसों दूर थी। आज तो नींद शायद आयेगी भी नहीं। यह सोचते-सोचते उसकी नज़रें फोन पर टिक गयीं। जाने कब नैना का जवाब आ जाये।

***

सुबह के 6:15 बजे का वक्त रहा होगा जब फोन की घंटी से इंस्पेक्टर समर प्रताप सिंह की आँख खुली। थाने से फोन था। आईपी एक्सटेंशन के पार्क में एक लड़की की बॉडी मिली है। बताया गया कि वह सुबह के वक्त सैर के लिए आयी थी। मौत कैसे हुई यह पता नहीं, लेकिन लाश काफी हैरतज़दा हालत में है।

समर का दिमाग भन्ना गया। सुबह-सुबह क्या मुसीबत गले आन पड़ी। वैसे भी उसका सिर फट रहा था। सारी रात करवट बदलते कटी थी, कुछ देर पहले ही उसकी आँख लगी थी और देर रात तक पी गई शराब का थोड़ा-बहुत असर अब भी उस पर हावी था। जैसे-तैसे वह उठा, शेव की और नहाकर पुलिस स्टेशन आ गया। वैसे भी वह पुलिस स्टेशन के पीछे बने एसएचओ क्वार्टर में ही रहता था। जब तक वह तैयार होकर थाने पहुँचा, पाया कि पूरी टीम उसका इन्तज़ार कर रही थी। टीम के साथ वह मौका-ए-वारदात के लिए निकल गया।

इंस्पेक्टर समर जब तक घटनास्थल पहुँचा तब तक वहाँ काफी भीड़ जमा हो चुकी थी। हर कोई सैर छोड़कर शव की एक झलक पाने के चक्कर में था, जैसे कोई तमाशा हो रहा हो। हिन्दुस्तानियों को मुफ़्त में कुछ भी मिल जाये जमा हो जाते हैं, उसने मन ही मन सोचा। "सालों, रंडी का नाच हो रहा है यहाँ?" वह ज़ोर से चिल्लाया। "कहाँ है यहाँ का सिपाही?"

भीड़ में से एक सिपाही सामने आया, "जी जनाब।"

"क्यों बे, यह भीड़ यहाँ क्या कर रही है? तुम्हारी अम्मा का ब्याह हो रहा है जो इनको यहाँ जमा करके खड़े हो।" कह कर उसने एक भद्दी-सी गाली लोगों की तरफ उछाली, साथी सिपाही से डंडा छीना और जब तक लोग कुछ समझ पाते कसकर दो-तीन लोगों पर डंडा जमा दिया। देखते ही देखते वहाँ भगदड़ मच गई। सब लोग तितर-बितर हो गए।

उसने अपनी टीम को समझाया कि यहाँ चारों तरफ घेरा बना दो। कोई भी क्राइम सीन से जुड़ी लाइन के आगे नहीं आयेगा।

यह सब करने के बाद उसने शव की तरफ देखा और देखते ही उसके होश फाख़्ता हो गए। वह अन्दर तक हिल गया। फोन पर जब उसे हत्या की सूचना के साथ जल्दी आने की ताकीद की गई थी, तो यह नहीं बताया गया था कि उसकी वजह इतनी भयावह होगी। हत्या की सूचना थी, पर वह इतनी बर्बर हत्या होगी, इसकी तो उसने कल्पना भी न की थी। उसका मूड अब और भी खराब हो चुका था।

वह लाश थी या फिर कोई पेड़ बचाने के लिए चिपको आन्दोलन चला रहा था, दूर से देखकर कहना मुश्किल था। नीचे ज़मीन पर ख़ून का तालाब बना हुआ था, जिसका रंग धीरे-धीरे गहराता जा रहा था। कहीं से भी लाश का चेहरा साफ नज़र नहीं आ रहा था। कोई लड़का है या लड़की यह कहना भी फिलहाल मुश्किल था। बगल में फोन और कान में लगने वाला इयरपॉड पड़ा

हुआ था। पास से जाकर देखा तो लगा कि कोई लड़की है। उसने हाथ लगाकर यह जाँचने की कोशिश कि कहीं जान तो बाकी नहीं है, लेकिन कई बार देखने के बाद निश्चित हो गया कि ये मर चुकी है।

अभी उसने शव के पास पड़ा फोन उठाया ही था कि घंटी बजने लगी। उसने फोन उठा कर कहा, "हैलो।"

उधर से सीधा सवाल गूँजा, "कौन बोल रहा है, मैडम से बात करा दो।"

समर बोला, "कौन बोल रहा हूँ बताता हूँ, पर पहले तुम बताओ कौन बोल रही हो? तुम्हारा नाम क्या है?"

"मेरा नाम रीना है..."

"क्या करती हो तुम?"

"मैं मैडम के घर पर काम करती हूँ।"

"किस मैडम के घर? तुम्हारी मैडम का नाम क्या है?" उसने पूछा।

"आप भी अजीब बात कर रहे हो! वही मैडम जिनके फोन पर आप बात कर रहे हो।" उसे जवाब मिला।

इंस्पेक्टर समर अब झुँझलाने लगा था। उसने थोड़ा सख़्त आवाज़ में कहा, "वह तो ठीक है, पर जो पूछ रहा हूँ वह बताओ। आखिर तुम्हारी मैडम का कोई नाम तो होगा?"

"नैना...नैना वशिष्ठ।" उधर से थोड़ी हैरत भरी आवाज़ आयी।

यह नाम सुनते ही समर के दिल की धड़कन थोड़ी बढ़ गई। धड़कते दिल से उसने पूछा, "क्या करती हैं तुम्हारी मैडम? कहाँ रहती हैं?"

"वह न्यूज़ चैनल में काम करती हैं। टीवी पर आती हैं।" इसके बाद फोन करने वाली ने कहा, "मुझे जल्दी से बात करनी है, मैडम से बात करा दो। अभी तक वो घर नहीं आयीं, जबकि अंगद बाबा के स्कूल जाने का टाइम हो गया है।"

अपने माथे पर अचानक आये पसीने को पोंछते हुए समर ने पूछा, "कहाँ रहती हैं तुम्हारी मैडम?"

"यहीं पटपड़गंज में...बैकुंठ धाम सोसाइटी में..."

"घर में कोई और है, जिससे बात कर सकता हूँ?"

"हाँ, साहब हैं। बाहर से अभी-अभी आये हैं, लीजिये बात कीजिये।"

"हैलो, कौन बोल रहा है?" उधर से पूछा गया।

"मैं इंस्पेक्टर समर प्रताप सिंह हूँ, एसएचओ, आईपी एक्सटेंशन।"

"जी, कहिये क्या बात है?"

"आप का नाम क्या है?" समर ने पूछा।

"मैं सर्वेश सिंह देव हूँ।"

"और आपकी पत्नी का क्या नाम है?"

"नैना वशिष्ठ।"

"क्या करती हैं वह?" समर ने फिर पूछा। वह यह पुख़्ता कर लेना चाहता था कि मरने वाली कोई और नहीं बल्कि एंकर नैना वशिष्ठ ही है।

"नैना *नेशनल न्यूज़* चैनल में एंकर है। क्या बात है, आप इतने सारे सवाल क्यों कर रहे हैं?"

"क्या आपकी पत्नी इस वक्त घर पर हैं?" समर ने सर्वेश के सवाल का जवाब न देकर अगला सवाल किया।

"जी एक मिनट..." कुछ देर के लिए दूसरी तरफ चुप्पी छायी रही। फिर आवाज़ आयी, "नहीं, इस वक्त नैना घर पर नहीं हैं। वह मॉर्निंग वॉक से वापस नहीं आयी हैं।"

यह सुनते ही समर को जैसे कोई शॉक लग गया। उसकी नज़र पेड़ से चिपके शव पर गई। वह कोई आम शव नहीं था। वह नैना वशिष्ठ थी। नैना वशिष्ठ, देश की सबसे मशहूर एंकर! अपने राष्ट्रवादी विचारों के लिए चर्चित शख़्सियत! यह सब सोचते-सोचते कुछ सैकंड के लिए समर शायद शून्य में चला गया। पर दूसरी तरफ से लगातार आ रही 'हैलो' की आवाज़ से उसे वर्तमान में लौटना पड़ा।

समर ने सर्वेश से पूछा, "क्या आप इस वक्त पार्क में आ सकते हैं?"

इस सवाल पर सर्वेश थोड़ा घबरा-सा गया। किसी अनहोनी के अन्देशे से उसने पूछा, "क्या हुआ, इंस्पेक्टर? नैना ठीक तो है?"

सीधा जवाब न देकर समर ने कहा, "आप तुरन्त यहाँ आ जाइये। आपको पता तो है ना कि नैना किस पार्क में आती हैं?"

सर्वेश ने जवाब दिया, "हाँ, मैं बस कुछ ही देर में आ रहा हूँ।" कहकर उसने फोन काट दिया।

अब समर ने अपनी जेब से खुद का फोन निकाला और एसीपी को फोन लगाया। उधर से आवाज़ आते ही उसने 'जय हिन्द' के साथ ही घटना की अब तक की जानकारी देनी शुरू कर दी। सारी बात बताने के बाद उसने कहा, "सर, अब तक की जानकारी से यह साफ हो चुका है कि ये बॉडी न्यूज़ एंकर नैना वशिष्ठ की है।"

"आर यू श्योर?"

"सर, अब तक तो यही लग रहा है। अभी उसके फोन पर आयी कॉल से इसकी तस्दीक हुई है। कन्फर्म करने के लिए उसके पति को बुला लिया है। कुछ ही देर में शिनाख़्त भी हो जायेगी।"

"मौत कैसे हुई है? मर्डर है या..."

"सर, कहना मुश्किल है, पर बेहद दर्दनाक मौत है।"

"ओके कीप मी पोस्टेड। और हाँ समर, कैन यू हैंडिल इट?"

"येस सर, मैं मैनेज कर लूँगा।"

"ओके, वहाँ का काम निपटाकर ऑफिस में रिपोर्ट करो।"

"राइट सर," कह कर उसने फोन रख दिया। एक बार फिर उसका ध्यान नैना की तरफ गया। नैना वशिष्ठ! तुमने किसी का क्या बिगाड़ा था? वह बुदबुदाया।

पहली नज़र में देख कर ऐसा लग रहा था कि शायद कोई पेड़ का सहारा लेकर खड़ा है। उसका चेहरा या कहें की माथा पेड़ के तने से टिका हुआ था। पूरा शरीर निढाल पड़ा था। बहता हुआ ख़ून नीचे जमा हो चुका था। पेड़ के तने और बॉडी के आसपास का काफी हिस्सा ख़ून से भीगा हुआ था। घुटने हल्के से मुड़े हुए थे। पेड़ एकदम सीधा था। ऐसा कैसे संभव है कि मरने के बाद भी इंसान या उसकी लाश पेड़ का सहारा लेकर खड़ी रहे? वह भी तब जब घुटने हल्के से मुड़े हुए हों।

शव की यह हालत देख कर समर प्रताप सिंह चौंक गया। यह कैसा मर्डर है? किसने इतनी बेरहमी से कत्ल किया है? वह शव के थोड़ा और करीब पहुँचा। उसकी हैरानी की सीमा न रही। उसने धीरे से शव को हिलाने की कोशिश की। शव हिला तो सही लेकिन तने से अलग न हुआ। ऐसा लगता था कि किसी ने तने से शव को चिपका दिया है। समर ने हौले-हौले पेड़ के चारों तरफ घूमना शुरू कर दिया। लेकिन कुछ भी ऐसा नज़र नहीं आया, जिसे

असामान्य कहा जा सके। वह घूम कर एक बार फिर शव के पीछे जाकर खड़ा हो गया।

उसने अपनी नज़र शव पर केन्द्रित की। नैना औंधे मुँह पेड़ के तने से लिपटी पड़ी थी। उसके इयरपीस का एक हिस्सा अब भी उसके कान में लगा हुआ था और मोबाइल वहीं पड़ा हुआ था। वॉकिंग ट्रैक और शव के बीच में करीब पाँच से सात फुट का फासला था। ट्रैक के बराबर में क्यारियाँ बनी हुई थीं और उसके बराबर बड़े-बड़े पेड़ थे। कुछ नीम के और कुछ जामुन के। वहाँ और भी दूसरी तरह के पेड़ थे, पर समर उन्हें पहचान नहीं पाया। वैसे भी उसका ध्यान उधर नहीं था। क्यारी में किसी के पैर के निशान की छाप साफ दिख रही थी। कल के पानी की वजह से मिट्टी गीली थी और पैर के निशान छप से गए थे। उसने नैना के सीधे पैर पर नज़र डाली। वह निशान उसी के पैर का था। उसके पैरों पर लगी मिट्टी खुद-ब-खुद इस बात की गवाही दे रही थी। उसने पैर की डायरेक्शन को देखा। समर सोच में पड़ गया।

ये हत्या कैसे की गई है? इतनी दर्दनाक मौत! किसने प्लान बनाया और कैसे इसे अंजाम दिया? लेकिन इन सबके बीच भी सबसे बड़ा सवाल यही था कि क्यों? किसलिए? वह कौन है जो नैना को मारना चाहता था, वह भी इस तरह? यहाँ!

अचानक उसे पेड़ के पीछे हलचल महसूस हुई। देखा तो दो लड़के चोरी-चोरी उस तरफ बढ़ने की कोशिश कर रहे थे। समर ने धीरे से पास खड़े सिपाही से उसका डंडा लिया और पेड़ की आड़ लेकर आहिस्ता से आगे गया। अचानक ही सामने आकर उसने दोनों लड़कों को मारना शुरू कर दिया। दोनों लड़कों पर तड़ातड़ बेंत पड़ने लगी। बेरहमी से समर दोनों को मारने लगा। वह अपने कंट्रोल में नहीं था। उसकी टीम के सभी साथी सन्न थे। हिम्मत ही नहीं थी उनकी कि वे समर को रोक सकें। अचानक एक बुज़ुर्ग कांस्टेबल ने समर का हाथ रोक दिया। समर ने गुस्से से उसकी ओर देखा, लेकिन वह कांस्टेबल की नज़रों की ओर देख थम-सा गया। कांस्टेबल ने इतना ही कहा, "नहीं अब और नहीं सर।"

कांस्टेबल की आवाज़ ने समर को हालात का इशारा करा दिया। वह भूल गया था कि क्या कर रहा है? उसने चारों तरफ देखा तो याद आया कि वह इस वक्त पार्क में है और एक लड़की की लाश की तफ़्तीश करने आया है। उसने देखा कि वहाँ मौजूद सिपाहियों की नज़रों में भय है। कहीं न कहीं वह आशंकित थे समर को लेकर। समर को अहसास हुआ कि उसे खुद पर कंट्रोल

रखना होगा। उसकी ज़िन्दगी का यह बेहद नाज़ुक मोड़ है। यहाँ इमोशनल नहीं हुआ जा सकता।

समर ने अपना ध्यान वापस नैना की तरफ लगाया। उसने अस्पताल फोन करके डॉक्टर और एम्बुलेंस भेजने के लिए कहा। इस बॉडी को कोई पुलिस की टीम यहाँ से नहीं ले जा पायेगी, जब तक डॉक्टर नैना को पेड़ से अलग नहीं कर देंगे। दरअसल नैना का चेहरा पेड़ से चिपका हुआ था। कोई कील थी या कुछ और जिसमें उसकी बॉडी फँसी थी, जिससे हिल भी नहीं पा रही थी।

अभी वह यह सब करके फारिग भी नहीं हुआ था कि एक लम्बे और छरहरे शरीर वाला युवक वहाँ आया। उसने अपना परिचय सर्वेश के रूप में दिया। समर ने उसे ऊपर से नीचे तक देखा। और नैना की तरफ हाथ से इशारा करके पूछा कि क्या यही नैना है।

सर्वेश की आँखें कुछ पल के लिए फट-सी गईं। उसे समझ नहीं आया कि इंस्पेक्टर ने क्या सवाल किया। जिस तरफ इशारा किया गया था, उस तरफ देखते ही एकबारगी तो वह गिर पड़ने को हुआ। नैना की तरफ देखते ही वह जड़-सा हो गया।

समर ने अपना हाथ उसके कंधे पर रख दिया और पूछा, "क्या ये नैना ही हैं?"

"शायद..." कहते हुए सर्वेश ने सिर हिलाया।

"पास से जाकर देखो," समर ने कहा।

लेकिन सर्वेश की हिम्मत नहीं हुई पास जाने की।

तब समर उसे थामकर आगे बढ़ा। पेड़ के साइड से वह सर्वेश को लेकर उस तरफ आया जहाँ से नैना का एक तरफ का चेहरा दिख रहा था। समर ने उसे पेड़ का पूरा चक्कर कटवाया। फिर पूछा, "अब बताओ, क्या ये नैना ही है?"

सर्वेश की हिम्मत नहीं हुई कि वह समर की आँखों में देख सके। बस चुपचाप उसने हाँ में सिर हिला दिया।

सर्वेश का चेहरा सफेद पड़ चुका था। उसने बेहद धीमी आवाज़ में समर से पूछा, "क्या हुआ है? कैसे हुआ?"

"अभी पता नहीं।" यह कह कर उसने अपने एक सिपाही को इशारा किया कि वह सर्वेश के साथ उसके घर चला जाये। सर्वेश को वहाँ से विदा

करके उसने थोड़ी दूर खड़े मजमे की तरफ नज़र उठा कर पूछा, "सबसे पहले लाश किसने देखी थी?"

"जी मैंने," दायीं तरफ खड़े एक आदमी ने कहा। उसकी उम्र लगभग पचास की होगी, काला रंग, मटमैली शर्ट, कत्थई रंग की गन्दली-सी पैंट, कंधे पर गमछा-सा कुछ। चेहरे पर तमाम दुश्वारियाँ लपेटे वह खड़ा था।

"तुम कौन हो? और यहाँ क्या करने आये थे?"

"जी, पौधों में पानी लगाने आया था, मैं इस पार्क का माली हूँ," उसने जवाब दिया।

"रोज़ इसी वक्त आते हो?"

"जी।"

"तुम्हारी ड्यूटी कितने बजे से है?"

"जी ऑफिस में तो 10 बजे से है, लेकिन सुबह से ही आकर काम शुरू कर देता हूँ।"

"क्यों? क्या करते हो इतनी सुबह आकर?"

"साहब, सुबह-सुबह ही पौधों में पानी लगा देता हूँ। दिन में तो पार्क की घास के लिए पानी चलाना पड़ता है। शाम को बड़े पेड़ों में पानी लगाता हूँ।"

"तुमने लाश को देखा तो क्या किया?"

"मैंने पार्क में घूम रहे एक साहब को फोन करके पुलिस को बुलाने को कहा। उन्होंने 100 नम्बर पर फोन किया, फिर पुलिस की एक गाड़ी आ गई।"

"लाश कितने बजे देखी थी तुमने?"

"यही कोई 5:30 या 6:00 बजे की बात होगी साहब।"

"कब से यहाँ, इस पार्क में काम कर रहे हो?"

"छह महीने से साहब।"

"उससे पहले क्या करते थे? मेरा मतलब कहाँ थे? किस जगह थे?"

"साहब मैं तो माली हूँ। इससे पहले बुलन्दशहर में था। अभी छह महीना पहले ही यहाँ आया हूँ। यहीं इस इलाके में पार्क के ठेकेदार के यहाँ मेरा भाई काम करता है। उसी ने मुझे इस पार्क में लगवाया है।"

समर ने अपनी नज़र फिर से शव की ओर डाली। ऐसा लगता नहीं था कि नैना के साथ ज़्यादती या बलात्कार करने की कोई कोशिश की गई हो। लोअर और टॉप अपनी जगह पर ही था।

"यहाँ कोई पर्स वगैरह था क्या?" उसने वहाँ खड़े सिपाही से पूछा। यह सिपाही इस इलाके का कांस्टेबल था और पीसीआर की सूचना के बाद सबसे पहले यहाँ पहुँचा था।

"नहीं सर।"

"तुमने तलाशी ली?"

"जी सर। पॉकेट वगैरह चेक की थी, पर कुछ नहीं मिला। मोबाइल था, पर वह बाहर ही पड़ा हुआ था।"

समर ने कुछ देर सोचा, फिर अपने साथ आये पुलिस सब-इंस्पेक्टर से पूछा, "एम्बुलेंस आ रही है?"

"हाँ सर, बस पहुँचने ही वाली है।" उसके बोलने से पहले ही साथ आये सिपाही ने जवाब दिया।

"पार्क की देखभाल की ज़िम्मेदारी किसकी है?" उसने धमकाने के बावजूद मजमा लगाये लोगों की तरफ देखते हुए पूछा।

"जी, मेरी ज़िम्मेदारी है।" पीछे से एक आवाज़ आयी।

उसने आवाज़ की तरफ अपनी नज़रें घुमाईं। तकरीबन पैंतालिस बरस का लम्बे कद का एक शख़्स उसे नज़र आया।

इंस्पेक्टर समर ने पूछा, "क्या नाम है तुम्हारा...क्या करते हो?"

"जी मेरा नाम रमेश चन्द्रा है। मैं यहाँ का सुपरवाइज़र हूँ।"

"यहाँ, इस पार्क में कैमरे लगे हैं?"

"जी हाँ, गेट पर लगा है। उससे अन्दर आने-जाने वालों पर नज़र रखते हैं। दोनों ही गेट पर लगे हैं कैमरे।"

"अन्दर कैमरा नहीं है?"

"जी नहीं, बस गेट पर ही है।"

समर ने साथ आये सिपाही से कहा, "तुम यहीं रुको, मैं ज़रा वीडियो देख कर आता हूँ। जैसे ही एम्बुलेंस आये मुझे खबर करना।"

इसके बाद वह पार्क के सुपरवाइज़र के साथ चल दिया।

पार्क के मेन गेट के बराबर में ही सुपरवाइज़र का कमरा था। वहाँ एक स्टडी टेबल पर कम्प्यूटर लगा हुआ था। दीवार पर एक टीवी था, जिस पर कैमरे का आउटपुट आ रहा था।

"कुल कितने कैमरे लगे हैं? सर दोनों ही गेट पर दो-दो लगे हैं।"

"इसका मतलब कुल चार कैमरे हुए, तो फिर टीवी पर केवल दो ही कैमरों का आउटपुट क्यों आ रहा है?"

"सर, सामने के गेट के दोनों कैमरे खराब पड़े हैं। काफी दिनों से कम्प्लेंट भी कर रखी है पर कोई सुनवाई नहीं हो रही है।"

"पिछले गेट की रिकॉर्डिंग तो सही से हो रही है न?"

"जी सर, अभी कुछ दिन पहले ही हमने चेक किया था।"

"चलो दिखाओ। सुबह 5 बजे से रिकॉर्डिंग ऑन करो।" समर ने सुपरवाइज़र से कहा।

सुपरवाइज़र करीब दो मिनट तक रिकॉर्डर से खेलता रहा और फिर बोला, "हो गया सर। मैंने 5 बजे से चला दिया है।" ब्लैक एंड व्हाइट तस्वीर एकदम स्थिर थी। पहले पाँच मिनट तक कोई हलचल नहीं हुई। फिर एक गाड़ी सामने की सड़क से गुज़र गई। समर ने सुपरवाइज़र से थोड़ा फास्ट करने को कहा। फिर करीब 5:10 पर एक बाइक से दो लोग उतरते दिखे। दोनों ही कद काठी से युवा लग रहे थे। बाइक को साइड में लगा कर हाथ में कोई बॉल लिये दोनों अन्दर चले गए। करीब 5 बजकर 20 मिनट पर एक कार आकर रुकी।

कार सवार ने वहीं बाइक के बराबर में गाड़ी पार्क की। कुछ देर की खामोशी के बाद कार का दरवाज़ा खुला और ड्राइवर सीट से कोई उतरा।

उसने अपनी कार को रिमोट से लॉक किया। चाबी अपनी पॉकेट में रखी। उसके हाथ में मोबाइल फोन था, जिसे देखते हुए वह गेट से अन्दर आया और कैमरे से ओझल हो गया। उसके बाद काफी देर तक धीरे-धीरे और लोग पार्क में आते रहे। करीब 6 बजते-बजते काफी भीड़ पार्क के अन्दर आ चुकी थी। लेकिन इन सबमें नैना नहीं थी।

इसका मतलब यह था कि नैना मेन गेट से पार्क के अन्दर आयी होगी। समर ने अनुमान लगाया और जेब से पेनड्राइव निकाल कर सुपरवाइज़र को देते हुए बोला कि वह पिछले 24 घंटे की सारी रिकॉर्डिंग इसमें ट्रांसफर कर दे। इसके बाद वह निकलकर बाहर मेन गेट पर आ गया।

वह यह जानने और देखने की कोशिश कर रहा था कि बाहर कोई और कैमरा ऐसा है जो मेन गेट या उसके सामने की सड़क पर फोकस कर रहा हो। पार्क के सामने वाली रोड दाहिनी ओर जाकर बन्द हो रही थी। सामने एक अपार्टमेंट की दीवार थी। कोई भी कैमरा पार्क को फेस नहीं कर रहा था। गेट पर पहुँचकर समर इस खोजबीन और अपने ख्यालों में डूबा हुआ था कि उसके करीब एक एम्बुलेंस आकर रुकी। एम्बुलेंस कर्मचारियों के साथ पार्क में पैदल चलते हुए वह वहीं आ गया, जहाँ लाश बरामद हुई थी। तब तक तकरीबन सभी तमाशबीन वहाँ से जा चुके थे। फोटोग्राफर ने हर एंगल से तस्वीरें ले ली थीं।

एम्बुलेंस के साथ आये डॉक्टर ने कड़ी मेहनत के बाद नैना के शव को पेड़ से निकाला। तब जाकर यह समझ में आया कि नैना क्यों पेड़ से चिपकी हुई थी। नैना के माथे पर पेड़ से निकली एक कील गड़ी हुई थी, या यूँ कहें कि पेड़ पर ठुकी एक कील से नैना को माथे के सहारे लटका दिया गया था। अस्पताल से आये डॉक्टर की नज़र में भी यह अपने आप में एक अनोखा केस था। करीब एक घंटे से ज़्यादा वक्त लग गया उनको सारे सुबूत जमा करने में। उसने एम्बुलेंस के ड्राइवर और उसके साथ आये व्यक्ति से संभाल कर काम करने को कहा क्योंकि मामला काफी बड़ा था। कुँडल, नथ और चेन हिफाज़त से रखने थे, वह जानता था कि अगर अभी एहतियात नहीं बरती गई तो यही उसके जी का जंजाल बन सकता है। नैना के शव और पेड़ से सभी सुबूत जुटाकर टीम वहाँ से विदा हो गई।

इन सारे कागज़ी कामों से निबट कर समर ने खोजबीन में जुटी अपनी टीम से पूछा, "कुछ और मिला या पता चला?"

सबने 'ना' में सिर हिलाते हुए कहा, "नहीं सर, बस मोबाइल फोन ही साथ में था।"

"इसका मतलब यह लड़की अपने घर से पैदल ही आयी थी।" समर को समझ नहीं आ रहा था कि यह हत्या क्यों की गई। मौका-ए-वारदात की स्थिति यह थी कि गले की चेन तक सुरक्षित थी। नाक और कान में भी हीरे की ज्वेलरी को छुआ तक नहीं गया था। स्पष्ट था मारने वाला कुछ लेकर नहीं गया, फिर आखिर नैना को मारा क्यों गया? अब तक यह तो साफ हो चुका था कि यह हत्या लूटपाट के इरादे से नहीं की गई थी। फिर क्या था? इसका मकसद कुछ और ही है, और अगर समर इस मकसद को ढूँढ़ ले तो कातिल का भी पता लगा लेगा।

उसने सिपाहियों से कहा कि एक बार फिर से पूरे पार्क और आसपास की अच्छी तरह से तलाशी ले लें। उसने पूरे एरिया को 'डू नॉट क्रास द लाइन' वाली पीली पट्टी से घेरने का आदेश दिया; माली और पार्क के इंचार्ज को भी निर्देश दिया कि जब तक इजाज़त न दी जाये तब तक इधर कोई भी वॉक करने, सफाई करने या पानी देने भी नहीं आयेगा; यह इलाका पुलिस के आदेश के बिना किसी के लिए नहीं खुलेगा, इतना कह कर इंस्पेक्टर समर वहाँ से निकल गया। उसे अब अपने अफसरों को इस पूरे मामले की जानकारी देनी थी। उसे पता था कि चन्द घंटों में ही काफी बड़ा तमाशा शुरू होने वाला था। एक बार फिर दुनिया की नज़रें समर प्रताप सिंह पर रहने वाली थीं।

***

इंस्पेक्टर समर प्रताप सिंह ने अपने दफ़्तर में कदम रखा ही था कि टीवी चैनल की आवाज़ ने उसे चौंका दिया। टीवी की दुनिया की नामचीन हस्ती नैना की मौत की खबर टीवी पर तो आनी ही थी, पर इतनी जल्दी, इसकी उम्मीद उसे नहीं थी। अचानक उसे अपने मोबाइल का ख्याल आया। उसे हैरानी हुई कि इतना बड़ा केस, टीवी पर खबर भी चल रही है, और अभी तक किसी क्राइम रिपोर्टर का उसे फ़ोन तक नहीं आया। उसने जेब से फोन निकाला तो हैरान रह गया। उसका फोन साइलेंट पर था। एक दर्जन से ज़्यादा मिस्ड कॉल्स थीं। ज़्यादातर कॉल्स उन्हीं रिपोर्टर्स की थीं, जो किसी भी बड़ी वारदात के बाद जानकारी के लिए उसे फोन करते थे। उसी में एक कॉल डीसीपी जे.के. शर्मा की भी थी। उसने तुरन्त फोन मिलाया।

"जय हिन्द सर," शर्मा जी के लाइन पर आते ही उसने कहा।

"समर, कहाँ थे तुम? कितनी देर से फोन लगा रहा हूँ?"

"सर, बस अभी थाने आया हूँ। मौका-ए-वारदात का इंस्पेक्शन कर लिया है। बॉडी को पोस्टमॉर्टम के लिए भेज दिया है। सर मोबाइल गलती से साइलेंट पर चला गया था। सॉरी सर।"

"इनीशियल ऑब्ज़र्वेशन क्या है समर? तुम्हें क्या लगता है?"

"सर, मर्डर हो सकता है।"

"ओह, टीवी पर ब्रेकिंग न्यूज़ से अन्दाज़ा लगा सकते होकि यह केस कितनी दूर तक जाने वाला है। मैंने इसीलिए तुम्हें कॉल किया कि सावधान कर दूँ। देखो, ऊपर से नीचे तक सबकी नज़र रहेगी इस मामले पर। मीडिया भी

पल-पल की नज़र रखेगा...तुम्हारे लिए आने वाला हर घंटा चैलेंजिंग हो सकता है। संभाल तो पाओगे?"

"जी सर! मैं संभाल लूँगा।"

"देखो समर, दिस इज़ योर गोल्डन चांस। कोई चूक नहीं होनी चाहिए। इस तरह के केस करियर में कभी-कभार ही आते हैं। इससे करियर बन भी जाता है और झटके से खत्म भी हो सकता है। ध्यान रखना अगर कोई चूक हुई तो तुम्हारे साथ मैं भी निपट जाऊँगा।"

"डोंट वरी सर। मैं कर लूँगा। बस 48 घंटे दे दीजिये। मैं केस को क्रैक कर लूँगा।"

"गुड...पर यह बड़ा रिस्क है समर...ओके 48 घंटे में अगर केस नहीं खुला तो फिर मुझे एसआईटी बनानी पड़ेगी, फिर वही टीम देखेगी मामले को, पर तुम्हारा क्या होगा कहना मुश्किल होगा।"

"राइट सर। थैंक्स फॉर दिस कॉन्फिडेंस सर, भरोसा करिए कातिल 48 घंटे में आपके सामने होगा सर। बस आपको मेरा एक काम करना होगा।"

"क्या?"

"सर, बस आप मीडिया को मैनेज कर लीजियेगा। बाकी मैं कर लूँगा। प्लीज़ सर।"

"ओके," कह कर शर्मा जी ने फोन काट दिया।

फोन रख कर समर ने सामने चल रहे टीवी पर गौर किया तो पाया कि टीवी स्क्रीन पर सिर्फ और सिर्फ नैना वशिष्ठ ही छायी हुई थी। हर चैनल पर वही एक खबर थी। चैनल पर बैठी एंकर गरज रही थी...एक सनसनीखेज़ खबर आ रही है। मशहूर टीवी एंकर नैना की आज सुबह हत्या कर दी गई। जी हाँ, मशहूर टीवी एंकर नैना अब इस दुनिया में नहीं रहीं। अभी तक जो जानकारी सामने आयी है उसके मुताबिक नैना रोज़ की तरह आज सुबह भी अपने घर के नज़दीक के पार्क में जॉगिंग के लिए गई थीं। वहीं कुछ देर बाद उनकी डेड बॉडी पाई गई। पुलिस ने उन्हें आनन-फानन अस्पताल भेजा, पर डॉक्टरों का कहना है कि उनकी मृत्यु पार्क में ही हो चुकी थी।

नीचे ब्रेकिंग न्यूज़ चल रही थी...दिल्ली में सनसनीखेज़ वारदात, मशहूर पत्रकार नैना वशिष्ठ की हत्या...एंकर की आवाज़ ने अब और रफ़्तार पकड़ ली थी। वह चिल्लाते हुए बोली...अब हम आपको लिये चलते हैं आईपी एक्सटेंशन के उस पार्क में जहाँ नैना की हत्या की गई। हमारे सहयोगी विजय

अवस्थी बतायेंगे कि वहाँ क्या हुआ है। 'जी हाँ...' समर ने देखा कि स्क्रीन पर दूर से एक इंसान दौड़ता चला आ रहा है। वह रिपोर्टर अवस्थी है शायद। समर ने अन्दाज़ा लगाया।

वह कैमरे की तरफ दौड़ रहा था। दौड़ते-दौड़ते बोल रहा था। 'इस ट्रैक पर अब से कुछ देर पहले नैना वशिष्ठ इसी तरह दौड़ रही थीं।' करीब आते-आते अवस्थी बुरी तरह से हाँफ रहा था। उसका पेट निकला हुआ था। बाल उड़ रहे थे। शर्ट, पैंट से बाहर निकलने को आमादा थी। वह मुश्किल से पचास मीटर दौड़ा होगा, लेकिन उसके सारे कसबल निकल आये थे। पेड़ के नज़दीक 'डू नॉट क्रॉस' की लाइन के करीब आकर वह रुका और हाँफते हुए बोला, 'ये, ये ही है वो...यही वह पेड़ है जिस पर नैना की लाश मिली और वहाँ नैना पेड़ पर चिपकी हुई थी। इस एरिया को पुलिस ने मार्क कर दिया है। हम वहाँ नहीं जा सकते। लेकिन यही है वह जगह। ये एक्सक्लूसिव तस्वीरें आप देख रहे हैं *चैनल दिल्ली* पर। देश का एकमात्र चैनल जो इस समय घटनास्थल पर है। ग्राउंड ज़ीरो से हम आपको बता रहे हैं कि क्या हुआ।'

समर ने चैनल बदला पर वहाँ भी वही हाल था। टीवी स्क्रीन पर तीन लोग खड़े थे। छोटी-छोटी खिड़कियाँ बनी हुई थीं। ऊपर बड़ी खिड़की में नैना वशिष्ठ की तस्वीरें थीं। बेहद ख़ूबसूरत तस्वीरें। इस चैनल की ब्रेकिंग न्यूज़ थी...नैना का हत्यारा कौन? राजधानी दिल्ली में पत्रकार भी सुरक्षित नहीं... नीचे की तीन खिड़कियों में से एक में जो शख़्स खड़ा था, वह नैना के बारे में तकरीबन चिल्लाते हुए बोल रहा था। पता नहीं किसलिए वह चिल्ला रहा था, 'जी हाँ, नैना की हत्या की गई है, एक बेहद शानदार एंकर की आवाज़ बन्द कर दी गई है। एक जानदार पत्रकार, बेखौफ पत्रकार, एक माँ, एक ज़िन्दादिल इंसान को वक्त से पहले खामोश कर दिया गया है। नैना की मौत की खबर से मीडिया जगत स्तब्ध है। नैना काफी लोकप्रिय एंकर थीं और सामाजिक-राजनीतिक मुद्दों पर तीखे सवाल उठाती थीं। उनके शो की लोकप्रियता भी काफी थी।'

समर एक और चैनल पर गया। वहाँ भी नैना की ही तस्वीरें सामने थीं। सामने एक रिपोर्टर किसी से बात कर रहा था। वह नैना के अपार्टमेंट के बाहर की तस्वीर थी। रिपोर्टर अपार्टमेंट के ही किसी रहने वाले से बात कर रहा था।

'नैना कैसी महिला थीं?'

'बेहद मिलनसार थीं। वह अपने काम से काम रखती थीं।'

'आपके लिए वह क्या थीं? देश की इतनी बड़ी पत्रकार थीं, क्या आप लोगों को वह अपना स्टारडम दिखाती थीं।'

'नहीं तो, ऐसा तो कभी नहीं लगा।'

'आपने उनके घर पर किसी को आते-जाते देखा था?'

'नहीं। मुझे नहीं पता कि उनके घर पर कौन-कौन आता है।'

'नैना जी के घर पर कौन-कौन हैं?'

'उनके पति हैं और एक बच्चा है।'

'पति क्या करते हैं?'

'पता नहीं, क्योंकि उनको कहीं आते-जाते देखा नहीं गया। ज़्यादातर समय घर पर ही रहते हैं।'

यह सुनते ही रिपोर्टर ने अपना चेहरा फटाक से कैमरे के सामने किया और अपना हाथ कैमरे की तरफ उठाते हुए बोला, 'तो सुना आपने...नैना के पति कुछ नहीं करते थे। यह बात सामने आयी है। यह एक्सक्लूसिव जानकारी है जो कि हम अपने दर्शकों को बता रहे हैं कि नैना के पति बेरोज़गार हैं।'

रिपोर्टर एक बार फिर मुड़ा और उसने एक और सवाल दागा, 'क्या पति-पत्नी में अनबन रहती थी? क्या दोनों के रिश्ते सामान्य थे?'

'जी ये नहीं पता, हमें क्या पता कि घर में क्या होता है।'

'इस सवाल का जवाब पाने के लिए हमें इन्तज़ार करना होगा। नैना के पति ही इस बात का जवाब दे सकते हैं। कुछ देर में हम उनसे बात करने की कोशिश करेंगे। अब हम आपको अपने स्टूडियो वापस लिये चलते हैं।'

समर ने और कोई टीवी चैनल देखना मुनासिब नहीं समझा। वह समझ गया था कि यह तमाशा और आगे बढ़ेगा। नैना की ज़िन्दगी के हर पन्ने को खंगाला जायेगा। अभी तो ये शुरुआत है, कुछ देर में उसकी भी शामत आने वाली थी। वह फैसला कर चुका था, उसे जल्द ही कुछ करना होगा।

***

नैना वशिष्ठ का घर पार्क से थोड़ी ही दूर था। बमुश्किल एकाध किलोमीटर का फासला रहा होगा। ऐसे में नैना का पार्क में पैदल चलकर आना कोई असामान्य बात नहीं थी। वह पैदल जाती, सैर करती और लौट आती थी। नैना का घर

दिल्ली के आईपी एक्सटेंशन की बैकुंठ धाम हाउसिंग सोसाइटी में था। आठवीं मंज़िल पर चार बेडरूम का घर, दरअसल यह एक पेंटहाउस था।

हाउसिंग सोसाइटी के गेट पर पहुँचते ही इंस्पेक्टर समर प्रताप सिंह की जिप्सी को टीवी कैमरों ने घेर लिया। दो दर्जन से ज़्यादा कैमरे। उनके माइक जिप्सी की खिड़कियों से उसके मुँह के सामने अन्दर घुसने को आमादा। रिपोर्टरों की नज़रें, एक्सक्लूसिव पाने को बेताब। हर नज़र में उत्सुकता।

समर ने एक नज़र उन सब पर डाली और जिप्सी से बाहर निकलना बेहतर समझा। उसे पता था कि कुछ न कुछ तो उसे बोलना ही पड़ेगा, वरना ये हिलने वाले नहीं हैं। अपने कयास लगाकर कुछ भी बोलें उससे बेहतर है कि कोई खुराक इनको दे दी जाये, जिसके सहारे इनके साथ ही उसके भी कुछ घंटे गुज़र जायें।

जिप्सी से बाहर निकल कर वह बोला, "देश की जानी मानी पत्रकार नैना वशिष्ठ का शव आज सुबह बरामद हुआ है। वह पार्क में मॉर्निंग वॉक कर रही थीं। उनकी हत्या क्यों हुई, किसने की, ये जाँच के बाद ही पता चलेगा। इससे ज़्यादा इस वक्त कुछ और कहना मेरे लिए मुनासिब नहीं होगा।" यह कहकर वह आगे बढ़ गया।

रिपोर्टरों का हुजूम उसके पीछे-पीछे चलने लगा। उसने हाउसिंग सोसाइटी के गार्ड को बोलकर गेट बन्द करा दिये। साथ ही हिदायत भी दी कि कोई भी रिपोर्टर बगैर पुलिस की इजाज़त के अन्दर नहीं आयेगा।

अभी वह गार्ड्स को हिदायत देकर अन्दर जाने के लिए पलटा ही था कि उसे एक रिपोर्टर की आवाज़ सुनाई दी।

"इस केस की जाँच क्या आप ही करेंगे इंस्पेक्टर समर प्रताप सिंह?" वह पलटा और देखा कि *जय हिन्द चैनल* की सीनियर रिपोर्टर वर्षा दत्त माइक थामें खड़ी थी। समर बगैर कुछ कहे आगे बढ़ने लगा पर वर्षा की आवाज़ फिर से सुनाई दी, "तुमसे नहीं हो पायेगा इंस्पेक्टर!"

***

समर जब तक नैना के घर पहुँचा तब तक कुछ लोग वहाँ पहुँच चुके थे। कुछ लोग तो उसके साथ न्यूज़ चैनल में काम करने वाले थे। कुछ एक पड़ोसी या रिश्तेदार रहे होंगे। समर अन्दर गया।

एक बड़ा-सा हॉल था। जहाँ चार-पाँच लोग सोफे पर बैठे हुए थे। सर्वेश सिंह देव भी वहीं था। समर को देखते ही वह बोला, "कुछ पता चला, किसने किया ये?"

"अभी नहीं।" समर ने गौर से उसे देखा। तकरीबन पाँच फीट दस इंच का कद, गेंहुआ रंग, हल्की-हल्की दाढ़ी, छरहरा शरीर। देखने में ठीक-ठाक था। उसने जींस और टी शर्ट पहन रखी थी।

"हम कहीं अलग बैठकर बात कर सकते हैं?" समर ने पूछा।

"जी," यह कहकर उसने समर को अपने पीछे आने का इशारा किया और बायीं तरफ बने एक कमरे में ले गया। कमरे में ढेर सारी किताबें थीं। एक रिकॉर्ड प्लेयर भी था, जिसे वह काफी सालों के बाद देख रहा था। काफी सारे रिकाड्र्स भी एक शेल्फ में रखे हुए थे। सीडी भी थीं और कैसेट्स भी। कुछ पुरानी फिल्मों के पोस्टर्स भी लगे हुए थे।

"यह नैना की स्टडी है," सर्वेश ने कहा।

वहाँ एक आराम कुर्सी रखी थी। समर उस पर बैठ गया। सर्वेश ने बैठने के लिए साइड में रखे बीन बैग को खींच लिया।

समर ने पहला सवाल पूछा, "इस घर में कौन-कौन रहता है?"

"हम तीन ही लोग हैं। मैं, नैना और हमारा बेटा अंगद। वह चौदह साल का होने वाला है।"

"और कोई नहीं?"

"एक मेड है, रीना।"

"कब से है?"

"छह साल से है।"

"यहीं रहती है?"

"हाँ, उसका रूम बाहर की तरफ दरवाज़े से लगा हुआ है।"

"किसी पर शक है आपको?"

"नहीं," उसने सिर हिलाया।

"कौन हो सकता है, जो नैना को मारना चाहता था, और मार भी डाला?"

"मुझे कोई अन्दाज़ा नहीं है।"

"फिर भी, कोई दूर की कौड़ी?"

"इंस्पेक्टर समर, रोज़ उसे सैकड़ों मैसेज आते थे। तारीफ में उसके लिए जान दे देने से लेकर घृणा में उसको जान से मारने की धमकी देने वाले मैसेज, कुछ में तो बलात्कार की भी धमकी होती थी। इसी तरह कभी-कभी उसे अनाप-शनाप फोन भी आते थे। उसने पुलिस से शिकायत भी की थी।"

"अच्छा, कहाँ? किस थाने में?"

"साइबर सिक्योरिटी सेल में और नोएडा में भी।"

"आपका नैना से रिश्ता कैसा था? मेरा मतलब आपके और आपकी पत्नी के बीच रिश्ते कैसे थे?" समर ने पूछा।

इस सवाल पर सर्वेश थोड़ा चौंक गया। उसने गौर से समर को देखा जो उसी की तरफ देख रहा था। फिर नज़रें नीची करते हुए थोड़ी दबी आवाज़ में बोला, "ठीक ही था हमारा रिश्ता। जैसा कि एक पति-पत्नी का होता है।"

"सामान्य रिश्ते में तो लड़ाई-झगड़े भी होते हैं। क्या आपके बीच भी होते रहे हैं?" समर ने तुरन्त कहा।

"हाँ, कह सकते हैं," सर्वेश बोला। "हमारे बीच भी लड़ाई होती रहती थी, लेकिन इसका मतलब यह नहीं कि हमारे बीच प्यार नहीं था।"

"मैंने यह नहीं कहा। लेकिन आपका आखरी बार झगड़ा कब हुआ था?"

"याद नहीं। हम रोज़ नहीं लड़ते थे, और हर बार लड़ाई ऐसी भी नहीं होती थी कि उसे याद ही रखा जाये।"

"फिर भी?"

"कहा न कि याद नहीं।"

"कल रात को आपकी पत्नी कितने बजे घर आयी थीं?"

"रात तकरीबन 9 बजे।"

"आप तब घर पर ही थे?"

"जी हाँ, मैं उस वक्त यहीं था।"

"आप क्या करते हैं?"

"फिलहाल सीधे किसी जॉब में नहीं हूँ, पर एक कम्पनी में कंसल्टिंग एडिटर हूँ।"

"मतलब पत्रकार हैं?"

"जी।"

"किस कम्पनी में?"

"*डिजीटल न्यूज़*। यह इंटरनेट बेस्ड चैनल है। इसमें ऐप के ज़रिये न्यूज़ दी जाती है।"

"नैना जब घर आयी तो फिर उसने क्या किया?"

"हम दोनों साथ बैठे बातें करते रहे। फिर अपने-अपने कमरे में सोने चले गए। हम दोनों अलग-अलग कमरों में सोते हैं। मैं और मेरा बेटा एक साथ सोते हैं और नैना अलग।"

"क्यों? ऐसा क्यों?"

"बेटा बड़ा हो गया है। तीनों लोग एक पलंग पर आ नहीं सकते। बेटा अलग सोना नहीं चाहता। इसलिए हमने यह तय किया कि मैं और बेटा अलग कमरे में सोयेंगे और नैना अलग।"

"तो नैना रोज़ इसी वक्त घर वापस आती थीं?"

"नहीं, कल वह जल्दी आयी थी। वैसे नैना रोज़ रात 10:30-11 बजे तक घर आती थी। उसका शो रात 10 बजे खत्म होता था। अगर मेकअप ऑफिस में नहीं उतारती थी तो 10:30 तक घर आ जाती थी। अगर मेकअप उतारने लगती तो रात के 11 बज जाते थे।"

"वह गाड़ी खुद चलाती थीं?"

"नहीं ड्राइवर है।"

"कहाँ रहता है ड्राइवर?"

"यहीं पीछे पांडव नगर में।"

"आपकी पत्नी आज सुबह आपके सामने बाहर गई थीं?" समर ने पूछा।

"नहीं," उसने सिर हिलाया। "मैं तब सो रहा था।"

"आपका बेटा कहाँ है?"

"वह स्कूल गया है। मेरी मेड रीना ने बेटे के स्कूल के लिए तैयार हो जाने के बाद ही फोन मिलाया था, जब सुबह हमारी बात हुई थी। बेटा तैयार हो चुका था, इसलिए उसे रोकने का मतलब नहीं था।"

"उसे कौन उठाता है। आप या आपकी पत्नी?"

"कोई नहीं। वह अपने आप उठ जाता है। मेड उसका टिफिन तैयार कर देती है। फिर नैना उसे बस में बैठाने नीचे जाती है।"

समर ने कुछ पल सोचा और कहा, "मेड को बुलाइये।"

यह सुनकर सर्वेश स्टडी रूम से बाहर चला गया। कुछ ही सैकंड में वह मेड के साथ वापस आ गया। मेड के नाम पर उसके साथ करीब पाँच फुट एक या दो इंच की दुबली-पतली लड़की खड़ी थी। उम्र कोई पचीस साल की होगी, साँवला रंग, चेहरे पर काले-काले निशान; सहमी हुई वह दरवाज़े पर आकर खड़ी हो गई। समर ने उसे अन्दर आने का इशारा किया। पर वह थोड़ा-सा ही अन्दर आयी और फिर चौखट का सहारा लेकर खड़ी हो गई।

"तुमने ही फोन किया था सुबह?" समर ने पूछा।

मेड ने हाँ में सिर हिला कर जवाब दिया।

"कब से काम करती हो यहाँ?" समर का सवाल था।

"पाँच-छह साल हो गए साहब।"

"कल रात को कहाँ थी?"

"यहीं थी, अपने कमरे में।"

"मैडम कितने बजे आयी थीं?"

"रात 9 बजे शायद।"

"रोज़ इसी टाइम पर आती हैं?"

"नहीं, रोज़ तो 11 बजे तक आती थीं।"

"सुबह कितने बजे घर से बाहर गईं?"

"मालूम नहीं, मेरे उठने से पहले चली गई थीं।"

"तुम कितने बजे उठीं?" समर ने थोड़ा कड़ा होते हुए पूछा।

"मैं तो 6 बजे उठी।"

समर ने प्रश्नवाचक नज़रें सर्वेश की ओर उठाईं जो बीन बैग पर बैठा था। उसने सिर हिलाकर जवाब दिया, "यह रोज़ इसी वक्त उठती है।"

"फिर क्या किया?"

"बाबा के लिए टिफिन बनाया। दूध बनाया और जूते पालिश किये। फिर मेमसाहब का इन्तज़ार किया। वह घूमकर नहीं आयीं तो फोन किया। किसी

साहब ने फोन उठाया, मेमसाहब को लेकर मुझसे कुछ पूछा, फिर हमारे साहब से बात करने लगे, इस बीच मैं बाबा को स्कूल बस तक छोड़ने गई और लौट कर घर के काम में लग गई।" मेड ने एक सांस में ही इतना कुछ ऐसे बता दिया कि समर की हँसी छूटते-छूटते बची।

"रात को साहब कितने बजे आये थे?"

"भैया जी तो घर पर ही थे।"

"और सुबह भी घर पर ही थे?"

"जी, भैया घर पर ही थे।"

"कितने बजे सोती हो तुम?"

"मैडम के आने के बाद सोने चली जाती हूँ...11 बजे।"

"ठीक है तुम जाओ। बस अपना फोन दे दो।"

"फोन क्यों?" वह बेहद घबरा गई।

"बस देखने के लिए दे दो। वापस मिल जायेगा।" समर ने यह कहते हुए उसे आश्वस्त किया। रीना के चेहरे के भाव बता रहे थे कि वह आश्वस्त नहीं थी। लेकिन उसने चुपचाप अपना फोन उसके हवाले कर दिया।

समर ने अब अपना ध्यान एक बार फिर सर्वेश की तरफ किया। "कोई और बात जो आप बताना चाहें?"

"नहीं, ऐसी तो कोई खास बात नहीं है।"

"ठीक है कुछ याद आये तो बताइयेगा। और हाँ आप भी अपना फोन मुझे दे दीजिये।" समर ने कहा।

यह सुनते ही सर्वेश ने अपना फोन जींस के पीछे वाली पॉकेट से निकाल कर समर को सौंप दिया।

"और कोई रिश्तेदार है जो यहाँ रहता है?"

"नहीं, कोई नहीं।" सर्वेश का जवाब था।

"आपके माता-पिता कहाँ रहते हैं?"

"विदिशा, मध्य प्रदेश में।"

"और मैडम के?"

"वह भी वहीं रहते हैं।"

सर्वेश ने समर को बताया कि उनका प्रेमविवाह था। दोनों एक ही कॉलेज में पढ़ते थे। फिर वह दिल्ली आ गया और एक चैनल में प्रोड्यूसर बन गया, शादी के बाद नैना भी उसके साथ आ गई और उसे भी एक चैनल में नौकरी मिल गई।

एक मिनट के लिए स्टडी में खामोशी छा गई। दोनों में से कोई नहीं बोला।

अचानक समर ने कहा, "आपको कभी ईर्ष्या नहीं हुई कि आपकी पत्नी इतनी बड़ी स्टार थीं और शायद ही इस देश में ऐसा कोई होगा जो उन्हें नहीं पहचानता होगा?"

यह सुनकर सर्वेश अचकचा गया पर उसे संभलने में केवल कुछ सैकंड ही लगे। वह बोला, "नहीं, ऐसी कोई बात नहीं। हर रिश्ते में ऐसा हो यह ज़रूरी तो नहीं। हम दोनों एक दूसरे को समझते हैं...सॉरी, समझते थे। हाँ, यह सही है कि मेरी पत्नी मुझसे कहीं ज़्यादा मशहूर थीं, ज़्यादा पैसे कमाती थीं, पर उससे हमारा रिश्ता बदल गया हो ऐसा नहीं था।"

"गुड, अगर आप ऐसा सोचते थे, तो इससे अच्छी तो कोई बात ही नहीं है। कुछ और बात याद आये तो मुझे फोन कर दीजियेगा।" यह कहते हुए समर वहाँ से उठ गया। हालांकि उसे सर्वेश की कही हुई किसी भी बात पर यकीन नहीं हो रहा था, लेकिन उसने इसका आभास उसे होने नहीं दिया। अपनी तहकीकात के रास्ते में वह किसी भी तरह का रिस्क नहीं लेना चाहता था।

***

इश्क तो सर ही माँगता है मियां
इश्क पर कर्बला का साया है

मशहूर शायर जॉन एलिया का यह शेर पढ़ते हुए इंस्पेक्टर समर प्रताप सिंह के चेहरे पर एक मुस्कुराहट तैर गई। यह लाइनें दरअसल नैना वशिष्ठ के व्हॉट्सएप पर आज सुबह का स्टेटस थीं। नैना के आईफोनX का लॉक खुल चुका था। कोड नैना के बेटे ने ही बता दिया था। इस वक्त वह अपने केबिन में बैठकर उसके मोबाइल फोन से जानकारी जुटाने की कोशिश कर रहा था। स्टेटस ही कमाल का था। ये कौन-सा इश्क था जो नैना के सिर पर इस कदर सवार था कि सर माँगते-माँगते उसकी जान भी ले गया? क्या कोई रंजिश थी? या चैनल की अन्दरूनी लड़ाई? या फिर अंडरवर्ल्ड, आतंकवाद, राजनीति?

इतने सारे सवाल हैं। इतना लम्बा दायरा है कि कातिल को खोजना आसान नहीं होगा। वह जानता था कि इतनी बड़ी हस्ती को यूँ मारना हर किसी के बस में नहीं होता।

फोन से शायद कुछ सुराग मिल जायें, यही सोचकर वह सबके फोन ले आया था। नैना का फोन तो घटनास्थल पर ही मिल गया था। मारने वाला कुछ भी लेकर नहीं गया था। वह तो सिर्फ नैना को मारने के इरादे से ही आया था, लेकिन उसे मारने का उसका तरीका काफी दर्दनाक था। वह भी किसी सार्वजनिक स्थान पर इतनी सुबह। अगर लूट के इरादे से हत्या की गई थी तो इतना महंगा फोन और ज्वेलरी क्यों छोड़ दी? नैना के पास इसके अलावा कोई चीज़ तो थी नहीं। यहाँ तक कि उसके पास तो कार भी नहीं थी कि सोचा जाये कि कार लूटने के इरादे से तो वह नहीं मार दी गई!

तो क्या नैना की जान किसी ने अनजाने में ले ली? मतलब कोई किसी और की जान लेना चाहता था, लेकिन गफलत में वह नैना का काल बन गया? इंस्पेक्टर समर के सामने ढेर सारे सवाल थे, जिनका जवाब जल्दी से जल्दी उसे खोजना था क्योंकि वह जानता था कि जितनी देर उसे इस केस को सॉल्व करने में लगेगी, उतनी ही उसकी मुश्किलें बढ़ेंगी। मामला इस कदर हाईप्रोफाइल था कि गृह मन्त्रालय और पीएमओ की नज़र भी इस पर पड़नी ही थी।

नैना के फोन में अनजान मैसेजिज़ की बाढ़ थी। इनमें से ज़्यादातर या तो उसे चाहने वाले थे या गालियाँ देने वाले। नैना की पहचान एक तेज़तर्रार राष्ट्रवादी एंकर की थी। टीवी पर उसके कई शो आते। *राष्ट्रवाद* नाम से उसका शो देश का सबसे ज़्यादा देखा जाने वाला शो था। इस शो की टीआरपी रेटिंग में लगातार नम्बर वन रहती थी। इतना ही नहीं देश के प्रधानमन्त्री सार्वजनिक मंचों पर कई बार न केवल नैना और उसके शो की तारीफ कर चुके थे, बल्कि वह नैना वशिष्ठ को ट्विटर पर फॉलो भी करते थे। ऐसे में नैना का दर्जा देश के किसी भी पुरुष एंकर के न केवल बराबर था, बल्कि कई मायनों में वह पुरुष एंकरों से काफी आगे थी। उसके सवाल विपक्ष के लिए रोज़ाना ही मुश्किलें पैदा करते थे। सरकार और प्रधानमन्त्री के लिए वह कोई मुश्किल पैदा नहीं करती थी। इस बात के लिए उसकी अक्सर आलोचना होती थी। अनगिनत अनजान मैसेजिज़ में इसी बात को लेकर उससे नफरत का इज़हार किया जा रहा था।

कुछ लोग तो गुस्से में अपने प्राइवेट पार्ट की तस्वीरें खींच-खींच कर भी उसे भेज रहे थे। इन्हीं की शिकायत की बात सर्वेश ने सुबह अपनी बातचीत में बताई थी।

इन सबसे परे नैना और उसके पति के रिश्ते की अलग ही तस्वीर यह फोन दिखा रहा था। इसके अलावा तीन और मोबाइल नम्बरों से होने वाली चैट्स ने उसका ध्यान अपनी ओर खींचा। इन तीनों नम्बर पर होने वाली चैट बता रही थी कि ये तीनों ही उसके चैनल में काम करते हैं। न केवल काम करते हैं, बल्कि तीनों के साथ नैना के रिश्ते बड़े ही खास हैं। समर ने इनमें से सबसे पहले गौरव वर्मा से बात करने का फैसला किया। चैनल का सबसे खास आदमी—मैनेजिंग एडिटर।

उसने फोन लगाया तो उधर से आवाज़ आयी, "गौरव वर्मा स्पीकिंग।"

"मैं आईपी एक्सटेंशन थाने से इंस्पेक्टर समर प्रताप सिंह बोल रहा हूँ। आपसे कुछ बात करनी है। कहाँ मिल सकता हूँ?"

"देखिये इंस्पेक्टर मैं इस वक्त घर पर ही हूँ। आप तो जानते ही हैं कि आज हमारे चैनल की हमारी सहयोगी के साथ क्या हादसा हुआ है। मैं अभी नैना वशिष्ठ के घर से ही आया हूँ, और ऑफिस जाने के लिए तैयार हो रहा हूँ। आप बताइये कहाँ मिलना चाहते हैं? कहिये तो मैं थाने आ जाता हूँ, या आप हमारे ऑफिस आ जाइये।"

समर ने एक मिनट सोचा और कहा, "क्या मैं आपके घर आ सकता हूँ? नैना के बारे में ही कुछ बातें करनी हैं, जो शायद ऑफिस में करना मुनासिब न होगा।"

"जी कोई दिक्कत नहीं है। मुझे तैयार होने में आधा घंटा लगेगा।"

"मुझे भी करीब इतना ही वक्त लग जायेगा, ओके।"

"ओके, आई विल वेट फॉर यू।"

समर चाहता था कि वह गौरव से उसके घर पर ही बात करे। उसका मानना था कि इंसान अपने माहौल में ज़्यादा इत्मीनान से बात करता है।

***

समर की जिप्सी नोएडा के जाने-माने रॉयल सिल्वर गॉल्फ अपार्टमेंट के बाहर रुकी। उसने गार्ड को गौरव वर्मा का फ़्लैट नम्बर बताया। गार्ड ने तुरन्त फोन

उठाकर बात की और रास्ता बताते हुए बूम बैरियर ऊपर उठा दिया। अगले दो मिनट में समर गौरव के अपार्टमेंट के सामने था। बेहद चमचमाता हुआ काम्प्लेक्स था यह। भव्यता दूर से ही नज़र आ रही थी। काम्प्लेक्स में अन्दर घूमने के लिए गॉल्फ कार्ट थीं। हर कोई गेट से अपने अपार्टमेंट ब्लॉक तक इन्हीं से आता-जाता था। दूर-दूर तक फैली हरियाली। नौ होल गॉल्फ कोर्स पर बना हुआ घर। जिसमें छोटी-छोटी झीलें भी बनी थीं। एकदम मनोहारी दृश्य था।

गौरव के ब्लॉक में एंट्री करते ही उसका सामना एक और गार्ड से हुआ। उसने फिर से इंस्पेक्टर समर से उनके आने का कारण पूछा और एक बार फिर फोन लगाकर उसके आने की सूचना फ़्लैट मालिक को दी। वहाँ से रज़ामन्दी मिलने के बाद समर को आगे लिफ़्ट तक जाने की इजाज़त मिली। लिफ़्ट में पहुँच कर उसने बारहवीं मंज़िल का बटन दबा दिया। मधुर संगीत की धुन के साथ चन्द सैकंड में ही वह अपनी मंज़िल पर पहुँच चुका था।

इंस्पेक्टर समर यहाँ की सुविधाओं और सुरक्षा व्यवस्था से प्रभावित हुए बिना नहीं रह सका। लॉबी, लिफ़्ट व कॉरिडोर में लगे छोटे कैमरे भी उसकी नज़र से छुप न सके थे। अब वह गौरव वर्मा के फ़्लैट के ठीक सामने था। सुनहली नेमप्लेट दूर से चमक रही थी। उसने घंटी बजा दी, दरवाज़ा मेड ने खोला और उसे ड्रॉइंग रूम में बैठा दिया। यह एक विशालकाय ड्रॉइंगरूम था, जिसमें एक तरफ की शीशे की दीवार के पार गोल्फ कोर्स की हरियाली नज़र आ रही थी।

मेड जब तक पानी लेकर आती तब तक गौरव आ गया। वह काले रंग का सूट और टाई पहने हुआ था। एक दम अमिताभ बच्चन वाली पर्सनैल्टी लिये हुए गौरव किसी फिल्म स्टार से कम नहीं लग रहा था। आते ही उसने पूछा, "इंस्पेक्टर साहब, कुछ चाय या कॉफी लेंगे?"

"नहीं, धन्यवाद। सिर्फ पानी चलेगा," अब तक समर गौरव वर्मा के हावभाव से परख चुका था कि वह अपना और उसका वक्त जाया करने के मूड में नहीं था। वह अपने सवाल शुरू करता, उससे पहले ही गौरव वर्मा ने सोफे पर बैठते हुए पूछ लिया, "जी बताइये। क्या कर सकता हूँ आपके लिए?"

इंस्पेक्टर समर ने भी बिना समय गंवाए पूछना शुरू किया, "आज सुबह 4 बजे से 7 बजे के बीच आप कहाँ थे?"

"मैं यहीं था, अपने घर पर।"

"कौन-कौन रहता है आपके साथ घर में?"

"मेरी पत्नी, मेरी पाँच साल की बेटी, एक मेड और मेरी बहन।"

"तो ये सारे लोग गवाही दे सकते हैं कि आप सुबह 4 बजे से 7 बजे के बीच घर पर ही थे, यहाँ से बाहर नहीं गए थे?"

"हाँ, मेरी पत्नी बता सकती है। मेरी बहन भी बता सकती है। जब सुबह मैं उठा था तो वह यहीं बैठकर पेपर पढ़ रही थी। मेरी मेड भी यह बता देगी कि मैं सुबह कहीं नहीं गया था। बताने को मेरी बेटी भी बता देगी क्योंकि वह भी मेरे सामने ही स्कूल के लिए तैयार होकर निकली थी। पर मेरी रिक्वेस्ट है की उस मासूम बच्ची को आप अपनी पूछताछ से दूर ही रखें, क्योंकि इससे उसके मन में डर के साथ ही कई तरह के सवाल उठ सकते हैं।"

"ठीक है, मैं इन तीनों से बात कर अपना काम चला लूँगा, पर फिलहाल तो आप ही मेरे कुछ सवालों का जवाब दे दीजिये। मैं जानना चाहता हूँ कि आपका नैना के साथ किस तरह का रिश्ता था?"

गौरव वर्मा ने दुनिया देखी थी। वह यों ही इतने बड़े चैनल को लीड नहीं कर रहा था। वह यह समझ चुका था कि ज़रूर इंस्पेक्टर समर को नैना से उसके घनिष्ठ रिश्तों का पता चल चुका है, वरना वह सीधे ऐसे सवाल न पूछता। उसने बिना समय लगाये सच को स्वीकारने का फैसला किया और बोला, "मेरा नैना के साथ काफी अच्छा रिश्ता था। हम दोनों एक-दूसरे के काफी करीब थे।"

"करीब से क्या मतलब है आपका?"

"करीब से मेरा मतलब वही है, जो किसी पुरुष और महिला के करीब होने का होता है।"

"तो क्या आप दोनों एक-दूसरे से प्यार करते थे?"

"ऐसा तो नहीं कहा मैंने। मुझे नैना से कोई प्यार नहीं था। यह महज़ एक रिश्ता था। मुझे और नैना दोनों को पता था कि हम एक-दूसरे को क्या दे सकते हैं। वैसे भी मैंने अपनी ओर से नैना से कभी कुछ माँगा नहीं था।"

"लेकिन क्या नैना वशिष्ठ भी वही मानती थीं, जो आप कह रहे हैं? या उनकी नज़र में आपका रिश्ता कुछ अलग था?"

"पता नहीं। इस बारे में मैं कैसे कुछ कह सकता हूँ कि कोई मुझे लेकर क्या सोच रहा है? पर हाँ, मुझे इतना ज़रूर पता है कि हमने कभी एक-दूसरे पर अपनी ज़िन्दगी थोपी नहीं थी, न ही किसी दबाव में यह रिश्ता बनाया था। वह मेरे अंडर में काम करती थी यह कहना भी पूरी तरह सही नहीं होगा, लेकिन

इनडायरेक्टली ज़रूर वह मुझे रिपोर्ट करती थी। उसकी रिपोर्टिंग सीधे नवीन शर्मा को थी।"

इंस्पेक्टर समर प्रताप सिंह के जीवन का यह पहला केस था, जहाँ शक के घेरे में आने वाले लोगों पर पुलिस का कोई दबाव नहीं था, न ही उन्हें पुलिसिया पूछताछ से कोई भय था। सर्वेश सिंह देव से वह मिल चुका था। इस गौरव वर्मा के यहाँ से भी कोई सूत्र अब तक न मिला था। वह सोच रहा था कि यह आदमी अपने साथ काम करने वाली, जिससे उसके रिश्ते भी थे की हत्या के बाद भी इतना संयत कैसे है? आखिर इसकी नज़र में नैना क्या थी? इसके लिए नैना के साथ रिश्ते का मतलब क्या था?

उसने पूछा, "पर मुझे तो पता चला है कि जिस रिश्ते को आप इतना सामान्य बता रहे हैं, उसे लेकर नैना ने कल न केवल हंगामा मचाया था, बल्कि आपको धमकी भी दी थी कि वह आपके खिलाफ कम्प्लेन करेगी?"

अब गौरव वर्मा ने समर को ध्यान से देखा और पूछा, "आपसे यह किसने कहा? ऐसा तो कुछ नहीं हुआ था हमारे बीच। थोड़ी-बहुत गलतफहमी ज़रूर हुई थी, लेकिन हम जब मिलते तो उसे ठीक कर लेते। ऐसा कुछ भी नहीं हुआ था जिसकी चिन्ता की जाती।"

जवाब में इंस्पेक्टर समर ने अपनी डायरी में मोड़कर रखा एक प्रिंट आउट निकाल कर समर के सामने रख दिया। यह समर द्वारा कल सुबह के बाद से नैना को भेजे हुए तमाम मैसेजिज़ का प्रिंट था। इसमें वह आखरी मैसेज भी शामिल था, जो बेहद खतरनाक था और गौरव के खिलाफ इस्तेमाल हो सकता था। इस मैसेज में गौरव ने लिखा था, 'यू कैन नॉट फिनिश एव्रीथिंग। आई वोंट लेट यू डू इट।'

'नॉट इन दिस लाइफ।'

'दिस इज़ माई लाइफ।'

'यू कैन नॉट डेस्ट्रॉय इट।'

'नो नो नो...'

"ये आपने ही लिखा है न। आपको ऐसा क्यों लगा था कि नैना सब कुछ खत्म करने वाली है? और जब लग ही गया तो यह भी तो हो सकता है कि इससे पहले कि नैना सब कुछ खत्म कर दे आपने ही उसे खत्म कर दिया?"

"नहीं...नहीं...मैंने ऐसा कुछ नहीं किया। यह सब तो मैंने गुस्से में लिखा था। आप इन बातों को यह मोड़ न दें। रुकिए, मैं आपको पूरी बात विस्तार से

बताता हूँ। यह भी कि कल जो कुछ भी हुआ दरअसल वह क्यों हुआ।" उसके बाद वह धाराप्रवाह बोलता चला गया।

इंस्पेक्टर समर ने पूरी बात सुनी और आखिर में कहा, "तो अब तो आप यह मानते हैं न कि नैना ने आपको धमकी दी थी कि वह आपके खिलाफ यौन शोषण की शिकायत दर्ज करेगी। सोशल मीडिया पर आपके बारे में लिखेगी। और आप इससे पहले कह रहे थे कि यह छोटी-सी बात थी? तो अब यह क्यों न माना जाये कि आपने अपना करियर बचाने के लिए नैना की हत्या कर दी? नैना की हत्या से सीधा फायदा तो आपको ही मिल रहा था। क्यों ना मैं अभी आपको गिरफ़्तार कर लूँ?"

"मुझे पता है इंस्पेक्टर की आप मुझे गिरफ़्तार नहीं करेंगे। अगर करना होता तो अब तक आप कर चुके होते। मुझसे यहाँ बैठकर बात नहीं करते। अब रहा आपके सवालों का उत्तर तो आपके सवाल का जवाब यह है कि नैना मुझ पर आरोप लगाने वाली नहीं थी। मुझे पूरा भरोसा था कि मैं नैना को समझा लूँगा। ये तो होना ही नहीं था।"

"तो फिर आप नैना को धमकी क्यों दे रहे थे? आपके मैसेज से तो एकदम साफ है कि आप नैना से बेहद नाराज थे। वह आपसे बात नहीं कर रही थी। आपके मैसेज का जवाब नहीं दे रही थी। आप उसे साफ-साफ धमकी दे रहे थे।"

"देखिये, मेरा मतलब यह नहीं था। यह तो हम दोनों के बीच की बात थी। ऐसा पहली बार तो नहीं हुआ था कि हमारे बीच झगड़ा हुआ हो। पहले भी वह नाराज़ हो जाती थी, लेकिन कुछ दिनों के बाद मान जाती थी। इस बार थोड़ा ज़्यादा था और उसने पहली बार मुझे धमकी दी थी तो मैंने भी उसे लिख दिया था। लेकिन हम लोग हिंसा में विश्वास करने वाले लोग नहीं हैं। ऐसा कुछ करने की तो मैं सोच भी नहीं सकता था। और मैं नैना की हत्या क्यों करूँगा भला?"

"क्यों करूँगा से आपका मतलब? खुद को बचाने के लिए और किसलिए? सबसे बड़ा मोटिव तो आपके ही पास है। नैना ने आपका करियर खत्म करने की धमकी दी थी। अगर वह ऐसा कर देती तो आपकी नौकरी तो जाती ही आपकी जगहँसाई भी होती। आपकी शादी भी टूट जाती। आप जेल भी जाते। फिर कोई आपको नौकरी भी नहीं देता। इससे ज़्यादा बड़ा मोटिव और क्या होगा कत्ल के लिए? इसलिए मुझसे उल्टे सवाल तो करिये मत मिस्टर

गौरव वर्मा।" अब तक शान्ति से पूछताछ कर रहे इंस्पेक्टर समर प्रताप सिंह के अन्दर का पुलिसवाला जाग उठा था।

समर ने आगे पूछा, "जब नैना ने आपको धमकी दी तो आपने नैना से सम्पर्क करने के लिए और क्या किया? यह मुझे पता है कि आपने उसे फोन किये, मैसेज भेजे, लेकिन आप उससे मिलने खुद क्यों नहीं गए? आपको तो पता था कि वह कहाँ रहती है। फिर भी आपने उसके घर जाकर उसे मनाने की कोशिश क्यों नहीं की? क्या यह हैरानी और आपको शक के दायरे में लाने वाली बात नहीं है?"

"देखिये मेरे और नैना के बीच एक अंडरस्टैंडिंग थी। हम कभी एक-दूसरे के परिवार को इस बात का अहसास नहीं होने देंगे कि हमारा रिश्ता क्या है। हकीकत में हमने कभी किसी पर ज़ाहिर ही नहीं किया कि हमारा रिश्ता क्या है, या हमारे बीच कोई रिश्ता भी है। हम दोनों एक-दूसरे से ज़्यादा बात भी नहीं करते थे। कभी-कभी तो कई दिन निकल जाते थे हमारे बीच बात हुए या मैसेजिज़ भेजे हुए। हाँ, नैना नियम से गुड मॉर्निंग और गुड नाइट ज़रूर किया करती थी। चाहे कुछ हो जाये यह दो मैसेज उसे ज़रूर भेजने ही होते थे।"

"इस रिश्ते की शुरुआत किसने की थी? आपने नैना को अपने जाल में फँसाया था या उसने आपको अपना शिकार बनाया था?"

"इंस्पेक्टर, आपका यह सवाल और उसकी टोन एकदम गलत है। हम दोनों शादीशुदा हैं, या कहिये शादीशुदा थे। हम दोनों का अपना परिवार था। ऐसे में हमें एक-दूसरे को या किसी को फँसाने की ज़रूरत नहीं थी। हाँ, अगर आप यह जानना चाहते हैं कि इस रिश्ते की शुरुआत कैसे हुई थी, तो पहल नैना ने ही की थी।"

***

"नैना हमारे चैनल में 2014 के चुनाव से ठीक पहले आयी थी। दो-ढाई सालों तक हमारे बीच सब कुछ सहज था। अचानक मुझे उसके मैसेजिज़ आने लगे।" गौरव ने अपने दिमाग पर ज़ोर डालते हुए याद किया। "शायद 2017 में यूपी के चुनाव से कुछ वक्त पहले ही यह सब शुरू हुआ था। अचानक उसका इंटरेस्ट मुझमें बढ़ गया था। कभी वह मेरी तारीफ करती, कभी मेरे कपड़ों की। कभी मेरे चलने की, तो कभी बोलने की। मेरी इंडस्ट्री और दर्शकों पर पकड़ वाली समझ को लेकर भी वह खासी प्रभावित थी। इन सबके बीच कभी वह

परेशान होती तो मुझसे अपनी ज़िन्दगी की निजी बातों की चर्चा भी कर लेती और कभी-कभार सलाह भी ले लेती।

"वह मुझसे कहती कि ज़िन्दगी में कोई उसका दोस्त नहीं है। उसे यह सोच कर घबराहट होती है कि जब उसके साथ सर्वेश, यानी उसका पति नहीं होगा तो कौन होगा? उसे एक सहारे की तलाश थी। वह खुद को बेहद इनसिक्योर फील करती थी। हालांकि स्क्रीन पर उसे देख कर कोई यह नहीं कह सकता था कि वह एक ऐसी भावुक और कमज़ोर दिल वाली लड़की है। राष्ट्रवाद पर उसके विचार का मुकाबला आज का बड़े से बड़ा एंकर भी नहीं कर सकता था। जितनी दृढ़ता उसमें स्क्रीन पर होती थी, निजी ज़िन्दगी में वह उतनी ही कमज़ोर थी।"

"पर इतने से तो नैना से आपके इतने अन्तरंग रिश्ते नहीं बन सकते थे? साफ-साफ बताइए कि नैना से आपका शारीरिक रिश्ता कब बना? वह कब की बात है, जब वह आपकी ज़िन्दगी में ऐसे शामिल हो गई कि आज अंजाम यहाँ तक आ पहुँचा?"

"हम लखनऊ गए थे। यूपी के चुनाव के दौरान। फरवरी-मार्च 2017 की बात होगी। चुनाव की पंचायत का कार्यक्रम था, जिसमें सभी दलों के नेता आये हुए थे। बड़े सेशन करने की ज़िम्मेदारी मेरे पास थी और बाकी के सेशन नैना को करने को दिये गए थे। पहले नैना को वहाँ नहीं जाना था। लेकिन उसने मुझसे गुज़ारिश करके अपना नाम इस पंचायत के लिए अप्रूव कराया था।

"इस दौरे से पहले तक मुझे लगता था कि वह एक सामान्य-सी लड़की है जिसका ज़्यादातर वक्त अपने घर और परिवार में बीतता है। एक एंकर के तौर पर करियर बनाने में उसका बहुत ज़्यादा इंटरेस्ट नहीं दिखता था, लेकिन उसकी ज़िद को देख कर मेरे विचार उसके बारे में थोड़ा बदल गए।

"खैर हमने अपना कार्यक्रम निपटाया, जो कि बेहद कामयाब रहा। शाम को 7 बजे प्रोग्राम खत्म हो गया, तो टीम के ज़्यादातर सदस्य रात की फ़्लाइट से दिल्ली लौट आये। पर नैना नहीं गई। उसने कहा कि उसने पहले से ही अगले दिन सुबह की फ़्लाइट से बुकिंग करा रखी थी। मुझे भी उस दिन वहीं रुकना था। मेरे माता-पिता लखनऊ में ही रहते हैं तो मैं जब भी जाता हूँ अपने घर पर ही रुकता हूँ। नैना के इसरार के बाद मैं कुछ और देर के लिए वहीं होटल में ही रुक गया।

"नैना और मैं होटल के ओपन रेस्त्रां में जाकर बैठ गए। हम दोनों ने एक-एक ड्रिंक मंगाई और बातें करने लगे। मुझे तब तक नहीं पता था कि नैना

ड्रिंक करती है। जब उसने मुझसे ड्रिंक के बारे में पूछा तो मैं चौंक गया था। नैना को लेकर मेरे विचार बेहद अलग थे। हम दोनों बातें करते रहे। कभी सिनेमा पर तो कभी अपने परिवार के बारे में। कभी फिल्मी गीतों पर, तो कभी शायरी पर। कब रात के 11 बज गए पता ही नहीं चला। तब तक हम तीन ड्रिंक ले चुके थे।

"बातों बातों में नैना ने मुझे बताया कि वह कविताएँ लिखती है। मैंने उसे सुनाने को कहा तो उसने बोला कि वह डायरी में कविताएँ लिखती है और डायरी कमरे में है। इसके बाद तो नैना ने ज़िद पकड़ ली कि मैं कमरे में चलूँ और उसकी कविताएँ सुन कर ही जाऊँ।"

इतना कहने के बाद गौरव सोच में पड़ गया। उसने इंस्पेक्टर समर की ओर देखा तो पाया कि उसकी नज़रें उसी पर चिपकी हुई थीं। समर ने कुछ नहीं कहा। उसने शायद पूरी स्टोरी सुनने तक इन्तज़ार करने का फैसला किया था। गौरव ने फिर बोलना शुरू किया।

"इसके बाद हम दोनों कमरे में आ गए। नैना ने वहाँ भी रूम सर्विस को फोन कर एक-एक ड्रिंक और लाने का ऑर्डर कर दिया। तब तक मुझे यह तो समझ में आ गया था कि क्या होने वाला है, लेकिन यह सब इतनी जल्दी होगा, इसका अन्दाज़ा मुझे नहीं था। रूम में आकर नैना ने कहा कि वह एक मिनट में आती है। मेकअप और भारी-भरकम डिज़ाइनर कपड़ों से उसे उलझन हो रही है।

"होटल रूम में बेड के अलावा एक छोटी गोल टेबल और दो कुर्सियाँ भी रखी हुई थीं। मैं एक कुर्सी पर बैठ गया। इस बीच हमारी ड्रिंक्स भी आ गईं। कुछ ही देर में नैना भी बाथरूम से बाहर आ गई। उसने बाल पीछे की तरफ बाँध लिये थे। उस समय उसने एक ओवर साइज़ टीशर्ट पहन रखी थी। बाकी कुछ नहीं पहना था। उसकी गोरी-गोरी लम्बी सफेद टाँगें घुटनों से ज़रा ऊपर तक साफ नज़र आ रही थीं। मैंने अपनी नज़रें बड़ी मुश्किल से वहाँ से हटाईं। नैना ने भी दूसरी कुर्सी बिल्कुल मेरे बराबर खींच ली और उस पर बैठ गई। कुर्सी पर बैठते ही उसकी टीशर्ट और ऊपर तक खिंच गई। अब उसकी थाइज़ तक सब कुछ साफ नज़र आ रहा था।"

गौरव थोड़ा रुका और एक गहरी सांस ली। फिर बोलने लगा, "मैं जान गया था कि नैना क्या चाहती है। सच कहूँ तो मुझे मज़ा आ रहा था। मुझे यह कहने में कोई हिचकिचाहट नहीं है कि यह पहला मौका था, जहाँ मुझे कोई पहल करने की ज़रूरत नहीं पड़ रही थी। नैना ने अपनी डायरी खोल ली थी।

उसमें से वह कविताएँ सुनाने लगी। उसकी टाँगें मुझसे छू रही थीं। वह लगातार मेरे करीब आती जा रही थी।

"मुझे यह कहने में कोई गुरेज़ नहीं कि उसकी कविताएँ काफी घटिया थीं। लेकिन उस वक्त इस बात का कोई मतलब नहीं था। हम ड्रिंक करते रहे। वह कविताएँ सुनाती रही। अचानक से वह उठ कर खड़ी हो गई। मैं जिस कुर्सी पर बैठा था उस पर हैंड रेस्ट नहीं था। उसने मेरे दोनों पैरों के इर्द-गिर्द अपने पैर किये और आराम से मेरी गोद में बैठ गई। बैठ गई कहना ठीक नहीं होगा, हकीकत में उसने खुद को मेरे ऊपर झोंक दिया। उसके बाद मुझे कुछ करने की ज़रूरत ही नहीं पड़ी। मेरी आँखें बन्द हो गईं।" यह कहते-कहते गौरव ने हकीकत में अपनी आँखें बन्द कर लीं। वह पूरी तरह से उस रात के नशे में खो चुका था। कुछ पल चुप रहने के बाद उसने आँखें खोलीं, और उस दिन के किस्से से आगे बढ़ा।

"देर रात मैं वहाँ से निकला और अपने घर चला गया। नैना भी अगले दिन वापस लौट गई। कुछ समय तक हमारे बीच सब कुछ पूर्ववत ही रहा। नैना ने भी कभी इस रात का ज़िक्र नहीं किया। पर इसके कुछ समय बाद हम गाहे-बगाहे मिलने लगे। जब भी कभी मेरा मन होता या नैना की चाहत होती, हम किसी होटल में मिल लेते थे। लेकिन इस रिश्ते में कभी भी मैंने नैना से यह नहीं कहा कि मुझे उससे प्यार है। नैना ने भी कभी प्यार की ख्वाहिश नहीं की थी।

"यह रिश्ता दो समझदार लोगों के बीच था। जहाँ वे मानसिक और शारीरिक रूप से एक दूसरे के साथ होते थे, लेकिन उसमें किसी पर किसी तरह की न तो बाइंडिंग थी, न ही दबाव था। दोनों अपने रिश्ते को कभी भी किसी के भी साथ आगे बढ़ाने के लिए आज़ाद थे। कम से कम मेरी सोच तो यही थी।"

"क्या यही सोच नैना की भी थी? क्या वह भी इस रिश्ते में ऐसी आज़ादी की ही चाहत रखती थी?" समर ने सवाल किया।

"शुरुआत में तो ऐसा ही था। नैना मेरे पास सिर्फ एक ही चीज़ के लिए आती थी, वह था सेक्स। इसके अलावा तो कुछ था ही नहीं। मैंने कभी उसको कुछ देने का वादा किया नहीं था। उसने भी इसके अलावा कभी कुछ माँगा नहीं था। दरअसल वह इतनी टैलेंटेड थी कि उसे आगे बढ़ने के लिए अपने शरीर का इस्तेमाल करने की ज़रूरत नहीं थी, न ही ऐसा कोई इरादा था उसका। जब भी उसका मन होता, उसकी शारीरिक ज़रूरतें ज़ोर पकड़तीं, वह फोन करके कहीं भी मिलने की बात तय कर लेती थी। ज़्यादातर यह शहर के बाहर ही होता था। कभी मैं टूर पर होता था तो नैना दिन भर के लिए फ़्लाइट पकड़

कर बगैर बताए आ जाती थी, और कुछ घंटे मेरे साथ गुज़ारकर वापस लौट जाती थी। कभी वह बाहर होती तो कुछ घंटे के लिए मैं भी चला जाता, पर ऐसा कम ही होता।"

"आपको इससे कभी कोई दिक्कत नहीं हुई?" समर ने फिर सवाल दागा। "आपने कभी नैना को रोकने की कोशिश क्यों नहीं की?"

"मैं ऐसा क्यों करता? सेक्स इंसान की ज़रूरत है। उसमें भी अच्छा सेक्स! जो नैना कर सकती थी, वह कम लड़कियों के वश का था। तो अगर हमें तन का यह सुख एक-दूसरे के साथ मिल रहा था तो दिक्कत क्या थी? फिर मुझे इसके लिए तो कुछ करना भी नहीं पड़ता था। मेरे, और शायद नैना के लिए भी सेक्स में मॉरेलिटी नाम की कोई चीज़ नहीं थी। मैं किसी पर दबाव नहीं बनाता। किसी को फँसाता नहीं हूँ। फिर दिक्कत कहाँ थी? अगर नैना को लगता था कि मैंने उसके साथ कोई ज़्यादती की है, तो वह कभी भी इस रिश्ते से बाहर जाने के लिए आज़ाद थी।"

"लेकिन वह तो आपको सबक सिखाना चाहती थी, आपके खिलाफ शिकायत करना चाहती थी, आप बता सकते हैं कि जब आप दोनों के बीच सब कुछ इतना सहज था तो वह ऐसा क्यों करना चाहती थी?" समर ने पूछा।

"मेरे लिए भी यह हैरानी की बात थी। पिछले कुछ समय से मुझे ऐसा लगने लगा था कि नैना मुझे लेकर पज़ेसिव होती जा रही है। वह मुझे दिन में कई मैसेजिज़ भेजने लगी थी। उम्मीद करती थी कि मैं उसका जवाब दूँ। उससे फोन पर बात करूँ। लेकिन ये मेरे लिए मुमकिन नहीं था। मैं इमोशनली उसके साथ अटैच नहीं था। मेरे लिए मेरा परिवार पहले है, बाकी रिश्ते बाद में हैं। यह बात मैंने उसको कई बार बोली थी कि मैं अपने परिवार को किसी भी हाल में छोड़ने के लिए तैयार नहीं हूँ। मेरे शरीर के अलावा तुम्हें मुझसे कुछ और नहीं मिलेगा।"

"आपने जब यह बात कही थी, तो नैना का इस पर क्या रिएक्शन था?"

"नैना ही क्या, यह बात तो मैं हर लड़की से कहता हूँ कि मेरे शरीर के अलावा मेरी ज़िन्दगी में किसी के लिए कुछ नहीं है। नैना किसी से अलग नहीं थी। और नैना ही मेरी ज़िन्दगी में अकेली लड़की थी ऐसा भी नहीं है। मेरी ज़िन्दगी में कई लोग हैं जिनके साथ मुझे मिलना, घूमना, रहना पसन्द है। पर यही बात नैना को समझ नहीं आ रही थी। वह उम्मीद करती थी कि अब उसके सिवा मेरी ज़िन्दगी में कोई और नहीं होना चाहिए। मेरे लिए यह कमिटमेंट देना संभव नहीं था।"

"तो फिर क्या हुआ? क्या मरने के दिन तक नैना को आपकी बात समझ में आयी?" इंस्पेक्टर समर की आवाज़ में अब झुँझलाहट थी पर गौरव वर्मा अब भी काफी संयत था।

"उसे कुछ समझ में नहीं आया। उल्टे वह तो दूर जाने के बजाय करीब आती जा रही थी।" गौरव की आवाज़ में हताशा थी। "वह मुझसे शादी करना चाहती थी। वह चाहती थी कि मैं अपनी पत्नी को तलाक दे दूँ और हम दोनों शादी कर लें। एक दिन तो वह मेरे घर आने की ज़िद करने लगी। वह चाहती थी कि मैं उसके सामने अपनी पत्नी से उसके और अपने रिश्ते की सारी बातें कह दूँ। पर मेरे लिए तो यह मुमकिन नहीं था।"

"फिर आपके दिमाग में यह क्यों नहीं आया कि नैना अचानक ऐसा क्यों करने लगी? क्या आपने कभी अपनी पत्नी के बारे में नैना को कुछ बताया था? क्या आपने अपनी पत्नी से अपने और नैना के रिश्ते को उजागर किया था? नैना का आपके प्रति हक जताना बेवजह तो हो नहीं सकता। जब नैना ने खुद ही अपने आपको समर्पित कर दिया था बगैर किसी आकांक्षा के, बगैर किसी माँग के, तो फिर वह आप पर अधिकार क्यों जताने लगी? इसका मतलब यह है कि कहीं न कहीं आपने कुछ ऐसा किया या कहा जिससे उसे लगने लगा कि आप भी उसे चाहते हैं या उसे अपनाना चाहते हैं।" इंस्पेक्टर समर, जिसने बड़े ध्यान से उसकी अब तक की बातें सुनी थीं, अन्ततः उस बिन्दु पर पहुँच चुका था जहाँ से गौरव वर्मा कुछ भी कहता, इंस्पेक्टर को अपनी तहकीकात में मदद मिलती।

"शायद आप सही कह रहे हैं। अमूमन जब आप कोई नया रिश्ता बनाते हैं और आपको वह इंसान अच्छा लगता है तो आप उसे रोक कर रखना चाहते हैं। बार-बार उसका साथ पाना चाहते हैं या उससे तन की वह ज़रूरत पूरा करना चाहते हैं, जिसके लिए आप उससे जुड़े थे।

"नैना में वह कशिश थी कि एक बार उसके साथ होने के बाद बार-बार उसका साथ पाने को जी चाहने लगेगा। मैं अपनी यह गलती मानता हूँ कि नैना का जल्दी-जल्दी साथ पाने के लिए मैं भी एक सामान्य मर्द बन गया था। अपने आप को एक असहाय पति के रूप में दिखाने लगा था, जो अपने मौजूदा रिश्ते से निकलने को छटपटा रहा था। मैंने आम मर्दों की तरह अपनी दुखियारी ज़िन्दगी के सच्चे-झूठे किस्से सुनाने शुरू कर दिये ताकि उसकी शारीरिक नज़दीकी और भी जल्दी-जल्दी पा सकूँ।

"आपने *पति पत्नी और वो* फिल्म देखी हो तो आपको याद होगा कि यह फार्मूला शायद ही कभी फेल होता हो। मैंने भी यही किया था। नैना ने मेरी उन सब झूठी बातों को सच मान लिया था। जबकि सच इसके उलट था। मुझे अपनी पत्नी से कभी कोई शिकायत नहीं थी। हमारा दाम्पत्य जीवन एक दम परफेक्ट है, ऐसा भी नहीं है। लेकिन हमें एक-दूसरे से कोई खास दिक्कत भी नहीं है।"

"उसे आपकी पत्नी से तकलीफ नहीं थी। लेकिन उसके होते हुए आप किसी तीसरी से गलबहियाँ करने लगे, इस बात से वह खफा थी। वह इस बात से खफा थी कि आपने उससे झूठे वादे किये। आपके झूठ से खफा थी वह। आप भी उसके लिए एक सामान्य मर्द ही साबित हुए जबकि आपने कुछ और ही इम्प्रेशन दे रखा था।"

काफी सोचने के बाद गौरव ने जवाब दिया, "जी हाँ, मैंने उससे कह रखा था कि मैं और मेरी पत्नी अलग-अलग कमरों में सोते हैं, और मेरी सेक्स लाइफ खत्म हो चुकी है। मैं सिर्फ तुम्हारा हूँ। और क्या करता? अगर मैं उससे यह कह देता कि मेरे घर में सब कुछ ठीक है तो लखनऊ में जो कुछ हुआ वह पहली और आखरी बार होता। जबकि उस एक मुलाकात ने मुझे मदहोश बना दिया था। मैं जाहिर नहीं कर रहा था, पर मैं नैना के साथ का दीवाना हो चुका था। और बाद में मुझ पर वह नशे-सी सवार हो गई। मुझे वह सब अच्छा लग रहा था। इसे जारी रखने के लिए कुछ न कुछ तो कहानी बनानी ही थी। अपनी बेबसी की दास्तान सुनाने से बेहतर और क्या होता? हर लड़की को एक बेबस पुरुष की दरकार होती है जिसे वह काबू में रख सके।"

"अच्छा यह बताइए कि आमना चौधरी आपकी ज़िन्दगी में कैसे आ गईं?"

"अभी तो शुरुआत थी। अभी आयी नहीं है, लेकिन एक गलती ने सब कुछ चौपट कर दिया।" गौरव ने बड़े ही सामान्य तरीके से जवाब दिया।

"और जब नैना ने आपको धमकी दी कि वह आपको बर्बाद कर देगी तो आपने उसे मरवा दिया? इससे दो फायदे थे आपको—एक, नैना की तलवार हमेशा के लिए आपकी ज़िन्दगी से दूर हो गई और दूसरा आमना का रास्ता आपकी ज़िन्दगी में खुल गया।"

"क्या बकवास कर रहे हैं इंस्पेक्टर? मैंने ऐसा कुछ नहीं किया। हाँ, नैना को शान्त करने और मनाने के लिए फोन किये। मैसेजिज़ किये। पर कोई

जवाब नहीं मिला, तो मैंने चैनल की एचआर हेड से भी बात की थी। आप चाहें तो उनसे इस बात की पुष्टि कर सकते हैं।"

"उनका क्या जवाब था?"

"उन्होंने इस पूरे मामले से हाथ झाड़ लिया। उनका कहना था कि इस पूरे मामले से मुझे सिर्फ नैना ही बचा सकती है। अगर कोई ऑफिशियल कम्प्लेंट हो जाती है, तो चैनल को मेरे खिलाफ कार्रवाई करनी ही पड़ेगी।" गौरव ने सारी बात साफ-साफ बता दी।

"कल का आपका रूटीन क्या था? मतलब शाम को कितने बजे ऑफिस से निकले और क्या-क्या किया?"

"मैं रात को साढ़े नौ बजे ऑफिस से निकला और सीधा घर ही आया था। उसके बाद मैं कहीं नहीं गया।"

"घर आकर क्या किया आपने? मतलब किस-किस से बात की? किसी को फोन किया?"

"घर आकर मैंने किसी और से बात नहीं की, पर अपनी पत्नी और बहन को पूरे मामले की जानकारी देना ज़रूरी समझा, इसलिए उन्हें सारी बात सच-सच बता दी।"

"तो आपकी पत्नी जानती हैं कि नैना आपके खिलाफ कम्प्लेन करने वाली थी। आपने ऐसा क्यों किया? अपनी पत्नी को इतनी जल्दी सारी बात क्यों बताईं?"

"मैं न भी बताता तो भी उसे पता चल ही जाना था," कहते हुए गौरव ने अपना मोबाइल खोलकर *मीडिया4गॉसिप.कॉम* की खबर इंस्पेक्टर समर प्रताप सिंह को दिखा दी।

'देश के नामी चैनल की नामी एंकर का न्यूज़रूम में हंगामा।' समर ने गौरव के हाथ से मोबाइल ले लिया और खबर को पढ़ना शुरू किया।

खबर पढ़ते हुए समर सोच रहा था कि कैसी दुनिया है मीडिया की भी, ये लोग जो सारी दुनिया की खबरें दिखाते हैं वे भी सरेआम बेपर्दा होते रहते हैं। जितनी राजनीति ये टीवी पर दिखाते हैं, उससे ज़्यादा राजनीति तो इनकी अपनी दुनिया में है।

समर अपनी सोच में था और गौरव अपनी बात कह रहा था, "जब सारी न्यूज़ मीडिया, न्यूज़ इंडस्ट्री और ट्रेड ने पढ़ ही ली है, तो मेरी पत्नी को भी

कोई न कोई यह लिंक भेज ही देता। इसलिए मैंने उनसे सब कुछ साफ-साफ बता देना मुनासिब समझा। सोचा, कोई और बताए इससे बेहतर है कि मैं ही सारी बात बता दूँ ताकि वह हर तरह की परिस्थिति के लिए तैयार रहे। मैं अपनी पत्नी को और धोखा नहीं दे सकता था। कभी-कभी मुझे बेहद शर्मिन्दगी होती है, लेकिन क्या करूँ? मर्द हूँ, रुक नहीं पाता।"

"कमाल है? आपकी बातों में गज़ब का विरोधाभास है। एक तरफ आप अपनी पत्नी से प्यार करते हैं, दूसरी तरफ उन्हें धोखा भी देते हैं और शर्मिन्दगी का बोझ लिये भी घूमते हैं। जिसके लिए पत्नी को धोखा देते हैं उसे किसी और के लिए धोखा देते हैं। गौरव वर्मा, आप दरअसल हैं क्या?" समर को अब तक गौरव की बातों में कहानी और सीरियल जैसा मज़ा आने लगा था। वह अपनी ज़िन्दगी में ऐसे किसी इंसान से पहले कभी नहीं मिला था। इंसानी रिश्तों को लेकर ये आदमी कितना कैज़ुअल है, यह देखकर वह हैरान था। उसमें किसी के लिए अपनेपन का भाव नहीं था। वह सिर्फ अपने लिए जीने वाला इंसान था। उसके पास वह सब कुछ था, जो किसी भी लड़की को आकर्षित करने के लिए काफी था। और सबसे खास बात यह कि इतनी सहजता के साथ गौरव इन सब चीज़ों को एंजॉय कर रहा था।

इंस्पेक्टर समर प्रताप सिंह यह सब सोच ही रहा था कि गौरव वर्मा की आवाज़ ने उसे चौंका दिया, "मेरी फिलॉसफी में इंसान एक वक्त में कई रिश्तों में रह सकता है। ऐसा रिश्ता किसी काम का नहीं होता जो आपको बाँध कर रखे। ऐसे रिश्ते से तुरन्त निकल जाना चाहिए। रिश्तों में खुलापन ही रिश्ते की लम्बाई का सबब होता है। ट्रू-लव जैसी कोई चीज़ इस दुनिया में नहीं होती, ऐसा मेरा मानना है।"

"तो आपकी पत्नी का क्या रिएक्शन था आपकी बात सुनकर?"

"वही जो होना चाहिए था। वह काफी नाराज़ है। उसने मुझसे इस तरह की उम्मीद नहीं थी। उसकी नज़र में अब से पहले मैं एक परफेक्ट आदमी था, एक ऐसा मर्द जो अच्छा पति, पिता और बेहद सक्सेसफुल प्रोफेशनल है। अब इस छवि में मैंने दाग लगा दिया है।"

"बस, इतना ही हुआ?"

"नहीं, हुआ तो बहुत कुछ...और आगे अभी न जाने क्या-क्या होगा, यह तो मुझे भी पता नहीं है। लेकिन हाँ, फिलहाल वह मुझसे बेहद खफा है और बात भी नहीं कर रही है।"

"वह भी आज सुबह घर पर ही थी, क्या आप इस बात की तस्दीक कर सकते हैं?"

"हाँ, जब मैं सोकर उठा तो वह घर पर ही थी। रात को हम दोनों अलग-अलग कमरों में सोये थे। वो तो अपने कमरे में सोयी थी। मैं यहीं साइड में गेस्ट बेडरूम में सोया था। उसने मेरे साथ सोने से इनकार कर दिया था।"

"आपने बताया कि आपकी बहन भी यहाँ रहती हैं। पत्नी और बहन दोनों में से कोई है यहाँ इस वक्त?" समर ने सवाल किया।

"नहीं, पत्नी तो अपने ऑफिस जा चुकी है। बेटी स्कूल और बहन भी कॉलेज जा चुकी है।"

"बहन को जानकारी है इस पूरे मामले की?"

"हाँ, मैंने बताया न कि दोनों को ही पूरे मामले की जानकारी दी थी...वैसे इंस्पेक्टर, कोई आइडिया, कौन मार सकता है नैना को? क्या वाकई आपको लगता है कि नैना की हत्या सिर्फ इसलिए हुई क्योंकि वह मुझ पर यौन शोषण का इल्ज़ाम लगाने वाली थी?"

इंस्पेक्टर समर ने गौरव की इस बात का कोई जवाब नहीं दिया। उसे फिलहाल जितना जानना था, वह जान चुका था। आगे माहौल को भारी बनाए रखने का अभी कोई अर्थ नहीं था। इसलिए उसने गौरव को जवाब दिया, "आप अकेले इंसान नहीं हैं जिससे हम पूछताछ कर रहे हैं। आपके चैनल का हर वह व्यक्ति जो नैना के करीब था, फिलहाल शक के दायरे में है। लेकिन मैं आपको स्पष्ट कर दूँ कि मैं चाहूँ, न चाहूँ इस वक्त प्राइम सस्पेक्ट आप ही हैं। उम्मीद है कि आपने मुझसे कुछ छुपाया नहीं होगा?"

"मैंने आपको सबकुछ साफ-साफ बता दिया है। आगे भी अगर कुछ याद आयेगा तो बता दूँगा।"

चलते-चलते इंस्पेक्टर समर ने पूछा, "आपकी पत्नी और बहन से कब बात हो सकती है?

"आप शाम को 6 बजे के बाद आयेंगे तो मुलाकात हो जायेगी।"

"ठीक है, मैं शाम को आता हूँ।" यह कह कर समर उठ खड़ा हुआ।

***

समर प्रताप सिंह ने *नेशनल न्यूज़* चैनल के दफ़्तर में जब कदम रखा तो दोपहर के 1 बज रहे थे। किसी न्यूज़ चैनल के दफ़्तर में वह पहली बार आया था। हर जगह से भव्यता टपक रही थी। ऑफिस कम फाइव स्टार होटल लग रहा था। रिसेप्शन पर उसे थोड़ी देर इन्तज़ार करना पड़ा।

वहाँ चैनल की लीगल हेड शिखा कुकरेजा ने उससे सबसे पहले मुलाकात की। वह समर को ग्राउंड फ़्लोर पर बने मीटिंग रूम में ले गई। समर ने नोट किया कि वहाँ एक दर्जन से अधिक अलग-अलग साइज़ के मीटिंग रूम बने हुए थे। ज़्यादातर में मीटिंग चल रही थी। एक खाली मीटिंग रूम में वे दोनों बैठ गए। मीटिंग रूम में तीन तरफ कांच की दीवार थी, जिस पर चैनल के ही एंकर और उनके द्वारा की गई स्टोरीज़ के बड़े-बड़े पोस्टर लगे थे। समर ने लीगल हेड से कहा कि वह नैना के करीबी लोगों से मिलना चाहता है, जो लोग उसके साथ काम करते थे। जिसमें उसके बॉस भी शामिल हैं।

कुकरेजा का पहला सवाल था, "तो क्या आपको शक है कि नैना का मर्डर यहाँ काम करने वाले किसी शख़्स ने किया है?"

"देखिए, अभी कुछ कह नहीं सकते लेकिन बातचीत तो करनी ही पड़ेगी। तभी पता चलेगा कि कातिल है कौन? और क्यों नैना को मारा गया।"

"आप किस-किस से मिलना चाहते हैं?"

"देखिए मुझे नहीं पता कि यहाँ का सिस्टम क्या है। कोई अगर मुझे कुछ बातें बता सके तो शायद मैं भी बेहतर तरीके से काम कर पाऊँगा। जैसे नैना किन-किन लोगों के साथ काम करती थी। सबसे ज़्यादा वह किसके साथ टाइम बिताती थी, मेरे लिए यह जानना बेहद ज़रूरी है।"

"मैं ऐसा करती हूँ कि आपको चैनल की एचआर हेड से मिलवाती हूँ।" यह कहकर उन्होंने मोनिका भार्गव को फोन लगाया। वह अभी ऑफिस में ही थीं। कुछ ही देर में वह इंस्पेक्टर समर प्रताप सिंह के सामने थीं।

समर ने मोनिका भार्गव से भी वही सवाल दोहराया, "चैनल में नैना के सबसे करीबी कौन-कौन लोग हैं? वह किसके साथ सबसे ज़्यादा वक्त बिताती थी?"

"नैना के सबसे करीबी कौन हैं यह कहना तो मेरे लिए मुश्किल है, क्योंकि मेरा और उसका सम्बन्ध ऐसा नहीं था कि वह मुझसे अपने दिल की बात शेयर करे, लेकिन मैं आपको यह बता सकती हूँ कि ऑफिशियली सबसे ज़्यादा वक्त वह किसके साथ बिताती थी।"

"जी, वही बताएं?"

"देखिए न्यूज़ चैनल में जो लोग एडिटोरियल डिपार्टमेंट में काम करते हैं उनके आपस में रिश्ते बन जाते हैं। चूँकि उनका ज़्यादातर वक्त यहीं बीतता है, वे साथ काम करते हैं तो एक तरह की बॉन्डिंग हो जाती है। यह एक तरह का हाई प्रेशर जॉब है। हर काम करने वाला कम से कम 11-12 घंटे यहीं गुज़ारता है। जब वह घर पर भी होता है तो फोन पर रहता है। उसके घर का टीवी चलता रहता है। कभी भी कुछ भी हो सकता है। आपको उस पर रिएक्ट करना पड़ सकता है। कहने का मतलब यह है कि आप घर पर होकर भी काम ही कर रहे होते हो। घर पर होते हुए भी आपका बॉस आपको फोन करके बात कर सकता है और इंस्ट्रक्शन दे सकता है। जब आप इतना एक-दूसरे से बात करते हो तो अपना सुख-दुख भी शेयर करने लगते हो। ये चैनल की ग्रोथ में भी मददगार होता है। इस तरह यह एक दफ़्तर न रहकर एक परिवार की तरह हो जाता है, जहाँ हर कोई एक दूसरे के सुख-दुख में भागीदार हो जाता है।" वह बोलती जा रही थीं। समर ने उन्हें रोकने की कोशिश नहीं की। जब वह चुप हो गईं, तो समर ने उनसे पूछा, "चैनल में ऐसे कौन से लोग हैं जिनसे नैना के इस तरह के पारिवारिक रिश्ते हैं?"

इस सवाल के जवाब पर मोनिका थोड़ा हिचकिचा गईं। कुछ देर सोचते हुए वह बोलीं, "इसका जवाब देना मेरे लिए मुनासिब नहीं होगा क्योंकि मैं न्यूज़रूम की फंक्शनिंग में ज़्यादा इन्वॉल्व नहीं हूँ। यह बात चैनल के हेड गौरव वर्मा ही बेहतर तरीके से बता पायेंगे।"

समर ने गौर से मोनिका भार्गव को देखा और अपनी डायरी बन्द कर दी। उसने कहा, "मुझे यह बताइए कि नैना का बॉस कौन है?"

"नैना की रिपोर्टिंग चैनल के आउटपुट हेड नवीन शर्मा को थी।"

"आउटपुट हेड?" समर ने सवालिया लहजे में पूछा।

"जो कुछ आप अपनी टीवी स्क्रीन पर देखते हैं न, उसको तैयार करने की ज़िम्मेदारी जिस टीम की होती है, उसे आउटपुट टीम कहा जाता है। एक टीम होती है इन्पुट, जिसका काम होता है न्यूज़ लाना, और जो इन्पुट के दिये रॉ मटीरियल को झाड़-पोंछ कर, चमका कर स्क्रीन पर उतारती है वह है आउटपुट। एंकर भी आउटपुट टीम का हिस्सा होती है और नैना भी इसी टीम में थी इसलिए उसकी रिपोर्टिंग भी नवीन को थी।"

"दोनों के बीच सम्बन्ध कैसे थे?"

"मेरे हिसाब से तो सामान्य ही थे। जैसे एक बॉस के अपने अंडर में काम करने वाले किसी सहकर्मी से होते हैं।"

समर ने इसके बाद पूछा, "आमना चौधरी कौन है?"

"जी, आमना भी एंकर ही है, लेकिन थोड़ी जूनियर है नैना से।" यह कहते हुए मोनिका थोड़ी हैरान भी हुई कि समर ने आमना के बारे में क्यों पूछा। मोनिका भार्गव के अन्दर एक मन्थन चल रहा था कि वह कल की सारी बात समर को बताए या नहीं। कल जो कुछ गौरव वर्मा ने उसे बताया था, क्या उसका रिश्ता नैना के कत्ल से है? क्या गौरव ने ही नैना का कत्ल तो नहीं करा दिया? यह सवाल उसे अन्दर से हिलाये दे रहा था। क्या उसे यह बात इंस्पेक्टर समर को बता देनी चाहिए? लेकिन उसकी हिम्मत नहीं हुई। अभी वह यह अन्दाज़ा नहीं लगा पा रही थी कि मैनेजमेंट इस पर क्या स्टैंड लेगा। इसलिए उसने फिलहाल उस बातचीत को कोट न करना ही ठीक समझा।

"नैना जहाँ बैठती थी मुझे वह जगह देखनी है। आपको कोई आपत्ति तो नहीं है?" समर ने यह सवाल अब तक पूरी तरह से चुप बैठी लीगल हेड शिखा कुकरेजा से किया।

शिखा ने तुरन्त जवाब नहीं दिया। कुछ सोचने के बाद सवाल किया, "क्या यह इन्वेस्टिगेशन के लिए ज़रूरी है?"

समर ने सिर हिलाकर हाँ में इशारा करते हुए कहा, "मुझे नैना की डेस्क और उसके सारे सामान की तलाशी भी लेनी है। पता नहीं क्या सुराग मिल जाये। जाँच के लिए यह देखना ज़रूरी है।"

"ठीक है चलिए। उसके लिए हमें न्यूज़रूम में चलना होगा," कहते हुए वह उठ खड़ी हुई। समर भी उसके पीछे-पीछे चल दिया। समर ने अपने साथ आये सिपाहियों में से एक को अपने साथ आने का इशारा किया।

न्यूज़रूम की चकाचौंध ने उसे सम्मोहित कर दिया। लाल और नीले रंग में रंगा बड़ा-सा हॉल, किसी स्पेस शिप की तरह लग रहा था, जिसकी दीवारों पर जगह-जगह टीवी लगे थे। सभी लोग अपने-अपने कम्प्यूटर पर काम करने में जुटे थे।

"आज यहाँ नैना की मौत की वजह से थोड़ी शान्ति है। वरना यहाँ हर समय शोर मचा रहता है।" एचआर हेड मोनिका की आवाज़ सुनाई दी।

"हमारे यहाँ कहते हैं कि कुछ भी हो जाये, शो मस्ट गो ऑन, उसी परम्परा का पालन आज यहाँ हो रहा है।"

कुछ ही देर में वे लोग नैना के वर्क स्टेशन पर आ गए। समर ने गौर से वर्क स्टेशन को देखा। एक कम्प्यूटर, बराबर में टीवी लगा हुआ था और सामने नैना के बेटे की तस्वीरें लगी हुई थीं। एक तरफ कुछ छोटे-छोटे इन्डोर प्लांट रखे हुए थे, कुछ किताबें और पानी की एक बोतल और साइड में छोटी-सी अलमारी। उसने अलमारी की चाबी माँगी। कुछ ही देर में डुप्लीकेट चाबी से दरवाज़ा खोल दिया गया। अलमारी में कागज़ और फाइलें ही रखी हुई थीं। उसने एचआर हेड को इन फाइलों और कागज़ों का बंडल बनाकर उसकी गाड़ी में रखवाने को कह दिया।

इस काम को निबटाकर समर ने चारों ओर नज़र दौड़ाई तो उसकी नज़र दायीं ओर बने केबिन पर पड़ी। सारे केबिन भरे हुए थे, यानी सबमें कोई न कोई बैठा था। उसने एचआर हेड मोनिका भार्गव से कहा कि वह नैना के बॉस नवीन शर्मा से मिलना चाहेगा।

मोनिका सामने वाले केबिन की तरफ बढ़ गई। पीछे-पीछे लीगल हेड और इंस्पेक्टर समर भी थे। नवीन के केबिन का दरवाज़ा खोल कर वह बोली, "हैलो नवीन।"

नवीन ने अपने कम्प्यूटर से नज़र उठाए बगैर 'हैलो' कहा। इस दौरान वह कुछ टाइप कर रहा था। कुछ सैकंड के बाद उसकी नज़र उठी तो वह थोड़ा सकपका गया। मोनिका ने उसे इंस्पेक्टर समर से मिलवाया। वैसे तो ऊपर से वह बेहद गंभीर नज़र आ रहा था, लेकिन अन्दर से बेहद घबराया हुआ था।

उसने सभी लोगों को बैठने का इशारा किया। पर सभी बैठते उससे पहले ही इंस्पेक्टर समर ने कहा कि वह नवीन से अकेले में बात करना चाहेगा। हालांकि यह कहते हुए समर की नज़रें नवीन के चेहरे पर ही टिकी थीं। नवीन ने तुरन्त ही मोनिका और शिखा की तरफ देखा, लेकिन उन्होंने कोई जवाब नहीं दिया। किसी को कुछ न बोलता देख, लीगल हेड शिखा ने कहा, "अगर कोई दिक्कत न हो इंस्पेक्टर तो मैं यहाँ रुकना चाहती हूँ। यह बेहतर होगा कि मेरे सामने ही पूछताछ की जाये।"

"दिक्कत तो कोई नहीं है, लेकिन अभी यह सिर्फ एक सामान्य बातचीत है। इसके लिए किसी तीसरे की ज़रूरत नहीं है। वकील या लीगल एडवाइज़र की ज़रूरत तब पड़ेगी जब हम किसी को चार्ज करेंगे। अच्छा यह होगा कि सिर्फ नवीन ही रहे।"

इंस्पेक्टर समर की इन बातों ने माहौल को थोड़ा और संजीदा कर दिया। 'ओके' कहकर शिखा और मोनिका दोनों केबिन से बाहर चली गईं। जाते-

जाते शिखा ने कहा कि वे दोनों बाहर हैं, अगर कोई ज़रूरत हो तो उन्हें बुला लिया जाये।

समर सामने रखी कुर्सी पर बैठ गया। उसने नवीन को गौर से देखा और बिना किसी लागलपेट के पहला सवाल यही पूछा, "मिस्टर नवीन, आपका और नैना का रिश्ता कैसा था?"

"अच्छा था। जैसा कि ऑफिस में काम करने वाले दो लोगों का होता है।" नवीन ने जवाब दिया।

समर की हँसी छूट गई। वह बोला, "देखिये नवीन साहब, ये पहेलियाँ मत बुझाइए। साफ-साफ बताइए कि आपका रिश्ता क्या था? न तो आपके पास इतना टाइम है, न ही मेरे पास। फिर क्यों?" उसने एक लम्बी सांस ली और कहा, "बेहतर होगा, सच बोलिए।"

नवीन की समझ में इंस्पेक्टर समर की बात नहीं आयी। वह बोला, "मैं झूठ क्यों बोलूँगा, सच कह रहा हूँ कि हमारा रिश्ता बॉस और मातहत का ही था।"

"ठीक है, आप नहीं मानना चाहते हैं तो ऐसे ही ठीक है। अच्छा यह बताइए कि आप आज सुबह कहाँ थे, तकरीबन 5 बजे?" अब यह सवाल सुनकर नवीन उछल पड़ा। उसने कहा, "क्या मतलब है आपका, आप मुझ पर शक कर रहे हैं? आपको लगता है कि मैंने नैना का कत्ल किया है?" अपने सवाल के उत्तर की जगह सवाल सुनकर समर फिर से हँस पड़ा। इस बार वह कुछ बोला नहीं, बल्कि उसने अपने सवाल का जवाब आने का इन्तज़ार किया। लेकिन जवाब नहीं आया। इस चुप्पी से समर थोड़ा चिढ़ गया और आवाज़ में सख़्ती लाते हुए बोला, "आप क्या चाहते हैं मिस्टर नवीन! मैं थाने ले जाकर आपसे पूछताछ करूँ? यह मर्डर का मामला है...और मर्डर भी किसी मामूली शख़्सियत का नहीं हुआ है। नैना वशिष्ठ का हुआ है। प्रधानमन्त्री, गृहमन्त्री सबकी नज़रें इस इन्वेस्टीगेशन पर लगी हैं। मुझे मजबूर मत कीजिए। सीधे-सीधे मेरे सवालों के जवाब दीजिये।"

इंस्पेक्टर समर के तेवर देखकर नवीन की हिम्मत जवाब दे गई। उसने कहा, "अपने घर पर ही था।"

"आपके घर पर कौन-कौन हैं?"

"कोई नहीं है, मैं अकेला ही रहता हूँ।"

"मतलब?"

"मेरा तलाक हो चुका है इसलिए मैं अकेला रहता हूँ।"

"तब तो आपकी बात की गवाही देने वाला भी कोई नहीं होगा कि सुबह 5 से 6 बजे के बीच में आप घर पर ही थे?"

"जी, कोई नहीं है।" अब तक नवीन अन्दर ही अन्दर डर चुका था, पर वह अपने ऑफिस में अपने केबिन में था, इसलिए हिम्मत बंधी हुई थी।

समर कुछ देर सोचता रहा फिर उसने पूछा, "आपके और नैना के बीच क्या रिश्ता था? यह सवाल मैं पहले भी पूछ चुका हूँ, पर चाहूँगा कि इस बार सीधा जवाब दीजियेगा?"

इंस्पेक्टर समर के इस सवाल पर कुछ देर केबिन में खामोशी छाई रही, फिर नवीन ने कहा, "हम अच्छे दोस्त थे।"

समर ने इस बार भी तुरन्त कोई प्रतिक्रिया नहीं दी। बस चुपचाप नवीन को देखता रहा। फिर उसने अपनी डायरी खोली और एक पेपर निकाला और नवीन के सामने रखते हुए कहा, "आप अच्छे दोस्त हैं तो ये क्या है?"

नवीन ने कागज़ को ध्यान से देखा, तो सन्नाटे में आ गया। उसके माथे पर पसीना आ गया था। उससे जवाब देते नहीं बना। यह पेपर एक प्रिंटआउट था, जिसे इंस्पेक्टर समर ने नैना के मोबाइल से लिया था। ये मैसेज कल ही नवीन ने नैना को भेजे थे। उसके एक तरफा मैसेज का सिलसिला उसके सामने था। इसे देखकर कोई भी कह सकता था कि नवीन नैना का ऐसा दीवाना था, जो उसका कत्ल भी कर सकता था।

समर ने कागज़ हाथ में लेकर मैसेज पढ़ने शुरू कर दिये—

'तुम मेरा फोन क्यों नहीं उठा रहीं। फोन उठाओ।'

'गौरव का कहना है कि तुम दोनों के जिस्मानी रिश्ते हैं। मुझे सच जानना है।'

'मेरा दिमाग फट रहा है। कह दो ये सच नहीं है।'

'नहीं बेबी। तुम ऐसा नहीं कर सकतीं। ये नहीं हो सकता। मुझे जवाब चाहिए। मुझे तुम्हारे मुँह से सुनना है इस रिश्ते का सच।'

'नैना, तुम बोलती क्यों नहीं। मैं मर जाऊँगा। मुझे यकीन नहीं होता कि तुम गौरव के साथ सो सकती हो।'

'तुम ये नहीं हो बेबी। ये भी कोई बात है। तुमसे ऐसी उम्मीद नहीं है।'

'नैना, फोन उठाओ। मुझ जवाब दो। देखो बहुत बुरा हो जायेगा।'

'मुझे तुमसे मिलना है। कहाँ हो तुम इस वक्त? बताओ, मैं अभी आता हूँ।'

'नैना, बोलती क्यों नहीं?'

'ये ठीक नहीं है। तुम जवाब क्यों नहीं देतीं?'

"तो आप और नैना अच्छे दोस्त थे? इसी दोस्ती की कसमें अभी आप मेरे सामने खा रहे थे?"

"मैं आपको बता सकता हूँ कि ये मैंने क्यों किया। मतलब ये मैसेज मैंने क्यों भेजे थे।"

"बोलते रहिये, मैं सुन रहा हूँ।"

"दरअसल मुझे लगता था कि नैना मुझसे प्यार करती थी। लेकिन हकीकत में ऐसा नहीं था। वह मेरे बॉस गौरव वर्मा से प्यार करती थी।"

"यह बात आपको कब पता चली कि वह आपसे प्यार नहीं करती थी?"

"कल ही पता चली।"

"और आपको किसने बताया कि नैना और गौरव वर्मा एक-दूसरे को प्यार करते हैं?"

"नैना ने खुद ही बताया था क्योंकि वह इस बात से परेशान थी कि गौरव ने उसे धोखा दिया है।"

"आपको इस बात का इल्म नहीं था कि गौरव और नैना एक-दूसरे को प्यार करते हैं?"

"नहीं, मुझे तो लगता था कि नैना सिर्फ मुझसे प्यार करती है।"

"आपको ऐसा क्यों लगता था कि नैना सिर्फ आपसे प्यार करती है? वह तो एक शादीशुदा महिला थी। एक बच्चे की माँ थी।"

"हर बात को कहना ज़रूरी नहीं होता। कुछ बातें खुद-ब-खुद समझ में आ जाती हैं।"

"कब से चल रहा था आप दोनों का ये प्यार?"

"पाँच साल से, जबसे नैना यहाँ आयी थी।"

"और आपका तलाक कब हुआ?"

"यही करीब तीन साल पहले।"

"तो तलाक की वजह नैना थी?"

"नहीं, नैना नहीं थी। तब तक हमारा रिश्ता उस मुकाम पर नहीं था जहाँ किसी को उससे तकलीफ हो।"

"फिर आपका अपनी बीवी से तलाक क्यों हुआ?"

"दरअसल हमारी पट नहीं रही थी। हम दोनों अलग-अलग इंडस्ट्री में काम करते हैं। मेरी पत्नी एक सरकारी नौकरी में थी। उसकी नौकरी 10 से 5 बजे तक होती थी। उसके बाद कोई पूछने वाला नहीं था। लेकिन मेरी नौकरी 365 दिन 24 घंटे चलती थी। न जाने कितनी एनीवर्सरी और बच्चों के जन्मदिन मैंने भूले इस नौकरी के लिए, कोई हिसाब नहीं। घर की किसी शादी-ब्याह या मौत में मैं जा ही नहीं पाता था। यही सब हमारे बीच कलह की वजह बन रहा था। आखिर में हम दोनों ने एक साथ अलग होने का फैसला किया। मेरे दोनों बच्चे पत्नी के पास रहते हैं। कहीं कोई झगड़ा नहीं हुआ हमारे तलाक में।"

समर चुपचाप सिर हिलाता रहा। फिर उसने पूछा, "क्या आप नैना को पहले से जानते थे?"

"नहीं, मैं नैना से पहली बार उसका इंटरव्यू लेते समय मिला था।"

"और उसी वक्त आपको नैना से प्यार हो गया?" समर के मुँह से बेसाख़्ता निकल गया।

नवीन को समझ में नहीं आया कि वह क्या जवाब दे। "नहीं, मुझे उससे प्यार नहीं हुआ था। इसकी शुरुआत नैना ने ही की थी। मुझे अच्छी तरह से याद है कि वह नैना ही थी, जिसने अपने कदम मेरी तरफ बढ़ाए।" उसकी आवाज़ में एक तरह की हताशा थी।

वह खुद को बहुत छोटा महसूस कर रहा था। अतीत को याद कर वह बोलता जा रहा था, "एक दिन मैं अपने इसी केबिन में बैठा था। वह वहाँ..." उसने समर के पीछे की तरफ इशारा किया, "बैठी थी।"

समर ने पीछे मुड़कर देखा तो पाया कि नैना की सीट वहाँ से साफ नज़र आ रही थी। "मैं मीटिंग में था, तभी अचानक मेरे फोन पर एक मैसेज आया, 'फ्राउन क्यों कर रहे हैं। आप गुस्से में अच्छे नहीं लगते।' मैं क्या जवाब देता? पहले तो मुझे यही समझ नहीं आया कि नैना ने यह क्यों भेजा है, लेकिन अन्दर से अच्छा भी लगा। नैना का अपनापन मुझे भा गया था। मैंने जवाब में एक हैप्पी फेस स्माइली भेज दिया। इसी तरह के मैसेज वो अक्सर भेजती रहती थी।" नवीन फिर पुरानी यादों में खो गया। कुछ देर बाद बोला, "वह बेवजह फोन

करती रहती थी। क्या मैं ये सवाल पूछ लूँ? आज क्या यह स्टोरी कर सकते हैं? या फिर वह फोन करके अपने पूरे दिन का किस्सा सुनाती रहती।

"आज सुबह सर्वेश से मेरी लड़ाई हो गई, या आज मैंने आपको बहुत मिस किया। फिर वह अपने पति के बारे में बात करती रहती। ज़्यादातर में किस्सा यही होता था कि वह अपने पति से कितना परेशान है। एक सवाल वह अक्सर किया करती थी कि आप मुझे छोड़ तो नहीं दोगे? मेरा कोई दोस्त नहीं है। एक दिन रोते-रोते उसका रात को 11 बजे फोन आया। मुझे समझ नहीं आया कि क्या मामला है, मैंने पूछा, 'क्या हुआ है?' तो कहने लगी, 'कुछ नहीं मुझे बहुत घबराहट हो रही थी तो सोचा आपको फोन कर लूँ। क्या आप मेरी बात सुन सकते हैं?' मैंने कहा, 'हाँ बोलो क्या बात है?'

"उसने कहा, 'बस पुरानी बातें याद करके जी घबरा रहा है।' फिर वह अपनी शादी से लेकर बेटे के जन्म तक का सारा इतिहास सुनाती रही। मैं चुपचाप सारी बातें सुनता रहा। कैसे उसका पति सर्वेश अब हर वक्त नाराज़ रहता है। वह खुश नहीं होता किसी भी बात पर। एक वक्त था जब वह उसकी हर बात कुबूल करता था, लेकिन अब हर सवाल पर तल्ख-सा जवाब मिलता है। खुशियाँ उससे दूर जा चुकी हैं, ये बात तो वह बार-बार कहती थी कि वह खुश नहीं है।

"धीरे-धीरे उसकी बातें सुनना मेरी आदत का हिस्सा बन गया। मुझे उसकी बातें, उसकी ज़िद, उसका फोन, उसका मैसेज अच्छा लगने लगा। अगर कुछ देर तक मैसेज नहीं आता या फोन नहीं आता तो मैं बेचैन होने लगता था। यह बात वह भी जान गई थी। मैं उसके प्रेम में पड़ चुका था। वह मेरा फायदा उठाने लगी थी।"

"किस तरह से फायदा उठाने लगी थी?" काफी देर से चुपचाप बैठे समर ने सवाल किया।

"वह अपने लिए शो और स्टोरी मैनेज करने लगी थी। शुरू-शुरू में जब वह आयी थी तो एक जूनियर एंकर ही थी। तो उसके हिस्से में बड़े इंटरव्यू और इवेंट नहीं आते थे। धीरे-धीरे उसके प्रभाव में आकर मैंने उसे पुश करना शुरू कर दिया। उसने भी मुझ पर अपना हक जताना शुरू कर दिया। अगर मैं उसे कभी कोई शो नहीं देता था तो वह नाराज़ हो जाती थी। मुझसे बात करना बन्द कर देती थी और मैं बेचैन हो जाता था।

"नैना की बातें, उसके मैसेजिज़ मेरे लिए ड्रग के समान हो गए थे। मैं उसका एडिक्ट हो गया था। पिछले पाँच साल से अगर मैंने कुछ काम किया

है तो वह है, उसके लिए रास्ता बनाने का। उसे स्थापित करने का। एक बड़ा नाम और शोहरत दिलाने का। मैंने अपने बारे में सोचना बन्द कर दिया था। मेरी सोच में बस यही रहता था कि नैना के लिए मैं क्या कर दूँ। नैना, नैना और बस नैना।"

नवीन इमोशनल होता जा रहा था। शायद ऐसा पहली बार हुआ होगा जब उसने अपने रिश्ते के बारे में किसी से इस तरह कहा होगा। "एक वक्त था जब मेरे लिए अपने परिवार के साथ रहना मुश्किल हो गया था। अगर कभी मैं अपनी पत्नी के साथ कहीं जाता भी था तो भी नैना के मैसेजिज़ लगातार आते रहते थे। अगर मैं किसी मैसेज का जवाब नहीं देता था तो वह फोन कर देती थी कि मेरा मैसेज क्यों नहीं देखा? जवाब क्यों नहीं दिया? अगर मैं फोन नहीं उठाता था तो वह लगातार बगैर रुके फोन करती रहती थी। मुझे आखिरकार फोन उठाना ही पड़ता था।

"उसके लगातार फोन करने की इस हरकत के बारे में अगर मैं उससे यह पूछता कि वह क्यों बार-बार फोन कर रही है, तो रुआंसा-सा उसका जवाब होता था कि 'सॉरी मैं डर गई थी। मुझे लगा कि मेरी किसी बात से आप नाराज़ हो गए, इसलिए मेरा फोन नहीं उठा रहे।' इसके चलते कई बार मुझे परिवार के सामने या दोस्तों के बीच मुश्किल उठानी पड़ी।

"स्थिति यह थी कि मैनेजमेंट के साथ किसी इंपॉर्टेंट मीटिंग के बारे में मुझे उसे पहले बताना पड़ता था कि मैं बिज़ी रहूँगा वरना वह पागलों की तरह फोन कर मेरी जान खाती रहती। मैंने उससे कई बार कहा कि वह मुझे फोन न किया करे या रात-बेरात मैसेजिज़ न भेजा करे, लेकिन वह मानती नहीं थी।

"एक बार तो मैंने उसे समझाया भी कि घर जाने के बाद फोन नहीं करना चाहिए, उसके पति को बुरा लग सकता है, लेकिन उसे इस बात की परवाह नहीं थी। वह कहती कि अब वह इस बात की चिन्ता नहीं करती। सच कहूँ तो अब तक मैं नैना की नौकरी कर रहा था, जिसके पैसे मुझे यह कम्पनी देती रही है।"

यह कह कर नवीन चुप हो गया। उसकी नज़रें झुकी हुई थीं। अपनी बेबसी के इस बयान ने उसे और कमज़ोर कर दिया था। प्यार, धोखा, नैना की मौत और अब पुलिसिया पूछताछ ने शायद उसके दिमाग पर असर डाल दिया था। अब आगे वह जो कुछ बोला, उसकी आवाज़ इतनी धीमी हो चुकी थी कि सुनने वाले के दिल तक उसका धीमापन घुस जाये। वह बोला, "मैं थक गया हूँ। मेरा गुरूर खत्म हो गया है। पिछले पाँच साल से मैं हूँ ही नहीं। न वक्त

मेरा था, न सांसें मेरी रहीं, न ही मेरी सोच मेरी रही। अब सोच रहा हूँ तो मुझे ऐसा लग रहा है जैसे कोई मेरे जिस्म को धीरे-धीरे निचोड़ता रहा। मुझे आराम ही नहीं मिला। मैं 'मैं' रहा ही नहीं।

"पता नहीं क्या था कि उसके सामने मैं एक अलग ही आदमी बन जाता था। मैं उसके इशारों पर नाचता रहा। मैं इस खुशफहमी में जीता रहा कि वह मेरी है। मुझे अहसास ही नहीं हुआ कि नैना मेरा इस्तेमाल कर रही थी। जब मुझे पता चला तो मैं टूट गया। मेरी बेबसी का इज़हार हैं नैना को भेजे हुए मेरे कल के मैसेज।" यह कह कर उसने अपना सिर पीछे कुर्सी से टिका दिया और आँखें बन्द कर लीं। उसकी बन्द आँखों की कोर से आँसुओं की धार बह निकली। समर चुपचाप सुनता रहा और देखता रहा। उसने धीरे से टेबल पर रखा पानी का गिलास आगे बढ़ा दिया। जब नवीन ने आँखें नहीं खोलीं, तो समर ने टेबल को अपने हाथ से ठकठकाया। नवीन ने आँखें खोलीं तो समर ने पानी भरे गिलास की तरफ इशारा किया। नवीन ने चुपचाप पानी पी लिया।

कुछ देर बाद समर ने पूछा, "आपको कब अहसास हुआ कि आपको नैना धोखा दे रही है या इस्तेमाल कर रही है?"

"मैंने आपको बताया तो था कि कल ही पता चला। नैना ने ही बताया था।"

इसके बाद कल क्या-क्या हुआ, नवीन ने सारी बात समर को बता दी। समर ने ध्यान से उसकी बातें सुनीं। उसने अपनी डायरी में कुछ-कुछ नोट किया। "मैं नैना को लगातार फोन करता रहा, लेकिन उसने फोन नहीं उठाया, तो मैंने मैसेजिज़ भेजे। मेरा मकसद उसे नुकसान पहुँचाना नहीं था, लेकिन मैं नाराज़ था। पर इसका मतलब यह भी नहीं कि मैं उसे मारना चाहता था।"

"नैना ने कभी आपसे कहा कि वह आपसे प्यार करती है?" समर ने पूछा।

इस सवाल के जवाब में नवीन चुप ही रहा। उससे कुछ कहते नहीं बना। काफी सोचने के बाद उसने कहा, "नहीं।"

"और आप तो कह रहे थे कि उसने आपका इस्तेमाल किया। जब उसने आपसे कहा ही नहीं कि वह आपसे प्यार करती है तो फिर आप इस्तेमाल कैसे हो गए?"

इंस्पेक्टर समर के इस सवाल से नवीन का चेहरा तमतमा गया, लेकिन वह चुपचाप उसे देखता रहा। फिर बोला, "उसने भले ही मुझसे खुलकर यह

नहीं कहा लेकिन एक बात आप ही बताइए कि हर महीने वह मुझे ये क्यों बताती थी कि आज उसके पीरियड शुरू हो गए हैं। मुझे याद है, जब वह चैनल में नई-नई आयी थी और एक दिन ऑफिस में नहीं दिखी तो मैंने उसे मैसेज किया। वह तब 11 बजे तक ऑफिस आ जाती थी। उसका जवाब आया, 'तबियत ठीक नहीं है।' मैंने पूछा, 'क्या हुआ?' उसका जवाब था, 'जीवन में एक समस्या यह भी है कि हर समस्या बॉस को नहीं बता सकते।' मैं मूर्ख तब भी नहीं समझा कि मामला क्या है। मैंने वापस लिखा, 'ऐसी कौन-सी समस्या है जो बॉस को नहीं बताई जा सकती?' उसका जवाब आया, 'उफ़्फ़्फ़...इतना भी नहीं समझते कि मेरे पीरियड्स शुरू हो गए हैं! थोड़ी देर में आती हूँ।'

"ये सब क्या था? आप ही बताइए, क्यों नहीं मुझे लगना चाहिए कि वह मुझसे प्यार करती थी?" नवीन के दिल में दर्द की जैसे लहर उठ रही थी। उसे लग रहा था कि उसके साथ नैना ने धोखा और विश्वासघात किया है। वह बोलता जा रहा था, "वह क्यों अपना हर काम मुझसे पूछ कर करती थी? क्यों उसकी हर सुबह मुझे गुड मॉर्निंग के मैसेज भेजने से होती थी। क्यों उसकी हर रात मुझे गुड नाइट का मैसेज भेजने के बाद होती थी।

"क्या ये प्यार नहीं था? मैंने क्या गलत किया कि नैना की इन बातों को उसका प्यार समझा? इतना सब करने के बाद जब उसने मुझसे कहा कि वह गौरव से प्यार करती है, तो क्या मुझे गुस्सा नहीं आना चाहिए? क्यों मुझे उसी वक्त उसका कत्ल नहीं कर देना चाहिए था जब वह मुझसे यह कह रही थी कि वह गौरव के साथ घर बसाना चाहती थी और गौरव ने उसे धोखा दिया है?" आँखों से लगातार बहते आँसुओं के साथ ही नवीन आपे से बाहर हो चुका था।

"तो इसलिए आपने मौका देखकर कत्ल कर दिया नैना का? आप यही कह रहे हैं न मिस्टर नवीन?" इंस्पेक्टर समर एक बार फिर पुलिसिया अन्दाज़ में आ चुका था।

"नहीं-नहीं, मैंने ऐसा कुछ नहीं किया, लेकिन मन में तो कल से यह ख्याल बार-बार आ रहा था। अब भी आ रहा है कि मुझे ही उसका कत्ल कर देना चाहिए था। मेरा दर्द कभी खत्म नहीं होगा। यह बेबसी का आलम शायद कभी नहीं विदा होगा। मेरी मुश्किल यही है कि अपने इस हालात के लिए मैं खुद ही ज़िम्मेदार हूँ। मैं एक शादीशुदा, दो बच्चों का बाप था। क्यों मैं उसके झाँसे में आ गया? क्या मुझे यह नहीं समझ में आ जाना चाहिए था कि मेरे साथ क्या हो रहा है? ओह गॉड! कितना स्टूपिड हूँ मैं।" यह कहकर उसने फिर से अपनी आँखें बन्द कर लीं।

"आपके और नैना के इस रिश्ते में सिर्फ बातें ही थीं या कुछ और भी था? मेरे कहने का मतलब है कि आप यह समझते थे कि नैना आपसे प्यार करती है, क्योंकि वह आपसे बेतकल्लुफ थी। शायद वह आप में एक बेहतरीन दोस्त देखती थी, जिसे वह जब चाहे फोन कर सकती थी। कुछ भी कह सकती थी, वो सारी बातें जो आप एक दोस्त से कहते हैं, बगैर यह सोचे कि वह कोई मर्द है या स्त्री। क्या यह कहना सही होगा कि आप उसमें एक प्रेमिका देख रहे थे और वह आप में एक दोस्त?"

"आपकी शादी हो गई है इंस्पेक्टर?" नवीन ने समर से पूछा।

"हाँ, शादी तो हो गई है।"

"लव या अरेंज?"

"लव मैरिज है।"

"तो आपको मालूम होगा कि इस तरह की शेयरिंग सिर्फ प्यार में ही होती है। दोस्त एक-दूसरे पर इतने डिपेंडेंट नहीं होते। सब कुछ शेयर नहीं करते। शेयरिंग तो पति-पत्नी में भी एक वक्त के बाद बन्द हो जाती है। प्रेमी-प्रेमिका ही होते हैं, जो एक-दूसरे पर जान न्योछावर करने की बात करते हैं। एक-दूसरे के लिए सब कुछ छोड़ देना चाहते हैं। नैना और मेरा वही रिश्ता था। नैना मेरे बगैर कोई काम नहीं करती थी। वह रोज़ाना मेरे टिफिन से खाना खाती थी। मेरे गिलास का पानी पीती थी। मेरी चम्मच से खाती थी। मैं मना करता रहता था, लेकिन वह नहीं मानती थी। इसे क्या कहेंगे आप? क्या ये प्यार नहीं था?"

"लेकिन ये भी सिर्फ बातें हैं, दिखावा है। क्या कभी आपने नैना को किस किया था? उसके साथ कोई सम्बन्ध, मेरा मतलब सेक्स से है, हुआ था आपका?"

"क्या इस सवाल का जवाब देना ज़रूरी है?" नवीन ने समर से पूछा।

"नहीं, लेकिन कोई बुराई भी नहीं है क्योंकि अगर आपने कुछ किया नहीं है तो छुपाना क्या? वैसे भी आप तो तलाकशुदा हैं। नैना के साथ कैसा भी रिश्ता रखने में कोई दिक्कत तो थी ही नहीं आपको। जो भी सामाजिक दबाव था वह तो नैना पर ही था। और अब नैना है भी नहीं। तो क्या फर्क पड़ता है कि आपका जवाब क्या है? जवाब देंगे तो अच्छा है वरना जाँच में तो सब कुछ आ ही जाना है।"

नवीन ने कुछ वक्त लगाया यह तय करने में कि उसे क्या जवाब देना चाहिए। क्या नैना के साथ उसका रिश्ता सिर्फ ज़बानी था? क्या इस रिश्ते में

सिर्फ बातें थीं? मैसेजिज़ थे? सलाह थीं? क्या ये रिश्ता सिर्फ दिन में खाना खाने तक सीमित था? सुबह गुड मॉर्निंग और रात में गुड नाइट के बीच झूलते इस रिश्ते में और क्या था, जिससे कहा जा सके कि नैना भी उससे उतना ही प्यार करती थी, जितना नवीन उससे करता था।

"नहीं, हमारे रिश्ते में और कुछ नहीं था। इन पाँच सालों में नैना के साथ मैं एक बार ही अकेले बाहर गया था। यों तो ऑफिस की मीटिंग और इवेंट में भी हम साथ होते थे, लेकिन वहाँ और भी लोग होते थे...पूरी तरह अकेले हमने कुछ घंटे एक साथ एक ही बार गुज़ारे थे। मेरे काफी कहने के बाद एक बार वह मेरे साथ जाने को तैयार हुई थी।

"वह अक्टूबर की शाम थी। मौसम काफी खुशनुमा था। मेरी गाड़ी से हम नेहरू पार्क गए थे। काफी देर तक हम वहाँ बातें करते रहे। फिर कुछ देर के बाद मैंने उसका हाथ पकड़ लिया। उसने इनकार भी नहीं किया। मैं उसका हाथ पकड़े बैठा रहा। उसने अपने सिर को मेरे कंधे पर रख दिया। काफी देर तक हम वहाँ बैठे रहे। वापस लौटते समय भी मैंने अपना हाथ नैना के हाथ में थामे रखा। मैं उसे छूना चाहता था। उसके साथ होने का अहसास करना चाहता था, लेकिन मैं ऐसी कोई जल्दी भी नहीं करना चाहता था जिससे वह भड़क जाये या मेरी ऐसी किसी कोशिश को नकार दे। मैं धीरे-धीरे आगे बढ़ना चाहता था। अचानक उसने एक जगह साइड में गाड़ी रोकने को कहा। मैंने खाली जगह देखकर गाड़ी रोक दी। उसने अपने दोनों हाथों से मेरे चेहरे को अपने हाथ में लिया और मेरे होंठों पर अपने होंठ रख दिये।

"मैं हैरान हो गया था। मुझे नैना से इस बात की उम्मीद नहीं थी। एक लम्बे किस के बाद उसने मुझे छोड़ दिया। मैंने गाड़ी स्टार्ट की और हम दोनों एक-दूसरे का हाथ पकड़े वापस लौट आये। उस रात नैना ने मुझे कोई मैसेज नहीं भेजा। गुड नाइट भी नहीं। मैं तो वैसे ही खुश था। मुझे तो नींद ही नहीं आ रही थी। नैना के दिये किस ने मेरे इस ख्याल को पुख़्ता कर दिया था कि वह मुझसे प्यार करती है, लेकिन सुबह उसका मैसेज आया था।"

"क्या लिखा था उस मैसेज में?" समर ने पूछा। नवीन की पूरी कहानी उसे काफी दिलचस्प लगने लगी थी।

"मैसेज में तो सिर्फ गुड मॉर्निंग ही लिखा था, लेकिन कुछ ही देर में नैना ने फोन भी किया था। इधर-उधर की बात करने के बाद उसने मुझसे पूछा था कि कल की शाम मैं कहाँ था।

"मैंने कहा कि मैं जन्नत की सैर पर था। वह खिलखिला कर हँस दी। नैना ने कहा कि जन्नत की सैर ज़िन्दा लोगों के नसीब में नहीं होती नवीन सर। वह मुझे सर ही कहती थी। मैं भी जवाब में हँस दिया। मैंने उससे पूछा कि अगली बार सैर पर कब चलेंगे। मैं थोड़ा उत्साहित हो गया था। मुझे लगने लगा था कि अब कहने-सुनने को क्या रह गया है। अब तो सारी बात साफ हो चुकी है। यह तय है कि हम एक-दूसरे से प्यार करते हैं, लेकिन नैना के जवाब ने मुझे चौंका दिया। उसने कहा, 'नवीन सर आपके नसीब में एक ही शाम थी, वह आपको मिल चुकी है और आगे से अब इस बारे में हम कोई बात नहीं करेंगे।'

"और वाकई फिर हमारी कभी इस बारे में कोई बात नहीं हुई। वह पहली और आखरी शाम थी, जो हमने एक साथ गुज़ारी थी। वह पहला और आखरी किस था, जो नैना से मुझे मिला था।"

कुछ देर बाद समर ने अपनी नोटबुक बन्द कर दी। फिलहाल नवीन से और कोई बात करने से कोई फायदा नहीं था। वह इस हालत में नहीं था कि कुछ और बता सके। उस पर सिर्फ दया ही आ रही थी समर को।

***

समर जब नवीन के केबिन से बाहर निकला तो पाया कि लीगल हेड शिखा कुकरेजा और एचआर हेड मोनिका भार्गव उसका इन्तज़ार कर रही थीं। उसने उनसे कहा कि अब वह आमना चौधरी से मिलना चाहेगा। दोनों ने समर की मुलाकात आमना चौधरी से कराई। आमना से पूछताछ के वक्त इंस्पेक्टर समर के कहने पर एचआर हेड मोनिका भार्गव वहीं रुक गईं। समर नहीं चाहता था कि वह आमना से अकेले में पूछताछ करे। नियम के मुताबिक महिला से पूछताछ के वक्त एक महिला का होना ज़रूरी है।

आमना चौधरी को देखते ही समर को अहसास हुआ कि वह एक बेहद ख़ूबसूरत लड़की से बात कर रहा है। आमना का कद करीब 5 फुट 9 इंच था। तेईस साल की उम्र। छरहरा शरीर, किसी एथलीट जैसा। उस वक्त उसने एक ऐसी ड्रेस पहनी हुई थी, जिसमें वो वाकई डॉल जैसी लग रही थी। ऐसी ड्रेस जिसकी लम्बाई उसके घुटनों से काफी ऊपर खत्म हो रही थी। जैसे कपड़े टेनिस स्टार पहनते हैं। गोरी-गोरी बाँहें, लम्बी टाँगें और पतली-सी कमर। तय था कि वह जिधर से गुज़रती होगी, मर्दों की नज़रें उसका तब तक पीछा करती होंगी जब तक कि वह आँखों से ओझल न हो जाये।

इंस्पेक्टर समर को दो महिलाओं के बीच की ईर्ष्या की वजह आमना को देखते ही समझ आ गई। ऐसा नहीं था कि नैना की ख़ूबसूरती में कोई कमी थी, लेकिन उम्र से आप नहीं जीत सकते। नैना और आमना में उम्र का जो फासला था, उसमें आमना किसी भी दिन भारी पड़ती और मर्द की ज़ात को कम उम्र की लड़कियों पर दाँव लगाने का शौक होता है। अगर नैना को तकलीफ थी आमना से तो यह उसकी गलती नहीं थी, यह बात वह आमना को देखते ही समझ गया था।

"आमना, आप नैना को कब से जानती थीं?" समर ने पहला सवाल किया।

सवाल के जवाब में आमना की आँखों से आँसुओं की धार बहने लगी। सुबकते हुए वह बोली, "करीब एक साल से। जब से मैंने यहाँ काम शुरू किया है। हालांकि हमेशा से ही वे मेरी आदर्श रही थीं। मैं उनके जैसी ही बनना चाहती थी। वैसे ही सवाल करना चाहती थी। यह बात मैंने उन्हें कई बार बताई भी थी।"

"आपका और उनका रिश्ता कैसा था?" समर का अगला सवाल था।

"एकदम ठीक था, वह मेरा ख्याल रखती थीं। मेरी मदद किया करती थीं। जब मैं कभी फँस जाती थी और सवाल नहीं सूझते थे तो वह सवालों को फ्रेम करने में मेरी मदद करती थीं।"

"सवाल फ्रेम करने में मदद का मतलब?"

"मतलब सवाल किस रूप में और कैसे पूछने चाहिए, वे मुझे बताती थीं। उनकी टाइमिंग बहुत अच्छी थी। वह कहती थीं..." वह फिर से सुबकने लगी। समर ने कुछ नहीं कहा, उसने टाइम देने का फैसला किया। आखिरकार आमना ने फिर बोलना शुरू किया, "वह कहती थीं कि हमें यह पता होना चाहिए कि सामने वाला हमारे एक सवाल के कितनी तरह के जवाब दे सकता है। हमें भी उसके हर जवाब को भाँपते हुए अपने अगले सवाल तय करने चाहिए। अगर वह दो जवाब दे सकता है तो दो काउंटर सवाल हमारे पास भी होने चाहिए। उनका मानना था कि इतनी तैयारी करके ही हमें स्क्रीन पर आना चाहिए। इसके लिए वह हर रोज़ चार से पाँच घंटे मेहनत करती थीं।"

"तो आपके और नैना के रिश्ते में कोई दिक्कत नहीं थी?" समर ने फिर सवालिया लहजे में पूछा।

"जी, कोई दिक्कत नहीं थीं।" आमना ने थोड़ा हिचकते हुए जवाब दिया।

यह जवाब सुनते ही इंस्पेक्टर समर ने नैना के मोबाइल से लिया हुआ प्रिंटआउट आमना के सामने रख दिया। इसमें वह मैसेजिज़ थे जो कल ही आमना ने नैना को भेजे थे। इन्हें देखते ही आमना के चेहरे का रंग उड़ गया।

'आपको अपने किये पर माफी माँगनी चाहिए।'

'मुझे आपसे इस गिरी हुई हरकत की उम्मीद नहीं थी।'

'अगर आज रात तक आपने माफी नहीं माँगी तो अपने किये के लिए आप खुद ही ज़िम्मेदार होंगी।'

"ये मैसेजिज़ आपने ही भेजे थे न नैना को?" समर ने सवाल किया।

"जी हाँ, मैंने ही भेजे थे।"

"फिर भी आप कह रही हैं कि आपका और नैना का रिश्ता ठीक था।"

"सर कल बात ही कुछ ऐसी हो गई थी कि मुझे यह लिखना पड़ा।"

"क्या हुआ था आप दोनों के बीच?" समर को गौरव ने पूरी कहानी बता दी थी, लेकिन वह आमना की ज़बानी सब कुछ सुनना चाहता था।

आमना ने उसे पूरा किस्सा बता दिया जो बाथरूम में दोनों के बीच हुआ था। इसी के बाद ये मैसेज आमना ने नैना को भेजे थे।

"तो आपको क्या लगता है कि नैना आपसे क्यों खफा थी?"

"पता नहीं सर, शुरू-शुरू में तो मैं उनकी फेवरेट थी। वह हर काम में मेरी मदद करती थीं। अपना सारा काम मुझे करने को देती थीं। यहाँ तक कि वह अपना लंच भी मेरे ही साथ करती थीं। वह मुझे अपनी छोटी बहन की तरह ट्रीट करती थीं। मेरे एंकर लिंक्स भी खुद ही लिख दिया करती थीं। लेकिन अचानक ही सब कुछ बदल गया।"

"क्या हुआ था, क्यों बदल गया?"

"अचानक तो नहीं हुआ, धीरे-धीरे ही हुआ था। वह चाहती थीं कि मैं अपनी ज़िन्दगी का हर फैसला उनसे पूछ कर करूँ। शुरू-शुरू में मैंने उनसे पूछा भी था, जैसे कि मुझे कैसे शो करने चाहिए? मेरे सवाल क्या होने चाहिए? लेकिन जैसे ही मैंने अपने लिए टॉपिक खुद चुनने शुरू किये उनको तकलीफ होने लगी। अगर मैं उनके साथ अपने सवाल डिस्कस नहीं करती थी, तो उन्हें वे सवाल ही अच्छे नहीं लगते थे। वह हर बात को इश्यू बना देती थीं।

“एक दिन मैं गौरव सर के पास अपना शो डिस्कस करने के लिए चली गई तो उन्होंने भरे न्यूज़रूम में मुझे डांटा कि मेरी हिम्मत कैसे हो गई गौरव सर के केबिन में जाने की? इतने साल काम करने के बाद वह अभी तक गौरव सर के केबिन में नहीं जाती हैं। और मैं एक साल के अनुभव वाली लड़की सीधे उनके पास चली गई। बस शायद यही वह घटना थी, जिसके बाद से मैं उन्हें खटकने लगी थी।”

“क्या आपको पता था कि गौरव और नैना के बीच रिश्ता है?”

“नहीं, ये बात हमको नहीं पता थी। लेकिन हाँ, इतना ज़रूर पता था कि गौरव सर पर उनका होल्ड है। गौरव सर वही करते थे जो नैना मैम चाहती थीं।”

“ये बात आप कैसे कह सकती हैं?”

“जबसे नैना मैम मुझसे नाराज़ हुईं तबसे मेरे पॉलिटिकल शो करने पर पाबन्दी लगा दी गई। नैना मैम ने ही यह कराया था। वह नहीं चाहती थीं कि इस चैनल में किसी का कद आगे बढ़े। वह चाहती थीं कि पॉलिटिकल डिबेट सिर्फ वही करें।”

“चैनल में तो गौरव भी हैं। एंकर तो वो भी हैं, वह भी सबसे बड़े?” समर बोल पड़ा।

“लेकिन वे डिबेट शो नहीं करते। डिबेट शो तो सिर्फ नैना मैम ही करती थीं और मैं करती हूँ। नैना मैम ने मेरे शो में पॉलिटिक्स डिस्कस करने पर पाबन्दी लगवा दी। अभी दो दिन पहले गौरव सर ने मुझे एक पॉलिटिकल शो करने के लिए दिया था। उसी पर ये सब हंगामा हुआ। तो गौरव सर वही करते थे जो नैना मैम चाहती थीं। यह बात यहाँ सबको पता है, पर बोलता कोई नहीं है।”

“क्यों नहीं बोलता है कोई?”

“क्या होगा उससे, नैना मैम बड़ी स्टार थीं। गौरव सर उनसे भी बड़े। दोनों जो बोलेंगे वही होगा।” फिर उसने मोनिका भार्गव की तरफ देखते हुए कहा, “चैनल मैनेजमेंट भी अपने दो स्टार एंकर्स और एडिटर की ही बात मानेगा। हमारे जैसे छोटे एंकर की कौन सुनवाई करेगा। आप मोनिका जी से ही पूछ लीजिए कि पिछले तीन-चार साल में कितने लोग नैना मैम की वजह से चैनल छोड़कर गए हैं। एडिटोरिल डिपार्टमेंट ही क्यों दूसरी जगह के लोग भी छोड़कर गए हैं। कोई कैमरामैन उनके साथ काम नहीं करना चाहता। वीडियो

एडिटर भी उनके साथ काम करने से बचते हैं। हर किसी से बदतमीज़ी से बात करती थीं, लेकिन क्या मजाल कि कोई उनकी शिकायत कर दे।"

"गौरव और आपका रिश्ता कैसा है?" समर ने पूछा।

"मेरी तरफ से तो कोई रिश्ता नहीं है।"

"और गौरव की तरफ से?"

"वह ज़रूर मुझसे फ़्लर्ट करते रहते हैं।"

"कब से चल रहा है ये सब?"

"छह महीने पहले से उन्होंने मेरी तारीफ करनी शुरू की है। कभी एंकरिंग की, कभी कपड़ों की, कभी बालों की, कभी गालों की। वह मुझे खुश करने का कोई न कोई बहाना ढूँढ़ ही लेते हैं।"

"आपको अच्छा लगता है ये सब?"

"किसी भी लड़की को अपनी तारीफ बुरी नहीं लगती इंस्पेक्टर। तारीफ करने वाला अगर आपका बॉस हो तो कतई बुरा नहीं लगता। इतना तो मुझे पिछले एक साल में ही समझ आ गया। हाँ, अपनी हद मैंने तय कर रखी है।"

"कैसी हद?"

"जब तक मुँह ज़बानी तारीफ हो रही है, कोई दिक्कत नहीं है पर जहाँ भी आप ज़बरदस्ती करते हैं, दवाब डालते हैं, वहाँ रास्ते हमेशा के लिए बन्द हो जाते हैं। हार्मलेस फ़्लर्ट में मैं कोई बुराई नहीं देखती।"

"मतलब कोई भी आपको डॉल कहे या लव यू बोले?"

"हाँ, ये तो आजकल एक्सप्रेशन के लिए भी लोग बोलते हैं। मैंने कहा न कि इस तरह की बातों से कोई दिक्कत नहीं है। वैसे भी मेरा बैकग्राउंड डिफेंस का रहा है। मैं हमेशा अंग्रेज़ी स्कूलों या आर्मी स्कूलों में पढ़ी। खुलेपन के बीच अपने को बचाने का हुनर हमें बचपन से ही सिखाया जाता है। फिर गौरव सर ने कभी मुझसे कोई ऐसी बात नहीं की जिससे मैं असहज महसूस करूँ।"

समर ने एक नज़र मोनिका भार्गव को देखा जो कि चैनल की एचआर हेड हैं। वह खामोश भाव से सारी बातें सुन रही थीं। उनके चेहरे पर कोई रिएक्शन नहीं था।

"आप कल रात को कहाँ थीं?" समर ने माहौल को बदलने की नीयत से सवाल किया।

इस सवाल पर आमना अचकचा गई। वह एकदम से चुप हो गई। समर ने फिर से अपना सवाल दोहराया।

"मैं अपने घर पर ही थी।"

"कहाँ रहती हैं आप?"

"यहीं नोएडा सैक्टर 15ए में।"

"अकेली रहती हैं, या कोई और भी रहता है?"

"नहीं, अकेले ही रहती हूँ। वन बेडरूम सेट है मेरे पास।"

"तो कोई आपकी तस्दीक कर सकता है कि कल की रात आप अपने घर पर ही थीं। या फिर आज सुबह साढ़े 4 बजे से 8 बजे तक आप घर पर ही थीं?"

आमना फिर खामोश हो गई। उसने जवाब देने की कोशिश भी नहीं की। बस अपना निचला होंठ वह दाँतों से दबाती रही। उसकी गहरी सुरमई आँखें अब बेचैन-सी हो गई थीं।

"आपके माता-पिता कहाँ रहते हैं?"

"मेरे पिता आर्मी में हैं, वह इस समय कश्मीर जोन में तैनात हैं।"

"यहाँ कोई रिश्तेदार है जो आपको जानता है? कोई दोस्त?"

"यह बात आप क्यों पूछ रहे हैं?" अब तक आमना बेहद घबरा चुकी थी।

"क्योंकि आप सच नहीं बोल रही हैं। आप यह नहीं बता रही हैं कि आप आज सुबह साढ़े 4 बजे से 8 बजे के बीच में कहाँ थीं? एक बात आपको बता देता हूँ कि सच बोलने में ही आपका फायदा है। झूठ बोलकर बच नहीं पायेंगी आप!"

"मैं अपने घर पर ही थी।" इस बार थोड़ा संयत होते हुए उसने कहा।

"तो पहली बार आपने यही जवाब क्यों नहीं दिया था?"

"वह इसलिए कि मेरे पास इस बात की गवाही देने वाला कोई नहीं है कि मैं अपने घर पर ही थी।"

"उम्मीद करता हूँ कि आप सही ही कह रही होंगी, क्योंकि अगर आप झूठ बोल रही हैं तो समझ लीजिये कि आप बहुत बड़ी मुसीबत में फँसने वाली हैं।" यह कह कर वह उठ खड़ा हुआ।

चलते-चलते वह मुड़ा और बोला, "आपसे जल्द ही फिर मुलाकात होगी।" आमना के चेहरे का रंग इससे और भी ज़्यादा सफेद हो गया था।

समर अब तक समझ चुका था कि यह लड़की कुछ न कुछ तो झूठ बोल रही है। इसने मर्डर किया है, यह तो नहीं कहा जा सकता, लेकिन ये घर पर तो नहीं थी यह बात तो तय है। पर सवाल यह भी है कि घर पर नहीं थी तो फिर वह कहाँ थी?

समर ने बाहर निकलकर अपने साथ आये सिपाही को आमना के सैक्टर 15ए वाले घर का पता दिया और वहाँ जाकर पूछताछ करने और कोई सीसीटीवी फुटेज हो तो लाने को कहा।

***

नोएडा से निकलकर दिल्ली पहुँचने में समर को पैंतालीस मिनट लगे। उसने वहीं से सर्वेश सिंह देव से फोन पर तस्दीक कर लिया कि वह घर पर ही है। उसे नैना के पति से एक बार फिर बात करने की सख़्त ज़रूरत महसूस हो रही थी। वह उसके घर की मेड और हाउसिंग सोसाइटी के गार्ड्स से भी बात करना चाहता था। वह जानना चाहता था कि नैना के रिश्ते आसपास के लोगों से कैसे थे। उसका व्यवहार कैसा था। समर ने अब तक नैना के ऑफिस के लोगों से बात की थी। दो तो उसके बॉस ही थे। उनके बयान से नैना को समझना बेहद मुश्किल था। एक के साथ उसका दोस्ती का रिश्ता था, लेकिन वह समझता था कि नैना उससे प्यार करती है। दूसरे के साथ नैना के जिस्मानी रिश्ते थे, लेकिन वह समझता था कि इसमें इमोशनल एंगल नहीं है, जबकि नैना की ख्वाहिश उससे शादी करने की थी।

नैना के अपार्टमेंट के गेट पर पहुँचते ही समर का सामना एक बार फिर मीडिया वालों से हुआ। टीवी मीडिया ने खास तौर से वहाँ मजमा लगा रखा था। सुबह के मुकाबले उनकी भीड़ काफी बढ़ चुकी थी। उसके जिप्सी से उतरते ही दर्जनों माइक और कैमरों के बीच जो पहला सवाल समर की तरफ उछाला गया, वह था, "क्या नैना वशिष्ठ के अपने बॉस गौरव वर्मा के साथ रिश्ते थे?"

दूसरा सवाल, "क्या नैना का कत्ल उसके बॉस गौरव वर्मा ने किया है?"

तीसरा सवाल, "क्या नैना के चरित्र ने उसकी जान ले ली?"

समर ने किसी भी सवाल का जवाब देना मुनासिब नहीं समझा। वह चुपचाप अन्दर चला गया। सर्वेश यानी नैना के पति से उसकी जो शुरुआती

बात हुई थी, उससे यही लगा था कि इस रिश्ते में कोई खास दिक्कत नहीं है। सामान्य-सा रिश्ता है। एक आम-सा रिश्ता जैसा कि हर आम घर में होता है। लेकिन अब उसे लग रहा था कि ये रिश्ता आम तो नहीं था, सामान्य घर में ऐसे रिश्ते नहीं होते।

सोसाइटी के गेट पर पहुँच कर उसने साथ आये सिपाहियों से कहा कि वे सिक्योरिटी गाड्‌र्स से बात करें, काम वाली बाई, सोसाइटी के दफ़्तर में काम करने वाले कर्मचारी, सब जगह पता करें कि इस घर के बारे में लोगों की क्या राय है। सीसीटीवी की रिकॉर्डिंग हालांकि वह पहले ही ले जा चुका था और सरसरी तौर पर एक राउंड उसे देख भी चुका था, लेकिन अपनी टीम को उसने फिर से एक बार उस पर नज़र डालने को कहा।

अपनी टीम को एक साथ इतनी सारी हिदायत देकर वह नैना के फ़्लैट की तरफ बढ़ गया। नैना के फ़्लैट का दरवाज़ा खुला हुआ था। ड्रॉइंग रूम में सोफे वगैरह को हटाकर एक कोने में कर दिया गया था। एक बड़ी दरी बिछा दी गई थी। बीच में नैना की एक तस्वीर जिसपर फूलों की माला चढ़ी हुई थी, रख दी गई थी। दरी पर सर्वेश के साथ कुछ लोग बैठे हुए थे।

समर को आता देख सर्वेश खड़ा हो गया। बाकी लोग भी उसकी तरफ देखने लगे। समर ने सर्वेश से कहा कि वह उससे बात करना चाहता है, लेकिन अकेले में। समर को लेकर सर्वेश फिर से स्टडी में आ गया और बोला, "जी पूछिए, क्या जानना चाहते हैं?"

"सबसे पहले तो यही कि क्या आपने अपनी पत्नी का मर्डर किया है?"

"कतई नहीं! मैं अपनी पत्नी का मर्डर क्यों करूँगा? कोई वजह भी तो होनी चाहिए।"

"वजह तो थी आपके पास।" समर ने सर्वेश का मोबाइल खोल कर उसके सामने कर दिया। "आपने यह स्टोरी तो देखी ही होगी। यह आपका ही मोबाइल है। आपके ब्राउज़र पर यह पेज खुला हुआ था। 'देश के नामी चैनल की नामी एंकर का न्यूज़रूम में हंगामा। मैनेजिंग एडिटर की पत्नी का प्रेग्नेंट होना बना वजह'। आपने पढ़ी थी ये खबर?"

सर्वेश ने चुपचाप अपना सिर हिला दिया और कहा, "हाँ पढ़ी थी।"

"कब पढ़ी थी?"

"यही रात को 11 या 12 बज रहे होंगे।"

"तब नैना कहाँ थी? आपने नैना से बात की?"

“नहीं, नैना तब तक सोने जा चुकी थी। उससे पहले हमारा काफी झगड़ा हुआ था। मैं बात को और बढ़ाना नहीं चाहता था इसलिए रात को कुछ नहीं कहा। सोचा था कि सुबह बात करूँगा।”

“लेकिन बात करने से पहले आपने नैना का कत्ल कर दिया। आप नहीं चाहते थे कि नैना किसी और की हो। आप नहीं चाहते थे कि वह आपको छोड़ कर जाये।”

“नहीं...नहीं...ऐसा कुछ भी नहीं था। मैं नैना को चाहता था। मैं उसी के साथ रहना चाहता था, लेकिन नैना ही थी जो अब मेरे साथ नहीं रहना चाहती थी। मैंने रात को उससे पूछा भी था कि क्या वह गौरव वर्मा के लिए मुझे छोड़ रही है, लेकिन उसने कोई जवाब नहीं दिया था।”

“तो आप जानते थे कि नैना का गौरव वर्मा के साथ रिश्ता है?” समर ने फिर से सवाल दागा।

“सच कहूँ तो मैं नहीं जानता था। वजह यह थी कि इस तरह की गॉसिप का होना हमारी इंडस्ट्री में आम बात है। कोई लड़की किसी भी बॉस के पास एक-दो बार चली जाये या बात कर ले, तो लोग सीधे चक्कर चलवा देते हैं। नैना ऐसे वक्त में मीडिया इंडस्ट्री में आयी थी जब लड़कियाँ बेहद कम थीं। राजनीति को समझने वाली तो और भी कम। शायद ही कोई ऐसा चैनल होगा जहाँ अन्तिम फैसला कोई महिला करती होगी। *नेशनल न्यूज़* चैनल में भी एडिटोरियल डिपार्टमेंट के सारे फैसले गौरव और नवीन करते हैं।

“बराबरी के तमाम दावों के बीच एडिटोरियल के मामले में महिलाओं की स्थिति बेहद कमतर है पुरुषों के मुकाबले। ऐसे में नैना का इतने कम समय में इतनी तरक्की करना आसान नहीं था इसलिए उसके बारे में गॉसिप भी ख़ूब होती थी।”

“और किस-किस के साथ आपने नैना का नाम सुना था? गॉसिप में ही सही।” समर ने पूछा।

“नवीन शर्मा के बारे में भी लोग कहते थे कि नैना का उसके साथ चक्कर है।”

“आपको इन सब बातों का बुरा नहीं लगता था? आप भी तो मर्द हैं। नैना आपकी बीवी थी।”

"दुख तो होता था, बुरा भी लगता था। तकलीफ में भी रहता था, लेकिन मेरे पास कोई ऑप्शन नहीं था। नैना की वजह से ही हमारा घर चल रहा था। मेरे बेटे को अच्छी शिक्षा मिल रही थी।"

"तो इन सब चीज़ों के लिए आपने नैना की अय्याशियाँ बर्दाशत कर लीं?" समर ने थोड़ा तीखा सवाल किया। दरअसल वह सर्वेश की मन:स्थिति को समझना चाहता था।

सर्वेश की भँवें तनीं। उसने अपनी सीट पर पहलू बदला। समर पर एक गहरी नज़र डाली फिर अपनी रोकी हुई सांस छोड़ी और बोला, "मैंने कहा ना कि मुझे इन बातों पर विश्वास नहीं था। मैंने नैना से कल रात को ही कहा था कि वापस चलते हैं अपने शहर। अब इस बेदिल शहर में रहा नहीं जाता।"

"अच्छा!" समर ने हैरान होते हुए पूछा, "फिर नैना ने क्या जवाब दिया?"

"उसने साफ मना कर दिया और मुझे सुबह होने के साथ ही घर छोड़ने का फरमान सुना दिया।"

"मतलब? नैना ने हत्या से चन्द घंटों पहले तुम्हें घर छोड़ कर चले जाने के लिए कहा था?"

सर्वेश ने अपने दोनों होंठ दाँतों के बीच दबा लिये और बगैर कुछ बोले 'हाँ' में सिर हिला दिया।

समर सोच में पड़ गया कि इस आदमी के पास तो सारी वजहें हैं नैना की हत्या करने की। अगर नैना इसे घर से निकाल देती तो इसकी ज़िन्दगी तबाह हो जाती। इसका घर, इसका बेटा, इसका सामाजिक स्टेटस सब कुछ खत्म हो ज़ाता। यह केस तो बड़ा ही दिलचस्प होता जा रहा है। अचानक उसने सवाल किया, "कल कितने बजे आयी थी नैना घर?"

"रात के 9 बजे रहे होंगे।"

"फिर क्या हुआ? एक बार फिर पूरी कहानी बताओ।" सर्वेश ने कल रात की पूरी कहानी हूबहू इंस्पेक्टर समर को सुना दी। हर शब्द के साथ समर का शक अब सर्वेश पर गहराता जा रहा था। हो ना हो इसी आदमी ने अपनी पत्नी का कत्ल किया है। कत्ल का शक एक ऐसे पति, जिसके पास कोई ठोस अर्निंग या परमानेंट जॉब नहीं है, पर होना बेहद आसान है। हर कोई आसानी से मान भी लेगा। कोई दिक्कत भी नहीं होगी। लेकिन क्या वाकई यही हत्यारा है?

और है भी तो उसके पास सुबूत क्या है, जिससे यह तय हो सके कि सर्वेश ही हत्यारा है? उसी ने अपनी नामचीन, ख़ूबसूरत पत्नी की हत्या की है।

इंस्पेक्टर समर का पुलिसिया दिमाग तेज़ी से दौड़ने लगा। वह सोचने लगा कि अगर यह इंसान घर पर था तो पार्क में कौन था, जिसने नैना को मारा? समर ने सर्वेश से कहा कि वह अपनी मेड रीना को फिर से बुला दे। वह रीना से एक बार फिर बात करना चाहता था। सर्वेश ने रीना को आवाज़ दी। रीना तुरन्त ही वहाँ आ गई। समर ने सर्वेश को वहाँ से जाने को कहा और रीना से सवाल किया, "तुम्हारी मैडम कल कितने बजे आयी थीं?"

"साहब मैंने पहले भी तो बताया था आपको कि वह कल रात को 9 बजे के आसपास आयी थीं। मैं अंगद बाबा को सुलाकर कर बाहर आयी, तब साहब यहीं बैठे थे और मैडम भी तभी आयी थीं। मेरे को उन्होंने खाना खाकर सो जाने को कहा। मैं फिर अपने कमरे में चली गई।"

"और सुबह जब तुम जगीं तब साहब यहीं थे, घर पर?"

"हाँ साहब यहीं थे। वह तो उठे ही तब थे जब मैंने मैडम को फोन किया था और किसी साहब ने फोन उठाया था। उन्हीं के कहने पर मैंने अपने साहब से उनकी बात भी कराई थी।"

समर को सुबह का पूरा वाकया याद था, फिर भी उसने रीना से एक बार फिर से घुमाकर पूछा, "क्या यह हो सकता है कि वह भी सुबह मैडम के साथ-साथ घर से निकल गए हों और फिर जल्दी वापस आ गए हों?"

"होने को हो तो सकता है साहब! उनके पास भी घर के बाहर के दरवाज़े की चाबी है। दरअसल साहब, इस घर की तीन चाबियाँ हैं। एक मैडम के पास, एक मेरे पास और एक साहब के पास।"

"और बाहर जाने का यही एक रास्ता है?"

"जी साहब, इसी एक रास्ते से सब लोग आते-जाते हैं।"

"साहब और मेम साहब में क्या कभी झगड़ा होता था?"

"कभी-कभी हो जाता था साहब, लेकिन वैसा झगड़ा तो सभी के घर में होता है। मेरे माँ-बाबा में भी होता है।"

"कभी ज़्यादा झगड़ा भी हुआ है? जहाँ साहब ने मेमसाहब पर बहुत गुस्सा किया हो? मारा हो? कुछ सामान फेंका हो? मेरा मतलब ख़ूब ज़ोरदार वाले झगड़े से है।" सर्वेश ने रीना से टोह लेनी चाही।

"नहीं साहब, हमारे साहब तो बहुत कूल हैं, वह गुस्सा नहीं करते। पर मेम साहब गुस्सा करती थीं साहब पर। अभी दो दिन पहले भी मेम साहब ने गुस्सा किया था। इतना ज़ोर-ज़ोर से मैडम बोलीं कि अंगद बाबा भी डर गए थे, पर साहब तब भी कुछ ज़्यादा नहीं बोले।"

समर को इस बात पर ज़्यादा ताज्जुब नहीं हुआ कि रीना जैसी मेड भी 'कूल' जैसे शब्द का इस्तेमाल कर रही है। पढ़े-लिखे, कल्चर्ड और मीडिया बैकग्राउंड वाले परिवारों में काम कर रहे नौकर-चाकर अपने साहबों-मेमसाहबों की बातचीत सुन ऐसे शब्द सीख ही लेते हैं। उसे यह सारा वाकया सर्वेश से भी मालूम चल चुका था फिर भी उसने रीना से यह सोचकर अगला सवाल पूछा कि क्या पता कहीं से कोई सूत्र हाथ लग जाये। "अच्छा, तो किस बात पर झगड़ा हुआ था साहब-मेमसाहब का?"

"जब मेमसाहब रात को आयीं तो साहब बाहर बैठकर ड्रिंक कर रहे थे। मैडम को अच्छा नहीं लगा, बस इसी बात पर झगड़ा हो गया था।"

"फिर क्या हुआ?"

"कुछ नहीं, फिर मेमसाहब अपने कमरे में चली गईं। साहब यहीं बैठे थे, मैं अपने कमरे में चली गई थी।"

"मैडम ने कभी किसी के बारे में कुछ बोला था कि कोई है जो उनको तंग करता है, धमकी देता है? ऐसा कुछ जो तुमने सुना हो?"

"नहीं सर, मेरे को तो मैडम ने कभी कुछ नहीं बोला। वह तो बस सबसे अच्छे से बात करती थीं। साहब को छोड़ कभी किसी से गुस्सा भी नहीं करती थीं। मुझे या अंगद बाबा को तो कभी डांटा तक नहीं। हमेशा प्यार से ही बोला।"

"कोई और बात, जो तुम को याद हो और मुझे बताना चाहो?"

"नहीं सर, और तो कुछ नहीं है।"

"ठीक है अगर कोई बात याद आ जाये तो मुझे बताना।" यह कहकर समर बाहर निकल गया।

***

एक नामचीन एंकर के मर्डर के इतने घंटे बीत चुके थे और इंस्पेक्टर समर प्रताप सिंह के हाथ अब तक कोई सुराग नहीं लगा था। इतना हाईप्रोफाइल

केस, और पुलिस अभी तक ब्लाइंड थी। वह क्या करे, किधर से शुरू करे? शक के दायरे में आये सभी लोगों को उठा ले क्या? पर ऐसा नहीं किया जा सकता।

आम लोग हों तो शक के दायरे में आये लोगों को उठाकर, कड़ाई से पूछताछ कर केस क्रैक किये जा सकते हैं, पर यहाँ तो बिना पुख़्ता सुबूत या कोर्ट की इजाज़त लिये हाथ डालना तो दूर, उनके बारे में सोचना भी मुश्किल है।

अब तक शक के घेरे में आये लोगों में सबसे कमज़ोर कड़ी नैना का पति सर्वेश ही है, पर उसे भी उठाए तो किस आरोप में। समर यही सब सोचते हुए सीधा सोसाइटी के दफ़्तर में पहुँच गया, जहाँ उसकी टीम के लोग सीसीटीवी कैमरे को खंगाल रहे थे। सोसाइटी के मैनेजर तंवर धमीजा भी वहाँ मौजूद थे। धमीजा जी रिटायर्ड सरकारी कर्मचारी थे और बीस हज़ार रुपए की नौकरी पर वहाँ काम करते थे। वह इस सोसाइटी के मेम्बर भी थे और यहीं रहते भी थे।

उनके मुताबिक नैना और उसका परिवार बेहद मिलनसार था। उनसे न तो कभी उन्हें और ना ही सोसाइटी में रहने वाले किसी अन्य शख़्स को कभी कोई दिक्कत हुई। सोसाइटी के ज़्यादातर सामूहिक कार्यक्रमों में नैना वशिष्ठ पूरे परिवार के साथ शामिल होती थीं। हाँ, इतना ज़रूर था कि यहाँ के किसी परिवार के घर पर उनका आना-जाना नहीं था। आते-जाते वह सबसे दुआ सलाम ज़रूर करती थीं। बड़ा एंकर होने या एक सेलिब्रिटी स्टेटस होने की धौंस उन्होंने कभी नहीं दी।

समर ने अपनी टीम से पूछा, "कुछ मिला कैमरे से?"

"नहीं सर। नैना जी के ब्लॉक का कैमरा तो काम ही नहीं कर रहा है। हमें ये पता ही नहीं चल सकता कि कौन कब घर से निकला है। बस गेट से कौन कब बाहर गया है ये पता चल सकता है। सुबह 5 बजे नैना बाहर निकली हैं। उसके बाद मेड ही बच्चे को छोड़ने के लिए आयी है।

मैनेजर धमीजा के चेहरे की हवाइयाँ उड़ रही थीं। उनके पास इस बात का जवाब नहीं था कि कैमरा क्यों काम नहीं कर रहा था। समर की सख़्त नज़रों का ताब वो नहीं ले पा रहे थे। समर ने पूछा, "क्या सिस्टम है यह जानने का कि कब कौन-सा कैमरा काम कर रहा है, या नहीं कर रहा है?"

"कोई सिस्टम नहीं है सर, सोसाइटी के लोगों ने घर के बाहर वाले कैमरों का आउटपुट टीवी पर दिखाने से मना कर दिया था। वे नहीं चाहते थे

कि दस हजार रुपए कमाने वाला हर गार्ड यह देखता रहे कि कौन किस वक्त घर में आ रहा है या जा रहा है। इसलिए घर के बाहर लगे कैमरों का आउटपुट सिर्फ कम्प्यूटर में रिकॉर्ड होता है। मेन गेट और चारदीवारी पर लगे कैमरों के आउटपुट के लिए गेट पर टीवी है। ऐसे में अगर मेन गेट या चारदीवारी के कैमरे खराब होते हैं तो टीवी पर दिख जाता है। लेकिन घर के सामने लगे कैमरों का कभी पता नहीं लगता।"

इसका मतलब यह है कि अगर सर्वेश अपने घर से बाहर निकल कर गया है, तो सिर्फ मेन गेट से ही पता चल पायेगा। उसने आगे पूछा, "क्या कोई और रास्ता भी है सोसाइटी से बाहर जाने का, मेन गेट के अलावा?"

"जी सर, एक रास्ता है। लेकिन वह सिर्फ सुबह और शाम को ही खुलता है। सुबह और शाम 5 बजे से 9 बजे तक। उस तरफ मार्केट है। इसलिए वहाँ से सिर्फ पैदल ही आ-जा सकते हैं। वहाँ हर वक्त गार्ड बैठा रहता है। बाकी वक्त ताला पड़ा रहता है।"

"वहाँ कैमरा है?"

"नहीं सर। लेकिन चारदीवारी के कैमरे से वो कवर हो जाता है।"

"उसकी रिकॉर्डिंग ले लो।" समर ने अपनी टीम को आदेश दिया। साथ ही पूछा, "मेन गेट के कैमरों की रिकॉर्डिंग का क्या हाल है? कुछ पता चला क्या?"

"नैना के निकलने के बाद कुछ लोग तो निकले हैं, सर। लेकिन ज़्यादातर लोग ऐसे हैं जो अपने काम से गए हैं या सैर करने निकले हैं। उनका नैना से कोई रिश्ता नहीं है। नैना के परिवार से मतलब, उसका पति तो गेट से निकला ही नहीं है। कम से कम कैमरे तो यही बता रहे हैं।"

"सिक्योरिटी गार्ड्स से बात हुई? उनसे कोई जानकारी, ऐसा जो कुछ खास हो?"

"नहीं सर, ये सब तो बहुत दुखी हैं। इन सबका यही कहना है कि मैडम का सबके साथ अच्छा व्यवहार था। होली-दीवाली सबको गिफ़्ट और मिठाइयाँ देती थीं। सर्दी-गर्मी में कपड़े देना, गरीबों, ज़रूरतमन्दों की मदद करना उन्हें अच्छा लगता था। कई बार तो उन्होंने कई परिवारों के बीमार लोगों को अस्पताल में भर्ती कराने में भी मदद की थी। हर कोई उनकी तारीफ ही कर रहा है।"

"आसपास की सोसाइटी के कैमरों पर भी नज़र डालो जाकर, हो सकता है कुछ सुराग मिल जाये।"

थोड़ी देर समर सोचता रहा फिर अचानक उसे याद आया कि नैना के ड्राइवर से उसने अब तक पूछताछ नहीं की है। उसने सोसाइटी के ऑफिस से ही नैना के फ़्लैट में फोन लगाया और सर्वेश से ड्राइवर के बारे में पूछा। ड्राइवर राम कुमार पास ही के पांडव नगर इलाके में रहता था। ड्राइवर उस वक्त वहीं था। उसने ड्राइवर को सोसाइटी ऑफिस में पहुँचने को कहा।

कुछ ही देर में वह पहुँच गया। समर ने पूछताछ शुरू की, "हाँ, कब से काम कर रहे हो नैना जी के साथ?"

"जी पिछले चार साल से सर।"

"उससे पहले कहाँ थे?"

"जी, इसी सोसाइटी के एक और साहब के यहाँ काम करता था। उनका ट्रांसफर हो गया तो मैडम ने हमको रख लिया। उनको ज़रूरत थी।"

"अपना लाइसेंस दिखाओ।"

ड्राइवर राम कुमार ने जेब से अपना लाइसेंस निकाल कर समर को दे दिया। समर ने अपने साथी को लाइसेंस देकर इशारा किया कि इसका पुलिस रिकॉर्ड चेक करें। इसके बाद उसने ड्राइवर राम कुमार से पूछा, "कल भी तुम मैडम के साथ थे?"

"जी साहब। हम ही उनको लेकर ऑफिस गए थे। फिर रात को घर छोड़कर गए।"

"कल कहाँ-कहाँ गए थे मैडम को लेकर?"

"जी, पहले तो ऑफिस गए। वैसे तो मैडम ऑफिस जाने के बाद कहीं जाती नहीं थीं, लेकिन कल दोपहर एक बजे के करीब हमको बुला लिया। बोलीं, 'चलो ग्रेटर नोएडा के आश्रम में।' वहाँ वह करीब तीन-चार घंटे रहीं।"

"क्या वह पहले भी कभी गई थीं उस आश्रम में?" समर ने पूछा।

"हाँ सर, वहाँ तो वह अक्सर ही आती-जाती रहती थीं। लेकिन ज़्यादातर वह शनिवार को जाती थीं। जब उनकी ऑफिस की छुट्टी होती थी। मेरे सामने शायद यह पहला मौका था जब वह काम के बीच से वहाँ गई थीं।"

"कुछ पता है तुम्हें कि वहाँ वह क्या करने जाती थीं? किससे मिलती थीं?"

"हमको नहीं पता साहब। हम तो बाहर ही पार्किंग में बैठे रहते थे। हमें क्या पता अन्दर किससे मिलती थीं।"

"फिर वहाँ से कितने बजे निकलीं और कहाँ-कहाँ गईं?"

"वहाँ से हम करीब 5 बजे निकले होंगे। फिर हम गए मयूर विहार। मैडम मयूर विहार में लगभग दो घंटे रुकी थीं। उन्होंने हमसे कहा कि कुछ सामान खरीदना है। फिर वहाँ से करीब साढ़े 8 बजे हम निकले और रात को कोई 9 बज घर आये थे। फिर हम अपने घर चले गए। जब आज सुबह यहाँ आये तो पता चला कि मैडम अब नहीं रहीं।" कहते-कहते उसकी आँखें भर आयीं।

"तुम्हें कुछ पता है कि मयूर विहार में मैडम कहाँ-कहाँ गईं? क्या-क्या किया उन्होंने?"

"नहीं साहब, मयूर विहार में तो पार्किंग की दिक्कत इतनी ज़्यादा होती है कि गाड़ी छोड़ ही नहीं सकते। मैडम तो एक गली में रुक जाती थीं। हम वहीं गाड़ी लगाते थे। मैडम बाज़ार में जाकर अपना काम करके वहीं आ जाती थीं।"

"याद करो, शायद उन्होंने कुछ कहा हो कि वह किससे मिलने जा रही हैं?"

"नहीं साहब, मुझे अच्छी तरह याद है। उन्होंने बस यही बोला था कि कुछ सामान खरीदना है। वह अपनी सारी शॉपिंग वहीं से करती थीं। उनकी डॉक्टर का क्लीनिक भी वहीं है। मेडिकल टेस्ट कराने वाली दुकान भी वहीं है। उनकी एक-दो दोस्त भी उधर ही रहती हैं, तो हम तो अक्सर आते-जाते रहते थे।"

"तो तुम्हारे हिसाब से मैडम के सारे काम वहीं से होते थे। ठीक है, क्या तुम बता सकते हो कि कल जब वह मार्किट से वापस कार में आयीं तो कोई सामान था उनके पास, कोई पैकेट या थैला?"

"हाँ, वह दो-तीन थैले लेकर आयी थीं। मैंने ही उनके हाथ से लेकर सामान गाड़ी में रखा था।"

"ओके, यह बताओ कि तुम्हारी नज़र में वो कैसी महिला थीं, राम कुमार?"

"साहब, हमारे लिए तो वह देवी जैसी थीं। हमारे दोनों बच्चों की स्कूल की फीस वही दिया करती थीं। उन्होंने ही हमारे बच्चों का एडमिशन सेंट्रल

स्कूल में कराया था। स्कूल ड्रेस, कॉपी-किताब, फीस सब कुछ वही देती थीं। हमें तो कोई चिन्ता ही नहीं थी अपने बच्चों की पढ़ाई की।"

समर ने राम कुमार को जाने का इशारा किया और अपने सिपाही को उसका मोबाइल नम्बर नोट करने के लिए कहा।

पहले सोसाइटी के गार्डों का बयान और अब राम कुमार की कहानी, नैना का यह रूप नया था समर के लिए। जबकि नैना के सहयोगियों ने उसका कुछ और ही रूप सामने रखा था। वहाँ वह एक चालाक, शातिर, खुदगर्ज़ इंसान के रूप में सामने थी। यहाँ नैना का रूप एक मिलनसार, दयालु और हमदर्द शख़्स का था।

इंस्पेक्टर समर ने खुद से सवाल किया, 'क्या किसी इंसान को आप मुकम्मल रूप से कभी जान सकते हैं?' जवाब मिला, 'शायद कभी नहीं!'

***

अब समर के दिमाग से यह बात निकल ही नहीं रही थी कि अपनी हत्या के चन्द घंटे पहले नैना ने कुछ घंटे ओल्ड एज होम 'सेवा आश्रम' में बुज़ुर्गों के बीच गुज़ारे थे। आखिर नैना वहाँ क्यों गई थी? उसने इस सवाल का जवाब पाने की कोशिश में सर्वेश को फोन लगाया। उसने भी यही जवाब दिया कि नैना अपनी माँ की मौत के बाद बुज़ुर्गों को लेकर काफी संवेदनशील हो गई थी। वह अक्सर वहाँ चली जाती थी।

समर के लिए अब यह जानना ज़रूरी हो गया था कि नैना आखिर वहाँ किससे मिलती थी? क्या बात करती थी? इसी तरह एक बड़ा सवाल यह भी था कि नैना ने वहाँ से निकलकर मयूर विहार में दो घंटे से भी ज़्यादा का वक्त क्यों बिताया? क्या यह एक सामान्य विज़िट थी, या इसके पीछे कोई खास वजह थी? क्या नैना को अपनी मौत का आभास था या मौत उसके पास अचानक ही आ गई? इंस्पेक्टर समर ऐसे ही कई और भी सवालों के चक्रव्यूह में उलझ गया था। वह जितना भी सोचता, फँसता-सा जाता। वह सोचने लगा कि आखिर नैना ने जब गौरव वर्मा को धमकी दी तो उस पर अमल क्यों नहीं किया? या फिर अमल करने के लिए क्या कदम उठाए? क्या उसने किसी से सलाह ली थी? या फिर कुछ करने से पहले ही उसे कत्ल कर दिया गया।

इन्हीं सवालों का जवाब ढूँढ़ने के लिए समर ओल्ड एज होम आ गया। वहाँ के मैनेजर जे.जे. मेनन से उसने मुलाकात की, तो मेनन की आँखों से नैना

को याद करके आँसू निकल पड़े। वह नैना की नेकनीयती की बातें करता रहा। पूछताछ में उसने बताया कि नैना महीने में एक बार तो आ ही जाया करती थी। वह यहाँ आकर बुज़ुर्गों से बात करती थी। इनसे बातें करना उसे अच्छा लगता था।

"आपको याद है कि नैना जब कल यहाँ आयी थी तो उसने क्या किया था? किस-किस से बात की थी?"

इस सवाल के जवाब में मेनन कुर्सी से उठ खड़े हुए और समर को लेकर एक हॉल में आ गए। वह बताने लगे, "कल दिन में जब नैना जी आयी थीं तो मैं भी यहाँ मौजूद था। दिन में ज़्यादातर लोग यहीं रहते हैं। बुज़ुर्ग लोगों के लिए यहाँ सारा सामान है। नैना जी भी इसी हॉल में बैठी थीं। पर वह जिस महिला से मिली थीं वह वे हैं, पद्मा देवी। मेनन ने एक सम्मानित-सी दिखने वाली बुज़ुर्ग महिला की ओर इशारा किया।

"पद्मा देवी कुछ बोलती नहीं हैं। इनसे मिलने भी कोई नहीं आता। इन्हें कुछ याद भी नहीं है। नैना इन्हीं के पास बैठी थीं; काफी देर तक बैठी रहीं। इनके सिर पर हाथ फेरती रहीं। यह महिला सिर्फ एक ही वाक्य बोलती हैं, 'क्या पापा ने खाना खा लिया।'"

समर पद्मा देवी को गौर से देखता रहा और सोचने लगा कि जो इंसान कुछ भी बोलता नहीं है, जिसे कुछ भी, अपने या पराए का भान नहीं है, उसके पास कैसे कोई चार घंटे सिर पर हाथ फेरते हुए गुज़ार सकता है। उसने मेनन से पूछा, "इन चार घंटों में नैना ने बस यही किया?"

"सारा वक्त तो नहीं, लेकिन काफी देर तक वह पद्मा देवी के पास बैठी रहीं। फिर कुछ देर पीछे बरगद के पेड़ के नीचे लगी बेंच पर अकेले बैठी रहीं। फिर चली गईं।"

"नैना यहाँ बस इन्हीं लोगों से मिलने आती थीं? कोई और लेना-देना नहीं था उनका इस आश्रम से?"

"उनका रिश्ता मानवता का था। वह यहाँ सेवा करने के लिए आती थीं। जिनसे कोई नहीं मिलता उनके पास बैठना बड़े ही पुण्य का काम है। आप शायद नहीं समझेंगे। फिर अगर कभी हमें पैसे की या किसी खास चीज़ की ज़रूरत होती थी तो हम नैना जी को बता देते थे। बड़ी भली महिला थीं वह। अभी पिछले महीने ही हमारा रेफ्रिजरेटर खराब हो गया था, हमने उन्हें फोन किया और अगले ही दिन एक बड़ा फ्रिज हमारे दरवाज़े पर था।"

मेनन को धन्यवाद कहकर समर वहाँ से चल दिया। पिछले कुछ घंटों से नैना के परोपकार की कहानी समर को परेशान कर रही थी। व्यक्तिगत ज़िन्दगी में नैना का रूप एकदम अलग था या यह कहें कि जिन लोगों के साथ वह रिश्ते में थी, उनके साथ वह एकदम जुदा थी। जबकि गरीब, कमज़ोर और बेसहारा लोगों के लिए वह एक देवी थी।

समर अब दबाव में आता जा रहा था। नैना के कत्ल को बारह घंटे से अधिक हो चुके थे, जबकि अब तक उसके पास ऐसा कोई सुराग नहीं था जिसके दम पर वह कातिल की तरफ बढ़ने की उम्मीद लगा सके।

नैना के कत्ल के वक्त उसका पति सर्वेश अपने घर पर था। सीसीटीवी के मुताबिक वह अपने घर से बाहर नहीं निकला। यही हाल गौरव वर्मा का भी है। उसकी गवाही उसकी पत्नी और बहन दे सकती हैं। सीसीटीवी की रिकॉर्डिंग भी उसके घर पर होने की पुष्टि कर रही है। हाँ, नवीन शर्मा और आमना चौधरी के पास ज़रूर कोई सुबूत नहीं है कि वह घर पर ही थे। पर उनके घर के बाहर का सीसीटीवी फुटेज भी आ ही रहा होगा। अगर वे भी कत्ल के वक्त घर पर ही होते हैं, तो इसका मतलब यह हुआ कि ये सीधे तौर पर तो हत्यारे नहीं हैं। पर इतना ज़रूर हो सकता है कि इन चारों में से ही किसी ने अगर कत्ल कराया है तो फिर किसी पाँचवें शख़्स की मदद ली है। पर वह पाँचवाँ शख़्स है कौन? और फिर किसने उसकी सेवाएँ लीं?

इन लोगों में इतना शातिर कौन है जो इतनी जल्दी कातिल का इन्तज़ाम कर सकता है? सबसे कम वक्त सर्वेश के पास था। बाकी लोगों के पास तकरीबन एक जैसा ही वक्त था। नवीन शर्मा, गौरव वर्मा और आमना चौधरी। ये तीनों कत्ल से एक दिन पहले नैना से बात करने के लिए बेचैन थे। उसे फोन कर रहे थे। उसे मैसेजिज़ भेज रहे थे। धमकी दे रहे थे। गुस्से में थे। नैना ने इन तीनों को खरी-खोटी भी सुनाई थी। तीनों को कहीं न कहीं तकलीफ पहुँचाई थी। तीनों के पास कत्ल करने की बड़ी वजह भले न हो, पर वजह तो थी ही।

***

अस्पताल के मुर्दाघर पहुँचकर समर प्रताप सिंह सीधे डॉक्टर दिव्यांशु झवेरी के पास पहुँचा। डॉ. झवेरी प्राइमरी इन्वेस्टिगेशन कर चुके थे। उस वक्त भी वह पोस्टमॉर्टम रूम में ही थे। नैना की बॉडी टेबल पर उलटी रखी थी। डॉक्टर झवेरी नैना के सिर का मुआयना कर रहे थे। समर को देख उन्होंने सिर हिलाया।

समर वहीं चुपचाप खड़ा रहा। कुछ देर बाद उन्होंने समर की तरफ देखा और अपने पास आने का इशारा किया।

"ये देख रहे हो," उन्होंने नैना के सिर के पीछे की तरफ इशारा किया। "ये जो हिस्सा है, ये स्कल यानी खोपड़ी है। यहाँ नैना पर पीछे से वार किया गया है। वार काफी तगड़ा था। इतना ज़बरदस्त कि उसने नैना के स्कल में कई जगह फ्रैक्चर कर दिया है।" इसके बाद उन्होंने नैना के शरीर को पलटा और नैना के माथे की तरफ इशारा करते हुए कहा, "हमला इतना तेज था कि इस जगह नैना के माथे में कील घुस गई। ये देखो, ये जो माथे पर निशान है ना...ये होल..." करीब आधा इंच का एक गोला वहाँ बना हुआ था, "और वो कील निकाली है इसके माथे से।" डॉ. झवेरी ने जिधर इशारा किया, वहाँ करीब पाँच इंच की एक कील रखी हुई थी।

'इतनी बेरहमी से कौन कत्ल कर सकता है? आखिर क्या दुश्मनी थी कातिल की नैना से?' समर सोच रहा था।

"कील की वजह से खोपड़ी में फ्रैक्चर हुआ और ब्रेन के अन्दर की बल्ड वेसिल्स, हिन्दी में कहें तो रक्त धमनियाँ फट गईं।" डॉ. झवेरी कहते जा रहे थे। "इस वजह से ख़ून खोपड़ी के इस हिस्से में जमा हो गया। इस हालत को मेडिकल ज़बान में हीमेटोमा कहते हैं। यही नैना की मौत की वजह बना।"

समर ने कील की जाँच की तो पाया कि यह एक मोटी-सी कील थी, जैसी पुराने ज़माने में तख़्त या पलंग बनाने के लिए इस्तेमाल की जाती थी। आज भी इस तरह की कीलें शामियाने वाले इस्तेमाल करते हैं। इस तरह की कील लुहार ही बनाते हैं। आज के ज़माने में भी जब हार्डवेयर का ज़्यादातर सामान और कीलें मशीन से बनता है, तब भी ऐसी मोटी कील हाथ से ही बनाई जाती है। कील का ऊपरी सिरा पीटने से थोड़ा मुड़-सा या कहें थोड़ा घिस चुका था। इस तरह की कीलों को कहीं भी ठोंकना आसान होता है। भारी हथौड़े की एक-दो चोट से ही ये फिट हो जाती हैं।

"यह कील तो काफी पुरानी लगती है?" समर ने पूछा।

"इस तरह की कील काफी पहले बना करती थीं। आज भी मिल जाती हैं, लेकिन कम ही जगह। यह संभव है कि कभी किसी ने पेड़ पर कील को गाड़ दिया हो।" डॉ. झवेरी ने कहा।

"क्या यह संभव है कि यह कील आज कल में ही गाड़ी गई हो?" समर ने फिर सवाल किया।

“कील की हालत को देख कर लगता है कि काफी पहले से वहाँ थी, लेकिन जैसा कि मैंने पहले कहा कि ऐसी कीलें काफी पहले इस्तेमाल में लाई जाती थीं, तो यह भी हो सकता है किसी के पास कील पड़ी हो और कातिल ने वहाँ लाकर गाड़ दी हो। लेकिन यह बात थोड़ी हज़म नहीं होती,” डॉक्टर ने कहा।

“कील से मर्डर? इतनी बड़ी प्लानिंग कोई कैसे कर सकता है?” समर का अगला सवाल था।

“होने को तो कुछ भी हो सकता है, इंस्पेक्टर साहब!”

“कातिल की कद-काठी के बारे में कुछ बता सकते हैं?” समर ने सवाल किया।

“कातिल की लम्बाई नैना से कम तो नहीं हो सकती। नैना की लम्बाई 5 फीट 6 इंच है और वार को देखते हुए कातिल की कम से कम 5 फिट 7 इंच की तो होनी ही चाहिए। क्योंकि वार खोपड़ी के पीछे की तरफ से हुआ है। कातिल ने अगर अपनी पूरी ताकत और लम्बाई का इस्तेमाल भी किया होगा तो भी वह अपने कंधों से ऊपर तक वार नहीं कर पायेगा।”

फिर जैसे उन्हें कुछ याद आया। उन्होंने आगे कहा, “कातिल काफी मज़बूत कद काठी का होगा; हट्टा–कट्ठा, स्ट्रांग मसल्स। शरीर पर कोई और निशान नहीं है। थोड़ी बहुत खरोंचें हैं जो गिरने की वजह से आयी हैं।”

“कोई सेक्सुअल असॉल्ट, रेप करने की कोशिश?”

“नथिंग इन दिस केस। नो चांस। ओह...बट शी वॉज़ प्रेग्नेंट।” डॉ. झवेरी ने ऐसे कहा जैसे कोई भूली हुई बात अचानक याद आ गई हो उन्हें।

“ओह! यह तो अभी तक किसी ने बताया ही नहीं मुझे।” समर ने चौंकते हुए कहा।

“हो सकता है लोगों को पता ही नहीं हो। नैना ने ही ना बताया हो।” डॉ. साहब बोले।

“पति को भी नहीं पता होगा?” समर ने हैरान होते हुए कहा।

“यू नेवर नो। आजकल के रिश्ते हैं। कुछ भी हो सकता है। आई हैव प्रिज़र्व्ड फीट्स। इन केस...यू नो।”

“ओके सर, थैंक यू।” कहकर समर वहाँ से चल दिया।

***

समर ने ड्राइवर से नैना के घर चलने को कहा। वह अब अपनी जाँच की दिशा इस तरफ लगा देना चाहता था कि नैना के गर्भ में किसका बच्चा पल रहा था? क्या पता इसके खुलासे से वह कुछ जान सके। संभावना बेहद कम थी, फिर भी उसके दिमाग में यह सवाल कौंधने लगा कि क्या सर्वेश जानता था कि नैना एक बार फिर बच्चे को जन्म देने वाली है? क्या यह बच्चा सर्वेश का था? लेकिन अगर सर्वेश का होता तो वह समर को पूछताछ के समय ज़रूर बताता। इंस्पेक्टर समर खुद से सवाल कर रहा था और खुद ही जवाब दे रहा था। क्या यह संभव है कि नैना गर्भवती हो, सर्वेश को पता हो फिर भी सर्वेश यह बात समर से छिपा जाये? नहीं, इस बात की संभावना कम है। सर्वेश इतना बड़ा बेवकूफ नहीं है। उसे पता ही नहीं होगा। फिर बच्चे का पिता कौन है? यह बात बताने के लिए नैना तो थी नहीं इस दुनिया में। फिर भी इस बारे में अभी भी सिर्फ सर्वेश ही है, जो सीधे-सीधे उसके कुछ सवालों के जवाब दे सकता है, उसी से पूछा जाये।

***

हर इंसान का चेहरा यहाँ उतरा हुआ था। सभी स्तब्ध थे। किसी को नहीं पता था कि आगे क्या होने वाला है। टाउन हॉल में उन्हें अपने सवालों का जवाब मिलने की उम्मीद थी। इस समय यह टाउनहॉल क्यों बुलाया गया है, यह तो सब जान चुके थे। नैना की मौत की खबर फैल चुकी थी। लोगों को यकीन नहीं हो रहा था कि चैनल का सबसे चर्चित चेहरा नैना वशिष्ठ अब इस दुनिया में नहीं है।

वह नैना, जिसका रुतबा चैनल के मैनेजिंग एडिटर से भी बड़ा था। जिसे देश के प्रधानमन्त्री फॉलो करते थे। नैना चैनल की अकेली जर्नलिस्ट थी, जिसे देश का पुलित्ज़र कहा जाने वाला *मीडिया श्री* पुरस्कार मिल चुका था। चैनल की शान थी वह। उसका जाना चैनल के लिए बड़ा नुकसान था। लोग उसके जाने से इतना हैरान नहीं थे जितना उसके जाने के तरीके से। सबको इन्तज़ार था चैनल की लीडरशिप टीम का। लोग यह तो जान चुके थे कि नैना का मर्डर हुआ है, पर किन परिस्थितियों में हुआ है ये किसी को नहीं पता था। आगे की रणनीति क्या होगी? क्या चैनल नैना के मर्डर को कवर करेगा? करेगा तो किस तरह करेगा? क्या होगी चैनल की लाइन? ये सारे ऐसे सवाल थे जो लोगों के दिमाग में चल रहे थे। पुलिस भी चैनल के दफ़्तर में आकर जा चुकी थी। रोज़-रोज़ टाउनहॉल नहीं होता, यह तभी होता है जब मैनेजमेंट को

कोई खास अनाउंसमेंट करना होता है। दोपहर के 3 बजे का वक्त इसके लिए एकदम मुनासिब था क्योंकि यह चैनल में दो शिफ़्टों के मिलने का टाइम होता है। सुबह 6 बजे की शिफ़्ट वाले जा रहे होते हैं और 3 से 12 वाली शिफ़्ट के लोग आ जाते हैं।

वैसे भी आज चैनल के लिए बेहद तनाव वाला दिन था। नैना की मौत के बाद दुःख व खामोशी के बीच हलचल बढ़ गई थी। फिर चैनल का फेस बन चुकी नैना वशिष्ठ की हत्या से बड़ी और खास बात क्या हो सकती थी टाउनहॉल के लिए? अचानक से हलचल शुरू हुई और चैनल की लीडरशिप टीम लोगों के सामने आ गई। तीन लोग; सभी एकदम गंभीर। मैनेजिंग एडिटर गौरव वर्मा, एचआर हेड मोनिका भार्गव और लीगल हेड शिखा कुकरेजा। बाकी सब बड़े पदाधिकारी विदेश में एक मीटिंग के लिए गए हुए थे।

न्यूज़रूम में सभी लोग एकदम शान्त थे। वहाँ सन्नाटा फैला हुआ था। इतना सन्नाटा इस न्यूज़ रूम ने पहले कभी नहीं देखा गया। बस लोगों के सांस लेने की आवाज़ सुनायी दे रही थी। अचानक एक सिसकी से यह सन्नाटा टूट गया। सामने खड़ी एक लड़की अचानक रो पड़ी। उसके सहयोगी ने उस गले लगा लिया। उसे चुप कराने की कोशिश करने लगा। यह नई लड़की कुछ दिनों से नैना की टीम में इंटर्नशिप कर रही थी। नैना उसकी आदर्श थी। तभी चैनल के मैनेजिंग एडिटर गौरव वर्मा की आवाज़ गूँज उठी।

"दोस्तो, आप सब जान चुके हैं कि हम सबकी वरिष्ठ सहयोगी नैना वशिष्ठ अब इस दुनिया में नहीं हैं। आज सुबह जब वो रनिंग के लिए पार्क में गई थीं, तो किसी ने उनकी हत्या कर दी। पुलिस ने जाँच शुरू कर दी है। चैनल का प्रबंधन पूरी तरह से पुलिस और नैना के परिवार के साथ है।"

गौरव ने बेहद गंभीरता से अपनी बात रखी। गौरव ने कहा कि चैनल के सीईओ इस वक्त देश से बाहर हैं, लेकिन मोनिका जी से उनकी बात हुई है। यह कहते हुए उसने मोनिका भार्गव को आगे बुला लिया। मोनिका ने बताया कि सीईओ के निर्देश पर चैनल के वरिष्ठ अधिकारी बड़े पुलिस अधिकारियों के सम्पर्क में हैं। नैना के हत्यारे को किसी भी कीमत पर छोड़ा नहीं जायेगा। इसके लिए जो भी बन पड़ेगा चैनल करने को तैयार है। सभी लोगों को इस बात से आश्वस्त रहना चाहिए।

मोनिका ने जैसे ही अपनी बात खत्म की, गौरव ने पूछा, "क्या किसी को कोई सवाल पूछना है?"

एक हाथ ऊपर उठा और आवाज़ आयी, "जी, मेरे ज़ेहन में एक सवाल है।"

"बोलिए?"

"हमारी कवरेज क्या होगी? मतलब हम नैना वशिष्ठ के कत्ल को किस तरह से कवर करेंगे?"

गौरव ने एक नज़र लीगल हेड शिखा कुकरेजा पर डाली और कहा, "यह हमारे घर का मामला है इसलिए हमें सावधान रहना होगा। हम इस खबर में लिबर्टी नहीं ले सकते। हम लोग सब कुछ फैक्चुअल रखेंगे। कोई इमेजिनेशन नहीं होगी। मतलब यह सच है कि नैना की हत्या हुई है। हम यही कहेंगे। लेकिन हत्या की वजह क्या हो सकती है, इस बारे में कोई कयास नहीं लगायेंगे।

"मेरे कहने का मतलब यह है कि जैसा हम दूसरी ऐसी खबरों पर करते हैं, वह इस खबर में नहीं होगा। हम कोई गॉसिप नहीं बतायेंगे कि नैना के किस-किस के साथ रिश्ते थे? या उसका किस-किस से कब-कब झगड़ा हुआ था? नैना की व्यक्तिगत ज़िन्दगी पर भी हम कोई चर्चा नहीं करेंगे। नैना की इज़्ज़त को तार-तार करने वाला कोई भी काम हम नहीं करेंगे। बस एक तथ्यात्मक खबर चलेगी।

"इसके साथ ही जितने भी शोक सन्देश आ रहे हैं, उसका एक पैकेज बना लिया जायेगा। एक ऑबिच्युअरी भी जायेगी, जिसमें नैना की कामयाबी और उसके सफर को दिखाया जायेगा। नैना एक बेहतरीन पत्रकार और एंकर थी। हम चाहते हैं कि लोग नैना को इसी रूप में याद रखें।"

"लेकिन अगर दूसरे चैनल नैना की निजी ज़िन्दगी को खंगालेंगे तो उस पर हमारा क्या रुख होगा?" एक और सवाल आया।

"सवाल तो उठेंगे। इज़्ज़त तो तार-तार होगी क्योंकि इससे हम पर उंगली उठेगी, हमारी बदनामी होगी और उन्हें रेटिंग भी मिलेगी।"

इस बार जवाब चैनल की लीगल हेड शिखा कुकरेजा ने दिया, "दूसरे चैनल क्या करेंगे इसके लिए हम ज़िम्मेदार नहीं हैं। न ही हमें फिक्र करनी चाहिए। नैना हमारे परिवार का हिस्सा थी। उसका परिवार हमारा परिवार है। उसकी इज़्ज़त हमारी इज़्ज़त है। रही बात हमारे चैनल और रेटिंग की तो चैनल *नेशनल न्यूज़* का ब्रैंड इतना मज़बूत है कि किसी एक खबर से उसका कुछ नहीं बिगड़ेगा। रेटिंग भी कहीं नहीं जाने वाली। मैनेजमेंट की सेल्स, मार्केटिंग

और डिस्ट्रीब्यूशन टीम अपनी सालाना कॉन्फ्रेंस के लिए इस समय मॉरिशस में हैं, लेकिन यहाँ के हालात पर नज़र रख रही हैं। मार्केटिंग और डिस्ट्रीब्यूशन टीम का कहना है कि रेटिंग पर इम्पैक्ट नहीं आयेगा। हाँ, सेल्स टीम ने ज़रूर कहा है कि ज़्यादा नेगेटिविटी से लॉन्ग टर्म सेल्स पर असर पड़ सकता है पर उसके आसार कम हैं।"

"नैना की जगह कौन लेगा? अब कौन करेगा उसका शो?" यह अगला सवाल था।

"अभी यह हमारा कंसर्न नहीं है। पहली फिक्र नैना के कातिल को गिरफ़्तार करने की है, बाकी सब चीज़ें होती रहेंगी।"

"क्या पुलिस को चैनल में काम करने वाले किसी व्यक्ति पर भी शक है?"

लीगल हेड शिखा ने इसका जवाब दिया, "ऐसी कोई जानकारी हमारे पास नहीं है। अभी तो पुलिस ने हमसे सम्पर्क भी नहीं किया है। पुलिस की हर संभव मदद हम करेंगे। इस बात से फर्क नहीं पड़ता कि कातिल कहाँ काम करता है।"

"ओके। शुक्रिया दोस्तो। चलिए अब सब अपने काम पर चलें।" यह कहते हुए गौरव ने टाउनहॉल को खत्म कर दिया।

***

टाउनहॉल के बाद तीनों लोग न्यूज़रूम में बने एक कॉन्फ्रेंस रूम में आ गए। वहाँ एचआर हेड ने फोन करके नवीन शर्मा को भी बुला लिया। नवीन आउटपुट एडिटर था। गौरव के बाद चैनल चलाने की ज़िम्मेदारी उसी पर थी इसलिए इस मीटिंग में उसका होना ज़रूरी था।

नवीन के मीटिंग में आते ही एचआर हेड मोनिका भार्गव ने बात शुरू की। "यह चैनल के लिए बहुत बड़ा संकट है। पूरी टीम का मनोबल एकदम गिरा हुआ है। ज़रूरत है कि कोई ऐसा काम न किया जाये जिससे चैनल को और नुकसान हो।" अभी वह अपनी बात बोल ही रही थी कि नवीन शर्मा की बेचैनी देखकर उसने पूछा, "नवीन आप कुछ कहना चाहते हैं?"

"मैं ये चाहता हूँ कि आप अभी गौरव वर्मा का इस्तीफा ले लीजिए। यह आदमी ही है नैना का कातिल।"

"तुम्हारा दिमाग तो नहीं खराब हो गया है नवीन?" गौरव चिल्लाया। "क्या अनाप-शनाप बक रहे हो?"

"बक नहीं रहा, सच बोल रहा हूँ। इस आदमी ने नैना का मुंह बन्द किया है। अगर नैना ज़िन्दा होती तो आज ये आदमी कहीं मुँह दिखाने के काबिल ना होता।"

"शिखा इसे रोक लो वरना मैं अभी इसी वक्त इस आदमी को ठीक कर दूँगा।"

"क्या ठीक करोगे? साले तुम लड़कियों के पीछे भागने वाले, मुझे क्या ठीक करोगे। तुम्हारे बारे में कितनी बातें लेकर लड़कियाँ मेरे पास आती रही हैं। तुम जो उनको फिल्मी डायलॉग मारते रहे हो। बिस्तर पर लाते रहे। मैं चुप रहा। तुम्हारी इज़्ज़त करता था। दोस्त समझता था, लेकिन नैना के साथ तुम ये सब करोगे, सोचा न था। लानत है तुम पर।"

"तुम क्या बोलोगे नवीन? तुम तो खुद नैना के पालतू थे। उसके आगे-पीछे घूमने वाले। हर वक्त उसके लिए कुछ भी करने को तैयार रहने वाले। तुम क्या चाहते थे नैना से, मैं सब जानता हूँ। मेरा मुँह ना खुलवाओ।"

अब तक दोनों महिलायें चुप थीं। आखिर में लीगल हेड शिखा कुकरेजा ने दोनों को रोका और सख़्त नज़रों से देखते हुए कहा, "यह वक्त तमाशा करने का नहीं है। मुझे कुछ सवालों का जवाब चाहिए। सबसे पहले तो गौरव तुमसे, क्या तुमने नैना का कत्ल किया है?"

"कैसी बात कर रही हैं आप? कितने सालों से आप मुझे जानती हैं?"

"जानती हूँ इसीलिए तो पूछ रही हूँ। क्या तुमने नैना का कत्ल किया है, उसका मुँह बन्द करने की कोशिश की है?"

"नहीं, मैंने ऐसा कुछ नहीं किया है।"

"झूठ मत बोलो। पुलिस के दो हाथ पड़ेंगे तो सब सच निकल आयेगा।" यह नवीन की आवाज़ थी।

"नवीन तुम शान्त रहो," शिखा ने उसे रोका। "गौरव तुम्हारा पूरा रिकॉर्ड निकाला जा चुका है। वैसे तो तुम्हारे रिकॉर्ड में कोई शिकायत नहीं है, लेकिन तुम्हारी फ़्लर्ट करने की आदत सबको पता है। कल तुमने मोनिका से भी बात की थी, इन सबको मद्देनज़र रखने के बाद भी तुमको लगता है कि पुलिस की नज़र में तुम नहीं आओगे? फिर ये न्यूज़ रिपोर्ट भी तुमने पढ़ी ही होगी!" कहते

हुए शिखा ने *गॉसिप4मीडिया.कॉम* की खबर सामने कर दी और कहा, "हम जानते हैं कि सच क्या है।"

"पर मैंने कुछ नहीं किया है। नैना से मैं बात कर लेता। ऐसा कुछ नहीं होने वाला था। मैंने अपने घर पर भी सब कुछ बता दिया है। यह सिर्फ एक गलतफहमी थी, और कुछ नहीं।"

"साले भड़वे, कितनी सफाई से झूठ बोलता है। नैना के साथ सो रहा था और अपनी बीवी के साथ भी। और तो और आमना के साथ भी झामपटाखा कर रहा था। नैना इसी से खफा थी। तूने उसका मुँह बन्द कर दिया।" नवीन फिर चिल्लाया।

"आप इस बेवकूफ को बाहर निकालिए या मैं चला जाता हूँ। ऐसे तो कोई बात हो ही नहीं सकती।"

"नवीन, बिहेव योरसेल्फ। आप दोनों के लिए एक मैसेज है मैनेजमेंट की तरफ से। ध्यान से सुन लीजिए। आप दोनों पर मैनेजमेंट को भरोसा है लेकिन तभी तक जब तक आप इस मर्डर केस से दूर हैं। किसी भी इंसान पर आंच आती है तो कम्पनी और चैनल आपके साथ नहीं होगा। कम्पनी किसी भी इंडिवीजुअल से ऊपर है। चैनल के लिए एक-दो बन्दे मायने नहीं रखते। चाहे वे किसी भी पोस्ट पर क्यों न हों।" मोनिका ने कम्पनी की पोजिशन साफ-साफ बयान कर दी।

"इसका मतलब क्या है?" गौरव ने पूछा।

"इसका मतलब ये है कि अगर आपने कुछ भी गलत किया है या नैना का मर्डर किया है, तो चैनल का इससे कोई लेना-देना नहीं होगा। यह आपके और पुलिस के बीच का मामला होगा।"

"ये साला जायेगा जेल। इसकी जगह वहीं होनी चाहिए," नवीन फिर से बोल पड़ा।

इस बार गौरव उस पर झपट पड़ा, लेकिन मोनिका दोनों के बीच में आ गई। वह दोनों को डपटते हुए बोली, "आप दोनों बच्चे नहीं हो। अगर एक बार फिर आपने यह किया तो इसी वक्त दोनों को सस्पेंड कर दिया जायेगा। चैनल में घुसने पर पाबन्दी लगा दी जायेगी। समझ गए?"

"ओके...ओके..." दोनों ने थोड़ा संयत होते हुए जवाब दिया।

"एक बात और, पुलिस के साथ बातचीत में आपसे यह उम्मीद की जाती है कि आप फेयर रहेंगे। एक-दूसरे को ही फँसाने की कोशिश नहीं

करेंगे। जो सच है वही बोलेंगे। आपके इमोशन की कोई जगह नहीं है यहाँ। अंडरस्टुड? यहाँ आठ सौ लोगों की और चैनल की इमेज दाँव पर लगी है।"

दोनों ने हाँ में सिर हिला दिया।

"वन रॉन्ग स्टेप एंड बोथ ऑफ यू विल बी आउट ऑफ दिस चैनल।"

***

शाम हो चली थी। समर की जिप्सी जैसे ही बैकुंठ धाम सोसाइटी के गेट पर पहुँची। पत्रकारों का हुजूम उस पर टूट पड़ा। पिछले बारह घंटे से ये लोग यहीं जमे थे। समर ने रुक जाना ही बेहतर समझा। उसे लगा कि कुछ सवाल ले लेने चाहिए। वरना अभी जो स्टोरी नैना के कत्ल पर हो रही है, वह इंस्पेक्टर समर प्रताप सिंह के घमंड पर बन जायेगी। उसका पुराना इतिहास भी निकलते देर नहीं लगेगी।

"सर, सर, सर..." सारे लोग एक साथ सवाल पूछ लेना चाहते थे। एक साथ करीब पचास माइक उसके मुँह में घुसा दिये गए। हर किसी को ब्रेकिंग न्यूज़ की पड़ी थी। सब अपने सवालों के जवाब चाहते थे।

"क्या आप नैना के कातिल तक पहुँच गए हैं?"

"क्या नैना का कातिल उसका कोई जानने वाला है?"

"क्या नैना के कत्ल के पीछे कोई राजनीतिक साज़िश है?"

"क्या किसी सोशल मीडिया भक्त ने नैना का कत्ल किया है?"

"क्या नैना हेट वाइलेंस की शिकार हुई?"

इंस्पेक्टर समर ने सभी से एक-एक करके सवाल पूछने को कहा।

"क्या आप कातिल तक पहुँच गए हैं?"

"जी, हम जल्द ही कत्ल के पीछे कौन है, इसका खुलासा कर देंगे।"

"तो कौन है कातिल?"

"अभी इस बारे में कुछ भी कहना जल्दबाज़ी होगी। लेकिन जल्दी ही कातिल आपके सामने होगा।"

"क्या नैना के किसी सहयोगी ने कत्ल किया है? क्या गौरव वर्मा कत्ल का आरोपी है?"

समर ने देखने की कोशिश की कि सवाल पूछने वाला कौन था, तो देखा कि चालीस-पैंतालिस साल की एक महिला ने यह सवाल पूछा था। उसने कहा, "किसी का भी नाम लेना अभी जल्दबाज़ी होगी, आपको ऐसे किसी का नाम नहीं लेना चाहिए।"

"लेकिन आप इनकार नहीं कर रहे हैं?" उस महिला ने फिर पूछा।

"लेकिन मैं इकरार भी तो नहीं कर रहा हूँ। हर वह व्यक्ति जो नैना का करीबी रहा है उससे पूछताछ की जा रही है, लेकिन इस वक्त किसी का नाम लेना मुनासिब नहीं होगा।"

"इस खबर में कितनी सच्चाई है कि नैना ने मौत से चन्द घंटे पहले गौरव वर्मा पर यौन शोषण का इल्ज़ाम लगाया था? नैना का कहना था कि गौरव वर्मा ने उसका शारीरिक शोषण किया है?" महिला पत्रकार पीछे हटने को तैयार नहीं थी।

समर से रहा नहीं गया। उसने पूछ ही लिया, "आप कौन से चैनल से हैं मैडम?"

"मेरा नाम वर्षा दत्त है और मैं *जय हिन्द चैनल* से हूँ।"

"मैंने जैसा कहा कि अभी मैं इस बारे में सिर्फ इतना ही कह सकता हूँ कि हर एंगल से हम इस मामले की जाँच कर रहे हैं। जल्द ही पूरे मामले का खुलासा हो जायेगा।"

यह कहकर वह आगे बढ़ गया। इस वक्त वह और किसी सवाल का जवाब देने के मूड में नहीं था। रिपोर्टर उसका पीछा करते रहे। वह चुपचाप बगैर कुछ बोले सोसाइटी के अन्दर चला गया।

पिछली बार की तरह सर्वेश आज भी बाहर ड्रॉइंग रूम में बैठा था। उसे देखते ही वह उठा और स्टडी में आ गया।

पत्रकारों के सवाल ने समर को थोड़ा इरिटेट कर दिया था। उसने ज़्यादा वक्त बर्बाद न करते हुए सीधे अपना पिछला सवाल ही दोहरा दिया, "आपका और नैना का रिश्ता कैसा था?"

"आप यह सवाल पहले भी कर चुके हैं। मैंने कहा न कि वैसा ही था जैसा कि एक पति-पत्नी का होता है।"

समर का दिमाग वैसे ही खराब था, लिहाज़ा इस जवाब से वह बुरी तरह भड़क गया, "क्या ये पति-पत्नी, पति-पत्नी का रिश्ता लगा रखा है? क्या होता

है पति-पत्नी का रिश्ता? सीधे-सीधे यह बताइए कि आप अपनी पत्नी के साथ एक महीने में कितनी बार सेक्स करते थे?"

इंस्पेक्टर समर के इस सवाल ने सर्वेश को हैरान कर दिया। वह कोई जवाब देता इससे पहले ही समर थोड़ी तल्खी के साथ बोल पड़ा, "यह मत भूलियेगा कि आप दोनों अलग-अलग कमरों में सो रहे थे, यह बात आप ही ने मुझे कुछ घंटे पहले ही बताई थी, इसलिए अब मुझे स्पष्ट बताइए कि आपके और नैना के सेक्स सम्बन्ध कैसे थे?

"महीने में एक-आध बार...।" सर्वेश ने सकुचाते हुए कहा।

"अच्छा...क्या मतलब है महीने में एक-आध बार का?" समर ने आँखें चौड़ी करते हुए पूछा, "ठीक, तो अब यह भी बता दीजिये कि आखरी बार आपने अपनी पत्नी के साथ सेक्स कब किया था? कितने दिन पहले? सच-सच जवाब दीजियेगा क्योंकि इस एक सवाल के जवाब में बहुत कुछ छिपा है।"

सर्वेश शायद इस मैसेज को समझ गया। उसने धीरे से कहा, "याद नहीं कि नैना और मेरे बीच आखरी बार सेक्स कब हुआ था। दो साल से ज़्यादा हो गया है। हम दोनों की सेक्स लाइफ खत्म हो चुकी थी।"

"आपकी खत्म हो गई होगी। लेकिन नैना की खत्म नहीं हुई थी।" इंस्पेक्टर समर के मुँह से यह बात सुनकर सर्वेश को अच्छा नहीं लगा, यह उसके चेहरे से ज़ाहिर था, लेकिन वह कुछ बोला नहीं, बस समर के अगले सवाल का इन्तज़ार करता रहा। न जाने क्यों समर को सर्वेश पर दया आ गई। इस इंसान की पत्नी का कत्ल हो गया है। हो सकता है कि कत्ल इसी ने किया हो, लेकिन अगर यह कातिल नहीं है, तो इस पूरे मामले में इसका कोई दोष नहीं है। ऐसे में इसको टॉर्चर करना भी ठीक नहीं है।

टीवी रिपोर्टरों के सवालों से उपजा गुस्सा अब तक थोड़ा ठंडा पड़ गया था। समर ने पूछा, "क्या आप जानते थे कि नैना प्रेग्नेंट थी?"

यह सवाल सुनकर जिस तरह सर्वेश की आँखें छोटी हुईं, माथे पर बल पड़े, उससे समर को लग गया कि इसे नहीं पता था और अगर पता था तो सर्वेश वाकई बहुत अच्छा एक्टर था। सर्वेश ने कहा, "नहीं, मैं तो अभी सुन रहा हूँ, आपके मुँह से। क्या सच में नैना प्रग्नेंट थी?"

"तो उसने आपसे कभी नहीं कहा कि वह माँ बनने वाली है?" सर्वेश के सवाल के उत्तर में इंस्पेक्टर ने फिर से अपना सवाल झोंक दिया।

सर्वेश का चेहरा विकृत होता जा रहा है। इसके बाद वह जो बोला वह चौंकाने वाला तो था ही, इस बात का इशारा भी कर रहा था कि लगातार अलग सोने के बाद भी नैना से सर्वेश का लगाव पूरी तरह खत्म नहीं हुआ था, भले ही उसकी सेक्स लाइफ नहीं बची थी। वह बोला, "अच्छा हुआ कि हरामज़ादी मर गई वरना मैं ही अपने हाथों से मार देता, जब भी वह मुझे बताती।"

शायद इस अहसास से कि नैना की हत्या हो चुकी है और वह उस इंस्पेक्टर के सामने है जो इस हत्याकांड की तफ़्तीश कर रहा है, वह थोड़ा संभला और उसने समर से पूछा, "सर आप ही बताइए कौन-सा पति बर्दाश्त करेगा कि उसकी पत्नी किसी और के बच्चे को जन्म दे?"

समर सिर्फ उसे देखता रहा। उसके लिए यह तय कर पाना मुश्किल हो रहा था कि वह किसी कातिल से बात कर रहा है या एक हालात के मारे पति से। अगर इस इंसान ने कत्ल नहीं किया तो यह वाकई बड़ा बेचारा है और अगर किया है तो निश्चय ही यह बहुत बड़ा ड्रामेबाज़ है। समर ने फिर सोचा।

"इस बारे में कौन बता सकता है? या ऐसा कौन है जिसे नैना यह बात बता सकती थी? चलिए यही बता दीजिये कि नैना सबसे ज़्यादा किससे बात करती थी? नैना का कोई दोस्त, उसका विश्वासपात्र?" समर ने सवाल किया।

"नैना के दोस्त ज़्यादा नहीं थे। वह तो ऑफिस के लोगों से ही ज़्यादा रिश्ता रखती थी। हमारा कोई रिश्तेदार भी इस शहर में नहीं है। जो भी रिश्ते बने हैं वह यहीं आने के बाद बने हैं।"

समर सोच में पड़ गया। इस आदमी से तो कोई मदद ही नहीं मिल रही है, या यह कुछ बताना ही नहीं चाहता। क्या यह कुछ छुपा रहा है? समर एक ही दिन में आज तीसरी बार सर्वेश से बात कर रहा था और हर बार वह उसे मासूम ही लगा था। पर नैना उसकी पत्नी थी और जितना कम यह उसके बारे में जानता था, उससे यह सन्देह गहराता जा रहा था कि हो न हो कातिल यही है या इसने किसी से नैना का कत्ल कराया है।

समर को अब तक आगे बढ़ने के लिए कोई कड़ी नहीं मिल रही थी, उसे समझ नहीं आ रहा था कि वह किसी दिशा में आगे जाये। आज रात से पहले उसे एसीपी और डीसीपी साहब को रिपोर्ट भी देनी थी। एसीपी का मैसेज कुछ देर पहले ही आया था। वह जानना चाहते थे कि इस केस में क्या प्रोग्रेस हुई है। उन्होंने लिखा था, 'इस कत्ल को लेकर ऊपर तक बेहद खलबली मची है।'

अचानक उसे ख्याल आया और उसकी आँखें चमक उठीं। उसने सर्वेश से पूछा, "आपका फैमिली डॉक्टर कौन है?"

"डॉ. कविता गुप्ता हैं। हम सब लोग उन्हीं के पास जाते हैं। जनरल फिज़ीशियन हैं। यहीं मयूर विहार में उनका क्लीनिक है।"

यह सुनकर समर चौंक पड़ा। आखिर उसके दिमाग में पहले यह बात क्यों नहीं आयी? सर्वेश के जवाब ने उसे एक नई राह दे दी थी। जो रास्ते अभी तक बन्द नज़र आ रहे थे वे अचानक खुलने से लगे। उसने सर्वेश से डॉ. कविता गुप्ता का पता लिया। उससे पहले उसने सर्वेश से फोन करा कर यह सुनिश्चित कर लिया था कि डॉ. कविता अपने क्लीनिक पर ही हैं। समर ने एक गुत्थी तो लगभग सुलझा ही ली थी कि नैना हत्या के एक दिन पहले शाम को दो-तीन घंटों तक मयूर विहार में कहाँ थी। नैना अपनी डॉक्टर के पास थी। उसे लग रहा था कि नैना किसी वकील के पास गई होगी। अगर उसे गौरव वर्मा पर केस करना था तो उसे वकील से मिलना चाहिए था, लेकिन नैना ने वकील के पास न जाकर डॉक्टर के पास जाना ठीक समझा। अब उसकी सारी उम्मीदें डॉक्टर पर टिक गई थीं। शायद वही बता सकें कि नैना किसके बच्चे को जन्म देने वाली थी। क्या डॉक्टर को नैना ने बच्चे के पिता का नाम बताया होगा? फिलहाल बड़ा सवाल यही है।

***

मयूर विहार फेज़-1 के मार्केट में सबसे बड़ा क्लीनिक डॉ. कविता गुप्ता का ही था। वह समर का इन्तज़ार कर रही थीं। उसके वहाँ पहुँचते ही उन्होंने उसे अपने केबिन में बुला लिया। उन्होंने पहले से ही अगले दो घंटे के अपने सभी अपॉइंटमेंट कैंसिल करवा दिये थे।

समर ने बिना समय गंवाए मुद्दे की बात की और डॉ. कविता को अपने आने की वजह बताई। वह पूरी गंभीरता से समर की बात सुनती रहीं।

चालीस की उम्र होगी उनकी; एक सौम्य-सा चेहरा जिसपर हर वक्त एक मुस्कुराहट-सी रहती। उनकी आवाज़ बेहद मीठी थी। बीमार इंसान ऐसे डॉक्टर से मिल कर आधा तो वैसे ही ठीक हो जाता है। समर ने सबसे पहले यही जानना चाहा कि क्या नैना हत्या के पहले दिन उनके पास आयी थी।

अपनी मीठी आवाज़ में डॉ. कविता ने कहा, "जी आप बिल्कुल ठीक कह रहे हैं। नैना मेरे पास आयी थी।"

"किसलिए उसका आना हुआ था? कोई खास बात थी?" समर ने फिर सवाल किया।

"समर साहब, सॉरी, मैं आपको नाम से बुला सकती हूँ या इंस्पेक्टर साहब कहना ठीक होगा?" बड़े ही शालीन तरीके से उन्होंने यह पूछा।

"जैसा आप ठीक समझें, मुझे आपत्ति नहीं है।"

"देखिए समर साहब, वैसे तो यह एक डॉक्टर और उसके पेशेंट के बीच की बात है, जोकि बेहद निजी और गोपनीय होती है। हमें इसकी जानकारी किसी को नहीं देनी चाहिए, लेकिन यह मामला थोड़ा अलग है। अब नैना तो नहीं है लेकिन उसका परिवार है, एक बेटा है। कुछ बातें ऐसी होती हैं जो हम किसी को नहीं बताना चाहते। मैं भी आपसे यही चाहती हूँ कि कानून की मदद करने के लिए मैं कुछ बातें आपसे शेयर ज़रूर करूँगी, पर इस भरोसे के साथ कि आप भी एक डॉक्टर और उसके पेशेंट के बीच की गोपनीयता का सम्मान करेंगे और तब तक इन बातों को सार्वजनिक नहीं करेंगे, जब तक कि वह नैना के कातिल को पकड़ने के लिए ज़रूरी न हो जाये। अगर आप यह वादा मुझसे कर सकते हैं, तो ही मैं अपना संकल्प तोड़ूँगी।"

"आप निश्चिन्त रहिये। मैं आपको विश्वास दिलाता हूँ कि मैं आपके और नैना के बीच की बातचीत को कभी सार्वजनिक नहीं करूँगा।" समर ने पूरी गंभीरता से कहा।

"वैसे तो नैना मेरे पास अपने ऑफिस की कुछ परेशानियाँ शेयर करने आयी थी। वह अक्सर मेरे पास आ जाती थी, पर कल वह ज़्यादा ही परेशान थी। मुझे अच्छी तरह याद है कि कल आते ही उसने मुझसे जो पहली बात कही थी वह थी कि वह अब जीना नहीं चाहती।

"मैंने कहा, 'क्या हो गया नैना? डोंट बी सिली...ऐसी क्या बात है जो मेरा चैम्पियन ऐसी बातें कर रहा है?'

"नैना की आँखें बन्द रहीं, वह शायद खुद से लड़ रही थी। उसे रोना तो आ रहा था, लेकिन वह रोना नहीं चाहती थी। आपको यह जान कर हैरानी होगी कि नैना के अन्दर एक नहीं दो-दो नैना रहती थीं। एक वह जो उसके परिवार के लिए थी और दूसरी वह जो सार्वजनिक जीवन में थी यानी एंकर नैना, जिसका चेहरा रोज़ाना करोड़ों लोग देखा करते थे। उसकी दोनों ज़िन्दगियाँ अलग-अलग थीं, लेकिन अक्सर दोनों मिल जाती थीं और तब उनमें गंभीर मतभेद उभर आते थे। ऐसे में नैना को समझ नहीं आता था कि वह क्या करे?

"बहुत करीने से नैना ने अपनी इस ज़िन्दगी को गढ़ा था, पर ऐसा लग रहा था कि अब वह नैना इस एंकर नैना को संभाल नहीं पा रही थी क्योंकि 2014 से पहले की नैना अगर होती, तो यह सब तो होना ही नहीं था। एंकर नैना कमज़ोर पड़ रही थी। उसे तय करना था कि वह क्या चाहती है।"

डॉ. कविता गुप्ता ने नैना द्वारा कहे गए एक-एक शब्द को जैसे याद कर लिया था। "नैना बोलती जा रही थी, 'मैं थक गई हूँ' उसके आँसू बह रहे थे। 'मुझसे और नहीं होता ये नाटक। मेरे अन्दर घना अंधेरा है। बाहर से मैं भले ही चमक-दमक से भरपूर हूँ। ऐसा क्यों होता है कि हर वक्त दूसरे लोग ही हमारी ज़िन्दगी को कंट्रोल करते हैं। हर वक्त हम ही सफर करें। सेक्रिफाइज़ करें। क्यों हम महिलाएँ लोगों के हाथों की कठपुतलियाँ बन जाती हैं?'

"नैना की इन बातों का मेरे लिए कोई मतलब नहीं था। मुझे पता भी नहीं था कि इन एब्सट्रेक्ट-सी बातों के ज़रिए वह क्या कहना चाहती थी, पर सच बताऊँ तो मैं नैना की लाइफ कोच भी थी। कहने को तो उसकी डॉक्टर थी, लेकिन मैं उसकी बहन भी थी; दोस्त भी और हमराज़ भी थी। जब भी वह खुद से परेशान हो जाती थी, मेरे पास ही आती थी सलाह के लिए। नैना को सलाह देने के लिए मुझे ये जानना ज़रूरी था कि उसके अन्दर चल क्या रहा है। मैंने उसे बोलने दिया।" डॉ. कविता गुप्ता ने कहा।

"इस बीच नैना जैसे एकालाप में ही बड़बड़ाने-सी लगी, 'मेरे पास प्यार रुकता क्यों नहीं है? कुछ भी कर लूँ, लेकिन लोग चले ही जाते हैं। गौरव ने भी यही किया।' इस बातचीत में मैं पहली बार शरीक हुई और उससे पूछा, 'कौन गौरव? गौरव वर्मा? तुम्हारा बॉस?' नैना ने हाँ में सिर हिलाया और कहा, 'उसने भी वही किया जो सर्वेश ने किया। गौरव ने मुझे दगा दिया है। वह यही कहता था कि मुझसे मुहब्बत करता है 'बेबी आई लव यू; यू आर माई लाइफ' लेकिन अब वह एक नई नवेली एंकर के साथ फ़्लर्ट कर रहा है।

"'इंसान इतना खोखला क्यों होता है? सच क्यों नहीं बोलता या फिर झूठ बोलने की ज़रूरत क्या है? मैंने तो उससे नहीं माँगा था, मुझे तो उसकी ज़िन्दगी में नहीं जाना था। मुझमें इस रिश्ते को लेकर कोई भावनाएँ नहीं थीं, लेकिन उसने इमोशन डाला। उसने मुझे यह अधिकार दिया।

"'गौरव ने जताया कि मैं उसके लिए इम्पॉर्टेंट हूँ। बेवजह मेरी ज़िन्दगी में उम्मीदें दीं। यह अहसास कराया कि हम साथ हो सकते हैं।' 'तो इसलिए परेशान हो तुम कि गौरव तुम्हारे अलावा किसी और से भी फ़्लर्ट कर रहा है?' मैंने पूछा। 'हाँ, उसकी पत्नी को मैंने मंज़ूर कर लिया था। उसने कहा था कि

अपने शादीशुदा रिश्ते से वह बाहर निकल रहा है, लेकिन अब मुझे लगता है कि यह सब भी झूठ है। उसका अपनी पत्नी को छोड़ने का कोई इरादा नहीं था। वह तो आमना को फँसाने में लगा हुआ है।

"'मुझे नहीं पता कि मैं इतना इमोशनली उसके साथ क्यों जुड़ गई? मुझे नहीं होना था इन्वॉल्व। लेकिन अब बात बहुत आगे निकल गई है। मैं पीछे नहीं हट सकती। आज मुझे अहसास हो रहा है कि मेरा कोई वजूद नहीं है। नैना वशिष्ठ सिर्फ एक जिस्म है, जिसे जो चाहे इस्तेमाल कर ले। ये नहीं हो सकता। यह मैं नहीं होने दूँगी।'

"यह कह कर वह उठ खड़ी हुई। काफी गुस्से में थी वह। मैंने पूछा था, 'क्या किया है तुमने? ऐसी कौन-सी बात है जिससे तुम पीछे नहीं हट सकतीं? क्या नहीं होने दोगी? प्लीज़ बैठ जाओ और मुझे सारी बात बताओ।'

'मैं गौरव वर्मा पर सेक्सुअल हैरेसमेंट का आरोप लगा रही हूँ। मैं उसके खिलाफ लिखूँगी। सब कुछ सोशल मीडिया में पब्लिक कर दूँगी। इस बार वह बच नहीं पायेगा।'

"नैना के शब्दों ने मुझे डरा दिया था। मुझे लगा इससे तो उस लड़की का करियर भी चौपट न हो जाये? 'आर यू श्योर? तुमने अच्छे से सोच लिया है। क्योंकि यहाँ से पीछे हटना मुमकिन नहीं है। यौन शोषण के मामलों में तुमने देखा ही होगा है कि क्या होता है। औरतों के साथ ऐसे मामलों में अमूमन नाइंसाफी ही होती है।

"मैंने समझाते हुए आगे कहा था, 'नैना, यह फैसला सिर्फ तुम्हारी ज़िन्दगी की ही दिशा तय नहीं करेगा बल्कि सर्वेश और अंगद की लाइफ पर भी इसका असर पड़ेगा। सोशल मीडिया पर भी तुम्हें लोग छोड़ेंगे नहीं। आज भी तुम्हारा हर कदम उनकी नज़रों में होता है, तो बाद में क्या होगा यह सोच लो।'

'इसीलिए तो आपके पास आयी हूँ।' यह कह कर वह कुर्सी पर निढाल पड़ गई। 'मैं बाहर से भले ही सख़्त हूँ, लेकिन अन्दर से बेहद कमज़ोर हूँ। आप तो जानती हैं कविता जी।'

"एंकर नैना रुथलेस थी। प्रोफेशनल लाइफ में दया और ममता की कोई जगह नहीं थी, लेकिन व्यक्तिगत ज़िन्दगी में वह एकदम भोली-भाली थी। उसके मन में छल-कपट नहीं था। पिछले चार-पाँच साल से वह बदल गई। जैसे-जैसे शोहरत बढ़ती गई, पैसा आता चला गया। रिश्ते दूर होते गए।

नए रिश्ते बनते गए। अपनों के लिए वक्त कम होता चला गया। गैरों के साथ ज़्यादा वक्त बीतने लगा। नैना को इस बात का पता भी नहीं चला कि वह क्या हो गई है।

"चैनल की राजनीति और शोहरत को बरकरार रखने की चाह ने उसे एक रुथलेस इंसान बना दिया था। वह हर हाल में जीतना चाहती थी। हार नाम का शब्द उसकी डिक्शनरी में नहीं था। हैरानी की बात तो यह है कि पुरुषों से उसकी अच्छी बनती थी। उनसे दोस्ती हो जाती थी, लेकिन महिलाएँ उसकी दुश्मन बन जाती थीं। खासतौर पर चैनल में काम करने वाली सहयोगी नैना को पसन्द नहीं करती थीं। यह बात तो नैना खुद कहती थी। यह और बात थी कि नैना भी उन लोगों को पसन्द नहीं करती थी।

"नैना ने एक बार मुझसे कहा था कि उसे चैनल में काम करने वाली महिलाएँ पसन्द नहीं हैं क्योंकि वे उससे मुकाबला करने लगती हैं। जबकि पुरुषों से उसका कोई मुकाबला नहीं था। पुरुष उसके मुकाबले कहीं टिकते ही नहीं थे। ये भी नैना के शब्द थे।

"नैना को मैंने समझाया कि इतनी जल्दबाज़ी में कोई फैसला न करे। ऐसे फैसले तुनक और तैश में आकर नहीं किये जाते। ये बातें काफी सोच-समझकर करनी पड़ती हैं। आज तुम गुस्सा हो इसलिए हो सकता है सही फैसला न कर पाओ। एक काम करो, आज इस फैसले को मुल्तवी कर दो। कल इस बारे में बात करेंगे। 'यह नहीं हो सकता। फैसला तो आज ही होगा। आज ही मुझे फेसबुक पोस्ट लिखनी है। आज ही मुझे ट्वीट करना है। गौरव वर्मा को उसके किये की सज़ा आज ही मिलनी चाहिए। आज ही उसे पता चलना चाहिए कि वह कितना गिरा हुआ इंसान है।'

"नैना ऐसा नहीं सोचते। ना ही इतने गुस्से में ऐसे काम करते हैं, और ये मामला वैसे भी पेचीदा है। यहाँ महिलाओं की सुनवाई नहीं होती। हर कोई तुमसे सुबूत माँगेगा। 'मेरे पास है सुबूत।' नैना ने कहा।

"वह तो उसके पास भी होंगे। क्या है तुम्हारे पास? कुछ मैसेजिज़; कुछ फोटो और क्या? लेकिन वो तो उसने भी संभाल कर रखे होंगे। तुम खुद ही कह रही हो तुम इमोशनली अटैच हो चुकी थीं गौरव के साथ। ऐसे में तो तुमने भी काफी कुछ लिखा होगा। फिर ये भी मत भूलो कि तुम भी एक शादीशुदा महिला हो। तुम्हारा भी तो परिवार है जैसे गौरव का है। गलती दोनों की है। दोनों बालिग हो। तुम गौरव पर ऐसा आरोप नहीं लगा सकती हो।

"'आरोप तो लगा सकती हूँ मैं।' यह कहते हुए एक क्रूर-सी मुस्कुराहट उसके चेहरे पर आ गई। 'यकीन भी लोग मेरा ही करेंगे। भले ही ये शॉर्ट टर्म गेन हो लेकिन गौरव वर्मा को नौकरी छोड़नी ही होगी वरना निकाल दिया जायेगा।'

"सही कह रही हो। लेकिन लॉन्ग टर्म गेन...उसका क्या होगा? क्या होगा लॉन्ग टर्म में? तुम्हारी इमेज का क्या होगा? गौरव भी तुमसे बदला लिये बगैर नहीं रहेगा। उसके पास जो कुछ होगा वह सामने लायेगा। आज तुम्हारी इमेज पब्लिक के सामने एक चरित्रवान, ईमानदार और उसूलों पर खड़ी होने वाली एंकर की है, जो अपनी निजी ज़िन्दगी में कोई नॉनसेंस सुनना पसन्द नहीं करती। क्या होगा इस छवि का, सोचा है तुमने?'

"'आई एम हर्ट...' उसने मुझसे झूठ बोला। मैंने नहीं कहा था कि मुझसे वादा करो। मुझे उसके सहारे की ज़रूरत नहीं थी। ही लाईड टु मी।' नैना गुस्से में थी। 'शान्त हो जाओ नैना। धैर्य रखो। गुस्से से अपना ही नुकसान होता है।' मैंने समझाया।

"'जो होगा देखा जायेगा, लेकिन गौरव वर्मा नहीं बचेगा। आप मुझे अपनी लॉयर दोस्त का नम्बर दीजिये। आपसे बात करके और भी ज़्यादा क्लैरिटी आ रही है। प्लीज़ उनका पता भी दे दीजिये।' मैंने उसे अपनी दोस्त ईशा जैन का नम्बर दे दिया। यह एक अच्छी बात थी कि वह वकील से बात करना चाह रही ही थी। ये जानकर मुझे तसल्ली मिली थी। इसका एक मतलब यह भी था कि नैना तुरन्त ही कुछ लिखने वाली नहीं थी।

"नैना ने मुझसे कहा कि मैं ईशा को फोन करके पता करूँ कि वह इस वक्त उपलब्ध है या नहीं। मैंने फोन किया तो ईशा अपने ऑफिस में ही थी। वह यहीं रहती है, कोर्ट अपार्टमेंट में। नैना ने उसके बाद कोई बात नहीं की। तब तक तकरीबन रात के 8 बज रहे थे। अपना बैग उठाकर वह दरवाज़े तक पहुँच गई थी कि अचानक उसे कुछ याद आया। वह पलटी और उसने मुझसे कहा, 'डॉ. कविता मेरे पीरियड्स मिस हो गए हैं।'

"तो इसमें परेशानी की बात क्या है, अभी टेस्ट कर लेते हैं। मैंने उसे एक प्रेग्नेंसी टेस्ट स्ट्रिप दी जिसे लेकर वह वॉशरूम में चली गई। दो मिनट बाद जब वह बाहर आयी तो उसका चेहरा खिला हुआ था। नैना का चेहरा बता रहा था कि वो प्रेग्नेंट थी। उसने बाहर आकर मुझे गले लगा लिया। मैंने उसे बधाई दी। 'थैंक यू कविता जी। अब मैं जाती हूँ। ईशा जी मेरा इन्तज़ार कर रही होंगी।' यह कहकर वह चली गई।

"आज सुबह ही मैंने उसकी मौत की खबर सुनी तो हैरान हो गई। सोचा था कि सर्वेश को फोन करके उस बारे में कुछ बताऊँ। फिर सोचा कि बाद में कभी उसे बता दूँगी। वैसे भी पोस्टमॉर्टम में तो यह बात सामने आ ही जानी थी।" यह कहकर वह चुप हो गईं।

इंस्पेक्टर समर पूरे ध्यान से डॉ. कविता की बात सुन रहा था। उनके चुप हो जाने से उपजी खामोशी से वह चौंक गया। फिर पूछा, "क्या आप जानती हैं कि नैना के होने वाले बच्चे का पिता कौन है?"

"ये कैसा सवाल है?"

"आपको नैना ने यह नहीं बताया कि इस बच्चे का पिता कौन है?"

"मुझे क्यों बताना चाहिए था?" डॉ. कविता ने उल्टा सवाल दागा। उन्हें समर की यह बात अच्छी नहीं लगी। फिर भी वह बोलीं, "मेरा कोई हक नहीं बनता था इस सवाल का जवाब जानने का। यह तो नैना को ही तय करना था कि वह मुझे बताए या नहीं। दूसरा उसने मुझे इतना वक्त ही नहीं दिया कि मैं कुछ पूछ सकूँ। प्रेग्नेंसी की जानकारी मिलते ही वह चली गई। वैसे भी किसी के निजी मामलों में मेरी दिलचस्पी तब तक नहीं होती, जब तक वह खुद कुछ शेयर ना करना चाहे।"

"सर्वेश का कहना है कि ये बच्चा उसका नहीं है। उसे भी नैना ने प्रेग्नेंसी के बारे में नहीं बताया था।" समर ने डॉ. कविता से कहा।

"अगर सर्वेश ने कहा है तो सच ही कहा होगा। दोनों के रिश्ते अब ऐसे नहीं थे। बस कहने के लिए ही दोनों साथ थे।"

"क्या हुआ था नैना और सर्वेश के रिश्ते को? दोनों एक-दूसरे से प्यार करते थे। छोटे शहर से बड़े सपने लेकर एक साथ आये थे, फिर इनके बीच ऐसा क्या हुआ? नैना ने आपको तो बताया होगा? आपने ही कहा कि वह आपसे सब कुछ शेयर करती थी। क्या सर्वेश की नौकरी जाना, उसका घर पर रहना, इस रिश्ते को खा गया, या नैना की शोहरत और उसके बढ़ते कद ने सर्वेश के मन में कुंठा पैदा कर दी?"

"ऐसा कुछ भी नहीं हुआ इंस्पेक्टर समर। यह वे बाते हैं जो हमारा समाज पैदा करता है। नैना को अपनी कामयाबी, शोहरत और दौलत का कोई गुमान नहीं था। दरअसल हम और हमारा समाज एक औरत की कामयाबी को कभी सामान्य रूप से नहीं देखते हैं। हम यह मानते हैं कि अगर वह कामयाब है, और अपने हक की बात करती है, तो शोहरत उसके दिमाग में चढ़ गई है।

अगर वह डिमांड करे और पुरुषों से मुकाबला करे तो पागल करार दी जाती है। क्योंकि नैना स्मार्ट थी, उसे हासिल करना आता था। पुरुषों की इस दुनिया में कामयाब कैसे होना है, वह जानती थी इसलिए सर्वेश की नाकामी के लिए भी नैना को ज़िम्मेदार ठहरा दिया गया।"

"तो फिर क्या हुआ था? क्यों दोनों के रिश्ते खराब हो गए? क्यों दोनों अलग-अलग कमरों में रहने लगे? क्यों नैना ने सर्वेश को घर छोड़कर जाने के लिए कहा?"

"ये क्या कह रहे हैं आप? नैना ने सर्वेश से घर छोड़ कर जाने को कहा? ये कब हुआ?" चौंकते हुए डॉ. कविता ने पूछा।

"कल रात जब वह आपसे मिल कर लौटी तो उसने सर्वेश को आज सुबह तक घर छोड़ देने का अल्टीमेटम दिया था।"

"अच्छा ये तो मेरे लिए भी चौंकाने वाली खबर है। यह काम अगर नैना को करना था, तो बहुत पहले कर देना चाहिए था। पर तब तो उसने किया नहीं। आखिर कल ऐसा क्या कर दिया सर्वेश ने कि नैना ने उससे अलग होने का फैसला कर लिया?"

"आप कह रही थीं कि नैना को सर्वेश की बेरोज़गारी या उसके काम न करने से कोई दिक्कत नहीं थी। तो आखिर दिक्कत किस बात की थी?"

"यह बात करीब ढाई या तीन साल पुरानी है। शायद 2017 के शुरुआती या 2016 के आखरी दिनों की बात होगी। नैना को किसी टीवी चैनल में काम करने वाले एक लड़के ने फोन किया था। उसने अपनी गर्लफ्रेंड के मोबाइल पर सर्वेश की डिफ्रेंट एंगल में खिंची न्यूड फोटोज़ देखी थीं। उस लड़के को शक था कि ये फोटोज़ सर्वेश ने खुद ही खींचकर भेजी थीं। उस लड़के ने अपनी गर्लफ्रेंड से भी नैना की बात कराई, जिसने इस बात को दोहराया कि उसे ये फोटोज़ सर्वेश ही भेज रहा था। सर्वेश और उस लड़की के बीच कुछ समय तक अफेयर भी रहा, बाद में लड़की ने रिश्ता तोड़ लिया। लेकिन सर्वेश लगातार ऐसी न्यूड फोटोज़ भेजता रहा। यह लड़की सर्वेश के चैनल में भी काम कर चुकी थी। नैना के कहने पर उन दोनों ने उसे फोटोज़ भेज भी दीं। मैंने भी देखी थीं वो फोटोज़।"

"नैना का क्या रिएक्शन था इस पर? कैसे हैंडल किया उसने इस पूरे वाकय को?"

"वह टूट गई थी। सर्वेश इतना गिर जायेगा, यह उसने नहीं सोचा था। पहले तो उसने खुद को ही ज़िम्मेदार माना इस पूरे मामले के लिए। उसे लगा था कि वह बिज़ी हो गई है। काम से वक्त नहीं मिलता शायद इसलिए सर्वेश बहक गया, लेकिन जल्द ही उसका यह भ्रम दूर हो गया। एक दिन उसने सर्वेश का फोन उठा कर चेक कर लिया। सर्वेश का फोन उसकी खुद की नंगी फोटोज़ से भरा पड़ा था। कोई अपनी बॉडी के लिए इतना पागल कैसे हो सकता है? आखिर ये कौन-सी बीमारी है कि आप अपनी ही न्यूड फोटो खींचते रहते हैं। नैना घबरा गई थी। उसने मुझसे सलाह भी ली, लेकिन इसका क्या इलाज है। लोग सेल्फी लेते रहते हैं। जहाँ मौका मिल जाये शुरू हो जाते हैं। सेल्फी के लिए पागलपन की हद तक जाते हैं। तो बाथरूम में न्यूड होकर सेल्फी लेना भी क्रेज़ है। हाँ, अगर आप इसे किसी के साथ शेयर करते हो तो ये कहा जा सकता है कि आप अपनी मर्यादा को तोड़ रहे हो।"

"नैना ने सर्वेश से पूछा तो ज़रूर होगा? फिर क्या हुआ दोनों के बीच?" समर ने अगला सवाल किया।

"वही जो होना चाहिए था। दोनों के बीच जमकर झगड़ा हुआ था। नैना ने घर छोड़कर जाने के लिए बैग उठा लिया, वह सबकुछ छोड़ देना चाहती थी। उसकी ज़िन्दगी सर्वेश था। वह उसी की वजह से यहाँ आयी थी। जब सर्वेश ही नहीं था तो उसे यहाँ रहकर क्या करना था।"

"फिर क्यों रुक गई? क्यों नहीं गई वह वापस?"

"बस सर्वेश ने उसे मना लिया। उसने अंगद के सिर पर हाथ रख कर कसम खाई कि आगे से ऐसा नहीं करेगा, बस वह उसे एक मौका दे दे। नैना ने उसकी बात पर विश्वास कर लिया, लेकिन उसके दिल से सर्वेश हमेशा के लिए उतर गया। नैना ने उस दिन के बाद से ही अपना कमरा अलग कर लिया। वह अब सिर्फ रिश्ते में ही पति-पत्नी थे। मानसिक और जिस्मानी तौर पर अलग हो चुके थे।"

"इसके बाद और कुछ नहीं घटा नैना और सर्वेश के बीच? क्या नैना ने कभी चेक किया कि सर्वेश ने न्यूड सेल्फी लेनी बन्द की या नहीं?" समर ने पूछा।

"पता नहीं, लेकिन नैना ने फिर कभी इस बारे में बात नहीं की। नैना इस घटना के बाद पूरी तरह बदल गई। अब वह आज़ाद हो गई थी। हकीकत में उसने खुद को आज़ाद कर लिया था। अब वह किसी बंधन में नहीं थी।"

"कोई और बात आपको याद आये तो मुझ बताइयेगा। बहुत-बहुत शुक्रिया आपने मुझे इतना वक्त दिया।" यह कह कर समर खड़ा हो गया।

"अच्छा अगर आप अपनी वकील दोस्त ईशा जैन को खबर कर दें तो मैं उनसे भी मिल लूँ। मेरे लिए यह भी जानना ज़रूरी है कि वहाँ उनके बीच क्या बात हुई थी।"

"मैं अभी कर देती हूँ। इस वक्त तो वह अपने ऑफिस में ही होती है।" यह कहते हुए डॉ. कविता ने फोन मिला दिया। समर उनके केबिन से बाहर निकल गया।

***

कोर्ट अपार्टमेंट मयूर विहार में ही था। वह एक मिनट में ही वहाँ पहुँच गया। ईशा जैन सुप्रीम कोर्ट की जानी मानी वकील थीं। महिलाओं से जुड़े मामलों में उनकी अच्छी-खासी पकड़ थी। मीटू के कई मामलों को वह देख रही थीं। समर के वहाँ पहुँचते ही ईशा जैन उससे मिलीं, शायद वह भी मामले की गंभीरता को समझ रही थीं इसलिए उन्होंने भी समर को इन्तज़ार नहीं कराया।

एक बड़ा-सा कमरा था। चमचमाती हुई टेबल और उसके पीछे कुर्सी पर बैठी ईशा जैन। उसके कमरे में घुसते ही वह उठ खड़ी हुईं और हाथ मिलाया। समर ने उन्हें नैना के बारे में पूरी ब्रीफिंग दी और अपने आने का मकसद बताया।

"दरअसल मुझे यह जानना है कि नैना ने आपसे क्या बातें कीं? कल रात को जब वह यहाँ आयी थी तो क्या बात करना चाहती थी?"

"उसने मुझसे ऑफिस में होने वाले यौन शोषण और मीटू मूवमेंट के बारे में डिस्कशन किया था। उसने सेक्सुअल हैरेसमेंट और विशाखा पॉलिसी के बारे में बात की। इस तरह के जो भी केसेज़ मेरे पास चल रहे हैं, उसके बारे जानकारी ली।"

समर ने पूछा, "क्या उसने किसी खास केस के बारे में भी बातचीत की?"

"नहीं तो, वह तो अपने चैनल पर एक शो बना रही थी जिसके लिए उसे बैकग्राउंड इन्फॉरमेशन चाहिए थी। साथ ही मुझे शो में बतौर गेस्ट बुलाना चाहती थी। बस यही कहा था नैना ने।"

"नैना ने आपसे यह नहीं कहा कि वह किसी पर यौन शोषण का आरोप लगाना चाहती है?" समर ने हैरान होते हुए पूछा।

"ऐसी तो कोई बात नैना ने मुझसे नहीं की।"

"आपसे जब नैना ने बात की तब उसका मूड कैसा था? क्या वह उदास या अपसेट थी? नाराज़ लग रही थी?"

"नहीं तो, वह तो एकदम बढ़िया मूड में थी। काफी खुश नज़र आ रही थी। उदासी और नाराज़गी जैसी कोई बात तो मुझे उसमें नज़र नहीं आयी। वैसे किस पर यौन शोषण का आरोप लगाना चाहती थी नैना? इतनी दबंग लड़की का शोषण कौन कर सकता है भला?" एडवोकेट ईशा जैन ने अचरज जताया।

"अपने बॉस गौरव वर्मा पर, उससे काफी नाराज़ थी वह। सच तो यह है कि इसी सिलसिले में वह आपसे मिलने आयी थी। आपसे सलाह लेना चाहती थी वह। आज फेसबुक और ट्विटर पर सारी बातें लिखने भी वाली थी लेकिन आश्चर्य है कि उसने ऐसा कुछ कहा ही नहीं आपसे।"

"कमाल है, नैना ने तो सिर्फ जनरल बातचीत की। अपने बारे में तो कुछ कहा ही नहीं।" ईशा ने हैरानी जताते हुए कहा।

"आर यू श्योर? मतलब आपको एकदम ठीक-ठीक याद है न कि नैना ने क्या-क्या कहा था?"

"समर साहब, मैं वकील हूँ। एक-एक बात पर बाल की खाल निकालती हूँ। मेरे पास याददाश्त ही है जो मुझे केस जिताती है। मैं एक-एक धारा याद रखती हूँ। कब किस केस में क्या जजमेंट आया, यह याद रखती हूँ। किसने कल शाम को क्या कहा था, इसे तो भूलने का सवाल ही पैदा नहीं होता। जो भूल जाये वो वकील नहीं होता।"

"ओके। थैंक यू मैम। आपने मुझे वक्त दिया इसके लिए शुक्रिया। अगर कोई बात याद आये तो प्लीज़ मुझे फोन कर दीजियेगा।" यह कह कर समर वहाँ से निकल गया।

उसे अब डीसीपी शर्मा को पूरी ब्रीफिंग देनी थी। एसीपी साहब को भी वहीं मिलना था।

***

बाहर आकर समर अपनी जिप्सी में बैठ गया। उसने ड्राइवर से ऑफिस चलने को कहा। ईशा जैन की बातों से उसकी उलझन और बढ़ गई थी। उसे समझ नहीं आ रहा था कि नैना ने आखिर वकील से अपने केस के बारे में बात क्यों नहीं की? क्या उसका इरादा बदल गया था? क्या अब वह गौरव के खिलाफ कोई शिकायत नहीं करना चाहती थी? अगर उसने अपना इरादा बदला था तो इसकी वजह क्या थी?

क्या प्रेग्नेंट होने की खबर ने नैना का इरादा बदल दिया था? क्या गौरव वर्मा ही तो इस बच्चे का पिता नहीं है? क्या गौरव वर्मा को माफ कर देना चाहती थी नैना? इन सवालों का जवाब तो सिर्फ एक ही आदमी दे सकता था वह है खुद गौरव वर्मा। उसने गौरव वर्मा को फोन लगाया। गौरव उस वक्त ऑफिस में ही मौजूद था। उसने कहा कि वह पाँच मिनट में वहाँ पहुँच रहा है। साथ ही उसने नवीन शर्मा को भी वहीं रोकने को कहा। अब समर ने अपने ड्राइवर से कहा कि वह गाड़ी मोड़े और फिल्म सिटी में सैक्टर 16ए चले।

मयूर विहार से फिल्म सिटी का दस मिनट का रास्ता था। चैनल के ऑफिस में पहुँचने के बाद वह सीधा गौरव के केबिन में पहुँच गया।

इंस्पेक्टर समर ने गौरव से सीधा सवाल किया, "नैना से आखरी बार सेक्स कब किया था आपने?"

"यह कैसा सवाल है? मुझे तो याद भी नहीं है। इस सवाल का इस केस से क्या ताल्लुक है?" गौरव सकपकाया-सा बोला।

"ताल्लुक है। अपनी याददाश्त पर ज़ोर डालो और मुझे जवाब दो वरना यहीं से हथकड़ी लगाकर ले जाऊँगा।" गौरव वर्मा के इस जवाब से भड़कते हुए इंस्पेक्टर समर ने कहा।

गौरव के मुँह से आवाज़ नहीं निकली। वह भौंचक्का-सा समर को देखता रहा। समर ने उससे फिर पूछा, "आखरी बार सेक्स कब किया था, बताओ?"

"पिछले हफ़्ते ही हम मिले थे।" गौरव बोला।

"पिछले हफ़्ते!" समर के मुँह से निकला। "और उससे पहले? पिछले छह महीने में कब-कब...?" वह झल्लाया हुआ था।

"याद नहीं, मैं कोई लिस्ट बनाकर थोड़ी रखता था। यह कोई हिसाब-किताब रखने की चीज़ भी नहीं है। जब मूड हुआ चले गए, फिर कौन याद रखता है। ये मेरा स्टाइल नहीं है।"

"तेरा स्टाइल तो तेरी बीवी बतायेगी, मेरा स्टाइल नहीं है।" समर ने उसकी बात को दोहराया। उसकी आवाज़ में उसका गुस्सा और झल्लाहट साफ सुनाई दे रही थी। उसने अगला सवाल ऐसे पूछा कि गौरव को समझ नहीं आया कि क्या जवाब दे। समर का सवाल था, "कंडोम यूज़ किया था? या ऐसे ही अनप्रोटेक्टेड सेक्स किया था?"

"ऐसे सवाल क्यों कर रहे हैं आप इंस्पेक्टर? इन सवालों का इस केस से क्या लेना-देना है?" इससे पहले झाड़ खा चुके गौरव ने भरसक मुलायम आवाज़ में पूछा। पर सुबह से ही इस केस के चलते यहाँ-वहाँ भाग रहे इंस्पेक्टर समर का मूड अब भी उखड़ा हुआ ही था। उसने कहा, "जो मैं पूछ रहा हूँ उसका सीधा-सीधा जवाब दो। पूछताछ मैं कर रहा हूँ, तुम नहीं। यह मर्डर केस है, कोई तुम्हारे टीवी का सेट नहीं।" समर की आवाज़ इतनी सख़्त थी कि लगा गौरव वर्मा को दो-चार हाथ लगा देगा।

शायद वह ऐसा कर भी चुका होता, पर एक तो वह टीवी चैनल के दफ़्तर में था, ऊपर से अभी वह श्योर भी नहीं था कि यही आदमी कातिल है। पर था तो वह इंसान ही। उसके सब्र का बाँध अब टूटने वाला था। गौरव वर्मा ने शायद उसका मूड भाँप लिया। उसने कहा, "मैंने शायद ही कभी अनप्रोटेक्टेड सेक्स किया हो। हमेशा ही एहतियात बरती है।"

"तो फिर नैना किसके बच्चे की माँ बनने वाली थी? उसके पेट में किसका बच्चा था?"

"क्या? नैना के पेट में बच्चा था? वह माँ बनने वाली थी?" गौरव वर्मा की आँखें बाहर निकल आयीं। उसे यकीन ही नहीं हुआ कि जो कुछ उसके कानों ने सुना वह सही है।

"जी हाँ। यही आपको बताना है और पूछना भी है कि क्या वह आपके बच्चे की माँ बनने वाली थी? कहीं आप ही तो नैना के साथ उस बच्चे के भी कातिल नहीं हो, जो अपनी माँ के पेट से ही इस दुनिया से चला गया? यह अब डबल मर्डर केस है मिस्टर वर्मा।"

यह सुनकर तो गौरव वर्मा के जिस्म का रोयां-रोयां थर्राने लगा। वह अपनी कुर्सी पर बैठे-बैठे काँपने लगा, "नहीं, मैंने कुछ नहीं किया है। वह बच्चा मेरा नहीं हो सकता। मैं कैसे उसका पिता हो सकता हूँ?"

"तो कौन था नैना की ज़िन्दगी में तुम्हारे सिवा? किसी को जानते हो तुम?" समर ने सवाल किया।

"नैना की ज़िन्दगी में उसके पति के अलावा तो मैं ही था। हाँ, नवीन पर भी काफी भरोसा करती थी वह। आप चाहें तो उससे भी बात कर सकते हैं।"

समर का मन हुआ कि इस आदमी को अभी सीधा हथकड़ी लगा दे, लेकिन वह मजबूर था। वह चैनल का मैनेजिंग एडिटर है, एक भी गलत कदम घातक हो सकता है। इस केस में उससे कोई गलती नहीं हो सकती। एक चेहरा उसकी आँखों के सामने आने लगा। उसकी मुस्कुराहट समर को पागल कर रही थी। इन ख्यालों से समर को बाहर निकलना होगा। इमोशनल होने का वक्त नहीं है ये। गौरव जैसे खुदगर्ज़ आदमी की थाह लगा पाना साधारण इंसान के लिए मुश्किल है। उसने अपने गुस्से पर काबू पाते हुए कहा, "नवीन को यहीं बुलाओ और एक घंटे बाद अपनी बहन और पत्नी को लेकर थाने आ जाओ।"

"क्यों? थाने लेकर क्यों आ जाऊँ?" गौरव ने शिकायती लहजे में कहा।

"अगर थाने लेकर नहीं आओगे, तो मैं सबको हथकड़ी लगाकर ले आऊँगा।"

"आप हद से बाहर जा रहे हैं इंस्पेक्टर।"

समर कुर्सी से उठा और घूमकर अपनी कुर्सी पर बैठे गौरव के करीब पहुँचा। उसने एक हाथ टेबल पर रखा और दूसरे हाथ की एक उंगली से गौरव की छाती पर ठोका। फिर तंज़ कसते हुए बोला, "गौरव साहब, मैं अपनी हद जानता हूँ। लेकिन आप मेरी हद नहीं जानते।" समर ने अपने हाथ की उंगली का दबाव गौरव के सीने पर और बढ़ा दिया। "मैं चाहूँ तो तुम्हें और तुम्हारी बीवी को इसी वक्त गिरफ़्तार कर सकता हूँ इसलिए हद की बात मत करो। तुम्हारा चैनल मेरे साथ कोऑपरेट कर रहा है इसलिए मैं शान्त हूँ वरना अब तक कब का अन्दर कर देता। केस भी सॉल्व हो चुका होता।" समर ने गरजते हुए कहा। उसने अपना हाथ गौरव के सीने से हटा लिया था। उसकी आँखें गुस्से से सुर्ख हो चुकी थी।

समर के इस रूप से गौरव अन्दर से हिल गया था, लेकिन हिम्मत दिखाते हुए उसने फिर पूछा, "मेरी पत्नी और बहन का आना क्यों ज़रूरी है?" अपने ही दफ़्तर में अपनी ही सीट पर चुप रहकर वह अपने को कमज़ोर नहीं साबित करना चाहता था।

"तुम नहीं मानोगे, तो यह देखो..." कहते हुए समर ने नैना के मोबाइल में आये गौरव की पत्नी राशि के मैसेजिज़ दिखा दिये। "तुम्हारे साथ-साथ तुम्हारी पत्नी भी इस केस में सस्पेक्ट है। रही बात तुम्हारी बहन की तो वही

एकमात्र गवाह है जो तुम्हें बचा सकती है, यह कह कर कि तुम सुबह घर पर ही थे। समझ गए या सिपाही भेजूँ तुम्हारे घर?"

गौरव अपनी पत्नी राशि के मैसेजिज़ देख कर हैरान हो गया। 'राशि ने कब ये मैसेज भेजे,' वह इसी सोच में गुम था कि इंस्पेक्टर की आवाज़ ने उसे चौंका दिया, "ज़्यादा देर मत करो, जानता हूँ कि तुम बहुत बड़े पत्रकार हो; कुलबुला रहे होगे अपनी ताकत दिखाने के लिए, लेकिन ये याद रखो कि तुम्हारी ये ताकत इस केस में काम नहीं आयेगी।" समर ने गौरव के कंधे पर हाथ रखते हुए कहा।

गौरव चुपचाप आँखों में आँखें डालकर समर को देखता रहा। फिर अपने दरवाज़े से बाहर निकलकर बराबर वाले केबिन से नवीन को बुलाकर ले आया और खुद बाहर निकल गया।

***

नवीन के बैठते ही समर ने उससे सवाल किया, "नैना के कितने लोगों के साथ सम्बन्ध थे?"

"मतलब? मैं समझा नहीं। किस तरह के सम्बन्ध? और मुझे क्यों पता होगा कि उसके कितने लोगों के साथ सम्बन्ध थे?"

"गौरव ने कहा कि तुम सबसे ज़्यादा करीब थे नैना के," समर बोला।

गौरव का नाम सुनकर नवीन के चेहरे पर नफरत का एक भाव आ गया।

"किस शैतान की बातों में आप आ रहे हो, यह आदमी बड़ा ही कमीना है। कल तक तो मुझे यह भी पता नहीं था कि इस आदमी का नैना के साथ शारीरिक रिश्ता था। इसने मुझे कुछ नहीं बताया जबकि यह आदमी मुझसे हर बात शेयर करता था। नैना को कहाँ-कहाँ ले जा रहा है, उसके साथ क्या कर रहा है, ये इसने कभी नहीं बताया। ये मुझे अपना दोस्त कहता था। लानत है ऐसी दोस्ती पर।"

समर ने नवीन को टोका और कहा, "गौरव को एक मिनट के लिए छोड़ देते हैं। बात नैना की करते हैं। वह तो आपकी दोस्त थी। उसने तो बताया होगा कि और कौन-कौन से लोग थे उसकी ज़िन्दगी में। कोई हिंट, कोई ऐसी बात जिससे यह पता चल सके कि नैना किसके साथ जिस्मानी तौर पर जुड़ी हुई थी?"

"आप यह बात क्यों जानना चाहते हैं कि नैना किसके साथ सोती या जागती थी, इससे आपको क्या लेना-देना? और ये बातें मुझे क्यों पता होंगी? फिर नैना ने कौन-सा मुझे यह भी बताया था कि वह गौरव के साथ रंगरेलियाँ मना रही है।" वह अपने दाँत पीसते हुए बोला, "सच तो यह है कि इन दोनों के बीच अफेयर चल रहा था, ये रिलेशनशिप में थे। मैं तो नैना का कुछ भी नहीं था। मैं महज़ एक कुत्ता था जिसको गले में पट्टा डालकर वह घुमा रही थी, टॉमी...टॉमी, और मैं दुम हिलाता उसके आगे-पीछे घूमता रहता था। मुझसे बड़ा ढक्कन देखा है आपने? नहीं देखा न, देखिए, देखिए।" वह अपनी सीट से उठ खड़ा हुआ और अपने चेहरे की तरफ इशारा करते हुए समर के ठीक सामने आ गया, "बोलिए, बोलिए?"

समर ने नोटिस किया कि नवीन काँप रहा था। उसकी आँखें गीली थीं, गला भर्राया हुआ था। समर ने उसे कंधों से पकड़ा और जबरन कुर्सी पर बैठा दिया। फिर सीधे उसकी आँखों में देखा और कहा, "नैना मरते वक्त प्रेग्नेंट थी। उसके पेट में किसी का बच्चा था। क्या वह बच्चा तुम्हारा था? क्या तुम जानते हो कि वह बच्चा किसका था? या बता सकते हो यह बच्चा किसका हो सकता है?"

अभी तक नवीन खुद को समर के हाथों के बोझ से निकलने के लिए ज़ोर लगा रहा था। अचानक उसके अन्दर की सारी शक्ति खत्म हो गई। वह निढाल होकर अपनी सीट में और धंस गया और हैरत भरी नज़रों से समर को देखता रहा। फिर काँपती आवाज़ में उसने कहा, "नहीं, वह बच्चा मेरा नहीं हो सकता। संभव ही नहीं है।" उसने एक नज़र गौरव पर डाली फिर समर को देख कर कहा, "इससे पूछिए ना, इसी का होगा।"

समर ने सिर हिलाया और कहा, "यह इनकार कर रहे हैं। कह रहे हैं कि इन्हें नहीं पता कि वह बच्चा किसका है। क्या गौरव के अलावा भी नैना का कोई दोस्त है? आखरी बार पूछ रहा हूँ। जल्दी बताओ, मुझे इस केस से जुड़े और भी काम करने हैं।"

"नहीं, मेरे हिसाब से नैना का कोई और दोस्त नहीं था। दफ़्तर के बाहर उसकी कोई दुनिया नहीं थी। अगर यह बच्चा किसी का हो सकता है, तो सिर्फ और सिर्फ गौरव का ही होगा।"

"क्यों, सर्वेश का क्यों नहीं हो सकता?" समर ने अचानक नवीन से सवाल किया।

"नहीं हो सकता क्योंकि नैना ने मुझे बताया था कि दोनों अब अलग कमरों में सोते हैं।"

समर ने गौरव की तरफ देखा और उससे पूछा, "क्या तुम भी जानते थे कि नैना और उसके पति के बीच शारीरिक सम्बन्ध नहीं हैं? क्या नैना ने इस बारे में तुम्हें भी कुछ बताया था?"

गौरव ने ना में सिर हिलाया और कहा, "नहीं, मुझे ऐसी कोई जानकारी नहीं थी। ना ही नैना ने इस बारे में मुझसे कुछ शेयर किया।"

गौरव का यह जवाब सुनकर नवीन की आँखों में चमक आ गई। पिछले चौबीस घंटों में ऐसा पहली बार था जब उसे अहसास हुआ कि कहीं तो वह गौरव से आगे था। नैना की ज़िन्दगी में कुछ तो ऐसा था, जो सिर्फ नवीन का था।

समर ने इस बातचीत को यहीं खत्म करने का फैसला किया। उसे अपनी टीम के साथ भी बैठना था। फिर दिन भर की जाँच का ब्योरा अपने अफसरों को भी देना था। अफसोस यही था कि दिनभर की तमाम भागदौड़ और पूछताछ के बावजूद अभी तक उसका हाथ खाली था। नैना का कातिल कौन है?

***

इंस्पेक्टर समर प्रताप सिंह ने अपने ऑफिस में कदम रखते ही सबसे पहले हेड कांस्टेबल सुरेन्दर सिंह रावत को आवाज़ दी। रावत के पास सभी जगहों के सीसीटीवी फुटेज जाँचने का ज़िम्मा था। उसकी आवाज़ सुनकर रावत दौड़ा चला आया।

समर ने कहा, "बैठो और बताओ कि क्या-क्या मिला? क्या-क्या देखा?"

"सर, सारी जगह के वीडियो मिल गए और चेक कर लिये हैं। सबसे पहले तो घर का वीडियो। वारदात की सुबह 5 बज कर 10 मिनट पर नैना वशिष्ठ गेट से बाहर निकली। फिर 7 बजे कामवाली उनके बच्चे को लेकर आयी, वह भी नीचे गेट तक आयी थी। बच्चे की बस 7 बजकर 10 मिनट पर आयी थी। वह उसको बैठाकर वापस चली गई। दूधवाले और अखबारवाले को छोड़ दें तो उसके बाद आप ही थे, जो सबसे पहले उसके घर पहुँचते दिखते हैं। दूधवाले और अखबारवाले का बैकग्राउंड चेक किया जा चुका है, ये अपना-अपना काम करके चले गए।"

"नैना का पति घर से नहीं निकला था, यह तुमने कन्फर्म कर लिया है?" समर ने पूछा।

"अभी तक की जानकारी तो यही है सर कि नैना के निकलने और आपके वहाँ पहुँचने के बीच वह कहीं नहीं निकला था।" रावत बोला।

"ठीक है, अब चैनल के लोगों के बारे में बताओ। गौरव वर्मा, जो नोएडा के रॉयल अपार्टमेंट में रहता है, वहाँ की क्या रिपोर्ट है?"

"सर, वह भी अपने घर पर ही था। वह 9 बजे के करीब घर से निकला, फिर 11 बजे के करीब वापस आ गया। उसके बाद वह आपके जाने के बाद ही घर से निकला। एक महिला सुबह 6 बजे के करीब घर से निकली और 7 बजे वापस लौटी। शायद मॉर्निंग वॉक पर गई होगी। घर पर एक महिला सुबह आयी, हमारा अन्दाज़ा है कि मेड होगी। फिर दो महिलाएँ गई हैं, इनमें से एक महिला वही है जो सुबह 6 बजे निकली थी, लेकिन गौरव वर्मा आपसे मिलने के बाद ही वहाँ से निकला है। यह बात एकदम सही है।"

"नवीन शर्मा की क्या रिपोर्ट है?"

"सर, ये आदमी पास ही सिल्वर अपार्टमेंट में अकेला रहता है। पहले पत्नी और बच्चे भी थे, लेकिन अब इसका तलाक हो गया है। ये इंसान रात भर अपने घर में नहीं था। सुबह 8 बजे के करीब ही वापस आया है। सर ये बेहद गन्दा इंसान है। इसके घर की हालत आप देख नहीं सकते। ऐसा लगता है कि जैसे किसी ने महीने से यहाँ झाड़ू ही नहीं लगाई है। बेहद गन्दगी में रहता है। गन्दे बर्तनों से किचन भरा पड़ा है। इधर-उधर सामान बिखरा पड़ा है। बदबू आती रहती है इसके घर से। ना तो कोई काम वाली आती है ना कोई और काम करने वाला।"

"नवीन अपने घर पर नहीं था रात को?" समर ने चौंकते हुए पूछा। उसने तो मुझसे कहा था कि वह सुबह घर पर ही था। समर ने अपना फोन निकाल कर नवीन का नम्बर मिलाया, लेकिन फोन स्वीच्ड ऑफ था। उसके माथे पर शिकन आ गई, ये निरीह-सा पिटा हुआ आदमी झूठ क्यों बोल रहा है।

"रावत किसी को नवीन के घर भेजो, और यहाँ लेकर आओ साले को।"

"चलो और दूसरे लोगों के बारे में बताओ, वह लड़की आमना जो नोएडा के सैक्टर 15ए में रहती है। उसका क्या?"

"वहाँ भी एक कैमरा लगा है। लेकिन वह रात को अपने घर नहीं पहुँची। कल सुबह 11 बजे वह घर से निकली और उसके बाद से आज अभी तक घर नहीं पहुँची है।"

"इसका मतलब वह भी झूठ बोल रही है। क्यों झूठ बोला होगा उसने? मर्डर किया हो ऐसा तो लगता नहीं। कोई बड़ी बात भी नहीं हुई नैना और आमना के बीच। खैर, पूछेंगे उससे भी। रावत यह बताओ कि नैना की सोसाइटी के बाहर कोई कैमरा है जो सड़क को कवर करता हो?"

"सर, गेट पर दो कैमरे लगे हैं। इन पर वही लोग कवर होते हैं जो सोसाइटी के अन्दर जाते हैं या अन्दर से बाहर आते हैं। ऐसा कोई कैमरा वहाँ नहीं है, जो सड़क पर आने-जाने वाले को कवर करता हो। मैंने आसपास की सोसाइटी के कैमरे भी देखे हैं। सबका यही हाल है।

दरअसल ये सब कोऑपरेटिव सोसाइटियाँ हैं। इनके मेंटेनेंस चार्जेज़ भी काफी कम हैं। कैमरे लगाने में काफी कंजूस हैं।"

"ओके, एक बार मैं भी चेक करता हूँ।"

"पार्क के गेट पर लगे कैमरों का क्या? वहाँ से कुछ और सुराग मिला?"

"नहीं सर, मेन गेट के कैमरे तो बन्द हैं। पर पीछे के रास्ते पर लगे कैमरे चल रहे हैं। नैना वशिष्ठ तो सामने के रास्ते से ही आयी थी। पीछे के रास्ते से जो भी लोग अन्दर आये हैं, हम उनको आइडेंटिफाई करने की कोशिश कर रहे हैं। सुबह भी हमारा एक आदमी वहाँ जायेगा और पता करेगा कि किसी ने कुछ सन्देह वाली चीज़ देखी थी क्या?"

"ठीक है। अरे हाँ, यह बताओ कि नैना के फोन की कॉल डिटेल्स आ गईं क्या?"

"जी हाँ, मेरे पास हैं, मैं लेकर आता हूँ।"

इस बीच नैना का फोन लगातार बज रहा था। समर के हाथ में जबसे यह फोन था, तबसे लगातार उसकी घंटी बज रही थी। उससे पहले भी जब उसने पार्क में नैना का फोन उठाया था, तब भी वह लगातार बज रहा था। मिस्ड कॉल्स से ही पूरा रीसेंटकॉल्स का कॉलम भरा हुआ था।

समर यह जानना चाहता था कि कल शाम को नैना ने किस-किस को फोन किया था, या उसके पास किसका फोन आया था, जिससे उसने बात की थी। उसने दिन में ही फोन कम्पनी से मामले की गंभीरता को समझाते हुए अर्जेंट कॉल डिटेल्स मंगवा ली थीं।

रावत जैसे ही कॉल डिटेल्स लेकर आया तो समर ने पूछा, "उन लड़कों का क्या हुआ जिन्होंने नैना को धमकी भरे मैसेज भेज थे? और वो भी जो अपने न्यूड पार्ट्स भेज रहा था?"

"सर, वे दोनों यहीं हैं, लॉकअप में। अच्छी तरह से सिंकाई कर दी गई है।"

"क्या लगता है आपको? कोई दम है उन दोनों में?"

"नहीं सर। दोनों अभी पढ़ रहे हैं। नया-नया शौक है बड़े लोगों को गाली देने का, खासतौर पर महिलाओं को। दोनों यही काम करते हैं। अभिनेत्रियाँ, महिला खिलाड़ी, टीवी एंकर—इन सबको निशाना बनाते रहते हैं। ये सेक्स के मारे हैं। इससे ज़्यादा कुछ नहीं।"

"ऐसा करो चौबीस घंटे और लॉकअप में रखो। अच्छे से सिंकाई करो। फिर छोड़ देना।"

"ठीक है सर," कहकर रावत चला गया।

समर ने नैना के कॉल रिकॉर्डस को देखना शुरू किया ही था कि डीसीपी और एसीपी साहब अपने दलबल के साथ वहीं आ गए।

उन्हें देखते ही समर उठकर खड़ा हो गया और सैल्यूट देते हुए बोला, "जय हिन्द सर।"

डीसीपी जे.के. शर्मा ने उसे बैठने का इशारा किया और पूछा, "समर, नैना मर्डर केस की इन्वेस्टिगेशन की क्या प्रगति है? कोई अच्छी रिपोर्ट है क्या?"

"सर नैना, जिसका मर्डर हुआ, उसका पति और एक बच्चा है। उम्र करीब 33-34 साल। दफ़्तर में दो-तीन दिन से उसकी अपने साथियों के साथ अदावत चल रही थी। बड़ी नाम वाली महिला थी। एकदम निडर, निर्भीक, राष्ट्रवादी। नेता और मन्त्री सभी उससे खौफ खाते थे। लोगों की नज़र में ईमानदार और काम को समर्पित एंकर थी। देखने में स्मार्ट, ऐसी महिला जिसके करीब हर कोई आना चाहे।

"नैना का पति सर्वेश सिंह देव। दोनों के बीच स्कूल में प्यार हुआ। कॉलेज साथ-साथ किया, फिर यहाँ आ गए। सर्वेश एक चैनल में काम करता था पर नौकरी चली गई। तीन साल से बेरोज़गार है। घर पर ही रहता है, थोड़ा बहुत फ्रीलांसिंग का काम करता है। नैना की तनख्वाह से गुज़ारा चलता है। नैना की तनख्वाह सात लाख रुपए महीना थी। नैना से इसका लगातार दो दिन

झगड़ा हुआ। कल रात तो नैना ने इसे सुबह तक घर छोड़ देने का फरमान भी सुना दिया था।

"नैना के दो बॉस हैं। पहला बॉस नवीन शर्मा; उम्र करीब 35 साल; तलाकशुदा; दो बच्चों का पिता। तीन साल पहले तलाक हुआ। तलाक की वजह नैना नहीं थी ऐसा वह दावा करता है। अब अकेला रहता है। नवीन शर्मा चैनल का आउटपुट देखता है। चैनल की स्क्रीन पर जो कुछ भी हम, आप देखते हैं उसको तैयार करने वाली टीम को आउटपुट कहते हैं।

"नवीन शर्मा को लगता था कि नैना उससे प्यार करती है। उसे इस बात का पूरा भरोसा था, लेकिन मरने वाली यानी नैना उससे प्यार नहीं करती, यह बात कल नैना ने ही नवीन से कही। जबकि वह पिछले पाँच साल से एक साथ काम करते थे। इन पाँच सालों में नैना उसके काफी करीब आ गई थी। वह अपना हर काम इसी की सलाह पर करती थी। इसको एक आध बार किस भी कर चुकी है। 'किस' मतलब 'लिप टू लिप', अकेले में लेकिन कल उसने कहा कि वह नवीन से प्यार नहीं करती। इस बात को लेकर ये नैना से काफी खफा था। उसको लगता है कि नैना ने उसे धोखा दिया। इस वक्त उसने अपना फोन बन्द कर लिया है। कल रात को वो घर पर भी नहीं था।"

"ओके, तो भेजो किसी को उसके घर।"

"भेज दिया है, सर।"

"सर, नैना का दूसरा बॉस है गौरव वर्मा। यह भी एक हस्ती है। टीवी की दुनिया का जाना पहचाना चेहरा है। बड़े-बड़े लोगों के साथ उठना-बैठना है। उम्र करीब 36 साल। घर में पत्नी और बेटी हैं। एक बहन है, जो साथ में रहकर पढ़ाई कर रही है। नैना का कल उसके साथ काफी ज़बरदस्त झगड़ा हुआ। कारण, कल ही नैना को यह पता चला था कि गौरव साथ में काम करने वाली एक और युवा एंकर आमना चौधरी पर डोरे डाल रहा है। दोनों के बीच के मैसेजिज़ सार्वजनिक हो गए थे।

"नैना गौरव को चाहती थी, लेकिन गौरव उसे नहीं चाहता था। दोनों के बीच शारीरिक सम्बन्ध थे। गौरव के मुताबिक इसकी शुरुआत नैना ने की थी, उसी की पहल पर ये रिश्ता बना था। गौरव नैना के साथ शादी करने का इच्छुक नहीं था। नैना ने कल ये ऐलान किया था कि वह गौरव के खिलाफ शारीरिक शोषण का आरोप लगायेगी, और सोशल मीडिया पर इसका खुलासा करेगी।

"सर, अब आते हैं चैनल की युवा एंकर आमना चौधरी पर। उम्र 23 साल। चैनल में एक साल से काम कर रही है। नैना उसे पसन्द नहीं करती थी। नैना को लगता था कि वह गौरव के करीब आने की कोशिश कर रही है। नैना को हर लड़की से यही तकलीफ होती थी। इसका भी कल दिन में नैना से झगड़ा हुआ था। नैना ने इसे काफी बुरा-भला कहा था।

"इसके अलावा गौरव वर्मा की पत्नी राशि वर्मा भी है। उसने कल रात को नैना को धमकी भरे मैसेज भेजे हैं। वो अभी आ रही है। उससे हम कुछ ही देर में पूछताछ करेंगे।

"इन सभी लोगों में से एक कातिल हो सकता है। सभी के पास वजह है। आमना के पास सबसे कम। चार से प्राथमिक पूछताछ हो चुकी है। अब उनके बयान की क्रॉस चेकिंग की जा रही है। राशि से पूछताछ होनी बाकी है। हाँ, एक बात और, आमना ने झूठ बोला है कि जब नैना का कत्ल हुआ तो वह अपने घर पर थी। हमारी जाँच कहती है कि वह अपने घर पर नहीं थी।

"अभी तक की इतनी ही कहानी है सर। अगले चौबीस घंटों में मुझे लगता है कि मामले का खुलासा हो जायेगा।" समर ने ये कहकर अपनी बात खत्म कर दी।

डीसीपी जे.के. शर्मा कुछ बोलने वाले थे कि समर अचानक से फिर बोल पड़ा, "सॉरी सर, एक बहुत इम्पॉर्टेंट बात तो मैं बताना भूल ही गया कि मौत के समय नैना प्रेग्नेंट थी लेकिन उसके बच्चे का बाप कौन है यह हमें पता नहीं है।"

अब शर्मा जी चौंके और बोले, "क्या मतलब कि बच्चे के बाप का पता नहीं है?"

"जी सर। अपने पति सर्वेश के साथ उसके जिस्मानी ताल्लुकात खत्म हो चुके थे। नवीन के साथ उसने कभी सेक्स किया नहीं था और गौरव वर्मा का दावा है कि उसने नैना के साथ कभी अनप्रोटेक्टेड सेक्स नहीं किया। दोनों ने पिछले हफ़्ते भी सेक्स किया था। यह बात गौरव वर्मा ने खुद स्वीकारी है।"

"हो सकता है कि गौरव झूठ बोल रहा हो। वो ज़िम्मेदारी लेना ही नहीं चाहता होगा। तो कैसे साबित होगा कि उस बच्चे का पिता कौन है? क्या नैना का गर्भवती होना भी कत्ल की वजह हो सकती है?" डीसीपी ने पूछा।

"कह नहीं सकते सर, पर एक वजह यह भी हो सकती है। अभी तक तो सबसे ज़्यादा शक गौरव वर्मा पर ही है क्योंकि उसका तो करियर ही तबाह हो

जाता, अगर नैना उसके खिलाफ यौन शोषण का आरोप लगा देती। ऐसे इंसान को तो कोई और कम्पनी नौकरी भी नहीं देती। नैना की छवि के आगे गौरव का रुतबा काम नहीं आता। आज के दौर में कम्पनियाँ भी ऐसे मामलों में महिलाओं के साथ ही खड़ी नज़र आती हैं। सच भले ही कुछ और हो।

"ऐसे मामलों में पूरा कैंपेन सोशल मीडिया पर चलता है, आप पल भर में बदनाम हो जाते हैं। सच और झूठ का फैसला तो अदालत में जब होगा तब होगा पर आपकी इज़्ज़त तो तुरन्त चली जाती है और कोई सुनवाई भी नहीं होती।" डीसीपी शर्मा अब तक इंस्पेक्टर समर प्रताप सिंह की जाँच से सन्तुष्ट नज़र आ रहे थे। उन्होंने गंभीरता से पूछा, "तुम सही कह रहे हो कि यह एक बड़ी वजह हो सकती है, लेकिन समर हमने ये भी देखा है कि ऐसे मामलों में जलन और धोखा भी एक बड़ी वजह होते हैं। दूसरा बॉस, क्या नाम बताया था तुमने?"

"सर, नवीन।"

"हाँ, उसने तो धोखा खाया था। वह तो जलन का मारा था। वह भी तो बदले की आग में जल रहा था। तो कत्ल तो वह भी कर सकता है।"

"सर, ऐसे तो कत्ल की वजह नैना के पति सर्वेश के पास भी थी। वह जान चुका था कि नैना के गौरव के साथ रिश्ते हैं। हो सकता है कि वह ये भी जान गया हो कि नैना प्रेग्नेंट है। अगर ये उसका बच्चा नहीं है तो स्वाभाविक है कि उसने गुस्से में आकर प्रतिशोध ले लिया हो। वैसे भी नैना ने उसे रात को ही घर छोड़कर जाने को कहा था।"

"मामला बेहद गंभीर, दिलचस्प और पेचीदा हो गया है समर। एक और बात कि गौरव की पत्नी भी तो कातिल हो सकती है। याद है उत्तर प्रदेश का सुष्मिता शुक्ला हत्याकांड। जिसमें पूर्व मन्त्री तेजस्वी त्रिपाठी और उनकी पत्नी आज भी जेल में सज़ा काट रहे हैं। तेजस्वी की पत्नी ने सुष्मिता की हत्या करा दी। पत्नी को पता चल गया था कि सुष्मिता जिस बच्चे की माँ बनने वाली है उसका पिता तेजस्वी त्रिपाठी है।"

"यस सर। याद है मुझे। पति के राजनीतिक करियर को बचाने के लिए तेजस्वी की पत्नी ने सुष्मिता शुक्ला की हत्या करायी थी।"

"समर, इस केस को जल्द ही सुलझाना होगा। ऊपर से मुझ पर काफी प्रेशर है। प्रधानमन्त्री कार्यालय की भी नज़र है। गृह मन्त्रालय, पुलिस कमिश्नर हर कोई उत्सुक है और चिन्तित भी। पीएमओ इसे दूसरे नज़रिए से भी देख रहा

है। अगर हमने जल्द परिणाम न दिया तो संभव है वह अन्य जाँच एजेंसियों को यह काम सौंप दें। दिल्ली की कानून व्यवस्था वैसे भी सीधे केन्द्र के नियन्त्रण में है। फिर प्रधानमन्त्री ने कल सुबह ही नैना को फॉलो करना शुरू किया था, और आज वह मार दी गई। हमें यह ध्यान रखना होगा कि वह देश की जानी-मानी पत्रकार भी थी। ऐसे में सभी बड़े इस केस को तुरन्त ही खत्म होते देखना चाहते हैं।"

डीसीपी शर्मा ने आगे कहा, "तुम भी देख रहे हो कि टीवी चैनल भी लगातार दबाव बना रहे हैं। ऊलजलूल कहानियाँ सुना रहे हैं। नैना के परिवार के लिए भी ये मुश्किल की घड़ी है। उसकी इज़्ज़त को जितना टीवी चैनल वाले तार-तार करेंगे, उतना हमारे लिए मुश्किल बढ़ती जायेगी। फिर मीडिया संगठनों, महिला संगठनों, राष्ट्रवादी बुद्धिजीवियों और महिला आयोग के अपने अलग-अलग दबाव हैं। इन सबका प्रेशर हमें ही झेलना होगा।"

"सर, *नेशनल न्यूज़* कुछ नहीं कर रहा। वह इस पूरे मामले पर चुप है, जबकि ऐसे दूसरे मामलों पर उसकी आवाज़ सबसे तेज़ होती है?" समर ने पूछ लिया।

"नैना उनकी कर्मचारी थी। उनके ही लोगों पर हत्या का भी शक है इसलिए वो मॉरल हाई ग्राउंड ले रहे हैं। क्या करें कोई ऑप्शन नहीं है। उनकी तरफ से साफ कह दिया है कि वो जाँच में किसी तरह की रुकावट नहीं डालेंगे। *नेशनल न्यूज़* के लिए इस खबर से बड़ा मामला यह है कि कहीं उनका कोई और कर्मचारी तो इसमें इन्वॉल्व नहीं है। अगर गौरव इसमें फँसा तो चैनल की इज़्ज़त हमेशा के लिए चली जायेगी। बाकी चैनलों के लिए ये खबर वैसे भी काफी बड़ी है। नैना जैसी बड़ी हस्ती का मर्डर होना शर्तिया टीआरपी की निशानी है। ज़्यादा टेलीविजन रेटिंग पॉइंट यानी ज़्यादा विज्ञापन के रेट, ये खेल ऐसे ही चलता है। आज जो खबर बड़ी है ज़रूरी नहीं वो कल भी बड़ी रहे। कल उससे कोई बड़ी खबर आ जायेगी, तो आज वाली को छोड़ देंगे।"

"टीवी पर खबर का एक ही मकसद होता है लोगों को अपनी तरफ आकर्षित करना। ज़्यादा देर तक अपने टीवी चैनल पर दर्शक को टिका कर रखना। जितनी देर तक हम और आप वह टीवी चैनल देखेंगे, उससे चैनल की टीआरपी बढ़ती है। फाइनेंशियल पॉइंट ऑफ व्यू से देखें तो आज की तारीख में *नेशनल न्यूज़* चैनल घाटे में है। बाकी के चैनल उसके नुकसान में अपना फायदा ढूँढ़ रहे हैं। नैना के बहाने बाकी चेहरों को बदनाम करके उसकी

क्रेडेबिलिटी को खराब करने में लगे हैं। ये बिज़नेस है समर, बिज़नेस।" डीसीपी शर्मा बोलते जा रहे थे।

"बट, वी नीड रिज़ल्ट। आई होप बाय टुमॉरो यू विल गिव गुड न्यूज़। ओके, गुड वर्क! मुझे अब कमिश्नर साहब को रिपोर्ट देनी है। बाय द वे... आई होप, तुम ठीक होगे।"

"यस सर, आई एम फाइन।"

"ओके, गुड नाइट।"

***

डीसीपी साहब से फारिग होते ही समर को बताया गया कि बाहर गौरव वर्मा अपनी पत्नी और बहन के साथ आया है। समर ने उन्हें अन्दर भेजने को कहा। इस बीच समर ने अपनी फाइल से नैना के मोबाइल फोन से मिले राशि के मैसेजिज़ का कागज़ निकाल कर रख लिया। उन तीनों के बैठते ही समर ने वह कागज़ राशि के सामने रख दिया। राशि कुछ नहीं बोली। वह बस चुपचाप कागज़ को देखती रही। समर ने पूछा, "यह आपने ही लिखे हैं ना?"

"यस, मैंने ही भेजे हैं।" राशि ने पूरी गंभीरता से जवाब दिया।

"क्यों? क्या करना चाहती थीं आप?"

"मैं बात करना चाहती थी। जानना चाहती थी कि वो ऐसा गौरव के साथ क्यों कर रही है?"

"आपको लगता था कि वह आपकी बात मान जायेगी।"

"शायद मान जाती। वह मुझे बेहद इज़्ज़त देती थी। मुझसे बात करती रहती थी। कभी-कभी घर पर यूँ ही बात करने भी आ जाती थी। मेरा और नैना का रिश्ता *नेशनल न्यूज़* से परे था। इस रिश्ते में गौरव कहीं नहीं था।"

"ऐसा क्यों था? कैसे बना था आपका रिश्ता?" समर जानना चाहता था कि दो महिलाओं के रिश्ते में ऐसा क्या था जिसमें एक महिला अपनी सहेली के पति से प्रेम करती है और सहेली भी बनना चाहती है।

"ऐसे ही बन गया था। हम एक पार्टी में मिले थे। गौरव के चैनल की ही पार्टी थी। शायद 2014 के चुनाव के बाद। चैनल की बढ़िया रेटिंग आयी थी। उस पार्टी में परिवारवाले भी शामिल थे। वहीं पहली बार मेरी मुलाकात नैना से हुई थी। नैना ने मुझसे काफी बेतकल्लुफी से बात की, मुझे ऐसा लगा ही नहीं

कि हम पहली बार मिले हैं। हमारा ज़्यादातर वक्त अपने पतियों के बारे में बात करते हुए बीतता था। हर बातचीत सर्वेश से शुरू होती थी। खत्म नवीन और गौरव पर होती थी। वह मुझे दफ़्तर के किस्से सुनाती थी। अपने बारे में बात करने का उसे बेहद शौक था।"

"इसमें तो ऐसी कोई बात नहीं है," समर ने कहा।

"हाँ कुछ बात नहीं थी, अगर वह मेरे पति के साथ सो नहीं रही होती।" राशि ने तल्ख नज़रों से गौरव की तरफ देखते हुए कहा, "अब तो मुझे उसकी पूरी हरकत ही एक साज़िश लग रही है।"

"क्यों? कैसी साज़िश है?" समर ने सवाल किया। उसने नोटिस किया कि इस पूरी बातचीच में समर की बहन बेला सिर झुकाए बैठी है। एक गहरी उदासी उसके चेहरे पर दिखाई दे रही थी।

राशि की आवाज़ से वह चौंका, "मुझसे रिश्ता रखना एक पर्दा था जो वह दुनिया की नज़रों और मेरी नज़रों पर डालना चाहती थी। दुनिया को लगेगा कि वह मेरी गहरी दोस्त है। मुझे लगेगा कि नैना सिर्फ मेरी दोस्त है। कोई नहीं सोचेगा कि जिससे मेरी दोस्ती होगी वह गौरव से इश्क फरमा रही है। बेहद शातिर और चालाक औरत थी नैना।"

"आपको कभी शक नहीं हुआ कि आपके पति और नैना के बीच कोई रिश्ता है?" समर ने सवाल किया।

"नहीं, मुझे तो कल रात गौरव ने ही बताया। वह अगर ना बताता तो शायद मुझे कभी पता ही ना लगता।"

"क्या गौरव ने आपको यह बताया है कि नैना प्रेग्नेंट थी?" ऐसा लगा कि समर ने वहाँ कोई बम फोड़ दिया हो।

बेला का झुका हुआ सिर एक झटके से उठा। उसकी आँखों में हैरानी थी। राशि के चेहरे पर फैली नफरत और बढ़ गई। उसने खूँखार नज़रों से गौरव को देखा।

राशि के चेहरे पर भाव आ जा रहे थे। वह शायद फूट-फूटकर रोना चाहती थी। बस चलता तो शायद गौरव का कत्ल भी कर देती। फिर वह गौरव पर चिल्लाई, "यू बास्टर्ड, यू वर प्लानिंग अनादर चाइल्ड विद मी। हाउ कैन यू डू इट? यू हैव नो शेम।" वो चिल्लाती जा रही थी। आखिर में उसके आँसू बह निकले। रोते-रोते भी वो कहती जा रही थी, "यू हैव रूइंड एव्रीथिंग।"

गौरव अब तक चुप बैठा था। उसने साहस करके कहा, "इट वाज़ नॉट माई चाइल्ड। इंस्पेक्टर बताइए ना।"

अब सबकी नज़रें इंस्पेक्टर समर पर थीं। वह एक सैकंड के लिए खामोश रहा। फिर राशि की तरफ देखते हुए उसने कहा कि अभी हमें नहीं पता कि नैना के गर्भ में पल रहा बच्चा किसका था।

"इसका मतलब ये कि गौरव भी उस बच्चे का पिता हो सकता है?" राशि के इस सवाल ने गौरव की बेचैनी बढ़ा दी। समर खामोश रहा और बेला का चेहरा एक बार फिर झुक गया।

"बेला," अपना नाम सुनकर बेला ने सिर उठाकर इंस्पेक्टर समर को देखा। "आप क्या करती हैं?"

"मैं दिल्ली यूनिवर्सिटी में पढ़ती हूँ। थर्ड ईयर में।"

"आज सुबह आप घर पर थीं?"

"जी, मैं घर पर ही थी।"

"और आपके भैया और भाभी?"

"वो भी मेरे सामने ही अपने कमरे से निकले। मैं जब पेपर पढ़ रही थी तब।"

"सुबह 6 बजे घर से कौन निकला था?" समर ने सवाल किया।

जवाब राशि ने दिया। "मैं ही निकली थी। रोज़ाना कैम्पस में वॉक पर जाती हूँ।"

समर ने बेला की तरफ देखा तो उसने सहमति में सिर हिला दिया।

"आप कत्ल कर सकती थीं नैना का?" समर ने राशि की तरफ देखते हुए सवाल किया।

राशि को एकबारगी सवाल समझ नहीं आया। वह चुप रही। फिर बोली, "मैं क्यों कत्ल करूँगी?"

"आपने अपने मैसेज में लिखा कि मामले को आपको अपने हाथ में लेना पड़ेगा। ये देखिए मैसेज।" समर ने पेपर पर उंगली रख कर इशारा किया।

"इस मैसेज का मतलब कत्ल की धमकी देना नहीं था। इसका मतलब ये था कि अगर वह गौरव के खिलाफ यौन शोषण का आरोप लगाती, तो मुझे भी सामने आकर गौरव का बचाव करना पड़ता। तब मेरी और उसकी दोस्ती

खत्म हो जाती। मैं तो उसको अपनी दोस्ती का वास्ता देना चाहती थी। मुझे नैना के खिलाफ बोलना पड़ता। पति कैसा भी हो, आज भी इस देश में पत्नी को पति का बचाव करना ही पड़ता है," राशि हिकारत से कहा।

राशि के शब्दों से गौरव भी हिल गया था। उसके बोलने की टोन ने गौरव को बोलने पर मजबूर कर दिया। "आई एम सॉरी राशि। इट वाज़ ए मिस्टेक। मुझे माफ कर दो।"

"जस्ट शट अप एंड स्टॉप दिस ड्रामा, मुझे तुम्हारी अपॉलिजी नहीं चाहिए।"

समर ने देखा कि बेला चुपचाप कनखियों से भाई और भाभी के बीच हो रहे संवाद को सुनने के साथ देख भी रही है। एकाएक कमरे में खामोशी छा गई।

"बेला, तुम्हारा रिश्ता कैसा था नैना के साथ?" समर की आवाज़ ने शान्ति को भंग कर दिया।

"नॉर्मल, बस हाय हैलो ही थी।"

"तुमसे और कोई बातचीत नहीं होती थी नैना की?"

"मेरे पास टाइम ही नहीं रहता। मैं तो कॉलेज और अपने स्पोर्ट्स में ही बिज़ी रहती हूँ। एक-दो बार उन्होंने बात करने की कोशिश की लेकिन मैंने कोई खास ध्यान नहीं दिया। फिर सब बन्द हो गया।"

"क्या खेलेती हो तुम?"

"मैं अपने कॉलेज की एथलेटिक टीम की मेम्बर हूँ। लॉन्ग डिसटेंस रनिंग करती हूँ। 5000 और 10000 मीटर दौड़ती हूँ मैं।"

"कोई और बात जो नैना के बारे में आप बताना चाहते हों?" समर ने तीनों से सवाल किया।

सबने इनकार में सिर हिला दिया।

फिलहाल आप लोग जा सकते हैं। तीनों के उठते ही समर को अहसास हुआ कि इन दोनों महिलाओं की लम्बाई 5 फुट 6 इंच से तो ज़्यादा है।

"सुनिए," उसने आवाज़ दी। "आप दोनों की लम्बाई कितनी है?" दोनों ने एक साथ कहा कि 5 फुट 7 इंच। गौरव का जवाब वह जानता था। वह काफी लम्बा था, करीब 6 फुट 1 इंच। 'ये तीनों ही कातिल हो सकते हैं,' उसने मन ही मन सोचा।

***

सुबह से ही समर का दिमाग काफी खराब था। नवीन का फोन लगातार बन्द था। वह अपने घर पर भी नहीं था। उसने रात से ही वहाँ सिपाही बैठा दिये थे, ताकि जैसे ही नवीन अपने घर पहुँचे उसे पकड़कर थाने ले आया जाये। दिमाग में एक ही सवाल बार-बार घूम रहा था कि आखिर इन चार लोगों में से कौन है जो कत्ल करा सकता है? कातिल कौन है? क्या इन चारों में से किसी ने भाड़े पर कत्ल कराया है? क्या सुपारी दी है?

क्या कातिल कोई पेशेवर है? कत्ल के तरीके को देख कर नहीं लगता कि कातिल पेशेवर होगा। कोई अनाड़ी ही है, लेकिन वह इतना जानता था कि नैना सुबह पार्क में दौड़ने जाती है। नैना ने पार्क में दौड़ना भी अभी ही शुरू किया था, और कातिल यह जानता था। इसका मतलब कोई बेहद करीबी ही होगा, जिसने कातिल को यह जानकारी दी होगी। कोई ऐसा, जिसको नैना का पूरा रूटीन पता होगा। ये तीनों मर्द इस दायरे में आते हैं। राशि को भी सब पता था। आमना नैना की करीबी नहीं थी। इन चारों के आसपास रह रहे लोगों से पूछताछ करनी होगी। उनका पता लगाना होगा। कोई गार्ड, ड्राइवर, हेल्पर। ऐसा इंसान जिसको पैसे की ज़रूरत हो। जिसके घर में गरीबी हो और जो आसानी से पैसे के लालच में आ सके। कातिल का कत्ल करने का तरीका एकदम अनाड़ी था। पार्क में पीछे से वार और माथे का कील में घुस जाना। वाकई हत्यारे को नैना से गहरी नफरत थी।

ऐसे कोई हत्या करता है क्या? जिसे मारना होता है वह गोली मारता है, चाकू से वार करता है, लेकिन इस तरह से हत्या करने का मतलब है बदला या नफरत।

उसने फिर हेड कांस्टेबल रावत को आवाज़ दी। आवाज़ सुनकर रावत दौड़ता चला आया, "जय हिन्द सर।"

उसने रावत से अपनी बात शेयर की और दोबारा सभी के घर के आसपास जाकर बारीकी से छानबीन करने और पूछताछ करने को कहा। ऐसे लोगों का सुराग लेने को कहा जो उस इलाके में छोटे-मोटे काम करते हों। प्रेस वाला, सिलाई वाला, मोची, सब्ज़ी वाला, सिक्योरिटी गार्ड, फल वाला; ऐसे लोग जो हर आने-जाने वाले पर नज़र रखते हों, एक-दूसरे के यहाँ क्या हो रहा है, बता सकते हों। हाउसिंग सोसाइटी के करीब इन लोगों का जमावड़ा होता है।

इन लोगों को वह सब कुछ पता होता है, जो कई बार घर के अन्दर वालों को भी पता नहीं होता। कुछ न कुछ तो निकलेगा। कुछ तो ऐसा होगा जो अब तक हमसे छूट हुआ है। साथ ही आसपास के साइकिल रिक्शा और ऑटो स्टैंड पर भी छानबीन करने को कहा। वह बोला, "तीन अलग-अलग टीम भेजो। मुझे अगले 3 घंटे में सारी रिपोर्ट चाहिए।"

"जी सर।"

"और वो सीसीटीवी फुटेज का क्या हुआ जो आसपास की सोसाइटियों की हैं? कैमरे मिले जो रोड को कवर करते हों?"

"सर, टीम भेजी है मैंने। कुछ ही देर में लेकर आती होगी।"

"ठीक है। जल्दी रिपोर्ट करो। आज ये केस हर हाल में खत्म करना है।"

यह सुनकर रावत वहाँ से चला गया।

अचानक जैसे उसे कुछ याद आया। उसने अपनी फाइल निकाली। फिर उसकी आँखें चमक उठीं। "साला..." समर के मुँह से निकला। उसे याद आया कि जब पार्क में नैना की मेड रीना का फोन आया था तो उसने पूछा कि घर में और कौन है? साहब हैं? तो मेड का जवाब था कि हाँ, साहब हैं। अभी-अभी आये हैं। लीजिये बात कीजिए।

इसका मतलब ये हुआ कि मेड रीना ने या तो पहले झूठ बोला या बाद में। रीना क्यों झूठ बोलेगी? या तो खुद को बचाने के लिए, या फिर सर्वेश को बचाने के लिए। और सर्वेश क्यों झूठ बोलेगा? ज़ाहिर तौर पर खुद को बचाने के लिए। दोनों ही सूरतों में सर्वेश की भूमिका सन्दिग्ध हो जाती है। उसने फिर से रावत को आवाज़ दी। वह दौड़ा चला आया। उसने सारी बात बताकर कहा कि जाकर पता करे कि क्या किसी ने सर्वेश को कल सुबह 5 बजे के आसपास सोसाइटी से बाहर जाते देखा था?

"यस सर..." कहकर रावत चला गया।

समर ने एक बार फिर नैना का फोन निकाला और उसके कंटेंट को चेक करना शुरू किया। सबसे पहले उसने रीसेंट कॉल चेक कीं। वह मिस्ड कॉल्स से ही भरा हुआ था। ज़्यादातर कॉल अनजान लोगों की ही थीं। कुछेक कॉल्स के आगे नाम लिखे थे। ये सब लोग रिश्तेदार या जानकार होंगे जो नैना की खैर-खबर लेना चाहते होंगे। फिर वह मैसेजिज़ की तरफ गया। वहाँ भी ज़्यादातर मैसेज फालतू ही थे। कुछ में संवेदनाएँ थीं। कुछ फैमिली ग्रुप भी थे, जो नैना की तारीफ से भरे हुए थे। कल वह नवीन शर्मा, गौरव वर्मा, राशि वर्मा

और आमना चौधरी के मैसेजिज़ पढ़ ही चुका था। बाकी में कुछ ऐसा नहीं था, इसलिए वह यहाँ से भी बाहर निकल गया।

उसने नैना का ट्विटर अकाउंट चेक किया। नैना की टाइम लाइन में उसके लिए शोक से भरे सन्देश थे। पन्द्रह सौ से ज़्यादा नोटिफिकेशंस थे जिसमें उसको टैग किया गया था। #JusticeforNaina ट्रेंड कर रहा था। तमाम राजनीतिक दलों के नेताओं, सोशल एक्टीविस्ट, पत्रकार संगठन के लोग नैना की मौत पर अफसोस जता रहे थे। उनका गुस्सा पुलिस के खिलाफ था। सबकी भाषा एक जैसी: दिल्ली में अपराधियों के हौसले बुलन्द होते जा रहे हैं। पुलिस नाकाम हो रही है। सारी हमदर्दी नैना के लिए थी, और सारा गुस्सा पुलिस के खिलाफ।

समर ने एक गहरी सांस लेकर फोन बन्द कर दिया। अभी तो दिन की शुरुआत है। अभी से उस पर बोरियत सवार हो रही थी। उस पर ये बोरियत तभी होती थी जब जाँच में वह भटक रहा होता था। उसे कोई न कोई राह तो पकड़नी होगी। अंधेरे में कब तक भटकेगा। अब और नहीं।

यह सोचते हुए समर ने नैना की कॉल डिटेल्स की रिपोर्ट वाला पेपर उठा लिया। नैना की मौत से ठीक पहले दिन की डिटेल्स उसे देखनी थी।

नैना करीब दोपहर एक बजे ऑफिस से निकलकर ओल्ड एज होम गई। वहाँ से करीब 6 बजे मयूर विहार पहुँची; शाम को 7 बजे वह अपनी डॉक्टर कविता गुप्ता के क्लीनिक पर थी, और रात 8 बजे वह वहाँ से निकल कर वकील ईशा जैन के यहाँ पहुँची। आधे घंटे रुक कर वह पौने 9 बजे वहाँ से निकली थी। करीब 9 बजे अपने घर पहुँची। समर को जिस चीज़ की तलाश थी वह उसे पहली नज़र में ही दिख गई। उस रात 8 बजे के आसपास नैना ने एक कॉल की थी। ये कॉल करीब दस मिनट तक चली थी। समर ने वह नम्बर नोट किया और अपने फोन से कॉल लगा दिया।

कुछ देर तक फोन की घंटी बजती रही। फिर एक भारी-सी आवाज़ सुनाई दी, "हैलो, आर.पी.एस. हियर। हाऊ कैन आई हेल्प यू?"

"मेरा नाम समर प्रताप सिंह है। मैं दिल्ली के आईपी एक्सटेंशन थाने में इंस्पेक्टर हूँ। नैना वशिष्ठ जो कि एक जानी-मानी टीवी एंकर हैं उनके कत्ल की जाँच मैं ही कर रहा हूँ। क्या मैं जान सकता हूँ कि मैं किससे बात कर रहा हूँ?"

"इंस्पेक्टर, मेरा नाम राघवेन्द्र प्रताप सिंह राठौर है। मैं राजस्थान सरकार में मन्त्री हूँ। बताइए मैं आपकी क्या मदद कर सकता हूँ?"

यह सुनकर समर की सांस जहाँ थी वहीं अटक गई। यह पूरा मामला और पेचीदा हो गया था। अपनी कुर्सी पर बैठे-बैठे उसने फ्रस्ट्रेशन में अपना सिर टेबल पर टिका दिया। कुछ संभलते हुए वह बोला, "सर, आपसे कुछ सवाल करने हैं, क्या आपसे मुलाकात हो सकती है?"

बेहद नर्म लहजे में वह बोले, "मैं इस वक्त तो जयपुर में हूँ। अगले कुछ दिनों तक मैं बेहद व्यस्त हूँ और मुझे फिर विदेश यात्रा पर भी निकलना है। लिहाज़ा अगले दस दिन तक तो मेरे पास टाइम नहीं है।"

"सर, आप समझ रहे हैं न कि मैं हत्या की एक जाँच के सिलसिले में मिलना चाहता हूँ। इस मामले में मुझे आपसे कुछ अहम सवाल पूछने हैं। इतना वेट करना ठीक नहीं है।"

"लेकिन ऑफिसर, मैं कोई साधारण आदमी नहीं हूँ।" उनकी आवाज़ में मिठास भरपूर थी। वह कहते रहे, "नैना को मैं जानता था, लेकिन ऐसे नहीं कि उसकी मौत में मेरा कोई हाथ हो। तो आपसे मेरी गुज़ारिश है कि मुझे इस झमेले से दूर रखें।"

"सर, मैं चाहकर भी ऐसा नहीं कर सकता क्योंकि आप एक अहम कड़ी हैं। मुझे कुछ सवालों के जवाब चाहिए। वह भी आज, इसलिए आज ही आपसे मिलना बेहद ज़रूरी है।"

"लगता है मुझे आपके सीनियर्स से बात करनी पड़ेगी।" कहीं भी कोई तल्खी नहीं, कोई गुस्सा नहीं। गज़ब का कंट्रोल था अपने ऊपर। "आप मुझे शायद जानते नहीं हैं?"

"आप सही कह रहे हैं सर, मैं आपको न जानता हूँ और न पहचानता हूँ, लेकिन आपने बता दिया कि आप मन्त्री हैं और मैंने इस बात पर यकीन कर लिया। लेकिन मेरे लिए फिलहाल इतना काफी है कि नैना ने आपको परसों रात को फोन किया। ये उसके फोन से की गई आखरी कॉल थी। कल सुबह नैना का मर्डर हो गया। ऐसे में कत्ल में आपकी भूमिका की जाँच करना मेरी ज़िम्मेदारी है। अब आप ही बताएँ मैं क्या करूँ?" समर ने कहा।

"मैं नहीं मिल सकता आपसे। मैं देश के गृहमन्त्री से बात करता हूँ, अगर आप चाहें तो उनसे परमिशन ले लीजियेगा।"

"देखिये सर, इस वक्त देश का सारा मीडिया मेरे पीछे है। मैं उनके लिए विलेन हूँ। मैं जब तक नैना के कातिल को नहीं खोज लेता तब तक वे मेरी और दिल्ली पुलिस की बखिया उधेड़ते रहेंगे। पर अगर उन्हें ये पता चल जाये

कि हम नैना के कत्ल में एक मन्त्री की भूमिका की जाँच कर रहे हैं, तो सोचिए क्या होगा? मीडिया का निशाना फिर आप होंगे। आपकी ज़िन्दगी का हर पहलू सरेआम तार-तार हो जायेगा। गला फाड़-फाड़ कर वह चिल्लायेंगे।" समर ने अपना दाँव खेल दिया। वह जानता था कि नेता की सबसे बड़ी कमज़ोरी क्या होती है।

"आज लोग आपको चाहते हैं कल क्या होगा? हो सकता है आपने कुछ भी न किया हो, लेकिन शक के घेरे में तो आप आ ही जायेंगे। जितना कुछ आपने छुपा कर रखा होगा, वह सब कुछ सामने आते देर न लगेगी। अब आप तय कर लीजिए। अगले दस मिनट में मैं मीडिया के सामने जाऊँ या आप मुझसे मिलेंगे?" समर बोला।

"आप मुझे ब्लैकमेल कर रहे हैं इंस्पेक्टर? जानते हैं न कि मैं आपको बर्खास्त करा सकता हूँ?" उन्होंने बड़ी मासूमियत से कहा।

"नहीं सर, आपको कम से कम पाँच मिनट लगेंगे मेरे सीनियर्स तक पहुँचने में। मेरे लिए इतना वक्त काफी है किसी एक पत्रकार को फोन करके सब कुछ बताने के लिए। एक बार खबर बाहर आ गई तो आप भी मेरा कुछ नहीं बिगाड़ पायेंगे। यह खबर वैसे भी छिपेगी नहीं इसलिए बेहतर होगा कि आपका कम से कम नुकसान हो, बशर्ते आपका हाथ कत्ल में ना हो।

"और सर, एक बार के लिए मान भी लें कि आप मुझे बर्खास्त करा देंगे तो भी मैं ये सारी बात लीक कर सकता हूँ। इसमें भी आपका ही नुकसान होगा। मेरा जो होगा सो होगा, आप भी नहीं बच पायेंगे।" समर ने कहा।

"ओके..." राघवेन्द्र प्रताप सिंह ने कुछ देर सोचने के बाद कहा, "कब मिलना चाहते हो?"

"जितनी जल्दी हो सके, सर।"

"ठीक है तुरन्त पृथ्वीराज रोड पर राजस्थान भवन में आ जाओ। मैं यहीं रुका हुआ हूँ। मुझे रिसेप्शन पर आकर फोन करना। मैं किसी को आपको लेने के लिए भेज दूँगा।" यह कह कर उन्होंने फोन बन्द कर दिया।

समर ने सोचा कि अभी तो ये कह रहा थी कि जयपुर में है और अभी कह रहा है कि तुरन्त आ जाओ! ड्रामाबाज कहीं का। वह अपनी सीट से उठा और बाहर आकर ड्राइवर को तुरन्त पृथ्वीराज रोड चलने को कहा। तकरीबन आधे घंटे में वह मन्त्री के सामने था।

इस आधे घंटे में उसने राघवेन्द्र प्रताप सिंह के बारे में सारी रिसर्च कर ली थी। राघवेन्द्र प्रताप सिंह राजस्थान के उप-मुख्यमन्त्री थे। 48 साल की उम्र। राजघराने से उनका सम्बन्ध था। उनके पिता भी राजस्थान में मन्त्री रह चुके थे। राघवेन्द्र को राजस्थान के भावी मुख्यमन्त्री के रूप में देखा जा रहा था। राजघराने से होने के बावजूद अपनी परम्पराओं के खिलाफ जाकर राघवेन्द्र ने एक सामान्य महिला से प्रेम विवाह किया था।

दोनों ने कॉलेज में एक साथ पढ़ाई की थी। वहीं प्रेम हुआ और फिर विवाह।

राघवेन्द्र ने बड़ी गर्मजोशी से समर का स्वागत किया। एकदम शाही व्यक्तित्व के मालिक निकले राघवेन्द्र—कद, कोई 6 फुट 2 इंच होगा। काले रंग का बन्द गले का सूट पहने, जिसकी साइड पॉकेट में लाल रंग का रूमाल लगा था। हाथ में रोलेक्स की घड़ी, चमचमाते हुए जूते और दमकता हुआ चेहरा। कुल मिलाकर एक आकर्षक व्यक्तित्व। वह राजस्थान भवन के राज्यपाल सूईट में रुके हुए थे। उन्होंने वहाँ मौजूद सभी लोगों को जाने को कहा। ड्रॉइंग रूम में पड़े सोफे पर उन्होंने समर को बैठने का इशारा किया। सेंटर टेबल पर चाय पहले से ही रखी हुई थी। उन्होंने अपने हाथों से समर को चाय सर्व की। कुछ देर इधर-उधर की बात करने के बाद उन्होंने समर पूछा, "बताइए, क्या जानना चाहते हैं आप?"

"सर, नैना ने परसों रात करीब 8 बजे आपको फोन किया था। क्या कहा था नैना ने आपसे, क्या बात हुई थी, यही जानना था?"

"राजनीति! राजनीति डिस्कस की थी हमने। चुनाव का मौसम है देश में। वह जानना चाहती थी कि राजस्थान में इस बार क्या होगा? वोटर क्या सोच रहा है? कौन से मुद्दे हावी हैं?" उन्होंने नैना की तारीफ करते हुए कहा, "राजनीति में अच्छी पकड़ थी उसकी। राजनीति में जो होता है वह तो सब जानते हैं लेकिन जो आज हो रहा है उसका कल के लिए क्या सन्देश है, यह समझना हर किसी के बूते की बात नहीं होती समर साहब। ये बात नैना को समझ आती थी। वह बड़ी अच्छी एंकर थी।"

"राजनीति के अलावा कोई और बात नहीं की नैना ने आपसे?"

"नहीं, बिल्कुल नहीं।"

"परसों शाम को आप कहाँ थे? यहीं दिल्ली में थे या फिर जयपुर में?"

"मैं जयपुर में ही था। जब नैना का फोन आया मैं उस वक्त वहीं था।"

"तो दिल्ली कब आना हुआ आपका?"

इस सवाल पर वह कुछ देर खामोश रहे। फिर बोले, "कल ही मैं दिल्ली आ गया था।"

"दिल्ली आने का फैसला आपने नैना का फोन आने के बाद किया या आपका पहले से ही आने का प्लान था, या फिर नैना की मौत की खबर सुनकर आप दिल्ली चले आये?"

इस सवाल के जवाब में राघवेन्द्र चुपचाप समर को देखते रहे। यह सोचते रहे कि क्या जवाब दें। हर जवाब का अपना मतलब था। अभी तक इंस्पेक्टर ने अपने पत्ते नहीं खोले थे। वह सिर्फ सवाल कर रहा था, जानना चाहता था कि उन्हें क्या पता है।

जब राघवेन्द्र कुछ नहीं बोले तो समर ने फिर पूछा, "सर आप दिल्ली कितने बजे आये थे?"

अब राघवेन्द्र के पास बचने की कोई वजह नहीं थी। वह मन्त्री थे। उनके आने-जाने के सारे कार्यक्रम लिखित होते थे। सबको पता होता था कि वह कब और कहाँ जा रहे हैं। सिक्योरिटी होती थी। आखिरकार वह बोले, "मैं कल सुबह 6:40 की फ़्लाइट पकड़ कर दिल्ली आ गया था।"

"यह कार्यक्रम पहले से तय था या लास्ट मिनट में बना था?" समर ने आहिस्ता से पूछा। राघवेन्द्र भी बड़े ही शान्त भाव से जवाब दे रहे थे इसलिए समर को भी अपनी टोन धीमी रखनी पड़ रही थी।

"लास्ट मिनट में ही बना था। इंस्पेक्टर साहब, आप साफ-साफ बताएँ कि आप जानना क्या चाहते हैं?"

"यही कि नैना ने आपसे क्या कहा था? नैना ने आपको फोन किसलिए किया था?"

"इंस्पेक्टर साहब न आपके पास वक्त है न मेरे पास। आप यह बताएँ कि आप क्या जानते हैं? मुझसे किस बात की तस्दीक चाहते हैं?"

"क्या नैना आपके बच्चे की माँ बनने वाली थी?" समर ने सीधा सवाल किया।

अब तक राघवेन्द्र सोफे पर आगे की तरफ बैठकर समर के सवालों का सामना कर रहे थे। ये सवाल सुनते ही वह पीछे की तरफ हो गए और अपनी पीठ उन्होंने पीछे लगा ली। ऐसा लगा कि जैसे उनकी ताकत खत्म हो गई हो।

कुछ देर खामोशी से वह समर को देखते रहे फिर बोले, "ऐसा नैना ने मुझसे कहा था, लेकिन मुझे इस बात पर यकीन नहीं हुआ था।"

"क्यों यकीन नहीं हुआ था?"

"कोई भी अचानक आपसे फोन करके कहेगा कि वह आपके बच्चे की माँ बनने वाली है और आप यकीन कर लोगे? मैं नैना को जानता ही कितना हूँ। मुश्किल से छह महीने हुए हैं हमें मिले और वह फोन करके कह रही थी कि वह मेरे बच्चे की माँ बनने वाली है। मैं आखिर कैसे मान लेता इस बात को?"

समर ने सोचा कि बात तो सही ही है। अचानक कही गई किसी की ऐसी बात को कैसे माना जा सकता है? कोई अभी उसी से कह दे कि तुम बाप बनने वाले हो तो क्या होगा? इस दृश्य की कल्पना करके उसके चेहरे पर हँसी आने को हुई, लेकिन उसने रोक लिया।

"सर, आप मुझे अपने और नैना के रिश्ते के बारे में बताइए। आपने कहा कि मुश्किल से छह महीने हुए हैं आप दोनों को मिले, क्या रिश्ता था आपका नैना से?"

"राजस्थान विधानसभा के चुनाव दिसम्बर महीने में हुए थे। चुनाव के दौरान नैना से मेरी मुलाकात हुई थी। वह चुनाव की कवरेज के लिए राज्य के दौरे पर थी। जयपुर के हमारे होटल में चैनल ने एक पंचायत कार्यक्रम किया था। यह होटल हमारा राजमहल है जिसे अब हमने होटल में कन्वर्ट कर दिया है। मेरा निवास आज भी इसी में है। इस पंचायत कार्यक्रम में तमाम राजनीतिक दलों के नेताओं के साथ अलग-अलग विषयों पर डिबेट आयोजित की गई थी। मुझे भी एक पैनल में बात रखने के लिए आमन्त्रित किया गया था।

"देर शाम को यह कार्यक्रम खत्म हो गया। रात को डिनर का भी इन्तज़ाम चैनल की तरफ से किया गया था, जिसमें जयपुर के तमाम बड़े लोग आमन्त्रित थे। डिनर के वक्त मैंने देखा कि नैना एक टेबल पर अकेले बैठी है। वह खाना खा रही थी। मैं उसके पास गया और बोला, *तुम मुखातिब भी हो करीब भी...तुमको देखूँ कि तुमसे बात करूँ।*

"नैना ने अपनी नज़र उठाकर मुझे देखा। वह मुस्कुराई और बोली, 'फिराक गोरखपुरी। 2018 में भी फिराक गोरखपुरी से काम चलायेंगे। अब तो गुलज़ार या इरशाद कामिल पर आ जाइये। वैसे कितनी बार लड़कियों के सामने फिराक साहब का सहारा लिया है?'

मैं बोला, 'नैना साहिबा, हम तो पुराने ज़माने के आदमी हैं। नॉस्टाल्जिया में जीते हैं। आप इजाज़त दें तो और पीछे चले जाते हैं। आपकी शान में मीर भी पेश कर देते हैं।'

'क्या बात है...इरशाद इरशाद।'

'नाज़ुकी उसके लब की क्या कहिए

पंखुड़ी एक गुलाब की-सी है...'

'क्या कहिए...क्या कहिए,' नैना बोल पड़ी।

'मीर उन नीम बाज़ आँखों में

सारी मस्ती शराब की-सी है...'

'क्या कहिए...क्या कहिए।' नैना ये कहते हए मुस्कुरा रही थी। फिर वह बोली, 'राजा साहब आपने मतला तो सुनाया ही नहीं, उसे क्यों छोड़ दिया? इस गज़ल के ये दो शेर तो मशहूर हैं, लेकिन मतले का वज़न इन सब पर भारी है। चलिए मैं ही सुना देती हूँ। अगर आप इजाज़त दें तो...'

'कैसी बात करती हैं आप। ज़रूर इरशाद...'

'हस्ती अपनी हुबाब की-सी है

ये नुमाइश सराब की-सी है...'

"नैना ने कहा, 'हुबाब माने बुलबुला और सराब माने मिराज, मृग मरीचिका, धोखा, छलावा। लीजिए फिर से सुनिए—

'हस्ती अपनी हुबाब की-सी है

ये नुमाइश सराब की-सी है।

समझ लीजिये कि हम टीवी वालों की ज़िन्दगी भी कुछ इस शेर जैसी ही है। आपने जो शेर सुनाए मीर साहब ने ना जाने किसकी शान में कहे होंगे, लेकिन इस गज़ल का मतला मेरे लिए था।'

"आपका शायरी में अच्छा दखल है?" मैंने पूछा।

"उसने कहा, 'बस यूँ ही थोड़ा बहुत हम भी पढ़ लेते हैं। क्या करें आप जैसे शौकीन मिल जाते हैं तो हम भी टाइम पास कर लेते हैं। वैसे हम आपके जितने पुराने नहीं हैं। अब कौन मीर, ग़ालिब और फिराक की बातें करता है?'

"बस इस तरह से हमारी बातें शुरू हुईं। कब रात हो गई पता नहीं चला। हम लोग बात करते-करते मेरे रेज़ीडेंशियल विंग में आ गए। मैंने नैना से पूछा

कि वो कोई ड्रिंक लेना पसन्द करेगी क्या? नैना के जवाब ने मुझे लाजवाब कर दिया। वो धीरे से मेरे करीब आयी। मेरी आँखों में आँखें डालीं और धीरे से कहा, 'जिन आँखों में सारी मस्ती शराब की-सी है, उन आँखों में शराब का सुरूर देखना नहीं चाहेंगे राजा साहब?'

"'क्या पीना चाहेंगी आप?' मैंने नैना से सवाल किया।"

'कुछ ऐसा जो नायाब हो, जिसे मैंने आज तक टेस्ट ना किया हो।'

"मैंने 1926 में बनी स्कॉच की बॉटल निकाली। ये बॉटल मैंने हांगकांग में हुई एक नीलामी में खरीदी थी। यह एक नायाब मैकालन थी। उस वक्त ये मुझे चौवन हज़ार डॉलर यानी करीब बत्तीस लाख रुपए की पड़ी थी। मैंने दोनों के लिए ड्रिंक बनाई। चीयर्स के साथ नैना ने पहला घूँट लिया। अपनी आँखें बन्द कीं। व्हिस्की को अपनी जीभ पर रोल किया, फिर आँखें खोलीं और बोली, 'बहुत ख़ूब राजा साहब। वाकई आपने नायाब चीज़ पेश की है।'

"मैंने उसे पूरी कहानी सुनाई। मैं समझ रहा था कि वह काफी खुश थी। मुझे उसके साथ बात करने में मज़ा आ रहा था। वह मेरे दादा-परदादा के किस्से सुनना चाहती थी। राजपूताना इतिहास और उसकी गौरवशाली परम्परा में उसकी गहन दिलचस्पी थी। पैग बन रहे थे और खत्म हो रहे थे।

"फिर याद नहीं कि किसने पहल की। हम दोनों एक-दूसरे को किस करने लगे। वह किसी बच्चे की तरह मुझसे लिपट गई। सुबह जब मेरी आँख खुली तो मैं अपने बेडरूम में पलंग पर था। एक सैकंड लगा मुझे याद करने में कि मैं कल रात को किसके साथ था। फिर मुझे अहसास हुआ कि मेरे ऊपर यानी मेरे सीने पर सिर रखे नैना सो रही थी। वह पूरी तरह से मेरे ऊपर थी।

"इस तरह शायद ही कोई बड़ा इंसान किसी पर सो पाये। शायद वह शराब का असर रहा होगा। मैं हैरान भी हुआ, और मुझे उस पर प्यार भी आया। मैंने इधर-उधर देखा तो पाया कि हम दोनों के कपड़े नीचे पड़े हुए हैं। मैं हिला तो उसकी आँख भी खुल गई।

"वह मेरी तरफ देख कर मुस्कुराई। उसकी आँखों में मुझे हैरानी नहीं दिखाई दी। मानो उसे अच्छी तरह से पता था कि वह कहाँ है, किसके साथ है? क्या कर रही थी? उसने अपना सिर उठाया। अपने हाथों को मेरे सीने पर रख कर चेहरे को उठाया और बोली, 'गुड मॉर्निंग राजा साहब।'

'गुड मॉर्निंग नैना। कैसी हैं आप?'

'राजा साहब आपने दिल जीत लिया। थैंक यू सो मच फॉर एव्रीथिंग।' यह कहते हुए उसने पल्टी मारी और पलंग से उठकर खड़ी हो गई। उसने मेरी तरफ प्रश्नवाचक नज़रों से देखा। मैं कुछ समझ ही नहीं पाया क्योंकि मेरी नज़रें कुछ और ही देख रही थीं। उसने पूछा, 'बाथरूम किधर है?'

"मैंने हाथ के इशारे से कहा कि उस तरफ। उसने बड़े इत्मीनान से अपने कपड़े उठाए और धीरे-धीरे बाथरूम की तरफ बढ़ गई। मैं उसे जाता हुआ देखता रहा। मेरी नज़रें उसकी तरफ से हटी ही नहीं। मैं ये भी समझ रहा था कि वह जान रही है कि मैं उसकी ओर ही देख रहा हूँ। बाथरूम के दरवाज़े पर पहुँचकर वह पल्टी। मेरी आँखें उसकी आँखों से मिलीं तो वह धीरे से मुस्कुराई और अन्दर चली गई। मैं एक गहरी सांस लेकर बिस्तर पर पड़ गया।

"मेरे लिए वह रात जीवन की सबसे बेहतरीन रातों में से एक थी। नैना की कम्पनी लाजवाब थी। उसकी खिलखिलाहट गज़ब की थी। वो दिल खोल कर हँसती थी लेकिन उसमें एक शाईस्तगी थी, मतलब शिष्टता थी। आप उसकी मुस्कुराहट पर कुर्बान हो सकते थे। वह एक ऐसी शख़्सियत थी कि जिसके मुस्कुराने का आप इन्तज़ार कर सकते थे। मेरे लिए उससे बेहतर मंज़र नहीं था। मुझे उसे सुनना पसन्द था। वह बोलती रहती थी, मैं चुपचाप उसे सुनता रहता था।"

"इस मुलाकात के बाद क्या हुआ?" समर ने पूछा।

"नैना अगले तीन-चार दिन चुनाव की कवरेज के सिलसिले में जयपुर ही रही। हम दोनों ने हर शाम और रात साथ ही गुज़ारी। वह दिन भर अपने ऑफिस का काम करती थी और शाम को हम घूमने निकल जाते थे। सुबह वह अपने कमरे में वापस चली जाती थी। ये सिलसिला चलता रहा।

"जिस दिन सुबह उसको वापस जाना था उस दिन वह काफी देर तक बिस्तर से उठी ही नहीं। फिर अचानक वह मेरे ऊपर आकर लेट गई। दोनों हाथों को मोड़कर मेरे सीने पर अपनी दोनों हथेलियों को उल्टा करके रख दिया और अपनी ठोड़ी को उस पर टिकाकर मुझे टुकुर-टुकुर देखने लगी। इस बीच मुस्कुरा भी रही थी वह। मैंने पूछा, 'क्या बात है? इस मुस्कुराहट का राज़ क्या है?' वह बोली, 'आपकी आँखें किसी सन्त की आँखें लगती हैं। इनमें एक सुकून है। इनमें ठहर जाने का मन करता है।' मैं बोला, 'सिर्फ आँखों में क्यों ठहरना है। यहीं रुक जाओ ना कुछ दिन।'

'नहीं रुक सकती जाना होगा, काम भी तो करना है।'

‘एक-दो दिन नहीं जाओगी तो क्या हो जायेगा?’

‘काम से समझौता नहीं कर सकती। मेरी जो आज की ज़िन्दगी है ना राजा साहब वो मेरे काम से ही है। काम नहीं होता तो आप भी ना होते।’

‘आगे भी जो भी होगा तो काम से ही होगा इसलिए काम से कोई धोखाधड़ी नहीं।’

‘हम फिर कब मिलेंगे?’

‘जब भी किस्मत मिलायेगी, लेकिन एक गुज़ारिश है आपसे...’ उसने मुझे गौर से देखा।

“पता नहीं क्या खोजती रहती थीं उसकी नज़रें? हमेशा एक सवाल-सा रहता था उनमें। गज़ब लड़की थी। हँसती थी तो फिदा होने का मन करता था। उसकी आँखों में झाँको तो पिघल जाने की ख्वाहिश होती थी।

“वह मेरी आँखों में झाँक रही थी और कह रही थी, ‘राजा साहब, इस ख्वाब को खत्म ना होने देना। ये जो कुछ पिछले तीन दिनों में घटा है ना, इसकी कोई वजह नहीं है। बस, ये ऐसे ही रहना चाहिए।’

“मुझे उसकी बातें समझ नहीं आ रही थीं। ‘तो ठीक है ऐसे ही रखते हैं ना। क्यों जाना चाहती हो?’

‘इसी बात से बचने के लिए। ये जो रुकने की मजबूरी है, यही मजबूरी का अहसास नहीं चाहती। साथ होने और रहने की कोई उम्मीद नहीं करना चाहती। ना तो किसी की उम्मीद बनना चाहती हूँ। ना ही किसी से उम्मीद करना चाहती हूँ।’

‘ये कैसी बात है? इसका मतलब क्या है? कौन-सी मजबूरी? ये तो मर्ज़ी है हमारी और तुम्हारी।’

“वो मेरे और करीब आयी। हौले से मुझे किस किया और कहने लगी, ‘राजा साहब ज़्यादा देर आपके साथ रहूँगी तो ये ख्वाब नहीं रहेगा। आपको मुझसे प्यार हो जायेगा। बस इसी बात का डर है।’

“मझे जवाब ही नहीं सूझा। फिर मैंने कहा, ‘आखिर ऐसा क्यों कह रही हो? प्यार अगर हो भी जायेगा तो क्या है?’ मैं हँसा और बोला, ‘मेरा भी प्यार करने का कोई इरादा नहीं है।’

‘इरादा तो किसी का नहीं होता लेकिन हर मर्द कुछ दिन के बाद यही कहने लगता है कि वो प्यार करता है। इससे लाइफ कॉम्प्लिकेट हो जाती है।

मेरी लाइफ की ट्रैजेडी यही है कि जिससे भी दोस्ती करती हूँ वह प्रेमी बनने की कोशिश करने लगता है।'

"वह मेरी नाक पर अपनी उंगलियाँ फेर रही थी। कभी मेरे कान को सहलाती। कभी उसकी उंगलियाँ मेरे बालों में उलझतीं। लेकिन बातें वह लगातार कर रही थी, 'जिस दिन आप मुझसे कहोगे कि मुझसे प्यार करते हो उस दिन से आप मुझ पर हक जताने लगोगे। आप मुझे मैसेजिज़ भेजने लगोगे। सवाल पूछने लगोगे। कहाँ हो? क्या कर रही हो? कब मिलोगी? मैं इसके लिए तैयार नहीं हूँ। ना मुझ पर आपका कोई हक है, ना मेरा आप पर। सवाल करने का हक तो बिल्कुल भी नहीं।' नैना ने मुझसे कहा।

"'मतलब ये कि मैं मैसेजिज़ भी नहीं भेज सकता। या मुझे मैसेज भेजने के लिए मना कर रही हो?'

'मना ही कर रही हूँ क्योंकि मैं हर वक्त फोन लिये नहीं घूमना चाहती। ये सब कुछ बहुत कॉम्प्लिकेटेड हो जाता है। मैं मैसेजिज़ का इन्तज़ार करना नहीं चाहती। ज़िन्दगी का मज़ा उसके होने में है, इन्तज़ार में नहीं। मैं किसी का इन्तज़ार नहीं करना चाहती।'

"मैं हैरानी से उसका चेहरा देखता रहा। वह लगातार मेरी आँखों में झाँक रही थी। वह एकदम क्लियर थी कि क्या चाहिए, लेकिन मैं परेशान था।"

"आप क्यों परेशान थे?" समर ने सवाल किया।

"ख्वाहिश तो हर मर्द की होती है कि वो ऐसे रिश्ते में रहे जिसमें उसकी कोई जवाबदेही ना हो, लेकिन जब कोई महिला ऐसी बात करती है तो पुरुष को विश्वास नहीं होता। वो इसे अपनी बेइज़्ज़ती समझता है। ऐसा लग रहा था कि जैसे वो मेरा इस्तेमाल कर रही है।

"हम मर्दों को बचपन से यह ट्रेनिंग मिलती है कि हम महिलाओं से सुपीरियर हैं। हम महिलाओं को हासिल करने और छोड़ने का हक रखते हैं। ज़ाहिर था कि वह कमिटमेंट से दूर रहना चाहती थी।"

"इसके बाद 'क्यों राजा साहब, किस सोच में पड़ गए। आप अच्छे आदमी हैं। लेट्स गो।' यह कहते हुए वह बिस्तर से उठ गई। 'आइए,' वह मुझे खींच कर बाथरूम में ले गई।

"एक लम्बे शावर के बाद वह वहाँ से चली गई। जाते-जाते उसने मुझसे कहा, 'राजा साहब वो सेक्स जिसमें प्यार ना हो उसकी बात ही अलग होती

है।' वो तीन दिन मेरी ज़िन्दगी के सबसे ख़ूबसूरत दिन थे। नैना जैसा कोई मेरी ज़िन्दगी में अब तक नहीं आया था।"

"फिर आपकी नैना से कब मुलाकात हुई? मतलब पहली मुलाकात के कितने दिन बाद आप लोग दोबारा मिले?"

"वह जयपुर लिटरेचर फेस्टिवल के दौरान यहाँ फिर आयी थी। उसे कुछ लोगों से मिलना था, कुछ सेशन अटेंड करने थे। फिर से तीन दिन के लिए वह यहाँ थी।"

"फिर क्या हुआ। कैसे थे वो तीन दिन?"

"लाजवाब। हम दोनों वैसे ही एक साथ रहे जैसे कोई नए नवेले प्रेमी-प्रेमिका रहते थे। दिन भर वह अपना काम करती थी। शाम को फ्री होकर हम साथ-साथ कहीं घूमने जाते। किसी पार्टी में होते। जमकर गप मारते थे। उसे मेरा साथ बेहद पसन्द था।

"नैना के शब्दों में ये सब एक परिकथा जैसा था। मैं उसका राजकुमार था जिसका इन्तज़ार वह हमेशा से कर रही थी। वह कहती थी कि मुझसे मेरे ख्वाब मत छीनियेगा। इस बार भी जाते-जाते नैना ने कहा, 'मुझसे प्यार मत करियेगा, बेवजह सब कुछ कॉम्प्लिकेट हो जायेगा। जस्ट, कीप इट सिम्पल।' फिर वह चली गई। वही हमारी आखरी मुलाकात थी। कोई बात भी नहीं हुई हम दोनों में इस बीच।

"परसों जब नैना का फोन आया तो मैं बेहद खुश था। नैना की आवाज़ में भी खुशी थी। जैसे ही मैंने फोन उठाया उधर से आवाज़ आयी, 'खमागणि हुकुम।'

'खमागणि...' मैंने जवाब दिया। नैना के इस सम्बोधन से मुझे हैरानी भी हुई और खुशी भी। ऐसा पहली बार हुआ था जब उसने राजस्थानी सम्बोधन का इस्तेमाल किया था, वरना वह हमेशा मुझे राजा साहब ही कहती थी।"

"'आई हैव ए न्यूज़ फॉर यू। अच्छी खबर, कब सुननी है?' मैंने कहा, 'अभी सुना दो। इन्तज़ार के लिए तो तुमने मना किया है।' वह ख़ुशी से बोली, 'आई एम प्रेग्नेंट...टिंग...टिंग!' मैं चौंक गया, 'सीरिसयली! तुम प्रेग्नेंट हो?' 'हाँ...मैं ही हूँ, कौन-सा मेरे हुकुम प्रेग्नेंट हैं।' वह खिलखिलाई। तब तक मैं सतर्क हो गया था। खतरा मुझे दिखाई दे रहा था, 'मेरा मतलब ये है कि क्या इसमें मेरा कोई रोल है?'

'हो भी सकता है।' उसकी आवाज़ में शरारत थी। 'जानना चाहते हैं? हैं ना? पर आज नहीं।'

'नैना, प्लीज़। तुमको शरारत सूझ रही है, मेरी तो जान पर बनी है। प्लीज़ बोलो ना।'

'इसीलिए मैंने कहा था कि प्यार नहीं करना। ज़रा-सा ज़िम्मेदारी से इंसान घबरा जाता है। डोंट वरी। आप कब आ रहे हो दिल्ली?'

'मैं कल ही आ जाता हूँ।'

'ठीक है हम लोग कल मिलते हैं। दिल्ली पहुँच कर मुझे फोन करना। जस्ट डोंट वरी मेरे राजा साहब।'

'बाय...बाय...' कहकर उसने फोन रख दिया।

"यही बात हुई थी मेरी उससे। मैंने कल सुबह की फ़्लाइट पकड़ी और दिल्ली आ गया। मैंने उसको फोन लगाने की कोशिश की। लेकिन किसी ने फोन नहीं उठाया। दोपहर में मैंने उसकी मौत की खबर सुनी।"

"तो आपने नैना का कत्ल नहीं कराया?" समर ने राघवेन्द्र प्रताप सिंह के रुकते ही सवाल दाग दिया।

थोड़ा विचलित तो हुए राजा राघवेन्द्र प्रताप सिंह पर उन्होंने गुस्सा किये बिना कहा, "मुझे इस बात की ज़रूरत ही कहाँ थी?"

"क्यों वह आपके बच्चे की माँ बनने वाली थी। आप राजनीतिक शख़्सियत हैं। राजपरिवार से हैं। आपकी तो बड़ी थू-थू होती।" समर बोला।

"आप यहाँ गलत हैं इंस्पेक्टर। नैना ने मुझसे ये कहा ही नहीं था कि वह मेरे बच्चे की माँ बनने वाली है। उसने बस कहा 'आई एम प्रेग्नेंट' यही नहीं उसने ये भी कहा, 'जस्ट डोंट वरी' इसका मतलब अगर आप ये लगा रहे हैं कि वह मुझसे कह रही थी कि वह मेरे बच्चे की माँ बनने वाली है, तो यह गलत है। हमें नहीं पता कि वह बच्चा किसका था।"

"लेकिन अगर आपका होता तो आपके लिए परेशानी की बात थी।"

"ज़रूरी नहीं है क़ि मेरे लिए परेशानी होती। नैना के मन में क्या था यह जानना ज़रूरी है। वह एकदम रिलैक्स थी। उसके लिए बच्चे का जन्म बड़ी बात थी ही नहीं। जो लड़की मुझसे मेरी मोहब्बत ही नहीं चाहती थी वह मुझसे बच्चा चाहेगी ये बात समझ से परे है।"

"तो आपके हिसाब से आपको नैना का कत्ल कराने की ज़रूरत नहीं थी?"

"मुझे कत्ल कराना भी होता तो कल सुबह ही क्यों कराता? मुझे तो कुछ पता ही नहीं था। पहले तो ये जानना ज़रूरी था कि क्या नैना वाकई मेरे बच्चे की माँ बनने वाली थी? दूसरा ये कि वो मुझसे कुछ माँग रही है? कोई उम्मीद रखती है या मुझे ब्लैकमेल कर रही है? मैं तो कुछ जानता ही नहीं था और अगर कत्ल ही निदान होता तो वह मैं कभी भी करा देता। इतनी जल्दी क्यों कराता?"

"अगर यह बात फैल जाती तो आपका राजनीतिक करियर चौपट हो सकता था। इसलिए जितनी जल्दी हो सके नैना की आवाज़ को बन्द करना ज़रूरी था?" समर आसानी से मानने वाला नहीं था।

"बशर्ते नैना बच्चे के बाप का नाम जानती होती; बशर्ते वह उस नाम को पब्लिक करना चाहती, बहुत सारी कंडीशन शामिल हैं इंस्पेक्टर आपके सवाल के जवाब में।"

"तो आपका इस कत्ल से कोई वास्ता नहीं है?" समर ने फिर पूछा।

"मेरा नैना के साथ इमोशनल रिश्ता नहीं था। अंग्रेज़ी में कहते हैं 'फ्रेंड विद बेनिफिट्स'। ये टर्म ऐसे दोस्तों के लिए होता है जो कभी-कभार सेक्स भी करते हैं। कोई कमिटमेंट भी नहीं होता, ऐसा था हमारा रिश्ता। इसमें कत्ल का सवाल ही नहीं उठता।" राघवेन्द्र प्रताप सिंह ने बड़े ही धैर्य से कहा। "मैंने कभी नैना को कोई इमोशनल मैसेज नहीं भेजा। कोई मेल नहीं लिखा। कभी फोन नहीं किया। नैना जो चाहती थी, वह मुझे सूट करता था। कोई दिक्कत नहीं थी इस रिलेशनशिप में।"

"सिवाय बच्चे के! बच्चे के आने से ये रिश्ता कॉम्प्लिकेटेड हो सकता था।" समर बोल पड़ा।

"पॉसिबल।"

"ओके सर, अभी के लिए इतना ही। अगर कुछ और बताना चाहें तो फोन कर लीजियेगा, मेरा नम्बर आपके पास है ही।"

"थैंक यू इंस्पेक्टर। उम्मीद है आपसे फिर कभी मुलाकात नहीं होगी।"

"दुआ कीजिए ऐसा ही हो। बस 24 घंटे के लिए यह शहर मत छोड़ियेगा," कहकर समर कमरे से बाहर निकल गया।

***

राजा साहब के साथ हुई बातचीत से नैना का एक नया रूप ही सामने आया था। नैना क्या थी? यह उसकी समझ में अभी तक नहीं आया था। नैना के किरदार को किसी एक रूप में ढालना उसके लिए मुश्किल हो रहा था। नैना प्रेम करना जानती थी। वह बागी थी। दबंग थी। कमज़ोर थी। हालात से बेबस थी। बिन्दास थी। यह एक ऐसा किरदार था जिसके प्यार से बच पाना नामुमकिन है।

सर्वेश ने उससे प्यार किया। नवीन ने उससे प्यार किया। गौरव ने प्यार किया। गौरव भले ही मना करे लेकिन लखनऊ की उस रात के बाद तकरीबन हर रोज़ उसने नैना को यह अहसास कराया कि वह उससे कितना प्यार करता है। राशि से नैना ने दोस्ती कर ली। अजीब-सी बात है पर ऐसा हुआ है। राजा साहब के साथ ही नैना का रिश्ता 'फ्रेंड विद बेनिफिट' वाला रहा। इन सम्बन्धों की बुनियाद क्या है?

नैना ने यह रास्ता क्यों चुना? क्यों वह बागी बन गई? जो लड़की घर से निकलना नहीं चाहती थी, जो बेहद कमज़ोर थी, जिसे ज़िन्दगी से कोई ख्वाहिश नहीं थी। जिसकी ज़िन्दगी अपने पति और बच्चे तक ही सीमित थी, वह इस तरह रिश्तों की नई परिभाषा बुनने में क्यों लगी थी? कितनी अकेली थी यह औरत? करोड़ों लोगों की आँखों के सामने होती थी। आसपास हज़ारों चाहने वाले थे।

नैना का किरदार समर के लिए बेहद रहस्यमयी था। वह एक बहती नदी के समान थी। जो हर समय भागती रहती है। शायद ज़िन्दगी की तलाश में बेखौफ, बेताब, बेतकल्लुफ, बेकरार।

इंस्पेक्टर समर प्रताप सिंह का दिमाग यह सब सोचते-सोचते झनझनाने-सा लगा। अरे, कहीं वह भी तो नैना से प्यार नहीं करने लगा है। यह ख्याल अपने दिमाग में आते ही उसने झटक दिया। भला कोई मरे हुए इंसान से कैसे प्यार कर सकता है? नैना मर चुकी है समर, पर अगर नैना ज़िन्दा रहती और कभी उसके सम्पर्क में आयी होती तो?

इंस्पेक्टर समर अपने आप पर ही झल्ला उठा। उसने फोन उठाया और आमना चौधरी का नम्बर ढूँढ़ कर डायल किया। उसने आमना को जल्द से जल्द थाने पहुँचने का आदेश दिया। साथ ही अपने परिवार से किसी को साथ लेकर आने को भी कहा। इससे पहले रावत ने थाने से फोन करके उसे बता

दिया था कि नवीन को उसके घर से ले आया गया है। वह करीब 10 बजे अपने घर वापस आया था।

थाने में घुसते ही समर का सामना नवीन शर्मा से हुआ। नवीन ने बरमूडा शार्ट्स, सैंडल और फुल स्लीव्स की टीशर्ट पहन रखी थी। इंस्पेक्टर समर के आते ही वह उठ खड़ा हुआ। समर ने उसे बैठने का इशारा किया और नैना मर्डर केस को लेकर बनाए गए अपने नोट्स देखना शुरू कर दिया। कुछ ही मिनटों बाद वह नवीन शर्मा से सम्बन्धित सवालों पर आ गया।

"तुम्हारा फोन क्यों बन्द था?" समर ने तकरीबन चिल्लाते हुए पूछा। "कहाँ थे कल और परसों रात? बोलो!" समर गरज रहा था। "कहाँ बिताईं दोनों रातें?"

नवीन शर्मा की घिग्घी बंध गई, "मैं एक दोस्त के घर गया था।"

"कौन से दोस्त के घर? क्यों झूठ बोल रहे हो?" समर फिर गरजा, "झूठ बोलोगे तो सीधा अन्दर कर दूँगा। सच-सच पूरी कहानी बताओ और मेरे सवालों का जवाब दो।"

समर ने पूछना शुरू किया, "जिस दिन नैना ने तुम्हें बताया कि वह गौरव से प्यार करती है। उस दिन शाम को कहाँ थे, क्या कर रहे थे?"

"मैं ऑफिस में ही था देर तक। उस दिन 8 बजे का शो तो गौरव ने ही किया था। 9 बजे के शो में चूँकि नैना नहीं थी इसलिए हमने आमना से उसका शो कराया। इसी शो को शुरू कराकर मैं निकल गया था। इस शो में ज़्यादा कुछ करना नहीं होता है। एक बार सारे गेस्ट लाइन पर मतलब स्क्रीन पर आ जाते हैं तो काम खत्म हो जाता है। इसके बाद तो बस एंकर का ही काम होता है, उसे ही गेस्ट से बातचीत करनी होती है।"

"ऑफिस से निकलने के बाद कहाँ गए थे?" समर ने सवाल किया।

"मैं एक पब में गया था। मुझे खुद पर बेहद गुस्सा आ रहा था। मुझे समझ ही नहीं आ रहा था कि मेरे साथ क्या हो गया है। नैना के धोखे ने मुझे तोड़ दिया है," उसने रोना शुरू कर दिया। "नैना से ज़्यादा मक्कार लड़की नहीं देखी मैंने। उसके लिए मैंने सब कुछ किया। उसके लिए पैसे खर्च किये, हर महीने पाँच-दस हज़ार रुपए के तोहफे देता था उसे। कभी परफ़्यूम, कभी ड्रेस। यहाँ तक कि अगर वह कहीं घूमने जाना चाहती थी, तो प्लेन का टिकट भी मैं ही बुक कराता था।"

"ये बात आपने पहले क्यों नहीं बताई?"

"क्या-क्या बताऊँ? उसकी माँ के अन्तिम संस्कार के वक्त उसे पैसे की ज़रूरत थी, मैंने अपने अकाउंट से एक लाख रुपए ट्रांसफर किये। तब उसका पति भी काम करता था लेकिन उससे नैना खफा थी और पैसे नहीं माँगना चाहती थी। मैं ही था उसका बैंक। जब बच्चे का स्कूल में एडमिशन कराना था। शहर के सबसे नामी स्कूल में पढ़ता है नैना का बेटा, साल के पाँच लाख रुपए लगते हैं। मैंने दिये थे पहले साल। कभी नहीं कहा कि मेरे पैसे वापस दे दो। कभी सोचा ही नहीं था कि वह मेरे साथ ऐसा करेगी।"

"तुमने किसलिए दिये थे पैसे? क्या सोच कर दिये थे? दोस्त समझ कर दिये थे? अहसान किया था या मकसद कुछ और था?" समर ने पूछा।

"किस बात की दोस्ती? हर आदमी का एक ही मकसद होता है।" नवीन रोता जा रहा था और बोलता जा रहा था। उसने अपने पेट पर दोनों हाथों को कस कर पकड़ रखा था जैसे कि वह बेहद तकलीफ में हो। "मुझे नैना को हासिल करना था। मेरी ख्वाहिश थी नैना को पाने की। कौन नहीं पाना चाहता था उसे, लेकिन सबसे करीब मैं था।"

"लेकिन तुम्हारी तो हुई नहीं नैना?" समर ने देखा कि यह सुनकर नवीन का सिर पूरी तरह से झुक गया है। उसकी ठोड़ी छाती से जा लगा थी। "मेरा सवाल अब भी वही है कि रात को कहाँ गए थे?"

रोते-रोते नवीन ने फिर से बताया, "मैं एक पब में गया था। वहाँ मैंने दो ड्रिंक लीं, लेकिन फिर भी मुझे शान्ति नहीं मिली।"

"बिल तो होगा पब का?" समर ने सवाल किया।

"जी होगा। मैंने कार्ड से पेमेंट किया था। बिल है मेरे पास।"

"पब के बाद कहाँ गए?" समर ने पूछा।

वह चुप हो गया। कोई जवाब नहीं दिया।

"कहाँ गए थे पब के बाद? सुनाई नहीं दिया क्या?"

नवीन ने इस बार भी कोई जवाब नहीं दिया।

समर सोच में पड़ गया कि अब क्या किया जाये। इस घायल आशिक के पास वैसे तो पूरी वजह है नैना को मारने की। फ्रस्ट्रेशन में यह अभी मरने-मारने की बात भी कह रहा है। समर ने एक और ट्राई मारने की कोशिश की। उसने थोड़ा नर्मी बरतने का फैसला किया।

"तुम नैना के सबसे करीबी रहे, यह तो मानते हो? साथ ही यह भी दावा कर रहे हो कि वह हर बात तुमको बता कर करती थी?"

"हाँ, यह सही है। रोज़ अपनी पूरी दिनचर्या वह मुझे बताती थी। कितने बजे नहा रही है। क्या खा रही है। किस मार्केट में है। क्या खरीदा। ब्यूटी पार्लर में क्या-क्या कराया, यहाँ तक कि अंडर गारमेंट्स किस कलर के पहने हैं यह भी मुझसे शेयर करती थी। पीरियड्स की बात तो मैं आपको पहले ही बता चुका हूँ," वह धाराप्रवाह बोलता जा रहा था कि समर ने टोका, "बस, बस... तो इसका मतलब तुम जानते थे कि नैना रोज़ सुबह मॉर्निंग वॉक पर जाती है पार्क में?"

"जी हाँ, मुझे मालूम था। उसने परसों यानी कत्ल से एक दिन पहले मुझे अपनी तस्वीर भी भेजी थी।" यह कहकर नवीन ने अपने फोन में नैना की फोटो दिखाई।

समर ने तस्वीर को गौर से देखा। वैसे ही कपड़े थे जैसे कत्ल के वक्त नैना ने पहन रखे थे। बस रंग अलग था।

"कब से नैना ने रनिंग शुरू की थी, तुम्हें तो पता होगा?"

"अभी ठीक से याद नहीं आ रहा पर एक हफ़्ता भी नहीं हुआ था। ज़्यादा सर्दी में वह अपने अपार्टमेंट का जिम यूज़ करती थी।"

"तो नैना के बारे में सबसे ज़्यादा अगर कोई जानता है तो वह तुम हो, यह कहने में कुछ गलत तो नहीं होगा?"

"यह एक दम सही है। मुझसे ज़्यादा कोई नहीं जानता होगा।"

"गौरव भी नहीं?" समर ने पूछा।

यह सुनते ही नवीन की बोलती बन्द हो गई। उसका दर्द उसके चेहरे पर साफ उभरने लगा। तनाव और क्रोध से चेहरा विकृत-सा लगने लगा।

वह भूल-सा गया कि इस वक्त वह थाने में है। चिल्लाकर अचानक वह उठ खड़ा हुआ। "मेरे सामने उस आदमी का नाम मत लीजिए। नफरत हो गई है मुझे उससे।" कहते हुए उसने अपनी दोनों बाँहें उठाईं और अपने आँसुओं को पोंछने की कोशिश करने लगा।

समर की निगाह नवीन की कलाई पर पड़ी। उसने देखा कि नवीन की दोनों कलाइयों पर खरोंच के निशान हैं। खरोंच के ताज़ा लाल निशान। जब उसने आँसू पोछने के लिए हाथों को उठाया तो स्लीव्स ऊपर खिंच गई और ये

निशान दिखाई देने लगे। समर का शक यकीन में बदलने को हो आया। उसने उसे बैठने को कहा। नवीन के बैठते ही समर ने उससे अपनी दोनों स्लीव्स ऊपर करने को कहा। इसके साथ ही उसके दोनों हाथ की कलाइयों से कोहनी तक छिली हुई खरोचें साफ दिखाई देने लगीं।

"ये कैसे हुआ? कब हुआ? ये नैना के नाख़ूनों के ही निशान हैं न? जब तुम उसका मर्डर कर रहे थे, तब उसके बचाव की कोशिशें तुम्हारी बाँहों पर इसलिए चस्पां हो गईं कि वे तुम्हारे अपराध की गवाही दे सकें?" समर ने गौर से नवीन को देखते हुए सवाल किया।

"नहीं-नहीं। यह तो मेरा झगड़ा हो गया था पब में, कल रात को, वहीं हाथापाई में ये निशान पड़े हैं। इसका नैना से क्या लेना देना?"

समर का शक अब गहरा ही नहीं पुख़्ता भी हो रहा था। अब तक वह जिसे सबसे निरीह और धोखा खाया आशिक समझ रहा था, अन्ततः वही कातिल निकला। वह समझ गया यह ऐसे नहीं मानेगा। इससे सख़्ती से पूछताछ करने की ज़रूरत है। अब तक मीडिया का होने के नाते वह इन सबसे हमदर्दी से बात कर रहा था, लेकिन अब ये रास्ता उसे छोड़ना होगा।

इंस्पेक्टर समर यही सोच रहा था कि हेड कांस्टेबल रावत ने कमरे में आ कर उसे सैल्यूट किया और बताया कि आमना चौधरी आयी है। उसने रावत से कहा, "इस आदमी को हवालात में बन्द कर दो। इसी ने नैना का कत्ल किया है।"

यह सुनते ही नवीन शर्मा के चेहरे पर हवाइयाँ उड़ने लगीं। वह काँपने लगा और बोला, "नहीं-नहीं, मैंने नैना का कत्ल नहीं किया है। मैं बेकुसूर हूँ।"

समर ने रावत को देखा और सख़्ती से कहा, "रावत इसे ले जाओ, और बन्द कर दो हवालात में। फिलहाल ये किसी से नहीं मिलेगा। इसका फोन भी जमा कर लो। ध्यान रखो यह किसी को फोन नहीं करने पाये।"

फिर वह नवीन की ओर मुड़ा और बोला, "तुम्हारी भलाई इसी में है कि चुपचाप चले जाओ। उम्मीद है कि तुम मुझे हाथ उठाने का मौका नहीं दोगे, वरना मेरा एक थप्पड़ भी तुम झेल नहीं पाओगे। चुपचाप बगैर हल्ला मचाए चले जाओ।"

उसके बाद रावत को उसने आदेश दिये, "तब तक इसका मेडिकल भी करा लो। इसकी कलाई पर लगे खरोंच के निशान की भी जाँच कराओ और आमना को यहाँ भेज दो।"

आदेश सुनते ही रावत वहाँ से निकल गया। अपने सिर को झुकाए नवीन भी उसके पीछे चला गया। अब समर को आमना का इन्तज़ार था। जब तक आमना आयी तब तक उसने गौरव द्वारा नैना को भेजे सभी मैसेजिज़ दोबारा देख डाले।

इन मैसेजिज़ से यह एकदम साफ था कि गौरव ने नैना से अपने रिश्ते को आगे बढ़ाने का वादा किया था। उसने हर बार नैना को इमोशनली ट्रैप किया था। नैना को अगर इस बात से तकलीफ थी कि वह आमना से क्यों फ़्लर्ट कर रहा है, तो यह गलत नहीं था। उसे गौरव की पत्नी से तकलीफ नहीं थी। उसे दरअसल किसी भी पुरुष की ज़िन्दगी में आने वाली किसी भी औरत से तकलीफ नहीं थी। उसे शायद गौरव के झूठ से तकलीफ हुई थी।

गौरव ने उसे धोखा दिया था। नैना को गौरव की उतनी ज़रूरत नहीं थी, जितना गौरव ने नैना को अपनी ज़रूरत बना लिया था। उसने नैना को हर मैसेज के साथ यह अहसास कराया था कि वह गौरव की ज़रूरत है। जबकि हकीकत में ऐसा था नहीं। वह नैना के तन के साथ ही उसके मन से भी खेल रहा था।

समर अब तक यह साफ समझ चुका था कि नैना के साथ छल हुआ था। अगर नैना इस छल के लिए तैयार नहीं थी, तो इसमें उसकी कोई गलती भी नहीं थी...शायद इसीलिए उसने परसों इतना हंगामा किया था। यह तो तय था कि अगर नैना परसों वाली घटना की प्रतिक्रिया इतने तीखे ढंग से नहीं करती तो आज ज़िन्दा होती। लेकिन जो होना था हो चुका था। हत्या से सम्बन्धित सारे घटनाक्रम समर के सामने थे, पर कातिल...नवीन को हवालात में भेजने का निर्देश देने के बावजूद उसका मन कह रहा था, कुछ न कुछ तो अभी बाकी है। वैसे भी केवल खरोंच की बिना पर वह उसे अदालत में दोषी साबित नहीं कर सकता।

***

इस कत्ल के सारे किरदार बेहद ताकतवर हैं। असरदार हैं। किसी पर भी हाथ डालना उसके लिए आसान नहीं था। एक छोटी-सी गलती पूरे केस को खराब कर सकती है, साथ ही उसका करियर भी तबाह हो सकता है।

जिन लोगों पर उसे शक था और पूछताछ में जिनसे वह कड़ाई करने की स्थिति में था, उसमें सबसे कमज़ोर कड़ी के रूप में उसे नैना का पति सर्वेश सिंह देव ही लगा। पर आगे क्या करना चाहिए? वह इसी सोच में डूबा हुआ था

कि आमना चौधरी ने दरवाज़े पर दस्तक दी। उसने देखा कि वह अपने साथ एक लड़के को लेकर आयी है।

समर ने दोनों को सामने बैठने का इशारा किया। दोनों के चेहरे पर घबराहट साफ देखी जा सकती थी। माहौल को थोड़ा हल्का बनाते हुए समर ने उनसे पूछा, "पहली बार थाने आये हो?"

"जी हाँ," दोनों ने एक साथ कहा।

"तुम्हारा नाम?" उसने लड़के से पूछा।

"आदित्य ठाकुर।"

"क्या करते हो?"

"मैं एक एड्वर्टाइजिंग एजेंसी में कॉपी राइटर हूँ।"

"तुम यहाँ कैसे? तुम क्या आमना की पैरवी में आये हो? वैसे यह तुम्हारी क्या लगती है?"

"हम दोस्त हैं," इस बार आमना ने जवाब दिया, "मैं इन्हें साथ लेकर आयी हूँ।"

समर ने अब आमना की तरफ देखा और पूछा, "क्यों, वजह जान सकता हूँ? इसके अलावा मुझे यह भी जानना है कि तुमने कल अपने घर में होने के बारे में झूठ क्यों बोला?"

आमना के चेहरे का रंग अब उड़ गया। उससे कुछ कहते नहीं बना। यह देख कर लड़के ने आमना का हाथ पकड़ लिया। वह बोला, "सर यह डरी हुई थी इसलिए झूठ बोल दिया।"

"इसी को बोलने दीजिये। आप चुप रहिये, जब आपसे सवाल किया जाये तभी जवाब दीजिये।" समर ने उसे टोका।

"जी, जी..." लड़के की आवाज़ निकलनी बन्द हो गई।

"आपने मुझसे झूठ क्यों बोला?"

"मुझे नहीं पता आप क्या जानना चाह रहे हैं?"

अब तक समर को गुस्सा आ चुका था। उसकी आवाज़ थोड़ा तेज़ हो गई। "आप लोग पढ़े-लिखे हैं इसलिए पुलिस आपसे तहज़ीब से पेश आ रही है, पर इसका यह मतलब नहीं कि आप हमें फॉर-ग्रांटेड लेने लगें। हमें सच पता लगाना भी आता है और कुबूलवाना भी। आप लोगों को समझ में क्यों

नहीं आ रहा है कि यह मर्डर इन्वेस्टिगेशन है कोई मज़ाक नहीं है। यह आपका टीवी चैनल नहीं है, कि जो मर्ज़ी में आया स्क्रीन पर बोल दिया। यहाँ बोली हुई हर बात का मतलब होता है, समझीं आप? अब जो पूछ रहा हूँ साफ-साफ बताना। अगर कोई भी ड्रामा किया तो सीधा अन्दर कर दूँगा।"

इसके बाद उसने आवाज़ दी, "रावत।"

"जी सर," कहता हुआ रावत दौड़ा चला आया।

"कोई महिला कांस्टेबल है अभी ऑफिस में?"

"जी सर, सावित्री है।"

"भेजो उसे।"

सावित्री के ऑफिस में आते ही उसने इशारा किया कि वह आमना के पीछे बैठ जाये। यह देख आमना की हालत और खराब हो गई।

समर ने अब आमना को फिर से चेताते हुए कहा, "अब अगर आपने मेरे सवालों का सीधा जवाब नहीं दिया, तो सावित्री आपको हवालात की तरफ ले जायेगी। अब चॉइस आपकी अपनी होगी आमना चौधरी। आपने अब झूठ बोला, तो अपने हालात की ज़िम्मेदार आप खुद होंगी।"

इतना कह कर समर अपनी टेबल पर आगे की तरफ झुका और आमना की आँखों में सीधे देखते हुए अपना सवाल दोहरा दिया, "क्या कल सुबह आप अपने घर पर थीं?"

"नहीं, मैं घर पर नहीं थी।" बेहद धीमी आवाज़ उसके मुँह से निकली। शायद वह बुदबुदा रही थी।

"ज़ोर से बोलिए मुझे सुनाई नहीं दिया।"

"जी नहीं, मैं अपने घर पर नहीं थी।"

"कहाँ थीं आप?"

इस सवाल के जवाब में उसने अपने दोस्त को एक नज़र देखा। दोस्त ने तुरन्त सिर हिलाकर आश्वस्त किया। आमना ने कहा, "मैं आदित्य के साथ थी। इसी के घर पर।"

समर ने आदित्य को देखा और पूछा, "क्या यह सच है?"

"जी सर। हम दोनों वहीं थे, मेरे घर पर।"

"कहाँ रहते हो तुम?"

"लाजपत नगर में।"

समर ने उसका पता लिख कर फिर से रावत को आवाज़ दी और इस बात की तस्दीक करने को कहा कि क्या परसों रात से कल सुबह तक आमना और उसका दोस्त इसी पते पर थे। इसके बाद वह फिर आमना से मुखातिब हुआ और पूछा, "क्या करने गई थीं इनके घर? क्या तुम अक्सर वहाँ जाती हो? वहाँ रुकती भी हो?"

"नैना मैम के साथ हुए एपिसोड के बाद मैं बेहद परेशान थी। शाम को अपना काम खत्म करके मैंने आदित्य को फोन किया था। ये ऑफिस आकर मुझे अपने साथ ले गया था। उस रात मैं अकेले नहीं रहना चाहती थी, देर रात तक हम एक पब में साथ ही रहे फिर मैं इसके साथ ही इसके घर चली गई और कल सुबह वहीं से तैयार होकर ऑफिस आ गई। मुझे ऑफिस पहुँचने से पहले तक कुछ पता ही नहीं था कि इस बीच इतना बड़ा वाकया घट चुका है।"

"पहले भी इसके घर पर रुकती रही हो?"

"जी हाँ।" उसने हाँ में सिर हिलाया।

"कोई चक्कर है तुम दोनों का? बॉयफ्रेंड हो?" अब उसने आदित्य से पूछा।

"हाँ, दो साल से हम दोनों रिलेशनशिप में हैं।"

"लाजपत नगर में तुम्हारे साथ कोई और भी रहता है?"

"जी सर, मेरे पैरेंट्स रहते हैं।"

"और उन्हें आमना और तुम्हारे रिश्ते के बारे में पता है? अगर यह रात में तुम्हारे साथ रहती है तो उन्हें कोई दिक्कत नहीं होती?"

"जी उन्हें पता है। उन्हें मालूम है कि हम शादी करेंगे।"

"क्या करते हैं तुम्हारे पिता?"

"जी हमारा बिज़नेस है। ज्वेलरी शॉप्स हैं दिल्ली में।"

"पहली बार तुमने झूठ क्यों बोला था?" समर ने अब फिर आमना से सवाल किया।

"ऑफिस में मैं क्या बोलती, किसी को बताना नहीं चाहती थी कि मैं कहीं और थी।"

"लेकिन मैंने तो चैनल के लीगल हेड और एचआर हेड के सामने आपसे सवाल किये थे। उनसे क्या दिक्कत?"

"किसी के सामने कुछ भी बोलो तो सब कुछ पब्लिक हो जाता है। दूसरों की खबर देने वालों की भी खबर बन जाती है। जबकि हम अभी ऐसा नहीं चाहते थे, इसीलिए छिपाकर रखना पड़ा।"

समर सोचता रहा कि इस लड़की का बॉस उसके साथ फ़्लर्ट कर रहा था, इसीलिए ये अपना रिलेशनशिप स्टेटस छुपा कर रखती थी। बताने से नुकसान होता। मौकापरस्ती भी क्या चीज़ है! उसने मन ही मन सोचा। अब इससे क्या सवाल करूँ? यह तो कातिल है नहीं। खामखां इसने वक्त बर्बाद कराया। उसने आमना से कहा, "उम्मीद है कि तुम्हारे इस बयान में कुछ भी झूठ नहीं होगा। तुम लोग फिलहाल जा सकते हो, लेकिन कुछ भी गड़बड़ मिला तो फिर से थाने बुलाया जा सकता है।"

दोनों के जाते ही समर ने फिर से रावत को आवाज़ लगाई। रावत के आने पर उसने पूछा, "कुछ पता चला?"

"सर, दो नई बात पता चली हैं। मृतका ने कुछ दिन पहले अपनी सोसाइटी में रहने वाले एक लड़के को काफी डांटा था। एक गार्ड ने उन्हें एक लड़के को डांटते देखा भी था और कुछ बातें सुनी भी थीं। वह कह रही थीं कि तुम्हारी माँ से तुम्हारी शिकायत करूँगी।"

"कुछ पता चला कि नैना किस बात की शिकायत करती उसकी माँ से, क्या गार्ड ने इस बारे में कुछ सुना था?"

"शायद वह लड़का नैना का वीडियो बना रहा था। इसी बात पर उसको डांट पड़ी थी, और उन्होंने उसे धमकाया भी था।"

"यह गार्ड अब तक कहाँ था? कल क्यों नहीं मिला हमको?"

"कल उसका ऑफ था। आज ही वह ड्यूटी पर आया है।"

"और दूसरी बात?"

"सर, सुबह 5 बजे के करीब नैना की सोसाइटी के बराबर बने एक टैक्सी स्टैंड के मालिक ने सर्वेश को बाहर निकलते देखा था।"

यह सुनकर समर अपनी सीट से उठ खड़ा हुआ और 'चलो' बोलकर बाहर निकल गया, फिर से नैना वशिष्ठ की सोसाइटी की ओर। इस बार उसके

कदमों में काफी तेज़ी थी। पता नहीं क्यों उसे लग रहा था कि ये सूत्र शायद उसे यह केस क्रैक करने में मददगार साबित होंगे।

***

इंस्पेक्टर समर प्रताप सिंह जब तक आईपी एक्सटेंशन की बैकुंठ धाम हाउसिंग सोसाइटी के गेट पर पहुँचा, शाम के चार बज चुके थे। वहाँ जब तक उसकी जिप्सी रुकती और वह उतरता उससे पहले ही वह टीवी कैमरों के घेरे में था। दर्जनों रिपोर्टरों और कैमरामैन की भीड़ जैसे उस पर झपट पड़ी।

जब तक वह कुछ समझता, एक दर्जन से ज़्यादा माइक उसके मुँह के सामने थे। एक बार तो उसने सोचा कि इन सबको झटके और बगैर जवाब दिये निकल जाये, लेकिन फिर उसे लगा यह अच्छी रणनीति नहीं होगी। इसका उलटा असर ही पड़ेगा, इसलिए वह ठहर गया।

वह कुछ बोलता इससे पहले ही कई सवाल बौछार की तरह उसकी तरफ उछाल दिये गए—

'24 घंटे बीतने के बाद भी नैना का कातिल आज़ाद है, इस बारे में आपका क्या कहना है?'

'आपकी जाँच का क्या नतीजा है?'

'क्या नैना के उसके बॉस के साथ सम्बन्ध थे?'

'क्या आपका शक गौरव वर्मा पर है?'

'क्या नैना का पति भी शक के घेरे में है?'

अचानक पीछे से शोर उठा तो पता चला कि कैमरामैन रिपोर्टर्स को नीचे बैठने को कह रहे हैं। मीडिया का इतना बड़ा ड्रामा वह जीवन में पहली बार देख रहा था। उसे इस तरह के कैमरों का सामना करने का तजुर्बा भी नहीं था। राष्ट्रीय मीडिया के रिपोर्टरों के सवालों को वह पहली बार फेस कर रहा था। उसने बोलना शुरू किया, "अभी हमारी तफ़्तीश जारी है। हर एंगल से जाँच-पड़ताल हो रही है। सबसे पूछताछ हो रही है, लेकिन अभी कुछ भी कहना जल्दबाज़ी होगी।"

"24 घंटे काफी नहीं हैं? एक पत्रकार की मौत हुई है और आप कह रहे हैं जल्दबाज़ी होगी, आखिर कितना वक्त चाहिए आपको?" वर्षा दत्त का

सवाल आया। यह *जय हिन्द चैनल* में काम करने वाली एक दबंग रिपोर्टर थी। क्राइम की एक्सपर्ट थी।

"क्या आपको गौरव वर्मा पर शक है? क्या नैना ने गौरव पर सेक्सुअल हैरेसमेंट का आरोप लगाया था?" उसने बिना लागलपेट के ये सवाल पूछा।

इंस्पेक्टर समर प्रताप सिंह ने इस सवाल को अनसुना करने का मन बनाया और वहाँ से निकलने के लिए मुड़ा ही था कि वर्षा का अगला सवाल आया, "क्या नैना वशिष्ठ हत्या के समय गर्भवती थीं?"

समर भौंचक्का-सा उसे देखता रहा गया। यह बात इसे कैसे पता चली? वर्षा भी एकटक समर को ही देख रही थी। उसने देखा तो पाया कि सभी की नज़रें उसी पर थीं। इस सवाल का जवाब दिये बगैर वह बच नहीं सकता था।

हालांकि वर्षा के तेवर से उसे यह भान भी हो चुका था कि वह इस सवाल का जवाब दे या न दे, यह खबर तो चलनी ही थी। यह सवाल उससे पूछा ही इसलिए गया था ताकि यह खबर चलाई जा सके। सच हो या झूठ इस बात से कोई फर्क नहीं पड़ना था। पर इंस्पेक्टर समर को बतौर आईओ जवाब देना था, इसलिए उसने पूरी गंभीरता से कहा, "पोस्टमार्टम से यह पता चला है कि हत्या के वक्त नैना गर्भवती थीं।"

यह सुनना था कि एक साथ कई सवाल उसकी तरफ फिर से उछले। हर किसी को अपने सवाल का उत्तर पाने की होड़-सी लग गई।

"उसके बच्चे का पिता कौन है? क्या आप यह बता सकते हैं?"

"जी नहीं, हमें इस बारे में कोई जानकारी नहीं है।"

"क्या नैना का गर्भवती होना उसकी मौत की वजह हो सकता है?"

"यह तफ़्तीश का विषय है। हम जाँच कर रहे हैं, लेकिन अभी इससे ज़्यादा कुछ नहीं कह सकते?" यह कहते हुए समर तेज़ी से आगे बढ़ गया। वह जान चुका था कि टीवी न्यूज़ को इस केस को लेकर अब एक नई दिशा मिल जायेगी। अब नैना के कैरेक्टर असैसिनेशन के साथ बच्चे के पिता की तरफ सारा ध्यान फोकस हो जायेगा।

समर अभी कुछ ही कदम आगे बढ़ा था कि पीछे से वर्षा दत्त की आवाज़ फिर से सुनाई दी। "इंस्पेक्टर क्या आपको विश्वास है कि आप इस मामले को हल कर लेंगे? आप कातिल को गिरफ़्तार कर पायेंगे?"

समर ने इस सवाल का कोई जवाब नहीं दिया। उसने मुड़कर देखने की ज़हमत तक नहीं उठाई। वह जानता था कि सवाल करने वाले का मकसद क्या है।

समर सिपाही के साथ अपार्टमेंट के अन्दर चला गया। उसकी मंज़िल वह फ़्लैट था, जिसमें उसे नैना से डांट खाने वाले लड़के से पूछताछ करनी थी।

यह कोई पन्द्रह-सोलह साल का लड़का था, जिसका नाम था शिवम। अभी तो ठीक से इसकी मूँछें भी नहीं निकली थीं। लड़के के माता-पिता भी घबराए हुए वहाँ मौजूद थे।

शिवम के माता-पिता से समर बोला, "आप दोनों अपना नाम बताइए?"

"रमा ग्रोवर और इनका सुनील ग्रोवर।"

"सुनील साहब आप क्या काम करते हैं?"

"मेरा चावड़ी बाजार में होल सेल का काम है।"

लड़के का नाम वह गार्ड से जान चुका था, फिर भी पूछा, "और तुम, अपना और अपने स्कूल का नाम बताओ?"

"मेरा नाम शिवम है। लुडलो कैसल मांटेसरी हायर सैकंडरी स्कूल में ग्यारहवीं क्लास में पढ़ता हूँ।"

"टीवी एंकर नैना वशिष्ठ को जानते हो?"

"जी, वह हमारे सामने रहती हैं।"

"हैं नहीं थीं! तुम्हें पता तो चल चुका होगा उनका मर्डर हो गया है। मैं जानना चाहता हूँ कि क्या उन्होंने कुछ दिन पहले तुम्हें डांटा था?"

लड़के ने इस बार सिर झुका लिया और कनखियों से समर को देखा, तो उसने अपना सवाल दोहरा दिया। इस बार लड़के ने 'हाँ' में सिर हिला दिया।

"नैना ने तुम्हें क्यों डांटा था?"

वह फिर चुप हो गया और ज़मीन को देखने लगा।

"बोलो क्यों डांटा था नैना ने तुम्हें? डरो मत। सच-सच बता दो।"

"वो मैं वीडियो बना रहा था, उन्हें लगा कि मैं उनका वीडियो बना रहा हूँ। बस यही बात थी।"

"किससे वीडियो बना रहे थे?"

"अपने फोन से।"

"इसे फिल्म बनाने का शौक है। यह हर समय अपने फोन से वीडियो बनाता रहता है। कितनी बार इसको मना किया है पर यह मानता ही नहीं है।" इस बार शिवम की माँ बोल पड़ी।

समर ने उनको चुप कराते हुए चेतावनी के अन्दाज़ में कहा, "आप में से कोई भी तब तक नहीं बोलेगा, जब तक मैं सीधे आपसे सवाल न पूछूँ। अगर आप लोग इसकी तरफ से जवाब देने की कोशिश करेंगे तो मैं इसे थाने ले जाकर पूछताछ करूँगा, और वहाँ पर आप लोग नहीं होंगे।"

इंस्पेक्टर समर की इस धमकी से शिवम के माता-पिता दोनों सकपका कर चुप हो गए। उसने शिवम से अगला सवाल किया।

"कहाँ पर वीडियो बना रहे थे, जब नैना ने तुम्हें टोका?"

"मैं नीचे था, गेट के पास। वह शायद तब ऑफिस जा रही थीं।"

"किस चीज़ का वीडियो बना रहे थे?"

"लोगों का आते-जाते, मुझे वीडियोग्राफी का शौक है।"

"तो नैना ने तुम्हें क्यों रोका? किस बात से वह नाराज़ हुई?"

शिवम कुछ पल के लिए चुप हो गया फिर बोला, "मैंने बताया न कि उन्हें लग रहा था कि मैं उनका वीडियो बना रहा हूँ।"

"ये कब की बात है शिवम?"

"एक-दो दिन पहले की ही बात है।"

"वह वीडियो कहाँ है जो उस वक्त तुम बना रहे थे?"

"जी, मेरे फोन में है।"

"दिखाओ अपना फोन, मुझे वह वीडियो देखना है।"

शिवम ने अपनी जेब से फोन निकाला। वीडियो सेक्शन में जाकर एक वीडियो प्ले करके समर को दे दिया।

समर ने देखा कि कैमरा नैना के अपार्टमेंट की तरफ है और कुछ सैकंड के बाद नैना उसमें आती दिखाई दी। उसके कंधे पर एक बैग लटका था। वह ऑफ शोल्डर टॉप और जींस पहने थी और उसकी आँखों पर चश्मा था। वह धीरे-धीरे आगे आ रही थी। कैमरा ज़ूम होते-होते उसके चेहरे पर जाकर टिक गया; एकदम क्लोज़ अप। अचानक नैना की नज़र कैमरे पर पड़ी। वह घूर कर कैमरे के लेंस को देखने लगी। इसके बाद नैना के हाथ का इशारा दिखाई दिया।

वह हाथ के इशारे से कैमरे वाले को पास बुला रही थी। कैमरा थोड़ा-सा शेक करने लगा। ऐसा लग रहा था कि कैमरामैन घबरा गया था। उसका हाथ हिलने लगा। वह नैना के करीब आ चुका था। अब नैना की आवाज़ साफ सुनाई देने लगी। 'सुनो...इधर आओ।'

यहीं पर कैमरा बन्द हो गया था।

वीडियो के बन्द होने के बाद समर गैलरी में वापस चला गया। उसने पाया कि मोबाइल की गैलरी में कुछ और वीडियोज़ भी थे। उसने एक और वीडियो को प्ले किया। इसमें नैना अपनी बालकनी में थी। वह शायद कुछ कपड़े रख रही थी। कैमरा नैना पर ही फोकस था। धीरे-धीरे वह क्लोज़ होता गया। फोकस नैना की टाँगों पर था। नैना शाट्र्स और टीशर्ट पहने हुए थी। जैसा कि आमतौर पर आजकल की लड़कियाँ अपने घर पर पहनती हैं। यह वीडियो करीब पाँच मिनट तक नैना पर फोकस रहा और तभी रुका जब नैना बालकनी से अन्दर चली गई।

समर की हैरानी बढ़ गई। सारे वीडियोज़ नैना के ही थे। कभी आते, कभी जाते, कभी बालकनी में कभी ड्रॉइंग रूम में। "ये वीडियो तुमने कहाँ से बनाए?" समर ने पूछा।

"यहीं सामने से, मतलब अपने घर से।" शिवम ने जवाब दिया।

"वह जगह दिखाओ?"

यह सुनते ही शिवम ने ड्रॉइंग रूम के साइड में आगे जाकर बालकनी का दरवाज़ा खोल दिया। उसकी बालकनी के ठीक सामने करीब बीस-पचीस फुट के फासले पर एक और बालकनी थी। समर ने सामने वाली बालकनी को देखा और पूछा, "क्या वह नैना का घर है?"

शिवम ने हाँ में सिर हिला दिया। यह ब्लॉक 'सी' शेप में था। नैना और शिवम का घर आमने-सामने था। दोनों के घर की बालकनी से सड़क भी दिखती थी और अपार्टमेंट का गेट भी। नैना और शिवम के किचन, ड्रॉइंग रूम और एक बेडरूम आमने-सामने थे। "तुमने ये सारे वीडियो यहीं से बनाए हैं?" समर ने सवाल किया।

"सब जगह से। किचन से, कमरे से, बाहर से। जब भी वह आती-जाती थीं, तो मैं वीडियो बना लेता था।"

"कब से बना रहे हो वीडियो?"

"तीन-चार साल से।"

"तो इस फोन में तो कुछ ही वीडियो हैं। बाकी वीडियोज़ कहाँ हैं?"

"मेरे लैपटॉप में।"

"चलो दिखाओ?"

शिवम समर को लेकर अपने कमरे में आ गया, जहाँ उसका लैपटॉप रखा हुआ था। कमरे में घुसते ही समर ठिठक गया; कमरे की एक दीवार पर नैना का बड़ा-सा पोस्टर लगा था—स्टूडियो में बैठी नैना 440 वोल्ट की मुस्कुराहट के साथ बेहद आकर्षक दिखाई दे रही थी। जिस टेबल पर लैपटॉप रखा था, उस पर भी नैना की तस्वीरें थीं।

समर को सारा माजरा समझ में आने लगा। उसने लैपटॉप में देखा, तो उसमें सैकड़ों की तादाद में नैना की तस्वीरें और वीडियो भरे हुए थे।

समर ने शिवम के माँ-बाप को बाहर जाने को कहा और उसे स्टडी टेबल के साथ लगी कुर्सी पर बैठा दिया, और खुद शिवम के बेड पर बैठ गया।

"तुम्हें नैना बेहद पसन्द थी?" समर ने पूछा।

शिवम ने केवल 'हाँ' में सिर ही नहीं हिलाया, बल्कि आगे जो कहा, वह इंस्पेक्टर समर प्रताप सिंह को भी हिला देने वाला था। वह बोला, "वह मेरी सोलमेट हैं; मेरा रूहानी रिश्ता है उनसे।"

"है या था? तुम्हें पता है न कि नैना अब इस दुनिया में नहीं हैं?"

"सोलमेट मरा नहीं करते। वो रूह हैं जो सदा आपके साथ होते हैं। नैना और मैं टू बॉडीज़ एंड वन सोल थे। वे जो बोलती थीं वह उनकी आवाज़ में मेरे थॉट होते थे...इतना ही नहीं, उनका हँसना, बोलना, घूमना-फिरना, यहाँ तक कि जैसा मैं चाहता था वैसे ही कपड़े भी वह पहनती थीं।"

"क्या तुमने कभी नैना से बात की थी? अपने दिल का हाल कहा था उससे?"

"मैंने बताया तो आपको कि हमारा रिश्ता रूहानी था। वी आर कनेक्टेड विद अवर स्पिरिट्स। मुझे कहने की ज़रूरत नहीं थी। उन्हें पता था मैं क्या सोच रहा हूँ, मैं क्या चाहता हूँ। नैना वही समझती और करती थीं।"

समर ने उसे गौर से देखा। उसे लगा, कहीं यह लड़का ड्रग्स तो नहीं लेता है? क्या यह अपने होशोहवास खो चुका है? नैना की मौत ने कहीं इसका दिमागी सन्तुलन तो नहीं खराब कर दिया? इतना तो वह समझ ही चुका था

कि यह नैना का वाकई काफी बड़ा दीवाना है। बिल्कुल 'डर' फिल्म वाले शाहरुख खान जैसा...लेकिन क्या यह नैना को मार भी सकता है?

"कितना प्यार करते थे तुम नैना से?"

"प्यार तो कमज़ोर लोग करते हैं इंस्पेक्टर साहब, मैं तो उनके लिए कुछ भी कर सकता था। मैं उनका हर शो देखता था। रात को उनका इन्तज़ार करता था। जब तक वह नहीं आती थीं, तब तक मैं अपनी बालकनी में खड़े होकर उनका इन्तज़ार करता था। सुबह भी उनको देखने के लिए यहीं खड़ा रहता था, इसलिए नहीं कि मुझे उनसे कुछ चाहिए था, बल्कि उनको देख कर मुझे एनर्जी मिलती थी। शी इज़ माई एनर्जी बूस्टर। वी आर टू कनेक्टेड।"

"तो तुमने नैना का कत्ल किया है?" समर ने बड़े आराम से और आहिस्ता से यह सवाल किया। वह नहीं चाहता था कि शिवम ज़रा-सा भी उत्तेजित हो।

"मैं समझ गया, फिर तो आप सोलमेट का मतलब जानते ही नहीं हैं।" उसने निश्चिन्त भाव से जवाब दिया। "अगर आप जानते कि सोलमेट क्या होता है, तो यह सवाल ही नहीं करते?"

समर को न चाहते हुए भी गुस्सा आ चुका था।

"मैं जानता हूँ कि आपकी शादी नहीं हुई है, न ही आपकी कोई गर्लफ्रेंड है। आपको मिलेगी भी नहीं।" उसने बेहद कैजुअल होते हुए कहा। "आपके जैसे लोग किसी के हो ही नहीं सकते, आपका ये सवाल बता रहा है।"

समर का ख़ून अब तक खौलने-सा लगा था। तरह-तरह की इमेजिज़ उसके ख्यालों में आने लगी थीं। वह इन सबसे बाहर निकलना चाहता था, पर नैना के मर्डर के बाद से ही वह अपने जिन ख्यालों को काबू में करने की कोशिश कर रहा था, इस लड़के के सवालों ने उनको फिर ज़िन्दा कर दिया।

"सोलमेट आपसे खुद कनेक्ट करती हैं। आपको समझती हैं।"

समर का धैर्य अब तक जवाब दे चुका था। उसकी नज़र में ये सारी बातें फिज़ूल और कोरी बकवास थीं। उधर ये सब बातें करते हुए शिवम की नज़रें नैना के बड़े से पोस्टर पर टिकी हुई थीं। वह मुग्ध भाव से उसे देख रहा था। समर ने आगे बढ़कर उसकी बाँह थामी और लगभग घसीटते हुए बाहर ले आया। ड्रॉइंग रूम में उसके माँ-बाप बैठे हुए थे। उसने शिवम के पिता से पूछा, "क्या आपको पता है कि यह लड़का दिन रात क्या-क्या करता है?"

"हाँ, पता तो है लेकिन इसकी माँ ने मुझसे कहा था कि चिन्ता की कोई बात नहीं है।" यह कहते हुए उनकी शिकायत भरी नज़र शिवम की माँ पर थी, मानो वह कहना चाह रहे हों कि तुम्हारी वजह से यह लड़का ऐसा बना है।

"हमारे बेटे ने ऐसा क्या कर दिया? वह नैना जी का फैन ही तो है? इसमें क्या हुआ? लोग सेलेब्रिटी की फोटो तो लगाते ही हैं। आप भी तो लगाते थे अपने कमरे में ऐना कुरिनकोवा और जूलिया रॉबर्ट्स की फोटो?" शिवम की माँ ने जवाब दिया।

शिवम के पिता ने कुछ नहीं कहा। वह चुप रह गया, या उसने जवाब देना ज़रूरी नहीं समझा। वह जानता था कि माँ का प्यार बेटे के लिए अंधा है। उसकी पत्नी शिवम के बारे में कुछ नहीं सुनेगी। उसे बचाने के लिए वह कोई भी तर्क गढ़ सकती है।

"क्या आप ये भी जानती हैं कि यह दिन भर नैना वशिष्ठ के वीडियो बनाता रहता था?" समर ने पूछा।

"हाँ, मुझे पता था," शिवम की माँ ने जवाब दिया।

"आपको कुछ गलत नहीं लगा इसमें? आपका लड़का जिसकी उम्र सत्रह साल की है, अपने से दोगुनी उम्र की महिला के वीडियो बनाता रहता है। उसके लिए पागल रहता है। इसमें आपको कुछ भी गलत नहीं लगता?"

"क्या गलत किया है मेरे शिवम ने? आजकल तो सब लोग करते हैं। कहीं भी चले जाइये लोग हर समय मुँह बनाकर सेल्फी लेते रहते हैं और लोग आते-जाते रहते हैं। शिवम भी तो यही करता था। नैना को अगर कोई आपत्ति थी तो उसे बोलना चाहिए था। ये तो कई साल से वीडियो बना रहा है।"

समर हैरानी से उनका चेहरा देखता रह गया। उसने पूछा, "आपको नहीं लगता कि यह एक बीमारी है? आपका बेटा एक महिला के प्रति आसक्त है, ऑबसेस्ड है।"

"ये आपने ठीक बात नहीं की इंस्पेक्टर साहब। शिवम लड़का है तो महिला के प्रति ही तो प्रेम दिखायेगा। किसी लड़के के प्रति दिखाता तो मुझे दिक्कत होती। इसमें क्या बड़ी बात है? नैना तो स्टार थी। उनका फैन है मेरा बेटा। आप परेशान ना हों।"

रमा की इस बात से समर का धैर्य जवाब दे गया। माँ की ममता या उसका अंधा प्यार कैसे उसकी अपनी सन्तान की ज़िन्दगी बर्बाद कर सकता है, वह साफ देख रहा था। अचानक उसके दिमाग में एक ख्याल आया। उसका

दिल धड़कने लगा। अब जो सवाल वह शिवम से पूछने वाला था, उसका जवाब कातिल तक पहुँचने का रास्ता खोल सकता था।

उसने शिवम से पूछा, "नैना का आखरी वीडियो तुमने कब बनाया था?"

शिवम ने बगैर किसी हिचकिचाहट के जवाब दिया, "कल सुबह बनाया था जब वह रनिंग के लिए निकल रही थीं।"

समर के दिल की धड़कनें बढ़ गईं। उसने पूछा, "कहाँ है वह वीडियो?"

"फोन में है और लैपटॉप में भी। मैं सारे वीडियो लैपटॉप पर कॉपी करता हूँ।"

समर ने सोचा कि उसे तुरन्त यहाँ से निकलना होगा। समर ने शिवम और उसके पिता को अपने साथ चलने का इशारा किया और कहा, "आप दोनों मेरे साथ थाने चलें।"

"अरे, इन्हें क्यों ले जा रहे हैं? इनका क्या कुसूर है? ये तो कोई बात नहीं है। हमारे लड़के ने तो कुछ नहीं किया है।"

"थाने में करेंगे बाकी बातें, आप यहीं रुकिए। आपकी ज़रूरत नहीं है।" उसने सख़्ती से रमा से कहा।

शिवम का लैपटॉप और मोबाइल फोन उसके कब्ज़े में था।

अचानक समर को ख्याल आया कि सर्वेश से भी बात करनी है। एक साथ कई क्लू उसके सामने थे। दो रातों को घर से गायब नवीन शर्मा पहले से ही थाने में बैठा था। कत्ल की सुबह सर्वेश भी घर पर नहीं था। उसे यह भी याद आया कि नैना की मेड रीना ने भी यही कहा था कि साहब अभी घर आये हैं। अब ये लड़का शिवम। कातिल के करीब पहुँच रहा था वह।

***

अपार्टमेंट बिल्डिंग से नीचे उतर कर समर ने शिवम और उसके पिता से कहा कि आप अपनी गाड़ी से थाने पहुँचें। उसने एक सिपाही को उनके साथ थाने जाने का निर्देश दिया।

एक सिपाही को उसने सर्वेश और उसकी मेड रीना को पीछे वाले गेट से निकाल कर थाने लेकर आने को कहा। वह नहीं चाहता था कि बाहर खड़े पत्रकार यह जानें कि वह यहाँ से नैना मर्डर केस में किसी को थाने ले जा

रहा है। उनके निकल जाने के करीब पाँच मिनट बाद समर की गाड़ी गेट से निकली।

और वही हुआ जिसका अन्देशा समर को था, गेट से उसकी गाड़ी निकलते ही उसे फिर से घेर लिया गया। सबका एक ही सवाल था कि समर किसलिए आया था। ज़्यादातर सवाल वही थे जो आते वक्त पूछ गए थे।

सभी सवालों का समर ने पूरे धैर्य के साथ जवाब दिया, लेकिन एक सवाल पर वह जड़-सा हो गया। यह सवाल *जय हिन्द चैनल* की वर्षा दत्त ने पूछा था। वर्षा का सवाल था, "क्या नैना के कत्ल में शक की सूई किसी राजनेता पर घूम रही है?"

समर हक्का-बक्का रह गया, पर उसने अपनी भावनाओं को काबू में रखा और कहा, "इस वक्त हम हर उस शख़्स से बात कर रहे हैं जो किसी न किसी रूप में नैना से जुड़ा था। चाहे वे उनके पर्सनल रिश्ते हों या प्रोफेशनल।"

"तो आप इनकार नहीं कर रहे?"

"पर मैंने हाँ भी नहीं बोला।"

"यानी कि खबर सच है?"

"यह जाँचना और तय करना आपका काम है।"

"मैं ये खबर चला रही हूँ।"

"आप पूछ रही हैं या बता रही हैं?" समर की आवाज़ में तल्खी आ गई और बिना जवाब का इन्तज़ार किये वह वापस गाड़ी में बैठा और ड्राइवर को चलने का इशारा किया।

उसे अचरज था कि पिछले कुछ घंटों में नैना की ज़िन्दगी से जुड़ी हर वह तहकीकात मीडिया के सामने आ चुकी थी, जो केवल वह जानता था और उसने अब तक अपने सीनियर्स को भी ब्रीफ नहीं किया था। कौन है जो हर जानकारी लीक कर रहा है? क्या यह काम पुलिस डिपार्टमेंट में ही उसकी टीम का कोई सदस्य कर रहा है? पर समर अभी इस बात में उलझकर अपना दिमाग नहीं खराब करना चाहता था।

***

कमरे में पहुँच कर सबसे पहले समर ने सर्वेश को बुलाया। सर्वेश के आते ही उसने कहा कि तुमको क्यों ना नैना के कत्ल के इल्ज़ाम में गिरफ़्तार कर लिया

जाये? सर्वेश जो अभी अन्दर आया ही था, समर के इस सवाल पर चौंक कर उसे देखने लगा। वह कुर्सी पर पूरा बैठा भी नहीं था और ऊँट की-सी गर्दन लिये समर को देख रहा था। फिर धीरे से कुर्सी पर बैठते हुए उसने पूछा, "मैंने क्या किया है, जो मुझे गिरफ़्तार किया जायेगा?"

"क्योंकि तुमने झूठ बोला है कि तुम नैना के कत्ल के वक्त घर पर ही थे!"

"मैं तो घर पर ही था। ये आपसे किसने कहा कि मैं बाहर गया था?"

"झूठ मत बोलो। मेरे पास दो गवाह हैं, जो ये साबित करते हैं कि तुम उस वक्त घर पर नहीं थे।"

"आपके गवाह गलत हैं," सर्वेश एंठते हुए बोला।

"ठीक है, तो तुम ऐसे नहीं मानोगे," समर ने आवाज़ देकर टैक्सी वाले को बुलाने को कहा।

टैक्सी वाला अन्दर आया। उसके चेहरे पर परेशानी के भाव थे। समर ने पूछा, "क्या नाम है तुम्हारा?"

"साहब, सतनाम सिंह।"

"तुम्हारा टैक्सी स्टैंड गोविन्द धाम के पीछे है?"

"जी साहब।"

"इनको पहचानते हो?" समर ने सर्वेश की तरफ इशारा करते हुए पूछा।

सतनाम सिंह ने 'हाँ' में सिर हिला दिया। फिर बोला कि कई बार मैडम और इनको लेकर गया भी हूँ।

"कल सुबह इनको देखा था सोसाइटी के बाहर?" समर ने पूछा।

सतनाम की नज़रें सर्वेश पर टिकी थीं। उसने समर की ओर देखा और बोला, "जी साहब, मैंने देखा था।"

समर ने सर्वेश को देखा, पर उसके चेहरे पर कोई शिकन नहीं थी। जैसे कोई बड़ी बात न हो। वह बेखौफ बैठा रहा।

सर्वेश को चुप देख समर ने पूछा, "तुम्हें अब कुछ कहना है?"

"इसके देखने से क्या हो जायेगा। इसे तो आप भी हड़का कर, डरा धमका कर कुछ भी बुलवा सकते हो। इसकी गवाही कोई मायने नहीं रखती।" समर के अहम को चोट लगी। वह हैरान था इस आदमी की हिम्मत पर। घर

का नकारा पति, जिसकी पत्नी की हत्या हो गई, कितनी हेकड़ी दिखा रहा है। समर ने सतनाम को जाने का इशारा किया। फिर धीरे से चलते हुए सर्वेश के पास पहुँचा और उसकी गर्दन पकड़कर गुस्से में बोला, "गवाही मायने नहीं रखती? साले इतनी हेकड़ी तो मैंने अपने बाप की भी नहीं सुनी।" इसके बाद तो उसने सर्वेश का सिर उठाकर मेज़ पर दे मारा। सर्वेश की चीख निकल गई।

उसकी चीख सुनकर रावत भागता हुआ अन्दर आ गया। समर की आँखें गुस्से से लाल हो रही थीं। उसकी आँखों के सामने एक चेहरा घूम रहा था। एक गर्भवती औरत का। उसने सर्वेश का चेहरा ऊपर उठाया और कसकर एक झापड़ लगा दिया। सर्वेश जिस कुर्सी पर बैठा था उससे पलट कर दूर जा गिरा। इससे पहले कि समर एक बार फिर वहाँ पहुँचता उसने देखा की रावत की गंभीर नज़रें उसी पर हैं।

"उठाओ इसे! बैठा दो कुर्सी पर," उसने अपने हाथ को ढीला करते हुए रावत से कहा। "अब इसकी मेड को लेकर आओ।"

इस वक्त तक सर्वेश के चेहरे पर मायूसी छा चुकी थी। वह सिर झुकाए कुर्सी पर बैठ गया। उसने धीरे से अपने बालों में उंगलियाँ घुमाकर उन्हें सीधा किया।

तभी कमरे में रीना आकर खड़ी हो गई। समर ने रीना को देखा तो उसके चेहरे पर डर साफ नज़र आ रहा था।

"तुमने मुझसे झूठ क्यों बोला रीना?" समर ने सवाल किया। "झूठ बोलने पर जेल होती है और मर्डर के कातिल की मदद करने में तो और भी बड़ी सज़ा। बताओ, क्यों झूठ बोला कि साहब अन्दर से दरवाज़ा खोलकर आये?" एक तो पुलिस स्टेशन, ऊपर से इंस्पेक्टर की गरजती आवाज़ सुनकर रीना के चेहरे की हवाइयाँ उड़ने लगीं। रुआंसी सूरत लिये उसने हैरत से सर्वेश की तरफ देखा, लेकिन बोली कुछ नहीं।

"तो मैं तुम्हें गिरफ़्तार कर लूँ?" समर ने धमकाया।

"नहीं, साहब मुझे क्यों?" उसकी काँपती हुई आवाज़ निकली। "मैंने कुछ नहीं किया, मुझे कुछ नहीं मालूम," रीना के आँसू बह रहे थे। वह अब बदहवास हो चुकी थी।

"जब तुमने मैडम को कल सुबह फोन किया, जिसे मैंने उठाया, तब तुमने कहा था कि साहब अभी-अभी आये हैं, लेकिन जब मैंने घर आकर तुमसे पूछा, तो तुमने कहा कि साहब घर पर ही थे। ये दोनों बातें तो सच नहीं हो

सकतीं?" समर ने कहा। इस दौरान उसकी नज़रें बारी-बारी रीना और सर्वेश पर घूम रही थीं।

रीना के चेहरे पर बेचैनी साफ देखी जा सकती थी। वह अब सिर्फ सर्वेश को देख रही थी।

"बोलो, सर्वेश घर पर था?" समर ने चिल्लाते हुए पूछा।

"साहब तभी अन्दर आये थे, जब मैं आपसे फोन पर बात कर रही थी," रीना सुबकते हुए बोली।

"और घर से बाहर कब गए थे?"

"मुझे नहीं पता।"

"तुमसे झूठ बोलने को किसने कहा था?"

"मैंने जो आपको बोला था वह साहब ने सुन लिया था। उन्होंने बार-बार मुझे यही समझाया कि मुझे यही कहना है कि वह बाहर से नहीं आये थे, घर के अन्दर ही थे।" रीना ने रोते-रोते कहा। वह बोलती जा रही थी, "इन्होंने मुझे यह भी बोला कि इंस्पेक्टर आये तो यही बोलना कि मैं अन्दर ही था। कहीं नहीं गया था।"

समर ने रावत को इशारा किया कि वह रीना को वहाँ से ले जाये। उसका शक गहराता जा रहा था कि हो ना हो इस आदमी ने ही अपनी पत्नी का कत्ल किया है। लेकिन उसके लिए समर को सर्वेश का पार्क के आसपास होना प्रूव करना था। इतना ही नहीं कोई गवाह भी चाहिए था, जिससे केस पुख़्ता हो सके।

"क्या करने बाहर निकले थे? अब सच बोलना शुरू कर दो।" समर बोला। अपनी पूरी ज़िन्दगी में ऐसा पहली बार था जब समर खुद को बेबस महसूस कर रहा था। सारे के सारे पत्रकार इसमें इन्वॉल्व थे, वह भी बड़े-बड़े चेहरे और एक नेता, राजस्थान का उप मुख्यमन्त्री। क्या केस मिला है खुद को साबित करने के लिए! क्या वह फिर से नाकाम हो जायेगा?

"मैं सिगरेट लेने के लिए निकला था।" सर्वेश की आवाज़ से समर चौंका। "नैना के बारे में वेबसाइट पर खबर पढ़ने के बाद मैं पागल हो गया था। मुझे सारी रात नींद नहीं आयी। नैना मुझे सुबह घर से निकल जाने का फरमान सुना ही चुकी थी। मुझे नैना से हर हाल में बात करनी थी। नैना को जगाने की हिम्मत नहीं थी मुझमें। मैं जानता था कि इस बार की हमारी बातचीत बेहद खराब होनी थी। कुछ भी हो सकता था। मैं उसका कत्ल भी कर सकता था।"

समर ने चुपचाप सुनना बेहतर समझा।

"इसी से बचने के लिए मैंने सारी रात अंगद के कमरे में गुज़ारी। मैं अकेले नहीं रहना चाहता था। मैंने सोचा था कि जब नैना उठेगी तो उससे बात करूँगा, लेकिन मेरी बदकिस्मती कि जब मैं बाथरूम में था तो नैना मॉर्निंग वॉक के लिए निकल चुकी थी। उसके पीछे पार्क में जाना मुझे मुनासिब नहीं लगा। मुझे सिगरेट की तलब लगी थी। रात में मैं सारी सिगरेट खत्म कर चुका था इसलिए मैं बाहर निकला था, पीछे के गेट से। वहाँ इतनी जगह होती है कि एक आदमी निकल जाये। गेट तब तक खुल चुका था। थोड़ा आगे जाकर बस डिपो है। वहाँ सुबह-सुबह ही सिगरेट वाले आ जाते हैं। सिगरेट लेकर मैं वहीं घूमता रहा। सोचता रहा कि अब क्या करूँगा? कैसे मनाऊँगा नैना को? घर लौटा तो रीना फोन पर आपसे बात कर रही थी। तभी मुझे पता चला कि नैना की हत्या हो चुकी है।" इतना कह कर वह चुप हो गया।

समर भी कुछ देर चुप रहा। फिर वह अपनी सीट से उठा और धीरे-धीरे तालियाँ बजाने लगा।

"अच्छी कहानी सुनाई है सर्वेश। एक्टिंग भी अच्छी करते हो, लेकिन क्या कोई है जो तुम्हारी गवाही दे सके? क्या कोई है जो ये कहेगा कि तुमने हत्या नहीं की है?"

"मुझे नैना को मारना होता तो रात में ही मार देता। बहुत गुस्सा आया था मुझे। उसके कमरे तक गया था मैं, लेकिन फिर ये सोच कर रुक गया कि अंगद का क्या होगा," सर्वेश गुस्से में बोला।

"किया तो तुमने वही, बस टाइमिंग और लोकेशन चेंज कर दी। कुछ देर रुक जाओ। मैं तुम्हारी मौजूदगी भी साबित कर दूँगा। फिलहाल लॉकअप में रहो।" यह कहकर उसने रावत को आवाज़ दी और सर्वेश को लॉकअप में बन्द करने को कहा।

***

समर ने शिवम से अपने लैपटॉप और मोबाइल से वह वीडियो निकालने को कहा जो नैना का आखरी वीडियो था। न जाने क्यों समर की सिक्स्थ सेंस कह रही थी कि यह वीडियो उसका सबसे बड़ा मददगार साबित हो सकता है। ज़ाहिर था वीडियो में उसे मिलनी थीं, कत्ल से ठीक पहले की तस्वीरें। शिवम ने लैपटॉप पर वीडियो प्ले किया।

नैना के अपार्टमेंट के ग्राउंड पर कैमरा फिक्स था। कुछ ही देर में नैना नज़र आने लगी। वह वॉक करते हुए गेट की तरफ बढ़ रही थी।

कैमरा उसे फॉलो करता रहा। इसके बाद ज़ूम होता हुआ कैमरा उसकी लोअर बैक तक चला गया। अब तक नैना गेट पर पहुँच चुकी थी। गेट से निकलकर वह बायें मुड़ी और कुछ पल के लिए कैमरे की नज़र से ओझल हो गई। ऐसा गेट पर बने सिक्योरिटी गार्ड केबिन की वजह से हुआ, लेकिन कुछ ही पल बाद वह कैमरे में फिर से नज़र आने लगी।

नैना अब सड़क पर थी, कानों में ईयरफोन लगाए वह सामने देखते हुए बढ़ी चली जा रही थी। कैमरा ज़ूम हुआ और उसके काफी करीब आ गया, लेकिन इसके लेंस की क्षमता चूक गई। कैमरा ज़ूम होना बन्द हो गया। नैना धीरे-धीरे दूर होती गई। आगे जाकर वह दायें मुड़ गई। बस यहीं वीडियो खत्म हो जाता है। वीडियो में अपार्टमेंट के अन्दर का हिस्सा ही ऐसा था जो साफ दिख रहा था। जैसे ही नैना बाहर गई, वीडियो का रिज़ोल्यूशन लो हो गया और कलर गायब हो गए।

समर ने एक बार फिर पूरे वीडियो को प्ले किया लेकिन कुछ और पकड़ पाने में नाकाम रहा। नैना जिस वक्त सड़क पर चल रही थी, एक-दो कारें उस वक्त वहाँ से गुज़रती हैं। अपार्टमेंट के बाहर निकलते वक्त स्ट्रीट लाइट पोल के नीच से वह निकलती है। उसके बाद अंधेरा हो जाता है, फिर जब वह दायें मुड़ती है तो फिर एक स्ट्रीट लाइट का पोल आ जाता है। वहाँ भी वह रोशनी में रहती है।

नैना के अपार्टमेंट से दाहिने मुड़ने तक सड़क के दोनों ओर अपार्टमेंट में रहने वालों की गाड़ियाँ लगी हुई हैं। सब कुछ स्थिर नज़र आ रहा है। कुछ भी ऐसा नहीं दिख रहा जिससे ज़रा-सा भी शक पैदा हो। समर ने अपनी टेक्निकल टीम को बुलाकर वीडियो को थोड़ा बेहतर करने को कहा।

समर ने शिवम के मोबाइल में फिर से वीडियो को प्ले किया। लैपटॉप से बेहतर रिज़ोल्यूशन मोबाइल में आ रहा था। नैना निकलती है। गेट से बायें मुड़ती है। सीधे आगे जाती है। गाड़ियों की कतार से निकलते हुए एक जगह पहुँच कर दायें, बायें और सामने देखती है। फिर दाहिने मुड़ जाती है। गिनती के बीस कदम चल कर कैमरे से बाहर हो जाती है। वीडियो रुक जाता है। पर जिस वक्त वीडियो रुकता है, उससे चन्द फ्रेम पहले समर को ऐसा लगता है कि कुछ हुआ है।

वह वापस वीडियो को शुरू करता है। नैना के दाहिने मुड़ने के बाद फ्रेम से बाहर जाने व वीडियो खत्म होने से चन्द सैकंड पहले उसे फिर अहसास हुआ कि कुछ है। शायद कोई बिजली चमकी है। अंधेरी सड़क पर अचानक से कुछ स्पार्क करने जैसी रोशनी! वह सोचने लगा। स्ट्रीट लाइट का पोल सड़क के दूसरी तरफ है। उसकी लाइट दूसरी तरफ पूरी तरह से नहीं आ रही थी, लेकिन जितनी आ रही थी, वह उस बिजली-सी चमक का असर हल्का कर रही थी। क्या किसी ने टॉर्च जलाई है या फिर सिगरेट जलाने के लिए माचिस? बेहद हल्की-सी रोशनी थी। नैना के सड़क पार करने के बमुश्किल दस-बारह सैकंड के बाद...वह भी बस चार-पाँच सैकंड के लिए ही दिखती और फिर बन्द हो जा रही थी और वीडियो खत्म हो जा रहा था।

समर समझ नहीं पा रहा था कि यह जो रोशनी चमकी थी, आखिर है क्या? क्या कोई था वहाँ जिसने सिगरेट जलाई थी? या कोई टॉर्च लेकर आया था? या कोई नैना की तरह सड़क पार करने वाला था? पर वह आगे कहाँ गया, किस तरफ गया? यह जानना मुश्किल था क्योंकि तब तक शिवम वीडियो बनाना बन्द कर चुका था।

समर अपने दिमाग से इस उलझन को सुलझाने में लगा था कि उसकी टीम लैपटॉप के वीडियो की क्वालिटी इम्प्रूव करके ले आयी। समर ने एक बार फिर वीडियो को परखा।

नैना गेट से निकल कर बायें मुड़ी। करीब दो मिनट चलने के बाद वह दाहिने मुड़ी। इस अंधेरे में भी नैना के साये को देखा जा सकता था।

समर सोच रहा था कि कैमरे का रिज़ोल्यूशन काफी कमाल का है। ज़ूम भी बेहतर है। इतने अंधेरे में जब सामान्य कैमरे काम करना बन्द कर देते हैं, तब इसका लेंस इतना कुछ साफ पकड़ रहा है। नैना जब दाहिनी तरफ मुड़ी, ठीक उसी समय अचानक एक लाइट जली और कैमरा रुक गया।

यहाँ समर को समझ आता है कि रोशनी बन्द नहीं हुई थी, बल्कि वीडियो रुक गया था। वह रोशनी, वह लाइट जली रहती है। यह किसी गाड़ी की लाइट थी। जो गाड़ी वहाँ खड़ी थी, उसका दरवाज़ा खोला गया था। कोई गाड़ी से निकला था, जिसके चलते गाड़ी के अन्दर की लाइट ऑन हुई। कोई था जो कार में नैना का इन्तज़ार कर रहा था।

***

समर ने रावत को बुलाकर उस इलाके में लगे सभी सीसीटीवी की फुटेज मंगवाईं। नैना के अपार्टमेंट और पार्क के बीच का पूरा वीडियो पुलिस के कब्ज़े में था। समर ने उस इलाके की फुटेज माँगी, जहाँ से नैना दाहिने मुड़ी थी और शिवम के कैमरे से बाहर हो गई थी। वहाँ से पार्क की दूरी महज़ सौ मीटर की थी।

समर ने वीडियो फुटेज देखने से पहले मौके पर जाने का फैसला किया। अगले कुछ मिनटों में वह टी पॉइंट पर खड़ा था। समर टी पॉइंट से दाहिनी ओर घूमा। वह पार्क के गेट तक गया। वहाँ पहुँचने में उसे दो मिनट का वक्त लगा। वह वापस आया।

टी पॉइंट पर दोनों तरफ अपार्टमेंट थे। सामने पार्क था। दोनों तरफ से रास्ता बन्द था। जो भी रास्ता जाता था वह पार्क तक ही जाता था। अपार्टमेंट का इमर्जेंसी गेट भी इधर ही था जो केवल आपातस्थिति में ही खुलता था। यानी किसी को आना था तो उसे नैना के अपार्टमेंट के गेट के सामने से होकर ही गुज़रना था। इसका मतलब कि अगर कोई गाड़ी आयी होगी, तो बैकुंठ धाम अपार्टमेंट के सामने से होकर ही आयी होगी।

टी पॉइंट से पहले दोनों तरफ के अपार्टमेंट्स में ऐसा कोई कैमरा नहीं था जो पार्क को फेस करता हो। समर की सारी उम्मीद गेट पर लगे कैमरों से ही थी। बैकुंठ धाम सोसाइटी से सटे हुए सागर अपार्टमेंट पर दो कैमरे लगे थे। ये कैमरे एक-दूसरे को क्रॉस करते थे। मतलब दाहिनी ओर का कैमरा बायीं तरफ से आने-जाने वाले को कैप्चर करता था। बायीं ओर पर लगा कैमरा दायीं ओर से आने-जाने वाले को पकड़ता था। ऐसे कैमरे लगाने का फायदा यह था कि कैमरे की रेंज बढ़ जाती है। दूर से आता हुआ इंसान जल्द पकड़ में आ जाता है। समर को इन कैमरों से बहुत उम्मीद थी।

मौका-ए-वारदात का मुआयना कर वह वापस आया और उसने सागर अपार्टमेंट के वीडियो फुटेज को खंगालना शुरू किया। उसने देखा कि सागर अपार्टमेंट के मेन गेट पर दाहिनी ओर जो कैमरा लगा है, वह बायीं ओर के स्ट्रीट लाइट पोल को भी कवर कर रहा है। उसका रिसेप्शन बहुत अच्छा तो नहीं था, लेकिन कुछ न होने से तो कुछ होना बेहतर है।

सुबह 4 बजे से उसने वीडियो देखना शुरू किया। 4 बजकर 55 मिनट तक कुछ नहीं होता है। एक गाड़ी गेट से निकलकर बाहर जाती है। फिर कोई बाइक सवार आता है। 5 बजकर 2 मिनट पर नैना की कैमरे में एंट्री होती है। वह दाहिनी ओर से कैमरे में आती है और सीधे निकल जाती है। और तीस

सैकंड के बाद वह वापस कैमरे में आती है और स्ट्रीट पोल के नीचे से निकल जाती है। अब समर को इन्तज़ार था उस दूसरे शख़्स का। उसकी नज़र घड़ी पर थी, आखिरकार दो मिनट बाद एक साया कैमरे में आता है और स्ट्रीट लाइट के पोल के नीचे से निकल जाता है। यानी कि कातिल यही है।

समर जानता था कि इस टी पॉइंट से पार्क के मेन गेट तक पहुँचने में दो मिनट लगते हैं। इस साये ने भी नैना को दूर तक जाते देखा। वह साया तब तक कार के बाहर खड़ा रहा, जब तक नैना अन्दर नहीं चली गई। आखिरकार कातिल पर समर की पहली नज़र तो पड़ ही गई थी।

स्ट्रीट पोल की लाइट के नीचे से जो गुज़रा वह ट्रैक पैंट और जैकेट पहने था। सिर पर हुडी पड़ी हुई थी। उसको पहचानना मुश्किल था। वैसे भी इस कैमरे में उस की पीठ थी। वह कैमरे में चूँकि दाहिनी तरफ से आया था, इसलिए पहले उसका साइड पोर्शन दिखा और फिर पीठ।

अचानक समर को ख्याल आया कि कातिल लौटा भी तो होगा। उसने वीडियो को आगे बढ़ने दिया। वह टकटकी लगाए वीडियो को देखता रहा। पहले 5 बजे, फिर 6 और फिर 7 बज गए, इस कैमरे में कोई नहीं आया।

इसका मतलब यह था कि इस बार कातिल सड़क की दूसरी तरफ से वापस आया। जिस तरफ कैमरे की कवरेज नहीं थी। लेकिन उसकी कार तो निकली होगी, कार के वापस जाने का तो और कोई रास्ता नहीं था। उसने एक बार फिर 5 बजे से वीडियो देखना शुरू किया। पाँच बजकर 25 मिनट पर एक कार की लाइट जली। इसके बाद कार कैमरे की ज़द में आती दिखी और आगे बढ़ते हुए निकल गई।

इस कार की स्पीड काफी तेज़ थी। वीडियो को फ्रीज़ करके भी उसका मेक या नम्बर प्लेट नहीं पकड़ में आ रहा था।

समर ने बायीं ओर लगे कैमरे को चेक करने का फैसला किया। उसने वीडियो को 5 बजकर 25 मिनट पर रखा। एक कार तेज़ी से कैमरे में आती दिखी और बमुश्किल 1 सैकंड में ही कैमरे की रेंज से बाहर हो गई। समर ने वीडियो को अपने कम्प्यूटर पर फ्रीज़ किया। एक-एक करके फ्रेम को आगे बढ़ाता गया। कुछ देर की मेहनत के बाद आखिरकार कार की नम्बर प्लेट उसे मिल ही गई। यानी कि कातिल अब उसकी गिरफ़्त में होगा। बशर्ते कार चोरी की न हो या नम्बर प्लेट फर्ज़ी न हो।

समर ने कुछ सोचकर एक बार फिर सुबह 4 बजे से सीसीटीवी देखना शुरू किया। करीब 45 मिनट बाद उसकी कोशिश कामयाब हुई। वही कार वही लोगो उसके सामने था। मौत नैना का इन्तज़ार कर रही थी। काफी सोच समझ कर किया गया कत्ल था यह।

समर ने अपना मोबाइल निकाला और सबसे पहले राजस्थान के उप मुख्यमन्त्री राघवेन्द्र प्रताप सिंह को फोन किया। अब तक रात काफी हो चुकी थी। राजा साहब ने दूसरी बार कॉल करने के बाद फोन उठाया तो उसने उनसे थाने आने का अनुरोध किया। वह चाहता था कि राजा साहब उस साये को देखें और यह बतायें कि क्या वह कातिल को पहचानते हैं?

यही काम उसने गौरव वर्मा और उसकी पत्नी के साथ किया। इन दोनों को भी उसने थाने बुला लिया। समर चाहता था कि नैना मर्डर केस से जुड़े सारे किरदार एक साथ, एक ही समय उसके सामने मौजूद हों। आज उसे इस केस को खत्म कर देना था। कातिल उसकी नज़रों के सामने था। बस उसके चेहरे से नकाब उतरना बाकी था, लेकिन इससे पहले उसे कार के मालिक की जाँच करनी थी। आखिर किसकी कार चला रहा था कातिल।

***

समर ने रावत को बुलाया और उसे मोबाइल नम्बरों की एक लिस्ट दी और इस बात की जाँच करने को कहा कि नैना के कत्ल वाली सुबह इन नम्बरों की लोकेशन क्या थी। इसके साथ ही उसने उसे सर्वेश को लेकर आने को कहा। जब सर्वेश आया तो उसने पूछा, "नैना के पास कौन-सी कार है?"

"ऑडी ए-5," सर्वेश ने तुरन्त जवाब दिया।

"कितने की आती होगी?"

"करीब 55-60 लाख रुपए की आयी थी। किश्तों पर ली है, नैना ने ही पसन्द की थी। चैनल के लिए कम्पनी ने स्पेशल डील ऑफर की थी। कई लोगों ने उस डील में यह कार खरीदी थी पिछले नवम्बर में, दीवाली पर।" सर्वेश एक सांस में सारी कहानी कह गया।

समर ने रावत को आवाज़ देकर नवीन शर्मा को वहाँ बुलाने के लिए कहा। नवीन सुबह से ही हवालात में बैठा था। नवीन की शक्ल पर पहले से ही बारह बजे हुए थे। बेतरतीब बाल, मुड़े हुए कपड़े, बढ़ी हुई दाढ़ी यह बताने के लिए काफी थे कि आउटपुट एडिटर ने पहली बार आउटडोर का हाल जान

लिया था। बड़े मीडिया चैनल के एसी हॉल के बाहर की ज़िन्दगी, यानी असल ज़िन्दगी क्या होती है, इस एक दिन में ही उसे इसका भान हो चुका था।

"सारी ज़िन्दगी यहीं गुज़ारनी है या ये बताओगे कि नैना के कत्ल की रात और कल रात को तुम फोन बन्द करके कहाँ गए थे?" समर ने नवीन का मज़ाक उड़ाया।

नवीन की भी सारी अकड़ निकल चुकी थी। वह बोला, "मैं जीबी रोड गया था।"

समर की आँखें हैरत से फट गईं। "रावत..." उसने ज़ोर से आवाज़ दी।

रावत दौड़ता हुआ चला आया। समर ने मुस्कुराते हुए रावत से कहा, "अब यह कहानी सुनो।" चहकते हुए उसने नवीन को फिर से बोलने को कहा। न जाने क्यों समर की आँखों में चमक थी। समर की नज़र में नवीन की हालत उस दोस्त के जैसी थी जिसकी बर्बादी पर दूसरे दोस्त हँस-हँस के मज़े लेते हैं।

नवीन ने कहा, "नैना ने जब मुझे अपने और गौरव वर्मा के रिश्ते के बारे में बताया तो मुझसे बर्दाश्त नहीं हुआ। मैं नैना को देख नहीं सकता था। मुझे उसकी बर्बादी चाहिए थी। पहले तो मैं एक पब में गया। जहाँ मैंने जम कर शराब पी। फिर भी मन नहीं माना तो मैं जीबी रोड चला गया। मैं वहाँ कभी-कभी चला जाता हूँ। दोनों रात मैं वहीं था। वहाँ जाने से पहले मैं फोन बन्द कर देता हूँ क्योंकि मैं नहीं चाहता कि कोई मेरे बारे में कुछ भी जाने।"

"कब से चल रहा है ये सिलसिला," समर ने पूछा।

"साल भर से ज़्यादा हो गया।"

"बीवी की कमी जीबी रोड से पूरी हो रही है," समर का मन बेतहाशा हँसने का कर रह था, "कोई एड्स-वेड्स तो नहीं है ना?"

नवीन अब तक सरेंडर कर चुका था, सो आगे कुछ नहीं बोला। समर ने रावत से कहा कि वह नवीन से जीबी रोड का पता ले ले और चेक करे कि नवीन वहाँ था या नहीं।

रावत पता लेकर वहाँ से चला गया। इंस्पेक्टर समर ने अब नवीन से कार से सम्बन्धित सवाल किया, "तुम्हारे पास कौन-सी कार है?"

उसका जवाब भी वही था, "ऑडी ए-5।" यानी दो लोगों के पास ऑडी कार है, इस बात की तस्दीक हो चुकी थी। नवीन ने भी वही बताया जो सर्वेश बता चुका था। अब बस तीसरे की कहानी सुननी बाकी थी।

"तुम्हारा मेडिकल हो गया?" समर ने नवीन से पूछा।

नवीन ने हाँ में सिर हिलाया और पूछा, "मैं घर कब जा सकता हूँ?"

समर का जवाब था, "जब यह साबित हो जायेगा कि तुम वाकई जीबी रोड के कोठे पर रंगरेलियाँ मना रहे थे।"

समर जान-बूझकर कार का ज़िक्र अभी इनके सामने नहीं करना चाहता था। समर चाहता था कि एक बार कार का नम्बर उसके मालिक का पता बता दे, फिर उसे कातिल को घेरने में आसानी होगी। कार का मेक वो जानता था, नम्बर उसके पास था, बस कुछ ही देर में गाड़ी के मालिक का नाम भी उसके पास होगा।

इस बीच गौरव वर्मा, उसकी बीवी राशि और राजा साहब भी उसके कमरे में आ गए। गौरव वर्मा हमेशा की तरह एकदम बना-ठना, टाई-सूट में फिल्म स्टार सिद्धार्थ मल्होत्रा की तरह लग रहा था। चमकते हुए जूते। रोलेक्स की घड़ी। मो ब्लां के कफलिंक्स और पेन।

राजा साहब भी बन्द गले का सूट पहने एकदम शाही अन्दाज़ में थे। गौरव और राजा साहब में कौन ज़्यादा स्मार्ट और हैंडसम है, कहना मुश्किल था। उसने मन ही मन नैना के टेस्ट की तारीफ की। मर्दों के मामले में उसकी पसन्द काफी अच्छी थी।

गौरव ने भी इस बात की तस्दीक की कि उसके पास ऑडी कार है, लेकिन क्यू-7, जो करीब एक करोड़ रुपए की आती है। उसने भी यह कार पिछले साल दीवाली पर ही ली थी।

राजा साहब ने बताया कि उनके पास ऐसी कोई कार नहीं है।

गौरव वर्मा ने समर से सवाल किया, "आप हम सबकी कार के बारे में पूछताछ क्यों कर रहे हैं?"

"क्योंकि आप लोगों जैसी ही एक कार नैना की हत्या में इस्तेमाल की गई है। उस कार का मालिक आपमें से ही कोई है तो या तो कत्ल आप में से ही किसी ने किया है या किसी ने कराया है।" समर बोला।

"व्हॉट रबिश? क्या फिज़ूल की बात कर रहे हैं आप?" गौरव बोल पड़ा।

समर जवाब देता इससे पहले नवीन बोल पड़ा, "तुम्हारी वजह से ही यह सब हो रहा है गौरव। तुम्हारी अय्याशी की वजह से ही नैना की मौत हुई है।"

यह सुनकर सर्वेश भी चिल्लाया, "हरामज़ादे मेरी बीवी को फँसाया तूने! उसे बर्बाद करने वाला तू ही है।" यह कहकर वह गौरव की तरफ बढ़ा, लेकिन उससे पहले ही समर ने उठकर उसका रास्ता रोक लिया और सर्वेश को एक झापड़ रसीद कर दिया।

उसका थप्पड़ इतना करारा था कि सर्वेश वापस अपनी कुर्सी पर जा गिरा। समर ने गौरव और नवीन को घूरा और कहा, "अब तक मैं शराफत से सारा केस देख रहा था, लेकिन अब यह शराफत खत्म हो चुकी है। तुम तीनों में से ही किसी ने नैना का कत्ल किया है। अब अगर किसी ने यहाँ अपनी सम्पादकी दिखाई तो उसका वही हाल होगा जो अभी इसका हुआ है," उसने सर्वेश की ओर इशारा किया।

रावत ने इस बीच दो कागज़ लाकर उसकी मेज़ पर रख दिये। एक पर कार के मालिक का नम्बर लिखा हुआ था। दूसरे पर मोबाइल नम्बर की लोकेशन डिटेल्स थीं। दोनों कागज़ों को उसने ध्यान से देखा। फिर एक नज़र अपने सामने बैठे चारों लोगों पर डाली। इसके बाद वह बगैर कुछ कहे वहाँ से उठ गया। उसने कमरे से बाहर निकल कर रावत से चारों पर बाहर से ही नज़र बनाए रखने को कहा ताकि जान सके कि ये आपस में क्या कह रहे हैं और खुद डीसीपी साहब से मिलने चला गया।

डीसीपी का ऑफिस उसी बिल्डिंग में फर्स्ट फ़्लोर पर था। वैसे तो वह इस समय ऑफिस में होते नहीं हैं, पर नैना मर्डर केस ने उन्हें भी दबाव में ला दिया था। डीसीपी शर्मा ने उस पर जो भरोसा किया था, उसके चलते इस सूचना पर पहला हक उन्हीं का था। समर ने डीसीपी साहब के सामने आकर सैल्यूट किया, "जय हिन्द, सर!"

"हाँ समर, मैं तुम्हें बुलाने ही वाला था, यह देखो," कहते हुए उन्होंने टीवी ऑन कर दिया।

सामने *जय हिन्द चैनल* चल रहा था जिस पर बड़ा-बड़ा लिखा था : प्रेम, प्रेस और पॉलिटिक्स, यह है नैना की मौत का सच!

नैना की तस्वीरों के पीछे से एंकर की आवाज़ आ रही थी, 'मशहूर एंकर और पत्रकार नैना वशिष्ठ की मौत कोई हादसा नहीं, बल्कि राजनीति का वह चेहरा सामने लाती है, जिसमें सबकुछ जायज़ माना जाता है। नैना की मौत की जाँच अब एक नेता की तरफ मुड़ती दिख रही है, जिसके साथ नैना की नज़दीकियाँ चर्चा में रही हैं।

'सूत्र बताते हैं कि दरअसल नैना को इस नेता के बारे में कुछ ऐसी जानकारियाँ हाथ लग गई थीं, जिनके सामने आने पर नेता का राजनीतिक करियर खत्म हो जाता। यह बात पता लगने पर नेता ने पहले नैना के साथ नज़दीकियाँ बढ़ाईं और फिर उसे प्रेम का झाँसा देकर उसका विश्वास हासिल किया।

'सूत्रों के मुताबिक जब नेता ने नैना से इस खास जानकारी के बारे में बात की तो नैना ने इनकार कर दिया, जिसके बाद नेता ने नैना को रास्ते से हटाने का फैसला कर लिया।

'कहा जाता है कि नेता ने नैना को रास्ते से हटाने के लिए पेशेवर हत्यारों का सहारा लिया, जिन्होंने इस सफाई से नैना को रास्ते से हटाया कि पहली नज़र में नैना की मौत हादसा ही नज़र आती है, हत्या नहीं।'

यह कहानी कोई और नहीं बल्कि चैनल की पत्रकार वर्षा दत्त ही सुना रही थी। लेकिन इसके आगे जो वर्षा ने कहा उसने समर को झकझोर कर रख दिया, 'लेकिन पुलिस की जाँच में एक बड़ा सवाल ये है कि क्या इंस्पेक्टर समर प्रताप सिंह इस काबिल हैं कि उनको इतने हाई प्रोफाइल केस की ज़िम्मेदारी दी जाये? क्या उनकी मानसिक स्थिति इस लायक है? जो इंस्पेक्टर अभी कुछ दिन पहले ही छह महीने सस्पेंशन के बाद बहाल हुआ हो, उससे कैसे उम्मीद की जा सकती है कि वह कातिल का पता लगा पायेगा। दिल्ली पुलिस ने समर प्रताप सिंह को यह केस देकर बहुत बड़ा ब्लंडर कर दिया है।'

जिस वक्त वर्षा यह सब बोल रही थी तो साइड में समर की तस्वीरें चल रही थीं। एक तस्वीर में वह सड़क पर एक लड़के को बुरी तरह पीटता नज़र आ रहा था, तो दूसरी में एक हाथ में शराब की बोतल लेकर घूम रहा था। 'हम आपको इंस्पेक्टर समर प्रताप सिंह के सस्पेंड होने की पूरी कहानी से वाकिफ कराते हैं...दरअसल समर प्रताप सिंह की पत्नी...' ठीक इसी वक्त डीसीपी शर्मा ने टीवी बन्द कर दिया।

आवाज़ के अचानक बन्द होते ही समर चौंका। उसने डीसीपी की ओर देखा, "डोंट वरी, टीवी से परेशान होने की ज़रूरत नहीं है। मैंने इसलिए तुम्हें

ये दिखाया कि तुम्हें पता रहे कि मेरे ऊपर कितना दबाव है। मुझे तुम पर भरोसा है समर इसलिए यह केस तुम्हें हैंडिल करने दिया। उम्मीद है तुम मुझे गलत साबित नहीं करोगे।"

"यस सर! मैंने मैसेज भेजा था आपको, मुझे लगता है कि मैंने केस क्रैक कर लिया है।"

"सीरियसली?" चकित होते हुए डीसीपी शर्मा ने सवाल किया। फिर बोले, "बैठो, डिटेल में बताओ।"

"सर, इस केस के पाँच मेन सस्पेक्ट हैं। पाँचों ही किसी न किसी रूप में नैना से जुड़े हुए हैं। यह कहना आसान होगा कि नैना के इनमें से चार के साथ रिश्ते थे। सबसे पहले तो उसका पति सर्वेश सिंह देव, जोकि एक नकारा इंसान है। पिछले कुछ सालों से अपनी पत्नी के पैसों पर जी रहा है। उसे पता था कि उसकी पत्नी नैना का इश्क उसके बॉस गौरव वर्मा से चल रहा है। कत्ल से पहले वाली रात नैना ने उसे घर से निकल जाने का अल्टीमेटम दिया था।

"शक के दायरे में आने वाला दूसरा शख़्स है, गौरव वर्मा। यह नैना का बॉस है। टीवी की दुनिया की जानी-मानी हस्ती है। पन्द्रह लाख रुपए महीना इसका वेतन है। देश के सबसे बड़े चैनल का मैनेजिंग एडिटर है। एक करोड़ रुपए की कार चलाता है। गोल्फ कोर्स पर बने आठ करोड़ रुपए के पेंट हाउस में रहता है। नैना और इसके जिस्मानी रिश्ते थे। यह बात टीवी की दुनिया के तमाम लोगों को पता थी। अपने कत्ल से एक रात पहले नैना इस इंसान से बेहद खफा थी। इसलिए क्योंकि ये नैना के अलावा एक और एंकर को अपने जाल में फँसाने में लगा था। गौरव ने नैना से झूठ बोला था कि वह अपनी पत्नी से तलाक ले रहा है। नैना ने इस पर यौन शोषण का इल्ज़ाम लगाने की धमकी दी थी। नैना की फितरत को देखते हुए वह ऐसा कर भी सकती थी। अगर ऐसा होता तो गौरव का करियर खत्म हो जाता, और इस बात का डर गौरव को था।

"तीसरा इंसान जिस पर हमें शक हुआ वह है नैना का एक और बॉस नवीन शर्मा। इसका वेतन भी दस लाख रुपए महीना है। यह नैना के प्यार में पागल था। जो बात सारी दुनिया को पता थी, उसकी कानोकान खबर इसको नहीं थी, या उसने इन सब गॉसिप पर भरोसा नहीं किया। नवीन नैना के प्रति पूरी तरह समर्पित था। नैना की हर ख्वाहिश को पूरा करना अपना धर्म समझता था। रुपए-पैसे से लेकर उसकी हर बात को सुनना और मानना। दरअसल नैना इसको इस्तेमाल करती थी। कहते हैं ना टॉप पर आप एकदम अकेले होते हो। नैना का वही हाल था। सर, तन्हाई बड़ी जानलेवा होती है, नैना का भी यही

हाल था। इतनी शोहरत और रिश्तों के बावजूद भी वह तन्हा थी। यह नवीन उसकी तन्हाई का साथी था, लेकिन नवीन को लगता था कि नैना उससे प्यार करती है। कत्ल से एक दिन पहले जब नैना ने उस बताया की गौरव के साथ उसका रिश्ता है तो नवीन टूट गया। उससे ये बर्दाश्त नहीं हुआ। उसे अपने रिजेक्शन का अहसास हुआ और धोखे की आग में वह जलने लगा।

"हमारे चौथे सस्पेक्ट राजस्थान के उप मुख्यमन्त्री राघवेन्द्र प्रताप सिंह हैं। राजपरिवार से आते हैं। पत्नी और बेटा लन्दन में रहते हैं। अरबों की सम्पत्ति के वारिस हैं। प्रदेश के भावी मुख्यमन्त्री के रूप में इन्हें देखा जा रहा है। नैना के साथ इनका अद्‌भुत रिश्ता बना। नैना इनका साथ पसन्द करती थी, लेकिन यह नहीं चाहती थी कि ये उससे मुहब्बत करें। उसने इनके फोन करने पर भी पाबन्दी लगा रखी थी। कत्ल से एक रात पहले नैना ने इनको फोन करके कहा कहा कि वो प्रेग्नेंट है पर ये नहीं बताया कि बच्चा किसका है। इनको ये शक हो सकता है कि बच्चा कहीं इनका तो नहीं है और यदि यह खबर फैल जाती कि नैना के साथ इनका रिश्ता है और वह इनके बच्चे की माँ बनने वाली है, तो इनका राजनीतिक करियर दाँव पर लग जाता। खानदान में बदनामी होती सो अलग।

"हमारी पाँचवी सस्पेक्ट है गौरव की पत्नी राशि। नैना और राशि दोस्त थे। दोनों एक-दूसरे को अच्छे से जानते थे। राशि पेशे से बैंकर है। अच्छा कमाती है। उसे लगता है कि नैना ने उसे धोखा दिया, उसके घर को बर्बाद कर डाला।"

शर्मा जी चुपचाप सुनते रहे।

"सर, नैना का कत्ल पार्क में हुआ। यानी कातिल को पता था कि नैना पार्क में जाती है। नैना ने हाल ही में पार्क में जाना शुरू किया था। इसका मतलब कातिल कोई बेहद करीबी जानकार ही होगा। सीसीटीवी की मदद से हमने पता लगाया कि कातिल एक कार में बैठ कर पार्क तक आया था। सीसीटीवी में साफ़ दिखाई दे रहा है कि यह कार ऑडी है। नैना, गौरव और नवीन तीनों के पास ऑडी कार है।"

"कार का नम्बर क्या कहता है?" शर्मा जी ने उतावले होते हुए पूछा।

"सर, यह है कार के रजिस्ट्रेशन की डिटेल्स।" उसने एक कागज़ शर्मा जी के सामने रख दिया और बोला, "सर, हमने इस केस से सम्बन्धित कई लोगों, यहाँ तक कि नौकरों के मोबाइल फोन की लोकेशन भी चेक कराई हैं। इस हिसाब से मुझे यह लगता है कि कातिल इस फोन का मालिक है।" यह

कहते हुए इंस्पेक्टर समर ने फोन लोकेशन के डिटेल्स वाली एक शीट डीसीपी शर्मा के सामने रख दी। इसके बाद उसने एक नम्बर पर उंगली रखते हुए कहा, "सर कत्ल के वक्त सारे फोन चालू हालत में थे। सिर्फ यही एक फोन ऐसा है जो बन्द था। पूरे हफ़्ते में यह फोन सिर्फ एक बार ही बन्द हुआ है, वह भी ठीक उसी वक्त, जब नैना का कत्ल हुआ।"

"पर समर, कातिल अपने घर से कैसे निकला? और फिर अपार्टमेंट के कैमरे की पकड़ में क्यों नहीं आया?"

"यही एक सवाल है सर, जिसका जवाब मेरे पास इस वक्त नहीं है। इसका जवाब हमें कातिल ही देगा।"

"फिर क्या देरी है?"

"कुछ नहीं सर, मैं बस निकलने से पहले आपको ब्रीफ करने आया था। मैं चाहता हूँ कि कातिल खुद ही कनफेस कर ले कि कत्ल उसने किया है।"

"ओके। ऑल दि बेस्ट।" शर्मा जी मुस्कराते हुए बोले।

***

समर ने अपने कमरे में आकर ऐलान किया कि वे सभी लोग जा सकते हैं। यह सुनकर सबने राहत की सांस ली। सबसे पहले नवीन शर्मा वहाँ से निकल कर भागा। मानो एक सैकंड की भी देर हुई तो समर अपना फैसला बदल लेगा। उसके बाद सर्वेश सिंह देव भी धीरे-धीरे चलता हुआ निकल गया। उसके चेहरे पर हैरानी थी। पुलिस के झंझट से वह इतनी जल्दी निकल जायेगा, इसका उसे विश्वास नहीं हो रहा था।

गौरव वर्मा और उसकी बीवी भी कुछ देर के लिए ठिठके, लेकिन उन्होंने कोई सवाल नहीं किया। गौरव को यकीन नहीं हो रहा था कि जो कुछ हो रहा है वह वाकई में हो रहा है। उसके मन में सवाल आया कि कातिल का क्या हुआ?

अभी तक तो वे सारे ही कातिल थे, पर अब उन्हें जाने के लिए कहा जा रहा है। आखिर ऐसा क्या हुआ जो इंस्पेक्टर ने अपना इरादा बदल दिया? लेकिन उसने सवाल पूछना मुनासिब नहीं समझा। वह भी चुपचाप चला गया।

बस राजा साहब वहीं रुके रहे। उन्होंने समर से पूछा कि आखिर उन्हें किसलिए बुलाया गया था। उनसे कोई सवाल भी नहीं पूछा गया।

"आपने लगता है टीवी नहीं देखा सर," इंस्पेक्टर समर ने हँसते हुए कहा, "वरना ऐसा सवाल नहीं करते? टीवी वालों को पता लग गया है आपके बारे में। मुझे डर था कि वे राजस्थान भवन पहुँच जायेंगे इसलिए मैंने आपको यहाँ बुला लिया। आपका नैना के कत्ल से कोई लेना-देना नहीं है। आप निश्चिन्त होकर जा सकते हैं।"

"वाकई इंस्पेक्टर!" राजा साहब के चेहरे पर पहली बार थोड़ी-सी राहत दिखी। उन्होंने पूछा, "क्या कातिल पकड़ लिया गया है?"

"पहचान कर ली गई है, सर। जल्द ही आपके सामने होगा। अब आप टीवी देख सकते हैं।"

"मुझे उम्मीद है कि आपकी चार्ज शीट में मेरा ज़िक्र भी नहीं होगा।"

"डोंट वरी सर, आपके ओहदे और सम्मान का मैं ख्याल रखूँगा। आपने मुझे पूरा सहयोग दिया है, इसकी मैं इज़्ज़त करता हूँ।"

"ओके, थैंक यू!" कहकर राजा साहब मुड़े और जाने लगे।

पीछे से समर ने उन्हें आवाज़ दी, "राजा साहब..."

वह मुड़े तो समर ने सवाल किया, "क्या आप जानना चाहेंगे कि नैना किसके बच्चे की माँ बनने वाली थी?"

राजा साहब ने एक पल के लिए सोचा और 'नो' कहकर वह वहाँ से चले गए।

समर ने रावत को आवाज़ दी और शिवम और उसके पिता को भी जाने देने के लिए कहा।

इस सबके बाद समर अपनी कुर्सी पर पसर गया। समर पहली बार रिलैक्स्ड फील कर पा रहा था। दो दिन से एक बोझ लिये घूम रहा था, मानो कोई उसके कंधे पर बैठा है। एक डर था जो समर के साथ रहता था। उसने उस डर को निकाल फेंका। अब वक्त आ गया था कि पिछले एक साल से जिस डर और गुस्से के साथ वह जी रहा था उसे निकाल फेंका जाये। एक नई शुरुआत की जाये।

समर को ख्याल आया कि नैना ने उसे ये शुरुआत दी है। नैना वशिष्ठ, कुछ लोग या कुछ ज़िन्दगियाँ दूर से बड़ी ख़ूबसूरत लगती हैं पर पास जाकर देखो तो वैसी नहीं होतीं जैसी दिखती हैं। कितना अंधेरा था नैना की ज़िन्दगी में।

ठीक वैसा ही जैसा उसने खुद महसूस किया था पिछले एक साल में। पिछले दो दिन से सिर्फ नैना के साथ ही जी रहा था वह।

उसे नैना की कही हुई बात याद आयी, 'अच्छी लड़कियाँ कभी इतिहास नहीं बनातीं। शायद यही बात नैना ने अपनी डॉक्टर से कही थी। नैना ने इतिहास बनाया था। आज नैना को लोग उसके काम पर नहीं उसके रिश्तों से जान रहे हैं। वह इतिहास बना रही है। जिस टीवी इंडस्ट्री के लिए वह काम करती थी, आज वही इंडस्ट्री उसकी इज़्ज़त को तार-तार कर रही थी। उसका हर एक रिश्ता नमक मिर्च लगाकर जनता के सामने परोसा जा रहा था। सच और झूठ की परवाह किसी को नहीं थी।

कैसे लोग हैं टीवी की दुनिया के? अपनों को भी नहीं बख्शते। नैना का बेटा अंगद जब बड़ा होगा और अपनी माँ के बारे में सर्च करेगा तो क्या पायेगा? यही कि उसकी माँ के किस-किस के साथ रिश्ते थे! मरने से पहले वह किसके बच्चे की माँ बनने वाली थी! इंटरनेट की दुनिया से कुछ भी हमेशा के लिए नहीं मिटता। क्या सोचेगा वह अपनी माँ के बारे में? जब लोग उसे ताने देंगे तो कौन उसकी रक्षा करेगा? कैसा इतिहास बनाया नैना ने!

क्या वाकई यही इतिहास बनाना चाहती थी नैना? हर कोई उसका दीवाना था, उसे चाहता था। लेकिन नैना क्या चाहती थी, यह कोई नहीं जानता। अद्‌भुत थी नैना।' समर ने सोचा। उसने घड़ी देखी, एक घंटा निकल गया था। उसने रावत को आवाज़ दी, "चलो रावत, नैना के कातिल के चेहरे से पर्दा हटाया जाये। ब्रेकिंग न्यूज़ के 'दि एंड' करने का वक्त आ गया है।" इस वक्त समर काफी खुश नज़र आ रहा था।

***

अपार्टमेंट के गेट पर पहुँचते ही समर ने सबसे पहले वहाँ के गार्ड को हिदायत दी कि वह कोई फोन नहीं करेगा। किसी को नहीं बतायेगा कि पुलिस आ रही है। वह कातिल को चौंकाना चाहता था। उसने अपने दो सिपाहियों को वहाँ रहने का निर्देश दिया जिससे कोई चालाकी न होने पाये, उसका प्लान फेल न हो जाये।

फिर बाकी की टीम लिफ़्ट से ऊपर आ गई। घंटी बजते ही दरवाज़ा खोल दिया गया। समर और उसके साथ आये सिपाही घर के अन्दर घुसे, इतनी रात

में घंटी बजी तो शायद सारे ही लोग हड़बड़ा गए होंगे। उसके सामने गौरव वर्मा और उसकी पत्नी खड़े थे।

वे दोनों अभी तो घर वापस आये थे, गौरव शॉर्ट्स और टी शर्ट पहने हुए था। उसने पूछा, "इंस्पेक्टर साहब आप? कैसे?"

इसी बीच समर की बहन भी अपने रूम से निकल कर बाहर आ गई। वह भी पुलिस वालों को देख कर हैरान हो गई। वह इस समय ट्रैक पैंट और लाइट जैकेट पहने हुए थी। उसके दोनों हाथ जैकेट की जेब में थे।

समर ने एक नज़र गौरव वर्मा की बहन को देखा, फिर गौरव की तरफ मुखातिब होते हुए बोला, "मिस्टर वर्मा, हम आपको नैना वशिष्ठ के कत्ल करने के इल्ज़ाम में गिरफ़्तार करने आये हैं।"

गौरव यह सुनकर अचकचा गया। उसकी बीवी और बहन सकते में आ गए। राशि को झटका-सा लगा और वह गिरने को हुई, गौरव ने घबरा कर अपनी बीवी को थाम लिया। उसकी बहन भी थर-थर काँप रही थी।

गौरव की बीवी राशि ने उसकी ओर देखा और पूछा, "व्हॉट हैव यू डन गौरव?"

"मैंने कुछ नहीं किया है, मैं नहीं जानता कि इंस्पेक्टर समर ऐसा क्यों कह रहे हैं? कसम से, तुम्हारी कसम।"

राशि ने गुस्से में गौरव को देखा। मानो कह रही हो कि मैं तुम पर विश्वास नहीं करती। वह बोली, "डोंट लाय टु मी। बोलो सच क्या है?"

"मैं अपनी बेटी की कसम खाता हूँ कि मैं सच बोल रहा हूँ," उसने अपना हाथ पत्नी के हाथ पर रख दिया।

"पर हमारे पास सुबूत हैं मिस्टर वर्मा कि नैना का कत्ल आपने ही किया है।" समर ने कहा।

"क्या सुबूत हैं आपके पास? आप झूठ बोल रहे हैं।" यह गौरव की बहन की आवाज़ थी।

"हमारे पास काफी सुबूत हैं जो यह साबित कर देंगे कि ये कत्ल गौरव वर्मा ने ही किया है। अगर नैना ज़िन्दा रहती तो गौरव वर्मा का करियर खत्म हो सकता था। गौरव को यह बात पता थी, इसलिए उसने नैना का मुँह बन्द कर दिया।"

"यह बात तो आप कल सुबह से ही कह रहे हैं इंस्पेक्टर समर, आप शायद भूल रहे कि मैं कौन हूँ! अगर सुबूत है तो दिखाइए और गिरफ़्तार कीजिए।" आखिर गौरव वर्मा को एक न्यूज़ चैनल के हेड होने और अपने बेशुमार सम्बन्धों का ख्याल आ ही गया और उसने समर को इसका अहसास दिलाते हुए पूछा।

"सुबूत है यह नम्बर।" उसने कार का नम्बर बताते हुए कहा, "यह आपकी ही कार का नम्बर है न?"

"हाँ मेरी कार का ही है। आखिर इससे क्या साबित होता है?"

"यह कार कत्ल के वक्त पार्क के पास खड़ी थी। कातिल इसी कार से आया था और इसी कार से वापस लौटा। इस बात की पुष्टि हो चुकी है। रावत, इनको हथकड़ियाँ लगा दो।" यह कहते हुए उसने रावत को आगे आने का इशारा किया।

गौरव ने कातर भाव से अपनी पत्नी को देखा जिसके चेहरे की हवाइयाँ उड़ी हुई थीं। वह समझ नहीं पा रही थी कि किसका विश्वास करे।

रावत ने हथकड़ी निकाली और गौरव की ओर बढ़ा।

ठीक उसी वक्त गौरव की बहन बेला रावत के सामने आकर खड़ी हो गई और कहने लगी, "आप इनको गिरफ़्तार नहीं कर सकते। मेरे भाई ने कुछ नहीं किया है। तुम लोग झूठ बोले रहे हो। इनको फँसा रहे हो।"

समर ने शान्त रहते हुए सवाल किया, "अगर इन्होंने कत्ल नहीं किया तो इनकी कार वहाँ पहुँची कैसे? आखिर कत्ल करने के लिए कातिल इनकी कार क्यों ले जायेगा? इनका भांडा फूट चुका है मैडम, आप रास्ता छोड़िए।"

बेला चीख पड़ी, "मैंने किया है नैना का कत्ल!" यह कहते हुए उसने अपनी जैकेट से हाथ बाहर निकाला, उसमें रिवॉल्वर थी। उसने समर की तरफ रिवॉल्वर तान दी और बोली, "कोई गिरफ़्तार नहीं करेगा मेरे भाई को। उन्होंने कुछ नहीं किया है।"

"देखो ऐसा कोई काम नहीं करना जिससे तुम्हारे भाई की ज़िन्दगी मुश्किल में पड़ जाये।" समर ने आहिस्ता से कहा। वह नहीं चाहता था कि बेला उत्तेजित हो। उसे डर भी लगा कि इस लड़की ने डर में अगर गोली चला दी तो सारा मामला बिगड़ जायेगा। उसने अपने सिपाहियों से पीछे हटने को कहा। फिर बेला से पूछा, "क्यों मारा तुमने नैना को?"

"वह औरत, वह नैना, मेरे भैया का करियर खत्म करना चाहती थी। उन्हें यौन शोषण के आरोप में फँसाना चाहती थी। मेरे भैया रो रहे थे रात को। भाभी के सामने गिड़गिड़ा रहे थे। मेरे सामने रो रहे थे। वह औरत भैया का परिवार, उनका करियर खत्म करना चाहती थी। मैंने उसे ही खत्म कर दिया।"

"पर तुम्हें कैसे पता था कि नैना सुबह पार्क में जाती है?" समर ने फिर सवाल किया।

"मुझे क्या, यह पूरी दुनिया में सबको पता था। वह रोज़ अपनी ढेर सारी तस्वीरें फेसबुक और इंस्टाग्राम पर डालती थी। हर रोज़ बताती थी कि उसने कितने घंटे रनिंग की, कब जिमिंग की, क्या खाया, किससे मिली, क्या शो किया...बहुत दिखावा करती थी। मार दिया मैंने उसे।"

"जब तुम नैना को मारने के लिए घर से बाहर निकलीं, तो फोन क्यों बन्द कर दिया था तुमने?"

"फोन बन्द न करती तो मैं वैसे ही पकड़ी जाती। मुझे पता है सबसे पहले आप लोग मोबाइल की लोकेशन ही चेक करते हैं। मैंने देखा है टीवी पर।"

गौरव अब तक सकते में था। उसे विश्वास नहीं हो रहा था कि उसकी बहन नैना का कत्ल कर सकती है। वह बोला, "तुमने मेरा रिवॉल्वर कब निकाला बेला? और क्या बोल रही हो तुम, तुम ऐसा नहीं कर सकतीं?"

"आपके लिए मैं कुछ भी कर सकती हूँ भैया! आप दुनिया के सबसे अच्छे भाई हो। प्लीज़ मुझे माफ कर देना। आई एम सॉरी," यह कहते हुए वह गौरव की तरफ पलट कर उसके सीने से लग गई। "आपकी बहन के रहते आप कैसे मुसीबत में आ सकते हो भैया? अब आपको कुछ नहीं होगा, यू आर सेफ नाऊ।"

"यह क्या किया तुमने बेला, मुझे बताया तो होता?" यह कहते हुए गौरव ने बेला के हाथ से रिवॉल्वर ले लिया। दोनों भाई-बहन काफी देर तक रोते रहे। समर का केस सॉल्व हो चुका था। उसने उन्हें डिस्टर्ब करना उचित नहीं समझा।

ज़िन्दगी भी कितनी अजीब है। एक मुसीबत से निकालती है तो दूसरी खड़ी कर देती है।

***

जंगल में आग की तरह यह खबर फैल गई कि नैना वशिष्ठ के कातिल को गिरफ़्तार कर लिया गया है। नैना के कत्ल के करीब अड़तालीस घंटे बाद सुबह 8 बजे डीसीपी जे.के. शर्मा और इंस्पेक्टर समर प्रताप सिंह ने प्रेस कॉन्फ्रेंस करके सारा ब्यौरा दिया कि किस तरह नैना का कत्ल हुआ। कत्ल की वजह क्या थी। किस तरह कत्ल को अंजाम दिया गया।

रिपोर्टर सवाल कर रहे थे और समर उनका जवाब दे रहा था।

"बेला को कैसे पता चला कि नैना किस पार्क में जाती थी? पार्क की लोकेशन उसे कैसे पता थी?"

"दोनों परिवारों के आपस में अच्छे रिश्ते थे। गौरव परिवार के साथ नैना के घर कई बार खाने पर जा चुका था। नैना ने कई बार पार्क की तस्वीरें और उसकी खासियत के बारे में ट्विटर और फेसबुक पर लिखा है। वैसे भी यह पार्क इस इलाके का सबसे बड़ा पार्क है। इसकी लोकेशन मालूम करना इतना मुश्किल काम नहीं है।"

"आपके मुताबिक गौरव ने रात में करीब 11 बजे अपनी बहन को सबकुछ बताया और सुबह 5:30 बजे बेला ने नैना का कत्ल कर दिया?"

"बेला को नैना के इरादों की भनक गौरव के सबकुछ बताने से पहले ही पड़ गई थी। बेला के मुताबिक दोपहर में उसने किसी काम से गौरव को फोन किया था। गौरव उस वक्त अपने ऑफिस में ही था। बात करते-करते अचानक उसने कहा कि मैं तुमसे कुछ देर में बात करता हूँ। यह कहकर उसने फोन रख दिया। गलती उससे यह हुई कि वह फोन काटना भूल गया। जिससे दूसरी तरफ मौजूद बेला ने नैना का सारा गुस्सा, धमकियाँ अपने कानों से सुनीं। वह तभी से नैना के बारे में सोच रही थी। लेकिन रात को अपने भाई को रोता देख उसने कत्ल जैसा बड़ा कदम उठाने का फैसला कर लिया।"

"जब बेला के पास रिवॉल्वर थी तो उसने पार्क में पड़े किसी लोहे वाले डंडे का इस्तेमाल क्यों किया?"

"बेला ने नैना का कत्ल करने का फैसला रात में किया इसलिए प्लानिंग के वक्त रिवॉल्वर तक उसकी पहुँच नहीं थी। रिवॉल्वर गौरव की अलमारी में थी। भाई के घर में रहते वह उसे नहीं निकाल सकती थी। रिवॉल्वर तो उसने कत्ल के बाद निकाली। नैना की हत्या के बाद वह गिल्ट में थी। वह आत्महत्या करना चाहती थी।"

"सवाल ये है कि लोहे वाला वह डंडा बेला को कहाँ मिला?" एक रिपोर्टर ने सवाल किया।

"इस तरह का डंडा ज़्यादातर लोग अपनी गाड़ी में रखते हैं। एक तो किसी चोर-उचक्के से बचने के लिए। दूसरा अगर कभी गाड़ी के दरवाज़े लॉक हो जाएँ तो उसका शीशा तोड़ने के लिए। बेसबॉल बैट जैसा, अमूमन हर कार में होता है।"

"कोई और सवाल?" समर ने पूछा।

"आपको यह केस क्रैक करने में इतना वक्त क्यों लगा? बेला का आना-जाना आप लोग पकड़ क्यों नहीं पाये?"

"एक चूक इस पूरे मामले में हमसे हुई, वह यह कि हम ये नहीं समझ पाये कि गौरव के घर के कितने दरवाज़े हैं। हमने सोचा कि आने-जाने का एक ही दरवाज़ा है, लेकिन गौरव का पेंटहाउस डूप्लेक्स है। उसके अन्दर एक लिफ़्ट भी लगी है। यह आपको अन्दर से ही छत तक भी ले जाती है। यह फ़्लैट की पर्सनल लिफ़्ट है। हमने बारहवीं फ़्लोर के वीडियो तो देखे, लेकिन ग्यारहवीं फ़्लोर के नहीं देखे। बेला ग्यारहवीं फ़्लोर से आयी और गई।"

जैसे ही डीसीपी शर्मा और समर ने प्रेस कॉन्फ्रेंस खत्म करके उठने का फैसला किया तभी *जय हिन्द चैनल* की वर्षा दत्त ने कहा, "एक सवाल अभी बाकी है, नैना किसके बच्चे की माँ बनने वाली थी? उसके पेट में पल रहे बच्चे का बाप कौन है?"

समर का दिमाग घूम गया। उसे लगा कि इस औरत को एक तमाचा जड़ दे। कैसे कोई महिला इतनी निर्मम हो सकती है। फिर उसे याद आया कि नैना ने ही एक बार कहा था कि महिलाओं से उसकी बनती नहीं है, क्योंकि वो उससे मुकाबला करने लगती हैं।

समर कुछ बोलता इससे पहले ही डीसीपी शर्मा ने कहा कि ये परिवार का निजी मामला है। इस पर हमारी कोई राय नहीं है। न ही ये हमें जानने की ज़रूरत है।

इसी के साथ प्रेस कॉन्फ्रेंस खत्म हो गई।

***

देर रात सारा काम खत्म कर समर अपने घर पहुँचा। एक तस्वीर के सामने आकर खड़ा हो गया। उसने तस्वीर पर हाथ रखा और बोला, "हैलो डार्लिंग, हाऊ आर यू?"

समर के चेहरे पर एक मुस्कुराहट आयी। न जाने कितने दिनों के बाद वह मुस्कुराया होगा। यह तस्वीर उसकी पत्नी मोहिनी की थी।

समर इससे पहले दिल्ली के लाजपत नगर थाने में तैनात था। जहाँ एक शाम जब मोहिनी बाज़ार जा रही थी, तो मोटर साइकिल सवार दो लड़कों ने उसके गले की चेन छीनने की कोशिश की। मोहिनी ने उसमें से एक लड़के का हाथ पकड़ कर घसीट लिया। उस लड़के ने पकड़े जाने के डर से मोहिनी को गोली मार दी। मोहिनी की अस्पताल ले जाते वक्त मौत हो गई। उस वक्त मोहिनी भी माँ बनने वाली थी।

समर और मोहिनी ने लव मैरिज की थी। मोहिनी और अपने बच्चे के गम में समर ने बेतहाशा शराब पीना शुरू कर दिया। उसे जहाँ मौका मिलता, वहीं वह शराब पीना शुरू कर देता था। मोहिनी और अपने बच्चे के कातिल को पकड़ने के पागलपन में उसने लाजपत नगर के तमाम आवारा और हिस्ट्रीशीटर लड़कों को पकड़-पकड़ कर बन्द कर दिया। जो भी लड़का सड़क पर आवारागर्दी करते, गलत काम करते मिल जाता, उसे वह बुरी तरह मारता-पीटता और बन्द कर देता था।

ऐसे ही एक लड़के की हवालात में मौत हो गई। समर को सस्पेंड कर दिया गया। कुछ ही महीने पहले समर को वापस ड्यूटी पर लिया गया था। आज वह बेहद खुश था।

उसने अलमारी से बोतल और गिलास निकाला। एक पैग बनाया और फिर मोहिनी की तस्वीर के सामने जाकर खड़ा हो गया। हाथ उठाया और कहा, 'चीयर्स मोहिनी!'

आभार

इस उपन्यास का आपके हाथ में होना मेरे लिये एक सपने के पूरा होने के बराबर है। ये मेरी पिछले पच्चीस साल की ख्वाहिश थी। ना जाने कितनी बार लिखा और छोड़ दिया (पाँच उपन्यास इस वक्त मेरे पास अधूरे रखे हैं)।

इस बार ये पूरा हुआ है क्योंकि मेरे सिर पर एक भूत सवार था : जय प्रकाश पांडे। गलती से एक दिन इन्होंने मुझे कुछ लिखते हुए देख लिया, पूछा कि क्या मैं उपन्यास लिख रहा हूँ। मैंने हाँ कहा, तो बोले कि भेजिये। मैंने इन्हें बारह सौ शब्दों का पहला चैप्टर भेज दिया। अगले दिन ये फिर मेरी डेस्क पर आकर खड़े हो गये और बोले, आगे का भेजिये। मैंने बाकी के जो पाँच हज़ार शब्द लिखे थे वो भी भेज दिये। जय प्रकाश जी अगले दिन फिर आ गये, कहने लगे कि और दीजिये, अब चस्का लग गया है। मुझमें भी हौसला आया। मैंने भी हर रोज़ रात को लिखना शुरू कर दिया। पांडे जी हर रोज़ आकर अगली किस्त की फरमाईश करने लगे। कभी छूट जाता तो उलाहना देने लगते। खैर, मैंने दो महीने में पांडे जी के दबाव में उपन्यास पूरा कर दिया।

एक और दोस्त हैं, अनन्त विजय। ये मेरे पीछे दस साल से लगे हैं। इनका भरोसा फाइनली रंग लाया। अनन्त ने *दैनिक जागरण* में एक लेख लिखा था कि हिन्दी में क्राइम फिक्शन क्यों नहीं लिखा जा रहा है। लेख को पढ़कर अपनेआप पर गुस्सा आया कि मैं आखिर क्यूं नहीं लिख रहा हूँ। कम-से-कम एक लेखक तो इनके लेख ने पैदा किया ही है।

इकबाल रिज़वी और तस्लीम खान, इनके बगैर मैं अपनी यात्रा की कल्पना नहीं कर सकता। इस उपन्यास को लिखने के दौरान जब मैं फँस जाता तो तस्लीम को कहता कि यार कुछ लिख दे, समझ नहीं आ रहा कि क्या करूँ। फिर तस्लीम साहब लिख देते तो मेरी गाड़ी आगे बढ़ती। जब भी लिखने से बोर होता तो इकबाल को फोन लगा देता। इकबाल का सेंस ऑफ ह्यूमर गज़ब का है।

सरदार साजिद इमाम और पंकज भार्गव। ये दोनों मेरे छोटे भाई हैं। इनका साथ होने से मुझमें हौसला आता है। मेरी सड़क यात्राओं के साथी हैं ये। सुप्रिय प्रसाद, आशुतोष, अजीत अंजुम मेरे टीवी करियर के साथी हैं। ये अजीब इत्तेफाक है कि मेरे टीवी करियर में इनमें से एक ना एक तकरीबन हमेशा मेरे साथ रहा है। राहुल वर्मा उर्फ चुचुन और मनीषा तनेजा, अंग्रेज़ी क्राइम फिक्शन पढ़ने का चस्का इन दोनों ने ही मुझे लगाया। *आजतक* की क्राइम टीम के सदस्य और जानी-मानी शख्सियत शम्स ताहिर खान, तंसीम हैदर और हिमांशु मिश्रा का भी धन्यवाद। मेरी तमाम उलझनों को इन्होंने ही सुलझाया।

इस उपन्यास को लिखने के बारे में पहली बार मैंने सन 2000 में सोचा था। तब *आजतक* का दफ्तर झंडेवालान में वीडियोकॉन टॉवर में होता था। उस वक्त दो-चार पेज लिखे भी थे जो बाद में खो गये। फिर ये धुन दोबारा सवार हुई 2008 में। तब भी लिखना शुरू किया पर फिर छूट गया। ये लगातार होता रहा। अचानक एक दिन बैठे-बैठे ख्याल आया कि क्यूं ना न्यूज़ चैनल की दुनिया पर लिखा जाये। न्यूज़ टीवी के एंकर्स आज की तारीख में स्टार्स हैं। करोड़ो चाहने वाले हैं उनके। जिस दुनिया में आप काम करते हैं उस पर लिखना आसान नहीं होता। पांडे जी ने ही कहा था एक दिन कि हर किताब की अपनी किस्मत होती है। इस उपन्यास का ही भाग्य है जो ये पूरा हो गया है।

बचपन से ही क्राइम को लेकर मेरे दिमाग में फितूर रहा है। *मनोहर कहानियाँ* और *सत्य कथा* पढ़ने की वजह से कई बार माँ के हाथों पिटा भी था। हमारे पड़ोस के एक अंकल ये दोनों पत्रिकायें लाते थे। उनके घर से निकलता देख माँ समझ जाती थीं कि मैं वहाँ यही दोनों पत्रिकायें पढ़ने गया होऊँगा। इसके अलावा तमाम लेखकों ओम प्रकाश शर्मा, वेद प्रकाश शर्मा, वेद प्रकाश काम्बोज, कुशवाहा कांत, इब्ने सफी, बचपन में रायज़ादा और एस. सी. बेदी को काफी पढ़ा, लेकिन सबसे ज़्यादा प्रभावित हुआ सुरेन्द्र मोहन पाठक से, इतना ज़्यादा कि पत्रकार बन गया। पाठक जी को पढ़ने के लिये मैंने एक किताब की दुकान वाले से दोस्ती कर ली। इतने पैसे नहीं थे कि हर किताब खरीद सकूँ। किताब की दुकान पर बैठने का फायदा ये था कि वहाँ बहुत कुछ पढ़ने को मिल जाता था। दिन में दो-तीन घंटे मैं रोज़ाना उसकी दुकान पर बैठ जाता था। बदले में कभी-कभार मुझे अपनी साइकिल से उसके लिये किताबें ढोकर लानी होती थीं। ये बात रही होगी 1985-86 के आसपास की, किताब की दुकान वाले का नाम क्या था ये तो याद नहीं पर सब लोग उसे अच्चू के नाम से बुलाते थे। आज बरेली के 47 सिविल लाईंस में शैडोज़ बार के पीछे

बने मार्केट में वो किताब की दुकान तो नहीं है, पर अब उस दुकान में अच्चू चाय बनाकर बेचता है। कभी-कभी अच्चू से मुलाकात हो जाती है।

इस उपन्यास के पीछे की यही कहानी है। उम्मीद है आप सबको पसन्द आयेगा। पसन्द आये तो लिखियेगा। ना भी पसन्द आये तो डांट दीजियेगा ताकि अगले उपन्यास को और सुधार सकूँ। मेरा ईमेल है : paliwal.sanjeev@gmail.com

आभार और धन्यवाद,

संजीव पालीवाल

17.02.2020

अगर आपको 'नैना' पसंद आयी तो संजीव पालीवाल
का दूसरा उपन्यास 'पिशाच' ज़रूर पढ़ें